Panique

Cette édition de *Panique*
est publiée par SDL Éditions
avec l'aimable autorisation de Le Cherche Midi

ISSN Grand format : 1958-9808
ISBN 13 : 9782738226020

Jeff Abbott

Panique

Traduit de l'anglais (États-Unis)
par Fabrice Pointeau

À Peter Ginsberg

VENDREDI
11 MARS

1

Lorsque le téléphone le réveilla, Evan Casher sut que quelque chose ne tournait pas rond. Personne ne l'appelait jamais si tôt. Il ouvrit les yeux, tendit le bras vers Carrie, mais elle était partie et sa place était froide. Un mot plié sur l'oreiller. Il voulut l'attraper mais le téléphone continuait de sonner avec insistance. Il décrocha.

« Allô ?

– Evan, chuchota sa mère. J'ai besoin que tu viennes. Tout de suite. »

Il chercha à tâtons la lampe de chevet.

« Qu'est-ce qui se passe ?

– Pas au téléphone. Je t'expliquerai quand tu seras ici.

– Maman, sois sérieuse, c'est à deux heures et demie de voiture. Dis-moi juste ce qui se passe.

– Evan. Je t'en prie. Viens.

– Il y a un problème avec papa ? »

Son père, consultant en informatique, avait quitté Austin trois jours plus tôt pour un travail en Australie. Il jonglait avec des bases de données au profit de grosses sociétés et de gouvernements. L'Australie. Vols long courrier. Il eut soudain la vision de débris d'avion éparpillés à travers l'*Outback* ou dans le port de Sydney, du métal déchiré, une colonne de fumée.

« Qu'est-ce qui est arrivé ?

– J'ai juste besoin que tu viennes, d'accord ? répondit-elle d'un ton calme mais insistant.

– Maman, s'il te plaît. Pas avant que tu m'aies dit ce qui se passe.

– J'ai dit pas au téléphone. »

Ils se turent tous deux et une tension désagréable, une froideur inhabituelle, s'installa pendant dix longues secondes. Puis elle brisa le silence.

« Est-ce que tu as beaucoup de choses à faire aujourd'hui, mon chéri ?

– Faut juste que je travaille sur le montage de *Bluff*.

– Alors apporte ton ordinateur, tu peux faire ça ici. Mais j'ai besoin de toi. Maintenant.

– C'est quoi, tous ces mystères ?

– Evan… » Il l'entendit inspirer profondément. « Je t'en prie. »

Face à cette détresse absolue, presque effrayante – une nuance qu'il n'avait jamais entendue dans la voix de sa mère – Evan avait l'impression de parler à une inconnue.

« Bon, OK, maman, je peux partir d'ici une heure.

– Avant. Le plus tôt possible.

– D'accord, dans un petit quart d'heure.

– Dépêche-toi, Evan. Fais ton sac et viens au plus vite.

– OK. »

Il réprima un début de panique.

« Merci de ne pas poser de questions dans l'immédiat, ajouta-t-elle. Je t'aime et, dès que tu seras ici, je t'expliquerai tout.

– Je t'aime aussi. »

Il reposa le combiné, quelque peu déconcerté par ce début de journée singulier. Ce n'était pas le moment de dire à sa mère qu'il était amoureux. Sérieusement, comme un dingue, façon Roméo et Juliette.

Il déplia le mot, qui disait simplement : *Merci pour la formidable soirée. Je t'appelle plus tard. Ai des choses à faire de bonne heure. C.*

Il passa sous la douche et se demanda s'il avait tout foutu en l'air la nuit précédente. *Je t'aime*, avait-il dit à Carrie comme ils étaient étendus, épuisés, sous les draps. Il avait prononcé ces mots sans réfléchir, sans se forcer, car s'il avait soupesé les conséquences, il l'aurait bouclée. Il ne se déclarait jamais le premier, n'avait dit qu'à une seule femme qu'il l'aimait (à sa dernière petite amie, parce qu'elle avait besoin d'être rassurée) et l'avait fait en se disant que c'était peut-être vrai. Mais la nuit précédente, c'était différent. Pas de « probablement » ni de « peut-être » ; il était absolument certain. Carrie couchée près de lui, son souffle lui chatouillant la gorge, ses ongles traçant une ligne le long de ses sourcils, si belle que ces trois mots lui avaient semblé les plus sincères qu'il eût jamais prononcés.

Mais en voyant une tristesse soudaine voiler les yeux de Carrie, il s'était dit *J'aurais mieux fait d'attendre. Elle ne me croit pas parce qu'on est au lit*. Mais elle l'avait embrassé et avait répondu :

« Ne m'aime pas.

– Pourquoi pas ?

– Je ne t'apporterai que des ennuis. Rien que des ennuis. »

Puis elle l'avait serré fort, comme si elle avait eu peur qu'il se volatilise.

« J'adore les ennuis. »

Il l'embrassa de nouveau.

« Pourquoi ? Pourquoi est-ce que *tu* m'aimerais ?

– Comment faire autrement ? » Il l'embrassa sur le front. « Tu as une tête bien faite. » Il l'embrassa entre les yeux. « Tu vois la beauté en toute chose. » Il l'embrassa sur la bouche et se fendit d'un grand sourire. « Et tu trouves toujours les mots justes… pas comme moi. »

Elle lui rendit son baiser et ils firent de nouveau l'amour.

« Trois mois, dit-elle lorsqu'ils eurent fini. Tu ne me connaît pas encore vraiment.

– Je ne te connaîtrai jamais. On ne connaît jamais les autres autant qu'on le pense. »

Elle sourit, se blottit tout contre lui, appuya son visage sur son torse, posa ses lèvres tout contre son cœur battant.

« Je t'aime aussi.

– Répète-le en me regardant.

– Je le dis ici, à ton cœur. »

Une larme ruissela depuis ses yeux jusqu'au torse d'Evan.

« Qu'est-ce qu'il y a ?

– Rien. Rien. Je suis heureuse, répondit Carrie, puis elle l'embrassa. Dors, chéri. »

Et c'est ce qu'il avait fait. Et maintenant, tandis que commençait un nouveau jour, elle était partie, emportant avec elle ses murmures et ses promesses. Laissant juste ce mot distant. Mais c'était peut-être mieux ainsi. Elle était nerveuse. Et la dernière chose dont il avait besoin, c'était d'expliquer un mystérieux désastre familial.

Il appela Carrie sur son téléphone portable. Lui laissa un message : « Chérie, je dois aller à Austin pour une urgence. Appelle-moi quand tu recevras ce message. » *Je ferais mieux de ne pas le répéter*, pensa-t-il, *ça l'a déjà fait fuir une fois*, mais il le fit tout de même : « Je t'aime, à bientôt. »

Il essaya ensuite le portable de son père. Pas de réponse. La messagerie ne se déclencha même pas. Mais peut-être le téléphone de son père ne captait-il pas en Australie. Il écarta de sa pensée le scénario de l'accident d'avion et suivit sa routine matinale réglée comme du papier à musique : il alluma son ordinateur, consulta sa liste de choses à faire, vérifia les nouvelles (aucune catastrophe en Australie). Peut-être s'agissait-il d'un désastre à plus petite échelle. Cancer. Divorce. À cette idée, sa gorge s'assécha.

Il cliqua sur son logiciel de messagerie, écrivit à la hâte un message pour son père qui disait *Appelle-moi dès que possible*, puis téléchargea ses e-mails. Sa boîte de réception contenait une invitation à intervenir lors d'une conférence cinématographique à Atlanta, des messages de deux amis documentaristes, ainsi que deux photos numériques récentes et plusieurs fichiers de musique envoyés par sa mère tard la nuit précédente. Il enregistra la musique sur son lecteur numérique ; il écouterait les chansons en voiture. Sa mère était dingue de groupes et de morceaux obscurs et elle lui avait trouvé trois chansons géniales pour ses films précédents. Il s'assura qu'il avait toutes les séquences dont il avait encore besoin pour monter le documentaire sur le circuit des joueurs de poker professionnels qu'il était sur le point d'achever, vérifia qu'il avait le brouillon du laïus qu'il était censé prononcer à l'université de Houston la semaine suivante, puis il glissa son ordinateur portable, son lecteur de musique et son Caméscope dans son sac à dos. Il prépara son sac pour le week-end, empaquetant des fringues que sa mère détestait : vieilles chemisettes, pantalon de toile usé, une paire de baskets qui avaient largement fait leur temps.

Sa montre indiquait sept heures et quart. Il fallait compter un peu moins de trois heures pour faire le trajet de Houston à Austin.

Evan verrouilla la porte derrière lui, se dirigea vers sa voiture. Ce n'était pas la journée qu'il avait prévue. Il se fraya un chemin à travers les embouteillages matinaux de Houston et écouta la musique que sa mère lui avait envoyée. Il recherchait de la funk électronique aux parfums hispaniques pour les scènes d'ouverture de son documentaire sur les joueurs de poker, et aucun des morceaux ne faisait l'affaire, même s'ils étaient parfaits, pleins de drame et d'énergie.

Il battait du doigt la mesure tout en conduisant, attendant sans cesse que son téléphone sonne – son père ou Carrie qui appelleraient, ou bien sa mère pour annoncer soudain que tout était réglé. Mais le téléphone resta silencieux durant tout le trajet jusqu'à Austin.

2

La porte à l'avant de la maison était verrouillée. Comme sa mère avait aménagé le garage en studio photographique, il estima qu'elle avait dû s'y isoler au milieu de ses pellicules et de ses produits. Il ouvrit la porte avec sa clé et entra.

« Maman ? » appela-t-il.

Pas de réponse.

Il se dirigea vers l'arrière de la maison. Il lui avait apporté ses pâtisseries préférées, des *kolaches* à la pêche achetées en route dans une boulangerie de Lagrange, et voulait les déposer dans la cuisine avant de se rendre au studio.

Evan pénétra dans la cuisine et vit sa mère gisant morte sur le sol.

Il se figea, ouvrit la bouche mais ne cria pas. Le battement de son sang dans sa gorge, dans ses tempes, semblait recouvrir tout le reste. Il lâcha le sachet de *kolaches*, qui alla s'écraser par terre, puis son sac en toile.

Il fit deux pas vers elle en titubant. Elle avait la gorge boursouflée et mutilée, la langue distendue. Dans la pièce flottait la puanteur caractéristique de la mort. Il aperçut le reflet argenté d'un fil de fer enroulé autour de son cou.

Près d'elle se trouvait une chaise vide sur laquelle elle était peut-être assise avant de mourir.

Evan émit un gémissement sourd et guttural, puis il s'agenouilla et écarta une touffe de cheveux grisonnants du visage de sa mère. Ses yeux étaient grands ouverts et enflés, aveugles.

« Oh, mon Dieu, maman. »

Il lui posa les doigts sur les lèvres : pas un souffle. Sa peau était encore chaude.

« Maman, maman ! » cria-t-il, fou de douleur et horrifié.

Evan se releva. Il fut pris de vertige et vacilla sur ses jambes. La police. Il devait appeler la police. Il contourna le corps d'un pas chancelant et s'approcha du comptoir sur lequel se trouvait encore un petit déjeuner : une tasse de café au bord taché de rouge à lèvres, une assiette mouchetée de gouttes de gelée de prunes et de miettes de muffin. Il tendit une main tremblante vers le téléphone.

Un objet métallique s'abattit sur l'arrière de son crâne. Il tomba à genoux, ses dents s'enfoncèrent dans sa langue et le goût âcre du sang lui emplit la bouche. Le monde plongea dans l'obscurité.

Il sentit un pistolet contre l'arrière de sa tête ; le cercle parfait du canon froid dans ses cheveux. Une corde de Nylon passée autour de sa tête puis serrée d'un coup autour de sa gorge. Il essaya de se dégager mais le pistolet s'abattit avec force sur sa tempe.

« Bouge pas, prononça une voix. Ou tu es mort. »

C'était une voix d'homme jeune, amusée, cruelle, vaguement chantante. *Ou-tu-es-mort.*

Des mains s'emparèrent de son sac à l'autre bout de la cuisine, le tirèrent hors de son champ de vision. Un cambriolage.

« Prenez-le, murmura Evan. Prenez-le et allez-vous-en. »

Il entendit le bruissement du sac tandis qu'on fouillait dedans : son ordinateur et sa caméra qu'on sortait. Le carillon signalant l'allumage de son portable retentit, plus fort que sa propre respiration hachée. Puis de longues secondes de silence, des doigts pianotant sur le clavier.

« Qu'est-ce que vous voulez ? » s'entendit-il demander.

Pas de réponse.

« Ma mère, vous avez tué ma mère…

– Silence. »

Il était penché en avant sous la menace du pistolet, son visage touchant presque la mâchoire figée de sa mère. Evan aurait voulu se retourner, voir le visage de l'homme, mais c'était impossible. La corde se resserra, s'enfonçant sauvagement dans sa gorge.

« Je l'ai », lança une autre voix. Masculine, plus âgée que la première. Un baryton froid et arrogant. Puis le murmure de doigts sur un clavier. « Tout a disparu. »

Evan entendit une bulle de chewing-gum éclater près de son oreille.

« Je peux maintenant ?

– Oui, répondit l'autre. C'est vraiment dommage. »

L'acier percuta le crâne d'Evan. Des cercles noirs explosèrent devant ses yeux, voilant le regard fixe et vide de sa mère morte.

Evan reprit conscience. À l'agonie.

La corde lui brûlait la gorge, l'empêchant de respirer, ses pieds dansaient dans le vide. À travers le sac-poubelle en plastique qui lui recouvrait la tête, le monde était d'un gris laiteux, indistinct. Il tenta de glisser les doigts sous la corde, lâcha un cri étouffé.

« Tu croyais que respirer était inné, pas vrai, rayon de soleil ? »

La voix du plus jeune des deux, froide et moqueuse.

Evan donna des coups de pied dans le vide. Le comptoir ou la chaise étaient forcément là pour accueillir son poids, pour le sauver. Il écarta les jambes de toute la force qui lui restait à défaut de pouvoir faire autre chose.

« Donne deux coups de pied si ça fait vraiment mal, reprit la voix la plus jeune. Je suis curieux. »

Une détonation retentit alors. Bris de verre. Coups de feu. Une seconde de silence. Puis l'homme le plus jeune hurla : « Bordel ! »

La corde se mit à balancer. Evan tenta de glisser les doigts sous le nœud qui l'étranglait, le tuait. Puis une nouvelle rafale assourdissante retentit, il tomba, heurta le sol, et une pluie de plâtre et d'éclats de bois s'abattit sur lui. La corde sectionnée par le coup de feu lui retomba en travers du visage.

Il essaya de respirer. Rien. Rien. Il avait oublié comment faire, ne se souvenait plus du truc. Puis sa poitrine s'emplit d'air frais. Il s'abreuva d'oxygène, de vie. Sa gorge le faisait souffrir, comme si elle avait été écorchée à l'intérieur.

Evan entendit une nouvelle rafale de coups de feu, le bruit d'une masse s'écrasant dans les arbustes devant la fenêtre.

Puis un silence affreux.

Il arracha le sac en plastique qui lui recouvrait le visage. Il cligna des yeux, cracha du sang et de la bile. Une main lui toucha l'épaule, des doigts le poussèrent doucement.

« Evan ? »

Il leva les yeux. Un homme le regardait. Pâle, chauve, grand. À peu près l'âge de son père, un peu plus de cinquante ans.

« Ils sont partis, Evan, poursuivit le chauve. Décampons.

– Ap-Appelez… » Chaque syllabe le brûlait comme du feu. « Appelez… la police. Ma… mère. Il…

– Faut que tu viennes avec moi, dit le chauve. Pas question de rester ici. C'est après toi qu'ils en ont, maintenant. »

Evan secoua la tête.

Le chauve se baissa et ôta la section de corde qui était restée autour du cou d'Evan, puis il l'aida à se relever et l'écarta du corps de sa mère.

« Je suis un ami de ta mère, expliqua le chauve, qui avait à la main une carabine automatique effrayante. Je vais te tirer de là. »

Evan ne l'avait jamais vu.

« Ma mère. La police. Appelez la police. Il y avait un homme… ou deux…

– Ils sont partis. On va appeler la police, dit le chauve. Mais pas d'ici. »

Il poussa sèchement Evan dans le dos pour le faire avancer vers la porte.

« Qui êtes-vous ? » demanda Evan, tentant de ne pas céder à la panique.

Un homme qu'il ne connaissait pas, armé d'un fusil balèze, qui ne voulait pas appeler la police. Pas question de le suivre.

« On parlera plus tard. Pas le temps de traîner. J'ai besoin de ta… »

Mais il n'eut pas le temps de finir car Evan, fou d'angoisse et de douleur, lui décocha sans réfléchir et avec une technique approximative un crochet du gauche en pleine mâchoire. Le chauve trébucha en arrière et Evan s'enfuit par la porte de devant qu'il avait laissée déverrouillée.

« Evan, Bordel ! Amène-toi ! » hurla le chauve.

Evan s'engouffra dans la moiteur printanière. Seul le battement de ses baskets sur l'asphalte troublait la quiétude du quartier paisible aux rues bordées de chênes. Il jeta un coup d'œil derrière lui, vit le chauve sortir de la maison en trombe, son fusil d'assaut dans une main, le sac jaune d'Evan dans l'autre, puis sauter dans une vieille Ford bleue garée dans la rue.

Evan coupa à travers les jardins coquets, s'attendant à ce qu'une balle lui pulvérise la colonne vertébrale ou le dos. Il aperçut une porte de garage ouverte et se dirigea vers la maison attenante. *Mon Dieu, je vous en prie, faites qu'il y ait quelqu'un.* Il sauta sur le perron, appuya de toutes ses forces sur la sonnette, cogna à la porte en implorant les occupants d'appeler la police.

La Ford bleue passa à toute vitesse devant lui.

Un vieil homme coiffé en brosse ouvrit la porte, son téléphone sans fil déjà en main.

Tout en hurlant au voisin d'appeler la police, Evan traversa de nouveau la pelouse pour noter l'immatriculation de la Ford.

Mais la voiture avait disparu.

3

« RACONTEZ-MOI UNE FOIS DE PLUS ce qui s'est passé ce matin », demanda Durless, l'inspecteur de la criminelle. Il avait un visage fin et bienveillant, une silhouette svelte et tonique de coureur de fond. « Enfin, si vous pouvez, fiston. »

Les enquêteurs avaient ramené Evan à la maison afin qu'il signale tout ce qui avait été déplacé ou volé, tout en le tenant à l'écart de la cuisine. Il était maintenant dans la chambre de ses parents. Un vrai capharnaüm. Quatre valises ouvertes avaient été balancées contre le mur et leur contenu était répandu à travers la pièce. Ce n'était certainement pas leur place. Par contre, les photos préférées de sa mère, dont la place était au mur, gisaient sur la moquette, piétinées. Il regarda les photos derrière les toiles d'araignée formées par le verre brisé : un lever de soleil orangé sur le golfe du Mexique, un chêne noueux et solitaire dans une prairie déserte, une chute de neige voilant la lumière de Trafalgar Square à Londres. Son travail. Brisé. Sa vie. Finie. C'était à la fois impensable et bien réel ; l'absence de sa mère semblait déjà imprégner la pièce, l'air, Evan la ressentait au plus profond de ses os.

Ne craque pas. Tu dois aider la police à attraper ces types. Tu craqueras plus tard. Ressaisis-toi.

« Vous m'avez entendu ? demanda Durless.

– Oui. Je ferai tout ce que vous voulez. »

Evan reprit contenance. Assis par terre dans l'allée, accablé de douleur, il avait décrit le chauve et sa voiture à l'agent qui avait répondu à l'appel. D'autres flics avaient rappliqué et bouclé la maison avec l'efficacité d'hommes bien entraînés. Ils avaient tendu un cordon qui courait depuis la porte d'entrée, longeait l'allée et passait par la fenêtre de la cuisine que le chauve avait pulvérisée d'un coup de fusil. Assis sur le ciment froid, Evan avait composé le numéro de son père, encore et encore. Pas de réponse. Pas de messagerie. Son père travaillait à son compte, il n'avait pas d'employés. Evan ne connaissait personne qui pourrait l'aider à le localiser à Sydney.

Il avait laissé un message sur le portable de Carrie, avait essayé de l'appeler à son appartement. Pas de réponse.

Dès son arrivée, Durless avait commencé par interroger l'agent de patrouille et les ambulanciers qui se trouvaient déjà sur les lieux du crime. Puis il s'était présenté à Evan et avait enregistré sa déposition initiale avant de lui demander de l'accompagner jusqu'à la chambre de sa mère.

« Il manque quelque chose ? demanda Durless.

– Non. »

Abasourdi, Evan s'agenouilla près d'une valise ouverte et remplie à ras bord de vêtements pour hommes : pantalons et chemises repassés, mocassins en cuir et baskets neuves.

Le tout à sa taille.

« Ne touchez à rien, lui rappela Durless, et Evan retira sa main.

– Je n'ai jamais vu ces valises ni ces vêtements, dit-il. Mais on dirait qu'elle a préparé ce sac pour moi.

– Où allait-elle ?

– Nulle part. Elle m'attendait.

– Mais elle avait quatre valises pleines. Avec des vêtements pour vous. Et une arme dans son sac. »

Il désigna un pistolet posé au-dessus d'une pile de vêtements qui débordaient d'une valise.

« Je n'y comprends rien. Enfin, on dirait le Glock de mon père. Il s'en sert pour tirer sur cible. C'est son passe-temps, expliqua-t-il en s'essuyant le visage. Avant, j'allais tirer avec lui, mais je ne suis pas très bon. » Conscient qu'il parlait pour ne rien dire, il s'interrompit. « Maman… n'a pas dû avoir le temps d'aller chercher l'arme quand les hommes sont arrivés.

– Elle devait avoir peur de quelque chose pour emporter l'arme de votre père.

– Je n'en sais rien.

– Bon. Reprenons depuis le début. Elle vous a appelé ce matin. Vers sept heures.

– Oui. »

Evan décrivit de nouveau le coup de téléphone frénétique de sa mère, son insistance pour qu'il vienne, puis le trajet jusqu'à Austin et l'agression, essayant de se rappeler tous les détails qu'il avait omis la première fois qu'il avait raconté son histoire.

« Ces hommes qui vous sont tombés dessus dans la cuisine, vous êtes sûr qu'ils étaient deux ?

– J'ai entendu deux voix. J'en suis certain.

– Mais vous n'avez pas vu leur visage.

– Non.

– Et un autre type est arrivé, il leur a tiré dessus puis a sectionné la corde à laquelle vous étiez pendu. Vous avez vu son visage ?

– Oui. »

Evan se passa une main sur le front. Dans sa première déclaration, tandis qu'il tremblait encore de la tête aux pieds, il avait juste dit que l'homme était chauve, mais maintenant il pouvait faire mieux.

« Une cinquantaine d'années. Chauve. Bouche fine, dents bien alignées. Grain de beauté sur… (il ferma les yeux un moment pour se le représenter)… la joue gauche. Yeux marron, forte carrure. Peut-être un ancien militaire. Environ un mètre quatre-vingts. Il pouvait être hispanique. Pas d'accent. Il portait un pantalon noir, un T-shirt vert foncé. Pas d'alliance. Une montre en acier. Tout ce que je peux vous dire sur sa voiture, c'est qu'il s'agissait d'une Ford bleue. »

Durless nota les détails supplémentaires sur un papier qu'il tendit à un agent.

« Faites circuler la nouvelle description », dit-il.

L'agent s'éloigna. Durless fronça les sourcils.

« Vous avez un sens du détail exceptionnel dans une situation de stress.

– Je suis plus à l'aise avec les images qu'avec les mots. »

Evan entendit les murmures des agents de la police scientifiques occupés à analyser le carnage dans la cuisine. Il se demanda si le cadavre était toujours dans la maison. C'était étrange de se trouver dans la chambre de sa mère, de voir ses vêtements, ses photos, tout en sachant qu'elle était morte.

« Parlons de ceux qui auraient pu vouloir faire du mal à votre mère, dit Durless.

– Personne. C'était la femme la plus gentille qu'on puisse imaginer. Douce. Drôle.

– Vous a-t-elle dit qu'elle avait peur, ou qu'elle se sentait menacée par quelqu'un ? Réfléchissez. Prenez votre temps.

– Non. Jamais.

– Quelqu'un en voulait-il à votre famille ? »

L'idée semblait ridicule, mais Evan inspira profondément et passa en revue les amis et collègues de ses parents, puis les siens.

« Non. Ils se sont disputés l'année dernière avec un voisin dont le chien aboyait la nuit, mais tout s'est arrangé et le type a déménagé. » Il donna à Durless le nom de l'ancien voisin. « Je ne vois personne qui pourrait nous souhaiter du mal. Elle a forcément été attaquée par hasard.

– Mais l'homme chauve vous a sauvé, répliqua Durless. Selon vous, il a fait fuir les assassins, vous a appelé par votre prénom, a prétendu être un ami de votre mère et a essayé de vous emmener avec lui. Ça, ce n'est pas le hasard. »

Evan secoua la tête.

« Je n'ai pas saisi le nom de votre père, dit Durless.

– Mitchell Eugene Casher. Ma mère s'appelait Donna Jane Casher. Est-ce que je vous l'ai déjà dit ? Son nom ?

– Oui. Parlez-moi de la relation entre vos parents.

– Leur mariage a toujours été solide. »

Durless garda le silence. Un silence insupportable pour Evan. Un silence accusateur.

« Mon père n'a rien à voir avec ça. Rien.

– Soit.

– Mon père ne ferait jamais de mal à sa famille. Impossible.

– Soit, répéta Durless. Mais vous comprenez que je sois obligé de poser la question.

– Oui.

– Comment vous entendez-vous avec vos parents ?

– Bien. Super. On est tous proches.

– Vous avez dit que vous avez du mal à entrer en contact avec votre père.

– Il ne répond pas à son portable.

– Vous avez son itinéraire en Australie ? »

Il se souvint soudain.

« Maman l'accroche d'ordinaire sur le réfrigérateur.

– Très bien, ça va nous être utile.

– Je veux vous aider à attraper ceux qui ont fait ça. Vous devez les attraper. Vous le devez. »

Sa voix se mit à chevroter et il reprit contenance. Il frotta la brûlure causée par la corde sur son cou.

« Quand vous avez parlé à votre mère, est-ce qu'elle avait l'air d'avoir peur ? demanda Durless. Comme si ces types étaient déjà dans la maison.

– Non. Elle n'avait pas l'air paniquée. Juste bouleversée. Comme si elle avait une mauvaise nouvelle à m'annoncer, mais ne voulait pas le faire au téléphone.

– Vous lui avez parlé hier, ou avant-hier ? Dites-moi dans quel état psychologique elle était alors.

– Parfaitement normale. Elle a parlé d'une mission en Chine qu'elle accepterait peut-être. Elle est photographe. » Il montra du doigt les cadres fêlés, les photos distordues sous le verre cassé. « C'est elle qui les a prises. C'étaient ses préférées. »

Durless balaya du regard Londres, la côte, la prairie.

« Des endroits. Pas des gens, observa-t-il.

– Elle préfère les endroits aux visages. »

Ç'avait été la blague de sa mère concernant son travail. Des larmes montèrent au coin des yeux d'Evan et il battit des paupières pour les faire disparaître. Il ne voulait pas pleurer devant cet homme. Il s'enfonça les ongles dans les paumes. Il écouta le bruit des appareils photo dans la cuisine, le murmure doux des agents de la police scientifique à pied d'œuvre dans la pièce, occupés à réduire cet effroyable cauchemar à quelques statistiques griffonnées à la va-vite, à quelques tests chimiques.

« Vous avez des frères et sœurs ?

– Non. Pas d'autre famille.

– Répètez-moi à quelle heure vous êtes arrivé ici. »

Il regarda sa montre. Le cadran était brisé, les aiguilles, bloquées sur 10h34. Elle avait dû s'arrêter quand il était tombé, au moment où la corde avait rompu. Il fit voir sa montre à Durless.

« Je n'ai pas vraiment fait attention à l'heure, j'étais inquiet pour ma mère. »

Il aurait voulu trouver du réconfort dans les bras de Carrie, être rassuré par la voix de son père. Que son monde redevienne normal. Durless chuchota quelque chose à un agent qui se tenait dans l'embrasure de la porte, et celui-ci s'éloigna. Puis il fit un geste en direction des valises.

« Parlons de ces sacs qu'elle avait préparés, pour vous deux.

– Je ne sais pas. Peut-être qu'elle comptait aller en Australie. Pour voir mon père.

– Donc, elle vous implore de revenir à la maison, mais elle est sur le point de partir. Avec une valise pour vous, et une arme.

– Je... je n'y comprends rien. »

Evan s'essuya le nez avec sa manche.

« Peut-être que cette comédie au téléphone n'était qu'une ruse pour vous faire revenir en vue d'un voyage surprise.

– Elle ne m'aurait pas effrayé sans une bonne raison. »

Durless tapota son stylo contre son menton.

« Et vous étiez à Houston hier soir.

– Oui, répondit Evan en se demandant si on attendait de lui qu'il fournisse un alibi. Ma petite amie est restée avec moi. Carrie Lindstrom. »

Durless prit note et Evan lui donna ses coordonnées, le nom de la boutique de vêtements de River Oak où elle travaillait, ainsi que son numéro de téléphone portable.

« Aidez-moi à bien comprendre. Deux hommes vous attaquent, ils vous braquent avec leur arme sans vous tirer dessus et essaient de vous pendre, puis un autre homme vous sauve et tente de vous enlever, mais il s'enfuit quand vous partez en courant. » Durless avait l'air d'un professeur expliquant un problème épineux à un élève. « Aidez-moi à trouver une logique là-dedans.

– C'est la vérité.

– Je n'en doute pas. Mais pourquoi ne pas vous descendre tout simplement ? Pourquoi ne pas abattre votre mère, s'ils sont armés ?

– Je n'en sais rien. »

Un souvenir lui revint à l'esprit.

« Quand ils me maintenaient au sol… l'un d'eux a allumé mon ordinateur portable. Il a tapé quelque chose dessus. »

Durless appela un autre agent.

« Pourriez-vous aller me chercher l'ordinateur de M. Casher, s'il vous plaît ?

– Qu'est-ce qu'ils pouvaient vouloir sur mon portable ? demanda Evan, au bord de la crise de nerfs.

– Qu'est-ce qu'il y a dessus ?

– Des vidéos, principalement. Des logiciels de montage.

– Des vidéos ?

– Je suis réalisateur. De documentaires.

– Vous êtes jeune pour faire des films. »

Evan haussa les épaules.

« J'ai travaillé dur. J'ai fini l'université avec une année d'avance. Je voulais intégrer une école de cinéma au plus vite.

– Vous gagneriez plus d'argent à Hollywood.

– J'aime raconter des histoires sur les gens. Les héros de films d'action ne m'intéressent pas.

– C'est quel genre de documentaire ?

– Eh bien, mon premier film traitait d'une famille de soldats. Un des fils était mort au Vietnam, puis un petit-fils en Irak. Mais les gens me connaissent sans doute pour *Mauvaise passe*, un film sur un flic de Houston qui avait monté une combine pour faire accuser un innocent. »

Durless fronça les sourcils.

« Oui. Je l'ai vu sur PBS. Le flic s'est suicidé.

– En effet, après que la police a commencé à enquêter sur lui.

– Le type qu'il avait soi-disant accusé à tort était un revendeur de drogue. Pas si innocent que ça.

– Un ancien revendeur qui avait purgé sa peine. Il ne trafiquait plus depuis un bon moment quand le flic s'en est pris à lui. Et le flic savait qu'il n'y était pour rien. »

Durless fourra son stylo dans sa poche.

« Vous ne pensez tout de même pas que tous les flics sont pourris ?

– Absolument pas, répondit Evan. Écoutez, je n'ai rien contre les flics. Rien du tout.

– Ce n'est pas ce que j'ai dit. »

Une tension d'un nouveau genre emplit la pièce.

« Je suis vraiment désolé pour votre mère, reprit Durless. J'ai besoin que vous veniez au poste avec nous pour faire une déposition plus détaillée et établir le portrait-robot de cet homme chauve. »

L'agent qui était parti chercher l'ordinateur passa de nouveau la tête par l'entrebâillement de la porte.

« On n'a pas trouvé de portable. »

Evan plissa les yeux.

« Les assassins l'ont peut-être pris. Ou alors le type chauve. Je n'y comprends rien ! lâcha-t-il en haussant la voix.

– Moi non plus, concéda Durless. Allons parler de tout ça au poste. Vous allez voir le dessinateur. Je veux que le portrait-robot de l'homme chauve soit diffusé dans les journaux télévisés au plus vite.

– OK.

– On part dans une minute. J'ai quelques coups de fil à passer d'abord.

– D'accord. »

Durless accompagna Evan à l'extérieur. Les chaînes de télé locales étaient arrivées. Les agents de police étaient plus nombreux. Des voisins, principalement des mères au foyer, observaient ce qui se passait, serrant contre elles leurs enfants aux yeux écarquillés.

Tournant le dos à toute cette agitation, Evan essaya de nouveau d'appeler son père sur son portable. Pas de réponse. Il composa le numéro de l'appartement de Carrie. Pas de réponse. Il fit alors le numéro de la boutique où elle travaillait.

« Maison Rouge, Jessica à l'appareil, à votre service, lança une voix enjouée.

– Est-ce que Carrie Lindstrom est là ? Je sais qu'elle ne commence pas avant quatorze heures, mais…

– Je suis désolée, répondit la femme. Carrie a téléphoné ce matin, elle a démissionné. »

4

EVAN NE S'ÉTAIT JAMAIS SENTI SI SEUL. Il fut parcouru par un frisson mais s'efforça de garder son calme. Il devait trouver Carrie et son père. Il avait laissé des messages à Carrie ; elle appellerait sûrement bientôt. Il n'en revenait pas qu'elle ait démissionné et une sensation de nausée lui nouait l'estomac. *Elle t'a laissé un mot, a quitté son boulot, peut-être qu'elle ne veut plus rien avoir à faire avec toi.* Il refusa d'envisager cette possibilité et se concentra sur la recherche de son père. L'itinéraire, retranscrit dans l'écriture serrée et précise de son père, ne se trouvait pas à sa place habituelle, sur le réfrigérateur, mais avait été retrouvé plié sous le téléphone. Le numéro de l'hôtel Blaisdell à Sydney y figurait.

« La chambre de Mitchell Casher, s'il vous plaît », demanda Evan.

Le réceptionniste de nuit – il était presque quatre heures du matin à Sydney – répondit d'un ton agréable mais ferme.

« Désolé, monsieur, mais nous n'avons aucun client de ce nom.

– Vérifiez encore s'il vous plaît. C-A-S-H-E-R. Peut-être qu'il y a eu une erreur et qu'il a été enregistré sous le nom de Mitchell. »

Une pause.

« Je suis vraiment désolé, monsieur, nous n'avons pas de Mitchell Casher.

– Merci. »

Evan raccrocha. Il regarda Durless.

« Il n'est pas où il est censé être. Je n'y comprends rien. »

Durless prit l'itinéraire.

« Nous le retrouverons. Allons faire cette déposition et cette description tant que vos souvenirs sont encore frais. »

Encore frais... Je ne risque pas d'oublier, pensa Evan. Il se pencha en arrière et regarda les nuages couleur de fumée à travers la lunette arrière de la voiture de police tandis qu'ils s'éloignaient de la maison. Son esprit était pris dans un étrange tourbillon de panique et d'émotions. Il se demanda où il passerait la nuit. À l'hôtel. Il allait devoir appeler les amis de la famille ; mais ses parents, malgré leur réussite, avaient eu tendance à réduire au minimum leur cercle de connaissances. Il allait devoir organiser l'enterrement. Il se demanda combien de temps il faudrait à la police pour pratiquer l'autopsie. Il se demanda quelle église choisir pour les funérailles. Il pensa aux derniers instants de sa mère. Avait-elle compris ? Avait-elle souffert ? Avait-elle eu peur ? C'était ça, le pire. Les assassins étaient peut-être arrivés par-derrière, comme ils l'avaient fait avec lui. Il espérait qu'elle ne s'était rendu compte de rien, qu'elle n'avait pas été paralysée par une effroyable terreur.

Il ferma les yeux, essaya de raisonner sans se laisser submerger par la douleur. Sans quoi il risquait de craquer. Il lui fallait un plan d'attaque. *Primo*, retrouver son père. Contacter ses clients de la région afin de voir s'ils savaient pour qui il travaillait en Australie. *Secundo*, retrouver Carrie. *Tertio*… il ferma les yeux. Tirer un sens de ce cauchemar et découvrir qui souhaitait la mort de sa mère.

Mais ils ont consulté ton ordinateur. Et s'il ne s'agissait pas d'elle ? S'il s'agissait de toi ? Cette idée lui glaça le sang. Puis elle le rendit furieux avant de l'anéantir.

La voiture de police était conduite par l'agent qui avait répondu au premier coup de téléphone, Durless était assis côté passager. Ils quittèrent le paisible quartier aux petites maisons restaurées dans lequel vivaient les Casher et s'engagèrent dans Shoal Creek Boulevard, une longue artère qui serpentait à travers le centre et le nord d'Austin.

« C'était une mise en scène, dit Evan, s'adressant en partie à lui-même.

– Pardon ? demanda Durless.

– Une mise en scène. Les tueurs ont assassiné ma mère, puis ils allaient me pendre pour faire croire à un suicide. Comme ça, vous auriez tout d'abord cru que je l'avais assassinée avant de me tuer à mon tour.

– On aurait tout de même creusé un peu plus que ça.

– Mais ç'aurait été votre théorie initiale, la plus évidente. »

Le téléphone d'Evan sonna dans sa poche. Il répondit.

« Evan ? »

C'était Carrie.

« Carrie, oh, mon Dieu, j'essaie de te contacter depuis…

– Écoute. Tu cours un danger. C'est sérieux. Tu dois aller voir ta mère puis revenir à Houston. Immédiatement.

– Ma mère est morte, Carrie. Elle est morte.

– Evan. Oh, non. Où es-tu ?

– Avec la police.

– Bien. C'est bien. Reste avec eux. Chéri, je suis désolée. Réellement désolée.

– De quel danger voulais-tu parler ? demanda-t-il tandis que les premières paroles de Carrie résonnaient dans sa tête. Qu'est-ce que tu sais de toute cette histoire ? »

Soudain une Ford bleue les dépassa, leur fit une queue-de-poisson et s'arrêta en dérapant, forçant la voiture de police à s'engager sur une pelouse impeccable. « Bordel de merde ! » hurla Durless tandis qu'un coup de frein l'envoyait percuter le pare-brise. Evan, qui n'avait pas bouclé sa ceinture de sécurité, fut propulsé contre le siège avant et lâcha son téléphone.

Il regarda à travers le pare-brise tandis que Durless ouvrait la portière côté passager tout en jurant comme un putois.

De l'autre côté du pare-brise, le type chauve descendit de la Ford bleue, leva son fusil de chasse, le braqua droit sur Evan.

5

Evan chercha à ouvrir les portières, mais elles étaient verrouillées depuis l'avant. Impossible de sortir de la voiture, il était pris au piège.

Le jeune agent ouvrit sa portière d'un coup tout en se recroquevillant sur lui-même et se laissa glisser sur le trottoir. Le chauve bondit sur le capot de la voiture et grimpa sur le toit, puis il fit pivoter son arme en un éclair et assomma l'agent de deux coups de crosse précis portés à la tempe. L'agent s'écroula. Le chauve sauta du toit et, par la portière côté conducteur, braqua son arme sur Durless dont le nez entaillé saignait.

« C'est lui ! hurla Evan. Le type qui était chez moi ! »

Du téléphone qu'il avait laissé tomber s'échappait la voix lointaine de Carrie qui appelait son nom.

« Les mains bien en vue, ordonna le chauve d'une voix absolument calme. Ne jouez pas au con. »

Durless leva les mains.

« Déverrouillez la portière d'Evan.

– Durless, c'est votre type ! »

Durless se jeta hors de la voiture et le chauve se rua par-dessus le capot. Le flic atterrit sur le dos, libéra son arme de service d'un geste souple et fit feu. Il manqua sa cible. Le chauve bondit à pieds joints sur la poitrine de Durless dont le visage s'empourpra sous la violence et la précision du choc. Puis, d'un coup de pied, le chauve fit voler son revolver de service, qui alla finir sa course sur la pelouse verte et impeccable.

Le chauve se baissa, mit Durless K-O de deux coups de poing secs à la mâchoire.

Le tout n'avait pas pris dix secondes.

Evan se coucha sur le dos et se mit à cogner la vitre du pied, mais le verre renforcé ne céda pas.

« Ça ne sert à rien », dit le chauve.

Evan se laissa glisser de la banquette jusqu'au sol.

Le chauve se pencha dans la voiture par la vitre du conducteur, étudia les différents boutons et déverrouilla les portières à l'arrière.

Evan fit un bond en avant pour s'enfuir, mais le chauve était déjà dans la voiture et lui pointait son arme dans le creux des reins. Evan se figea.

« Tu viens avec moi.

– Je vous en prie, qu'est-ce que vous voulez ? hurla Evan.

– C'est pour ta sécurité. Viens. »

Evan fut soudain bien déterminé à ne pas suivre cet homme. Il s'était débarrassé d'un flic beaucoup plus jeune que lui et de Durless avec une facilité déconcertante. Une patrouille avait pu entendre l'attaque à la radio. Ou bien Carrie. Elle était sûrement en train d'appeler la police depuis Houston pour signaler l'agression. Ou alors un fouineur qui avait tout vu de sa fenêtre et qui appelait d'ores et déjà les secours. Les flics arriveraient d'une seconde à l'autre.

« Non. Je ne vais nulle part.

– Bon Dieu, fit le chauve. Je n'ai pas descendu ces deux flics alors que j'aurais pu le faire, tu crois que je vais te tuer ?

– Qui êtes-vous ? » demanda Evan en haussant la voix. Carrie entendait peut-être la conversation. Elle aurait besoin de renseignements pour l'aider. « Qu'attendez-vous de moi ?

– Ce que je veux, c'est que tu coopères, bordel de merde. Tu seras mort dans moins de vingt-quatre heures si tu ne viens pas avec moi. Je t'expliquerai tout. Je te le promets. Mais tu dois venir avec moi.

– Non ! Dites-moi ce qui se passe. Comment avez-vous connu ma mère ?

– Plus tard. »

Le chauve attrapa Evan par les cheveux et le tira hors de la voiture. Puis, d'un geste assuré, il serra les doigts autour de sa gorge en appuyant sur les brûlures provoquées par la corde. De grands cercles noirs dansèrent devant les yeux d'Evan.

Le chauve cala le canon de son fusil sous la mâchoire d'Evan.

« Je ne suis pas obligé d'utiliser la manière douce. »

Evan sentit le métal froid contre sa gorge et acquiesça.

L'homme baissa son arme, poussa Evan en direction de la Ford.

« C'est toi qui conduis. Si tu me désobéis, je te tire dans la jambe. Je t'estropie pour le restant de tes jours. »

Une voiture approcha en ralentissant – un 4 X 4 Lexus, une mère au volant, un adolescent à ses côtés, tous deux observant la voiture de police sur la pelouse. Le chauve leva une main – celle qui ne tenait pas le fusil – et leur adressa un geste amical. La Lexus fila à toute allure.

« Elle va appeler les flics. On a quelques secondes », dit-il.

Evan, les mains tremblantes, s'installa à la place du conducteur. Le chauve se glissa à ses côtés. Il posa le fusil de manière à ce qu'il soit braqué sur la hanche d'Evan.

Evan aperçut les policiers inconscients dans le rétroviseur.

« Ils peuvent s'estimer heureux d'être encore en vie, déclara l'homme.

– Laissez-moi m'assurer qu'ils vont bien. Je vous en prie.

– Pas question. Roule ! » répondit le chauve en lui enfonçant le fusil dans le flanc.

Evan démarra dans un rugissement de moteur.

« Prends la Route 2222 vers l'est », ordonna l'homme.

Evan s'exécuta.

« Qu'est-ce que vous attendez de moi ?

– Écoute-moi attentivement. Je suis un bon ami de ta mère et elle m'a demandé de l'aider.

– Je ne vous ai jamais vu.

– Tu ne me connais pas, et tu ne sais que dalle sur tes parents.

– Si vous en savez tant, dites-moi qui a tué ma mère.

– Un homme nommé Jargo. Elle a été assassinée sur ses ordres.

– Pourquoi ? cria Evan.

– Je t'expliquerai tout quand on sera à l'abri. On va se planquer. Tourne à droite ici. »

Evan s'engagea dans Burnet Road, une autre grande artère, en direction du sud. *Se planquer*. Evan eut l'impression de se retrouver au beau milieu d'un film de gangsters. Un endroit où les tueurs à gages ne pouvaient pas vous retrouver. Son estomac se noua, sa poitrine le faisait souffrir comme si elle était compressée dans un étau.

« Avez-vous vu leur visage, pouvez-vous les identifier ?

– Je les ai vus. Tous les deux. Je ne sais pas si l'un d'eux est Jargo ou s'ils travaillent juste pour lui. »

Le chauve jeta un coup d'œil par la lunette arrière.

« Pourquoi ce Jargo voudrait-il tuer ma mère ? Qui est-il ?

– Le pire homme que tu puisses imaginer. Du moins le pire que moi je puisse imaginer, et je suis pourtant salement tordu côté imagination.

– Qui êtes-vous ?

– Je m'appelle Gabriel, répondit l'homme d'un ton plus doux. Si j'avais voulu te tuer, je t'aurais descendu chez toi. Je suis de ton côté, je suis le gentil. Mais tu dois m'obéir. Au pied de la lettre. Fais-moi confiance. »

Evan hocha la tête tout en pensant *Je ne te connais pas et je ne te fais pas confiance.*

« Sais-tu où se trouve ton père ? demanda Gabriel.

– À Sydney.

– Non, où il se trouve réellement. »

Evan secoua la tête.

« Il n'est pas à Sydney ?

– Jargo a peut-être déjà mis la main sur ton père. Où sont les fichiers ?

– Les fichiers ? Mais de quoi parlez-vous ? »

Evan s'étrangla de colère et de frustration. Il martela le volant.

« Je n'ai pas de fichiers à la con ! Qu'est ce que vous voulez dire par mettre la main sur mon père ? Il aurait été kidnappé ?

– Réfléchis, Evan. Calme-toi. Ta mère avait une série de fichiers électroniques très importants. J'en ai besoin. Nous en avons besoin, toi comme moi, ajouta Gabriel d'une voix plus douce. Pour stopper Jargo. Pour récupérer ton père sain et sauf.

– Je ne sais rien. (Des larmes lui brûlaient les yeux.) Je ne comprends pas.

– C'est ici que tu dois commencer à me faire confiance. Il nous faut une nouvelle bagnole. À tous les coups, la bonne femme du 4 × 4 est en train d'appeler les flics. Tourne ici. »

Evan s'engagea dans une zone commerciale qui avait fait les frais de la dernière récession économique. La moitié des vitrines étaient vides, le reste consistait en une boutique de fripes à but caritatif, une librairie d'occasion, une échoppe de nourriture mexicaine et un petit magasin de fournitures de bureau. Un centre commercial à bout de souffle, avant l'embourgeoisement inévitable du quartier.

Mais plein de gens, pensa Evan. Il pourrait s'échapper. Hurler au secours. Il n'y avait pas grand monde sur le parking, mais si Gabriel le laissait se garer assez près, il pourrait courir jusqu'aux boutiques.

« Prouve-moi que tu es intelligent, dit Gabriel en fixant calmement Evan du regard. Tu ne cours pas, tu ne cries pas. Parce que si tu me forces la main, quelqu'un sera blessé. Et je ne veux pas que ce soit toi.

– Vous avez dit que vous étiez le gentil.

– Gentil est un concept relatif dans ma profession. Ne bouge pas, ferme-la, et tout ira bien pour toi. »

Evan observa le parking. Deux femmes, les bras chargés de sacs de nourriture mexicaine tachés de graisse, montaient en riant dans un break. Une femme âgée clopinait en direction de la boutique de fournitures de bureau. Deux jeunes d'une vingtaine d'années, sapés tout en noir, étaient occupés à regarder la vitrine de la friperie.

« Ne me provoque pas, Evan, dit Gabriel. Ces braves gens n'ont certainement pas envie d'avoir des problèmes aujourd'hui, pas vrai ? »

Evan secoua la tête.

« Gare-toi à côté de cette beauté. »

Evan arrêta la Ford près d'une vieille Chevrolet Malibu. Un autocollant sur la lunette arrière annonçait qu'un enfant du propriétaire était l'un des meilleurs élèves d'un lycée du coin.

« Je n'avais pas prévu que ta mère se ferait tuer, ni que je serais forcé de sauver ton cul de la police dans une voiture qui pouvait être identifiée. Ouvre le capot comme si on essayait de recharger la batterie. »

Gabriel descendit de la Ford, crocheta le verrou de la Malibu au moyen d'une fine tige de métal, ouvrit la portière, plongea sous l'axe du volant pour court-circuiter le démarreur.

Ouvre la portière. Pars en courant. Il bluffe. Evan ouvrit la portière et Gabriel remonta aussitôt dans la voiture, pointant son arme sur les côtes d'Evan.

« Je n'ai pas été clair ? Je t'ai dit de ne pas me forcer la main. Ferme cette portière. »

Evan obéit.

Gabriel retourna dans la Malibu et passa la tête sous le volant.

Laisse un indice, pensa Evan. Il baissa les yeux vers le volant. Ses doigts. Il appuya le bout de ses doigts contre le volant. Puis il appliqua son index et son majeur sur le cendrier et la façade de l'autoradio. Il ne savait que faire d'autre, ne voyait pas quelle autre trace de lui il pouvait laisser.

Gabriel lui fit signe d'approcher en agitant son arme. Evan monta dans la voiture, à la place du conducteur. Dans la Malibu flottait une odeur de milk-shake qui aurait tourné au soleil et des exemplaires du magazine *Southern Living* étaient empilés sur la banquette arrière.

Gabriel retourna à la Ford et essuya rapidement toutes les empreintes. Evan se sentit envahir par le découragement. Il regarda Gabriel passer un chiffon sur le volant, les poignées de porte, les vitres. Ses gestes étaient rapides et efficaces.

Mais il oublia l'autoradio.

Gabriel laissa les clés de la Ford sur le contact.

Il se coula dans la Malibu à côté d'Evan, jeta dehors le milk-shake abandonné. Evan se dirigea vers la sortie du parking, lentement, comme si de rien n'était, puis il s'engagea dans le flot continu des voitures le long de Burnet Road.

Gabriel ramassa une casquette de base-ball sur la banquette arrière et l'enfonça brutalement sur la tête d'Evan. Puis il lui colla sur le nez une paire de lunettes de soleil de femme qui traînait sur le siège du milieu.

« Ta tête sera dans tous les journaux télévisés ce soir. » Ses lèvres dessinaient une fine ligne blanche ; Evan remarqua qu'un bleu commençait à poindre sur la mâchoire de Gabriel, à l'endroit où il lui avait assené un coup de poing à la maison. « J'aime autant que personne ne puisse te reconnaître.

– S'il vous plaît, écoutez-moi. Écoutez-moi vraiment. Ma mère n'a pas ces fichiers qui vous intéressent, vous et ce Jargo. Vous faites une erreur monumentale.

– Evan, dans ta vie, rien n'est tel qu'il paraît », murmura Gabriel.

Cette affirmation était dénuée de sens, et pourtant elle ne semblait pas si absurde que ça. Sa mère qui faisait ses valises pour un long voyage secret. Son insistance pour qu'il rentre à la maison immédiatement sans fournir aucune explication. Son père qui n'était pas là où il était censé être. Et Carrie qui était partie ce matin et avait démissionné avant de l'appeler pour l'alerter et lui dire de rentrer à Houston. *Tu es en danger. Sérieusement en danger*. Carrie. Comment pouvait-elle savoir que sa vie avait été réduite en poussière depuis la nuit précédente ?

« Prends l'autoroute ici. Dirige-toi vers le sud jusqu'à la 71 Est. »

Evan s'engagea lentement sur la MoPac, la principale autoroute nord-sud à l'ouest d'Austin, puis accéléra jusqu'à atteindre les quatre-vingt-quinze kilomètres à l'heure. Au bout de quinze minutes, la MoPac se fondit dans la 71 et ils pénétrèrent dans le comté des collines à l'ouest d'Austin.

« Vous avez dit que vous m'expliqueriez la situation. »

Gabriel regardait la circulation.

« Vous me l'avez promis. »

Evan appuya sur l'accélérateur et atteignit les cent dix kilomètres à l'heure. Il en avait marre de se faire balader ; une rage terrible brûlait soudain en lui.

« Quand on sera à l'abri.

– Non. Maintenant. Ou je nous flanque dans le décor. »

Il se savait capable de le faire. Ou du moins de se déporter hors de la route, jusqu'à ce que l'aile du côté de Gabriel aille se déchirer contre les clôtures de barbelés qui encerclaient les propriétés, quitte à rendre la Malibu incontrôlable. Gabriel fronça les sourcils, comme s'il hésitait à jouer le jeu.

« Tu en es bien capable.

– Sans le moindre doute.

– Ta mère possède certains fichiers qui pourraient avoir un effet dévastateur sur certaines personnes. Des gens puissants. Elle voulait que je l'aide à quitter le pays en échange de ces fichiers.

– Qui ? Quels gens ?

– Mieux vaut ne pas entrer dans les détails.

– Je n'ai pas ces fichiers. »

Evan dépassa en trombe un pick-up. Les flics d'Austin passaient leur temps à coller des amendes à tour de bras, et maintenant qu'il fonçait comme un dingue, impossible d'attirer l'attention d'un agent. La circulation était fluide et les quelques voitures qui se trouvaient sur sa route se déportaient poliment sur la voie de droite.

« Je crois que si, répliqua Gabriel, mais tu ne le sais pas. Ralentis et roule normalement si tu veux en savoir plus. »

Il enfonça le fusil dans les reins d'Evan.

« Dites-moi tout ce que vous savez sur ma mère. Maintenant. » Evan mit le pied au plancher. « Raconte, connard, ou on crève tous les deux. »

La dernière chose que vit Evan fut le compteur qui dépassait les cent quarante. Puis Gabriel lui envoya un violent coup de poing, sa tête percuta la vitre et il sombra dans un trou noir.

6

Steven Jargo était d'une humeur massacrante. Il détestait les échecs. Bien que rares, ils le hantaient plus longtemps que la plupart des gens, et il méprisait la sensation de panique qui, dans son monde, accompagnait inévitablement tout faux pas. Le travail allait bien ou mal ; il n'y avait pas de milieu. La panique révélait une faiblesse, un manque de préparation et de détermination, elle était comme un poison injecté dans son cœur. Il n'avait jamais eu peur depuis le jour où il avait commis son premier meurtre, et encore sa terreur s'était-elle alors vite dissipée, telle une fumée emportée par le vent.

Mais aujourd'hui il s'enfuyait avec la peur au ventre. Ses mains étaient tout écorchées après la glissade qu'il avait faite le long du toit de la maison des Casher quand les choses avaient mal tourné dans la cuisine alors qu'il était occupé à effacer les données de l'ordinateur à l'étage. Il avait atterri dans les buissons de Donna Casher où des épines lui avaient lacéré les mains, puis était retombé sur la pelouse fraîche et avait vu Dezz décamper par la porte de derrière tandis que les balles sifflaient tout autour. Ils avaient alors regagné leur voiture garée une rue plus loin. Tout ce raffut attirerait la police, et les flics conduisaient toujours plus vite dans les quartiers riches.

La veille, Jargo avait loué un appartement vide, sous un faux nom et il avait payé cash. Même si l'endroit n'était pas sûr, ils n'avaient nulle part ailleurs où aller.

Dezz respirait fort tandis que Jargo roulait trente kilomètres heure au-delà de la limite dans un quartier calme et délabré à l'est de la ville.

« J'en ai vu au moins un. Crâne rasé. Vieux comme toi. Type mexicain. C'est tout ce que j'ai vu. » Dezz se palpa la tête pour s'assurer qu'une balle ne l'avait pas amoché. Il se fourra un caramel dans la bouche, mâcha avidement. « Je l'ai pas reconnu. J'ai vu une Ford bleue dans la rue. Immatriculation XXC, pas vu le reste. Plaques du Texas.

– Est-ce qu'Evan a été touché ?

– Aucune idée. L'assaillant a tiré dans sa direction. La corde l'avait déjà presque tué. Tu as effacé les fichiers sur son ordinateur ?

– Elle s'en était déjà chargée. Elle ne comptait rien nous laisser au cas où on se pointerait. »

Dezz – un type petit mais sec au regard fiévreux – s'appuya contre la vitre.

« Cet enculé m'a foutu la trouille de ma vie, dit-il. Si je le revois, il est mort. » Avant d'ajouter : « Qu'est-ce qu'on fait, maintenant, papa ?

– On lui rend la monnaie de sa pièce. »

Jargo se gara devant leur immeuble, tout en continuant de regarder dans le rétroviseur pour s'assurer que personne ne les avait suivis.

« Evan ne nous a pas vus.

– Mais il avait les fichiers sur son ordinateur, répliqua Jargo. Il est au courant. »

Ils regagnèrent leur appartement à la hâte et Jargo passa deux coups de téléphone. Il ne se présenta pas à son premier interlocuteur, se contenta de donner les indications nécessaires pour venir à l'appartement, attendit une confirmation et raccrocha. Puis il appela une femme dont le nom de code était Galadriel. Il employait un certain nombre d'experts en informatique qu'il payait de sa poche et qu'il appelait ses elfes à cause des pouvoirs magiques qu'ils déployaient pour vaincre serveurs, bases de données et autres codes. Galadriel – du

nom de la reine des elfes dans Tolkien – était une ancienne technicienne informatique de la CIA. Jargo la payait dix fois plus que le gouvernement.

Il lui décrivit leur assaillant et les plaques de la Ford bleue, lui demanda de trouver une correspondance dans leur base de données. Elle promit de rappeler.

Jargo appliqua une lotion antibactérienne sur ses mains écorchées et observa par la fenêtre deux jeunes mères qui marchaient en papotant sous le soleil avec leurs bébés dans les bras. C'était une belle journée de printemps à Austin, un jour à regarder les jolies filles qui levaient le nez vers le soleil, pas un jour à mourir ou à souffrir, ni à voir son monde s'écrouler. Il observa la rue. Pas de voiture garée avec quelqu'un à l'intérieur. Quelques personnes se rendant à pied à une petite épicerie. Il chercha à voir si on les surveillait.

Il allait devoir appeler Londres dans un moment. On lui avait menti, et il n'aimait pas ça. Ensuite il prendrait la décision la plus difficile de sa vie.

« Les fichiers ont disparu, dit Dezz. Même s'il est vivant, Evan ne peut rien contre nous.

– S'il les a eus sur son ordinateur, je suppose qu'il les a vus, répondit Jargo. Il peut citer des noms. Je ne suis pas prêt à courir ce risque. »

Dezz était assis sur le canapé, occupé à tourner et retourner entre ses mains son Game Boy éteint. Sans jouer. Trois caramels de plus coincés sous sa joue. Jargo s'aperçut qu'il était à la fois nerveux et furieux de ne pas avoir pu aller au bout de son meurtre. Il déchaînerait toute cette rage contenue sur la prochaine personne faible qu'il rencontrerait. Jargo s'assit près de lui.

« Calme-toi. On a bien fait de s'enfuir. C'était une embuscade.

– Je me demande qui a prévenu le type au fusil qu'on était là. »

Dezz faisait passer ses caramels d'un côté à l'autre de sa bouche.

Jargo se rendit à la cuisine et se versa un verre d'eau. Evan ressemblait à sa mère, ç'avait été d'autant plus dur d'essayer de le tuer. Jargo repensa au visage jadis magnifique de Donna Casher, aux deux minutes durant lesquelles il avait commis l'erreur de la laisser seule avec Dezz tandis qu'il fouillait sur son ordinateur, aux paroles qu'il avait prononcées – *Je suis désolé* – en la voyant morte. Dezz devait apprendre à se contrôler.

« Les valises m'incitent à croire que sa mère lui avait dit qu'ils devaient fuir. Et s'ils devaient fuir, c'est parce que les fichiers étaient sur son ordinateur à lui. Elle devait lui mettre la pression, le faire revenir dare-dare. Tu aurais dû emporter son portable. »

Dezz alluma la Game Boy, tripota les boutons. Jargo le laissa faire, bien qu'il trouvât les bips-bips du jeu agaçants. Le gamin avait besoin de son opium électronique et de ses bonbons pour se calmer.

« Désolé. Je me serais fait tirer dessus. Ça n'a pas d'importance, les fichiers ne sont plus dessus.

– Evan n'a qu'à parler à la police, répliqua Jargo, et nous sommes morts.

– Il n'a aucune preuve. Il ne nous a pas vus. Ils croiront à un cambriolage. »

À la radio, une station d'informations locale diffusa un flash annonçant que deux agents avaient été victimes d'une attaque et que la personne dont ils avaient la garde, le témoin d'un crime qui s'était déroulé le matin même, avait été enlevée. Dezz replia son Game Boy. Le journaliste expliqua que les deux policiers avaient été blessés, puis il donna la description d'Evan Casher ainsi que celle de l'agresseur chauve. Jargo tapotait son verre du bout du doigt.

« Evan est en vie et notre ami l'a laissé parler à la police avant de lui remettre la main dessus. Je me demande pourquoi. »

Dezz déballa un nouveau caramel. Jargo envoya promener le bonbon d'une claque sur la main.

« Ma théorie est que Donna Casher se savait en danger et qu'elle a loué les services de quelqu'un pour assurer sa protection. C'est lui qui nous a attaqués. » Il fixa un regard dur sur Dezz. « Tu es certain qu'elle ne t'a pas repéré quand tu l'as suivie ?

– Impossible. J'ai été extrêmement prudent.

– Je t'avais prévenu de ne pas la sous-estimer.

– Je ne l'ai pas sous-estimée. Mais si ce type n'est qu'un gros bras, pourquoi il a récupéré Evan ? Y a plus rien à faire. Pas la peine pour lui de risquer sa peau. »

Jargo fronça les sourcils.

« C'est une très bonne question, et très troublante aussi, Dezz. De toute évidence, il pense qu'Evan a quelque chose qui l'intéresse. »

Dezz plissa les yeux.

« Qu'est-ce qu'on va raconter à Mitchell pour sa femme ? Ou alors, est-ce qu'on se contente de le buter sans autre forme d'explication ?

– On lui dit qu'on est arrivés trop tard pour la sauver. Qu'un porte-flingue l'a descendue et a enlevé son fils. »

Dezz haussa les épaules.

« Soit. Et après ?

– On se demande à qui Donna a pu demander du secours. C'est lui, le ravisseur. On le retrouve, on retrouve Evan par la même occasion et on lui explique qu'on peut le mener tout droit à son père. C'est le moyen le plus rapide d'arriver à nos fins. »

Quelqu'un frappa à la porte. Trois coups rapides, puis deux lents. Dezz s'approcha, arme à la main.

On frappa de nouveau cinq coups, puis une voix annonça : « L'éclaireuse apporte des gâteaux. »

Dezz ouvrit la porte, se fendit d'un sourire.

« Salut, éclaireuse. »

Carrie Lindstrom pénétra dans la pièce. Elle avait l'air fatiguée, ses cheveux étaient tirés en queue-de-cheval et elle portait un jean par-dessus lequel pendait un T-shirt. Elle parcourut la pièce du regard.

« Où est Evan ? »

Jargo la fit asseoir, lui raconta ce qui s'était passé, décrivit le chauve en reprenant les informations données à la radio et les quelques éléments glanés par Dezz lorsqu'il l'avait furtivement aperçu.

« Ça te dit quelque chose ?

– Non. Evan ne connaît personne correspondant à cette description, du moins pas à Houston. »

Jargo lui jeta un regard sévère.

« Carrie. Tu étais censée découvrir ces fichiers si Evan les avait. Et ils étaient sur son ordinateur. Je les ai vus. Tu n'as pas fait ton boulot.

– Je te jure… ils n'y étaient pas. »

L'angoisse qu'il lut dans les yeux de Carrie lui fit plaisir.

« Quand les as-tu cherchés pour la dernière fois ?

– Hier soir. Je suis allée chez lui, on a regardé un film, bu du vin. Je lui ai demandé si je pouvais vérifier mes e-mails. Il a dit oui. J'ai regardé, et il n'y avait aucun nouveau fichier sur son système. Je le jure.

– Tu as passé la nuit avec lui ?

– Oui.

– Tu l'as bien baisé ? demanda Dezz, avec une pointe d'amusement dans la voix.

– La ferme, Dezz, coupa Jargo. Comment s'est-il arrangé pour t'échapper à Houston ? reprit-t-il.

– Je suis allée nous chercher un petit déjeuner. Je suis passée par chez moi et me suis retrouvée coincée dans les bouchons au retour. Quand je suis arrivée chez lui, il était parti. Il m'avait laissé un message pour me dire qu'il avait une urgence, qu'il était rentré chez lui.

– J'ai interrogé ta messagerie ce matin. J'ai entendu le message qu'il t'a laissé.

– Tu as écouté mes messages ? dit Carrie, la mâchoire tremblante. Tu ne me fais pas confiance ?

– Carrie. Tu n'as pas donné signe de vie ce matin. Pendant presque deux heures. Si je n'avais pas interrogé ta messagerie, je n'aurais jamais su qu'Evan était en route pour Austin et que Donna risquait de mettre les voiles. Heureusement que je l'ai fait parce que, sans ça, on aurait été pris au dépourvu. La rue où habite Donna est difficile à surveiller et elle avait visiblement fait appel aux services d'un gros bras pour l'aider à s'enfuir. En ne m'informant pas de ses mouvements ce matin, tu m'as fait perdre une heure précieuse.

– Je n'ai pas écouté mes messages. Je suis désolée. Je…

– Les fichiers que j'ai découverts sont arrivés sur l'ordinateur d'Evan ce matin, expliqua Jargo. Donc, je te fais confiance. Heureusement pour toi.

– Tu as dit que tu mettrais Evan et sa mère à l'abri, reprit Carrie.

– Tu perds le sens des réalités, lança Dezz. C'était pas une bonne idée de coucher avec lui.

– Arrête d'être con. » Elle se tourna vers Jargo. « Où est-il ?

– Il a été enlevé.

– Est-ce que vous avez tué sa mère ? demanda-t-elle d'une voix grêle.

– Non. Elle était morte à notre arrivée. Puis Evan s'est pointé, on l'a neutralisé et on a cherché sur son ordinateur portable. On a trouvé les fichiers et on les a effacés. Mais c'est à ce moment qu'on a été attaqués. J'imagine que c'était l'assassin de Donna, qu'il revenait sur les lieux pour je ne sais quelle raison. »

Jargo observa son visage pour voir si elle gobait le mensonge. Elle croisa les bras.

« Qui aurait pu l'enlever ?

– Quelqu'un qui savait que sa mère avait les fichiers. Elle a dû essayer de les refourguer aux mauvaises personnes.

– Evan ne sait rien, dit-elle.

– Je crois qu'il s'est payé ta tête. Sa mère lui a envoyé les fichiers ce matin, il les a vus, il sait que tu n'es pas vraiment sa petite chérie. » Jargo réprima une envie de la frapper, de mettre en miettes la porcelaine parfaite de son visage, de la balancer par la fenêtre. « Il t'a plantée et il s'est tiré, et tu l'as laissé faire parce que tu es la reine des connes, Carrie. »

Elle ouvrit la bouche comme pour parler, puis la referma.

« Carrie. C'est ta dernière chance. Est-ce que tu me dis tout ce que tu sais ? demanda Jargo.

– Oui.

– Est-ce que tu l'as appelé ce matin ? demanda Jargo avec l'air de déjà connaître la réponse.

– Non. On va le chercher oui ou non ? »

Jargo la regarda le temps de prendre une décision.

« Oui. Car l'autre possibilité, c'est qu'Evan soit tombé entre les mains de la CIA. C'est eux qui ont le plus à perdre. Ils avaient toutes les raisons de supprimer sa mère, dit-il, laissant le temps à ses paroles de faire leur effet. Tout comme ils ont supprimé tes parents, Carrie. »

Carrie conserva un visage de marbre.

« Nous devons récupérer Evan.

– Elle est bonne celle-là, intervint Dezz. Si c'est la CIA qui le tient, on le retrouvera jamais.

– L'hypothèse la plus inquiétante serait que la CIA ait tué Donna, déclara Jargo, et que l'homme qui a enlevé Evan ait tout à fait autre chose en tête. Nous nous battrions alors sur deux fronts. »

Carrie voulut parler, mais se tut.

« Tu t'inquiètes pour lui, dit Dezz.

– Comme on s'inquiète pour un chien perdu, répondit Carrie. Le chien d'un voisin, pas le sien.

– On va voir si Galadriel parvient à trouver une trace du chauve ou d'Evan, s'ils ont refait surface quelque part.

– Si la CIA a mis la main sur les fichiers, alors on ferait bien de décamper », dit-elle.

Dezz la saisit par la gorge et serra férocement, ses doigts lui malaxant la chair autour de la jugulaire et de la carotide comme si ç'avait été de la pâte à modeler.

« Si tu avais fait ton boulot et que tu l'avais retenu à Houston, on en serait pas là.

– Lâche-la, Dezz ! » ordonna Jargo.

Dezz la relâcha et se passa la langue sur les lèvres.

« T'en fais pas, Carrie, dit-il. Tout est pardonné. »

Le téléphone de Jargo sonna. Il passa dans l'autre pièce pour répondre, referma la porte derrière lui.

Carrie s'assit sur le canapé, recroquevillée sur elle-même. Dezz se pencha au-dessus d'elle et murmura tout en lui massant le cou :

« Je te surveille, rayon de soleil. Tu as merdé. »

D'une claque elle lui fit ôter sa main.

« Pas besoin de ça, dit-elle.

– Tu l'as dans la peau, pas vrai ? poursuivit Dezz. Je pige pas. Il est pas plus beau que moi. J'ai un emploi rémunéré. Je partage mes bonbons. Soit, j'ai jamais été sélectionné pour les oscars, mais bordel, c'est jamais qu'un bout de papier.

– Il faisait partie de la mission. »

Carrie se leva et marcha jusqu'à la cuisine.

« Tu t'es bien amusée à jouer à touche-pipi, continua Dezz. Mais fini de faire joujou. S'il a vu ces fichiers, c'est un homme mort, tu le sais aussi bien que moi.

– Pas si on lui fait comprendre. Pas si je peux lui parler.

– Pour qu'il devienne comme toi, dit Dezz. Les Orphelins Vengeurs. Ça ferait une bonne BD.

– Je peux le convaincre de nous aider. Je le peux.

– J'espère, dit Dezz. Parce que sinon, je le bute. »

7

C'EST LA FIN DE MA DOUCE ET COURTE VIE, se dit Carrie.

Elle laissa Dezz à sa Game Boy et alla dans la chambre de Jargo. Il était au téléphone, en conversation avec ses elfes. Ils étaient maîtres dans l'art de localiser des informations. Ils savaient mieux que personne infiltrer des bases de données privées et découvrir les pépites dont Jargo avait besoin pour arriver à ses fins. Les plaques minéralogiques de la Ford ne menaient nulle part : une voiture volée à Dallas entre minuit et six heures du matin. Mais les elfes commençaient maintenant à se pencher sur les relevés téléphoniques et bancaires des Casher et, surtout, à chercher un indice qui les mènerait à l'homme qui avait secouru Evan.

Enfermée dans la salle de bains, Carrie s'aspergea d'eau puis regarda son visage ruisselant dans le miroir. Il n'existait aucune photo d'elle en tant que Carrie Lindstrom, sauf celles de son passeport et de son permis de conduire, tous les deux faux, plus un cliché qu'Evan avait pris avant qu'elle ait pu l'en empêcher dans un bar au bord de la plage de Galveston par un jour de l'an exceptionnellement chaud. Cette fille avec une bière à la main serait bientôt morte. Le prochain boulot des elfes, quand ils auraient retrouvé Evan, consisterait à lui créer une nouvelle identité. Elle aimait ce nom, Carrie – c'était son vrai prénom – mais vu qu'elle l'avait utilisé, Jargo l'obligerait à en changer.

Cela faisait quatre-vingt-neuf jours qu'elle s'était immiscée dans la vie d'Evan. Les instructions de Jargo avaient été simples et claires : *Va à Houston et noue une relation avec un type nommé Evan Casher. Je veux savoir quels films il compte tourner. C'est tout.*

Je ne pourrais pas tout simplement entrer chez lui par effraction et fouiller dans ses papiers, dans son ordinateur ?

Non. Noue une relation avec lui. Ça prendra le temps que ça prendra. J'ai mes raisons.

Qui est-il, Jargo ?

Juste un projet, Carrie.

Elle avait loué une chambre d'hôtel près de la Galleria, en bordure du cœur de Houston. Jargo lui avait procuré de faux papiers sous le nom de Carrie Lindstrom, et elle avait commencé à suivre Evan, à baliser son monde.

Elle avait pu côtoyer Evan dans le café qu'il aimait fréquenter, un petit endroit tranquille non loin de Shepherd Drive nommé *Joe's Java ;* pendant la première semaine de surveillance, il s'y était rendu quatre fois. Cette deuxième semaine, elle était apparue chez *Joe's* à deux reprises. La première fois, elle avait pris un café à emporter au cas où il ne resterait pas ; puis, le lendemain, elle était arrivée une heure avant lui et s'était installée à l'autre bout du café pour lire un épais livre de poche sur l'histoire du cinéma qu'elle avait déjà potassé dans l'espoir qu'il engagerait la conversation. Il préférait s'asseoir près des prises électriques pour y brancher son ordinateur portable. Elle ne l'avait jamais vu équipé d'une caméra, il se contentait de froncer les yeux devant son écran et d'écouter dans un casque ; elle en avait conclu qu'il devait travailler au montage d'un film qui lui posait des problèmes.

Carrie l'observait. Sa vie était terne ; il passait son temps à travailler, à aller voir des films, ou alors il restait chez lui. Il était plus âgé qu'elle d'un an ou deux. Lorsqu'il était plongé dans une réflexion profonde, il passait inconsciemment une main dans ses cheveux châtain clair un peu trop longs et ébouriffés. Il portait un petit anneau à l'oreille gauche, mais pas d'autres bijoux. Il était beau mais ne semblait pas en avoir conscience. Elle avait vu deux femmes qui le reluquaient au café, l'une d'elles l'examinant sans vergogne de haut en bas d'un air approbateur. Evan, perdu dans son travail, une main accrochée à ses cheveux, n'avait rien remarqué. Il ne se rasait pas tous les jours et était sur le point de devenir trop vieux pour sa garde-robe, qui semblait constituée de jeans usagés et de vieilles chemises extravagantes avec des baskets montantes ou des sandales. Il regardait les fumeurs qui tiraient sur leur cigarette dehors, et elle en déduisit qu'il avait dû arrêter de fumer. Elle prenait soin de se concentrer sur son livre, de ne pas le regarder, de rester discrète. Ça fonctionnerait mieux, beaucoup mieux, si c'était lui qui faisait le premier pas.

« Tu lis Hamblin ? Pas terrible comme bouquin », dit-il.

Elle était assise près du comptoir à une table ornée d'un plateau en marbre tandis qu'il faisait la queue pour se faire resservir du café torréfié à la française.

Carrie compta dans sa tête jusqu'à cinq, puis leva les yeux vers lui.

« Tu as raison. Le livre de Callaway est meilleur. »

Elle prononça ces paroles en sachant pertinemment qu'il serait d'accord avec elle. Deux soirs plus tôt, elle l'avait suivi jusqu'au *River Oaks Theater*, un cinéma d'art et d'essai situé près de chez lui. Elle s'était ensuite glissée dans son jardin, avait neutralisé son alarme électronique grâce au casseur de codes de son PocketPC et crocheté le verrou de sa porte au moyen d'un rossignol qui avait appartenu à son père. Une fois à l'intérieur, elle avait examiné ses livres sur le cinéma et remarqué que le Calloway était le plus usé, donc son préféré, puis elle avait passé en revue ses DVD, cherché ses faiblesses. Mais elle n'avait trouvé que deux canettes de bière dans le réfrigérateur, une bouteille de vin pas ouverte, pas d'herbe, pas de coke, pas de porno. Il était visiblement ordonné sans être maniaque. Ce qui l'intéressait, c'était son travail, et sa maison reflétait son mode de vie simple.

Elle n'avait pas touché à son ordinateur ni à ses carnets. Chaque chose en son temps.

« Oui, le Calloway est génial. Tu étudies le cinéma ? » demanda Evan.

La personne devant lui avança, mais Evan, le dernier de la file d'attente, ne bougea pas.

« Non. Ça m'intéresse simplement.

– Je suis réalisateur, dit-il, faisant tout son possible pour ne pas avoir l'air d'un frimeur ni d'un dragueur.

– Vraiment ? Des films pour adultes ? demanda-t-elle innocemment.

– Heu, non. »

Son tour étant arrivé, il lui tourna le dos et elle pensa, *Ça n'a pas fonctionné.* Mais après avoir passé sa commande, il parcourut de nouveau les cinq pas qui le séparaient de la table de Carrie.

« Je fais des documentaires. C'est pour ça que je n'aime pas le livre d'Hamblin. Ce genre de films l'intéresse peu.

– Vraiment ? dit-elle avec un sourire poli.

– Oui.

– Est-ce qu'il est possible que j'aie vu un de tes films ? »

Il énonça les titres et elle leva les yeux lorsqu'il cita *Mauvaise passe*.

« Je l'ai vu à Chicago, dit-elle. J'ai bien aimé.

– Merci, répondit-il en souriant.

– C'est vrai. J'ai payé mon ticket, je ne suis même pas allée le voir en douce depuis une autre salle. »

Il se mit à rire.

« Oh, mon porte-monnaie t'est reconnaissant.

– Tu fais un autre film en ce moment ?

– Oui. Ça s'appelle *Bluff*. L'histoire de trois joueurs de poker professionnels.

– Alors, tu es à Houston pour tourner ?

– Non, j'habite encore ici.

– Pourquoi ne déménages-tu pas à Hollywood ?

– Tu vois une différence ? » demanda-t-il en riant.

Elle rit à son tour.

« Bon, ça m'a fait plaisir de te rencontrer. Bonne chance pour ton film. »

Elle se leva et se dirigea vers le comptoir pour commander un nouveau *latte*.

« Je t'invite, dit-il rapidement. Si tu me le permets. Après tout, tu as payé ton ticket. »

Elle sourit, le laissa payer son café, puis vint s'installer près de lui en se demandant, *Mais pourquoi Jargo s'intéresse-t-il à ce type ?* Ils parlèrent pendant une heure des films qu'ils aimaient et n'aimaient pas, et elle finit par lui donner son numéro de téléphone portable.

Il l'appela le lendemain et ils dînèrent le soir même dans un restaurant thaïlandais qu'il adorait. Elle venait de débarquer en ville et n'était donc pas en mesure de suggérer un endroit qu'elle aimait. Elle soupçonnait Evan d'être le genre d'homme à avoir pitié de sa solitude tout en admirant le cran dont elle faisait preuve en s'installant dans une ville où elle ne connaissait personne. Ils discutèrent de base-ball, de littérature, de cinéma, et évitèrent d'évoquer leur vie personnelle. Elle lui expliqua qu'elle envisageait de s'inscrire en troisième cycle d'anglais et qu'elle vivait d'une rente, tout en restant volontairement vague quant à sa situation. Elle voulut régler la note du dîner ; il tira l'addition vers lui en souriant.

« Mais tu as payé ton ticket. »

Il lui plaisait. Mais cinq jours plus tard, après deux autres rendez-vous, elle se heurta à un mur de pierre : il refusait de parler de ce qui intéressait Jargo, à savoir ses films à venir.

Avant d'arriver à Houston, elle avait préparé le terrain en visionnant les DVD des deux films qu'il avait achevés. Il ne parlait de ces films que lorsqu'elle lui posait des questions. Il n'évoquait jamais sa nomination aux oscars, ce qui impressionnait Carrie bien plus que la distinction elle-même.

Au cours de leur quatrième rendez-vous, elle vit Dezz qui les observait. Assis seul au bar d'un petit restaurant italien, il buvait un verre de vin rouge tout en faisant semblant de lire le journal. À travers lui, c'était Jargo qui l'observait. Il partit alors qu'ils n'en étaient qu'à la moitié de leur repas.

« Tu ne te sens pas bien ? » demanda Evan, trente secondes à peine après que Dezz fut passé devant leur table.

Les choses auraient été infiniment plus simples si Evan avait été un de ces hommes qui ne pensent qu'à eux. Mais lorsqu'il n'était pas plongé dans son travail, il semblait remarquer le moindre détail en elle.

« Si. J'ai juste vu quelqu'un qui m'a rappelé un homme que je connaissais autrefois. Un mauvais souvenir.

– Alors, changeons de sujet », dit-il.

Dix minutes plus tard, il l'interrogea sur ses parents. Elle décida de rester proche de la réalité.

« Ils sont morts.

– Je suis désolé.

– Cambriolage. Ils se sont tous les deux fait abattre. Il y a un an. »

Il blêmit.

« Oh, mon Dieu, c'est abominable. Je suis vraiment désolé.

– Maintenant que tu sais, dit-elle, j'aimerais parler d'autre chose.

– Bien sûr. »

Il ramena la conversation à un sujet bénin pour dissiper le malaise. Elle lut une vraie tendresse dans son regard et pensa, *Oh, non, ne fais pas ça, tu me donnes l'impression de me servir de leur mort, je ne comptais pas t'en parler et je ne sais pas pourquoi je l'ai fait.* Elle craignait que, avec sa curiosité naturelle, il n'aille chercher un compte rendu des meurtres sur le site Internet du *Chicago Tribune*. D'autant qu'elle portait un autre nom à l'époque ; il ne trouverait aucune Carrie Lindstrom dont les parents avaient été assassinés au cours d'un cambriolage. Elle avait fait une erreur, mais s'il ne cherchait pas à en savoir plus, il n'y aurait pas de problème.

Ils retournèrent chez lui pour regarder un film et boire du vin. Elle savait qu'elle devrait coucher avec lui ; il était temps de sceller le contrat, de s'immiscer plus profondément dans sa vie. Il n'avait pas de petite amie régulière – il y avait eu cette fille l'année précédente, une réalisatrice nommée Kathleen qui l'avait largué pour un autre type et avait déménagé à New

York. Evan n'en avait parlé qu'une fois, ce qu'elle jugeait sain. Il menait une vie plutôt solitaire, mais ne semblait pas en manque ; elle pourrait donc le surveiller de plus près, quels que fussent les motifs bizarres de Jargo. Elle hésitait néanmoins.

Jargo lui avait ordonné de coucher avec un type six mois plus tôt, un grand ponte de la police colombienne, marié et approchant de la cinquantaine. Mais elle ne l'avait pas fait. À la place, elle avait accepté qu'il la drague dans un bar de Bogota, avant de le suivre dans l'appartement qui lui servait de planque. Ensuite, elle l'avait embrassé, non sans avoir pris le soin de verser dans sa bière un soporifique qui l'avait mis K.-O. Il était tombé dans les vapes au beau milieu d'un baiser. Elle l'avait déshabillé pour lui faire croire qu'ils étaient passés à l'acte et l'avait regardé dormir. Pendant ce temps, Dezz s'était introduit chez lui et avait fouillé son bureau. Deux semaines plus tard, elle avait lu dans un journal qu'un certain nombre de flics soudoyés par le cartel de la drogue s'étaient fait coffrer. Elle en avait conclu que Dezz avait dû voler des documents financiers ou des listes de gens qui bossaient pour les trafiquants. Jargo ne lui avait jamais demandé si elle avait couché ou non avec le flic ; il supposait qu'elle l'avait fait, qu'elle était d'accord pour se prostituer.

Avec Jargo, vous ne pouviez jamais savoir quelle étiquette il vous collait sur le dos.

Mais pour ça, elle ne pouvait pas faire semblant.

Tout va bien se passer, se dit-elle. *Il est gentil, beau garçon, et il te plaît*. Mais ç'aurait été plus simple si elle l'avait détesté, elle ne l'en aurait haï que plus. C'est ce qu'elle comprit avec stupeur lorsque leurs lèvres se rencontrèrent, lorsqu'il l'embrassa longuement, tendrement. Elle se cambra et lui attrapa les cheveux tandis qu'il faisait glisser sa main sur ses seins.

« Qu'est-ce qui ne va pas ? demanda-t-il.

– Rien. »

Il se pencha en arrière.

« Tu n'es pas prête.

– Tu réfléchis trop. »

Elle l'embrassa avec fougue pour qu'il ne fasse pas attention, espérant qu'elle ne se laisserait pas troubler par ses caresses et ses baisers. *Il n'est qu'un projet.* Mais Evan s'écarta.

« Dis-moi ce qui ne va pas. »

Oh, bon sang, si je pouvais. Mais ce ne sera jamais possible, jamais.

« Tout va bien. Sauf que tu ne m'as pas encore portée jusqu'au lit. »

Le mensonge le rassura. Il sourit, la souleva du canapé, puis ils s'étendirent sur son lit. Ça n'avait rien à voir avec la fois où elle s'était retrouvée avec le représentant de la police en Colombie. Depuis un an, durant les longues journées passées à broyer du noir, elle se disait qu'elle n'était plus capable d'être heureuse sans faire semblant. Mais au lieu d'être un effroyable reniement, la nuit avec Evan fut une révélation.

Il n'est qu'un projet, Carrie.

Le lendemain matin, elle appela Jargo pour l'informer qu'Evan et elle étaient amants.

« Je n'ai pas de concurrente, dit-elle d'une voix neutre. Il me consacre beaucoup de temps.

– Est-ce qu'il parle de ses films ?

– Non. Il dit que s'il parle trop d'un film, à force de raconter l'histoire, il perd son enthousiasme.

– Fouille sur son ordinateur, dans ses carnets.

– Il n'est pas du genre à prendre des notes. » Elle marqua une pause. « Ça m'aiderait de savoir exactement ce que je cherche.

– Contente-toi de découvrir quels films il envisage de faire. Couche avec lui et il t'en parlera. Il est comme tous les hommes. Il aime baiser et parler de son boulot », conclut-il.

Elle tenta d'imaginer Jargo faisant l'un ou l'autre, mais n'y parvint pas. Elle retourna se coucher et se concentra sur Evan avec la même énergie que celle qu'il déployait à son égard, éprouvant à la fois un sentiment de culpabilité et de dégoût.

« Pourquoi ne me dis-tu rien sur ton prochain projet ? demanda-t-elle un après-midi après l'avoir arraché à son montage pour l'attirer au lit.

– Je dois finir le montage de *Bluff*, c'est le bordel. Je n'arrive même pas à penser au prochain film. »

Elle fit courir une main sur son torse, sur son ventre plat, pinça du bout des doigts la peau sous son nombril.

« Pas de problème. C'est juste que tes idées m'intéressent. » Elle lui tapota le front et prononça la phrase qui était devenue une plaisanterie entre eux. « Ne t'en fais pas, je paierai mon ticket. »

Puis elle lui fit le sourire le plus chaleureux dont elle était capable. Elle vit sur son visage qu'il était disposé à faire une exception. Il se pencha en arrière.

« Bon, un type de la chaîne PBS m'a demandé si je voulais tourner une biographie de Jacques Cousteau. Je pourrais la faire diffuser par PBS ou *Discovery Channel* en cinq secondes. Très bien pour mon portefeuille. Mais je ne suis pas certain de vouloir prendre cette direction.

– Alors, tu n'as pas d'autre idée. »

Elle s'aperçut qu'il se demandait s'il pouvait lui faire confiance, vit un sourire poindre sur son visage.

« C'est bizarre, la Chine est un pays communiste, mais il y a des millionnaires à Hong Kong. Je crois tenir un sujet qui vaudrait le coup.

– La Chine. Trop loin. Tu me manquerais. »

Il l'embrassa.

« Tu me manquerais aussi. Mais tu pourrais venir avec moi. Être mon assistante bénévole.

– Le boulot de mes rêves, dit-elle. Alors, qui est l'heureux élu en Chine ? »

Elle pensa qu'elle avait peut-être mis le doigt sur ce qui intéressait Jargo. Evan avait en ligne de mire un haut fonctionnaire de Pékin qui devait graisser la patte à Jargo. Mais comment Jargo aurait-il été au courant ?

« Il y a à Hong Kong un financier nommé Jameson Wong qui pourrait faire un bon sujet. Il a perdu tout son argent dans de mauvais placements, et au lieu de reconstruire son affaire, il est devenu l'un des principaux opposants au gouvernement communiste. Un homme d'affaires reconverti en défenseur de la liberté. »

Elle enfouit son visage contre sa poitrine. Demain elle trahirait ses confidences, répéterait le moindre de ses mots. La Chine. Ce Jameson. C'était ça qui l'avait menée ici.

« Je paierai mon ticket. Tu es mon petit génie.

– À moins que je ne tourne l'autre projet, reprit-il. Mais je pense que c'est une impasse.

– Quel autre projet ? demanda-t-elle, le visage toujours collé à son torse.

– Une histoire de meurtre intéressante qui s'est déroulée à Londres, il y a environ vingt-cinq ans.

– Le meurtre de qui ?

– Un certain Alexander Bast. Une espèce de type super extravagant, très introduit dans les milieux artistiques, qui adorait se taper de jeunes starlettes et dont les fêtes étaient réputées. Comme Wong, il a tout perdu. À cause d'une histoire de drogue trouvée dans une de ses boîtes de nuit. Ça a déclenché un vrai scandale. Puis on lui a collé deux balles dans le corps.

– Je croyais que tu préférais les sujets vivants.

– C'est vrai. Les morts ont du mal à parler devant une caméra, répondit-il en riant doucement. Je pensais combiner les deux histoires. Comparer et opposer deux vies très différentes, tout en trouvant un dénominateur commun qui mettrait en perspective les notions de succès et d'échec. » Il haussait le ton sous l'effet de l'enthousiasme. « Mais ce ne serait peut-être pas assez commercial. »

Elle leva les yeux vers lui.

« Ne t'en fais pas pour ça, fais le film que tu as envie de faire.

– Je sais ce que j'ai envie de faire en ce moment. »

Il l'embrassa, ils firent de nouveau l'amour. Après quoi il s'assoupit, et elle se leva pour aller se laver le visage.

Les jours suivants, elle ne parla pas à Jargo de Jameson Wong, ni d'Alexander Bast ou Jacques Cousteau.

« Il se concentre uniquement sur le montage de son film en cours », lui expliqua-t-elle lorsqu'elle le revit une semaine plus tard.

Elle possédait un téléphone portable dont Evan ne connaissait pas l'existence et qu'elle cachait dans une poche sous le siège de sa voiture. Elle était assise derrière le volant, dans le parking d'un restaurant *Krispy Kreme*.

« Ne le lâche pas. S'il se consacre à un autre film, je veux être immédiatement alerté.

– D'accord.

– J'ai déposé dix mille dollars de plus sur ton compte, dit Jargo.

– Merci.

– Je me demande, poursuivit-il, si Evan pourrait envisager de travailler pour moi.

– Non. Il refuserait. Il n'est pas fait pour ce boulot.

– Il aurait pourtant une couverture imbattable. Un réalisateur de documentaires avec le vent en poupe. Il peut aller partout, filmer tout, et personne ne met en doute sa légitimité ni ses intentions.

– Ce qui l'intéresse, c'est la vérité. C'est sa passion.

– Et pourtant, il te baise.

– Ce ne serait pas une bonne idée de le recruter. Pas pour l'instant. »

Elle avait peur de poursuivre cette conversation ; peur de ce qui se passerait si Jargo pensait qu'Evan représentait pour lui une menace.

« Je veux que tu sois prête, reprit Jargo. Parce que tu seras peut-être obligée de le tuer. »

Elle regarda la file de voitures qui franchissaient au pas le drive-in du restaurant. Elle avait mal derrière les yeux. Jargo n'avait jusqu'alors jamais suggéré un boulot de ce genre ; pour l'essentiel, avant de s'introduire dans le lit d'Evan, elle lui avait servi d'intermédiaire à Berlin, New York, Mexico. Il n'avait jamais été question de tuer. Son silence commençait à être dangereusement long, il allait avoir des soupçons.

« Si tu me le demandes, répondit-elle à défaut de pouvoir dire autre chose. Mais il vaudrait mieux que je prenne mes distances. Je ne veux pas être soupçonnée par la police.

– Non, tu restes près de lui. Si ça doit arriver, vous disparaîtrez tous les deux sans laisser de traces. Tu ne resteras pas dans le coin. Vous serez tous les deux morts et on te bâtira une nouvelle légende. De toute manière, tu me seras sans doute plus utile en Europe.

– Très bien », répondit-elle.

Il lui souhaita une bonne journée et raccrocha.

Elle continua de transmettre ses rapports insipides à Jargo, inventant des mensonges inoffensifs sur les éventuels projets d'Evan, jusqu'au coup de fil de Jargo, deux jours plus tôt.

« Je veux savoir si Evan possède sur son ordinateur des fichiers qui ne devraient pas s'y trouver, dit-il.

– Sois plus précis.

– Des listes de noms.

– D'accord. »

Une heure plus tard, elle fouilla sur l'ordinateur d'Evan pendant qu'il était sorti faire des courses. Puis elle rappela Jargo.

« Je n'ai pas trouvé de fichiers de ce genre. »

Evan avait peu de choses sur son ordinateur hormis des scripts, des vidéos et quelques logiciels courants.

« Vérifie toutes les douze heures si possible. Si tu trouves les fichiers, efface-les et détruis son disque dur. Puis informe-moi.

– De quoi s'agit-il ?

– Inutile que tu le saches. Ne mémorise pas les informations et ne copie pas les fichiers. Contente-toi de les supprimer et fais en sorte qu'il ne puisse pas restaurer son disque dur.

– Je comprends. »

Et en effet, elle comprenait. Les fichiers étaient ce qui inquiétait réellement Jargo, ils avaient probablement un lien avec Jameson Wong ou d'autres sujets de films éventuels.

Mais elle était taraudée par une angoisse affreuse : en détruisant son disque dur, c'est Evan lui-même qu'elle détruirait.

Et maintenant, Evan avait disparu, enlevé par un homme qui pourrait s'avérer très, très dangereux. Bientôt, les elfes de Jargo retrouveraient sa trace et récupéreraient Evan. Les fichiers étaient sur son ordinateur le matin même et elle était partie sans vérifier. Si Jargo mettait sa parole en doute, il la tuerait. Elle devait regagner sa confiance. Sans plus tarder.

La nuit précédente, lorsque Evan lui avait dit qu'il l'aimait, elle avait eu l'impression de se retrouver à nouveau dans un monde qui n'existait plus, sans Jargo ni Dezz ni fichiers, sans peur ni faux-semblants. Elle aurait préféré qu'il ne dise rien. Elle avait eu envie de le frapper, de le repousser, de lui dire, *Non, non, non, tu ne sais rien, je ne peux pas faire ma vie avec toi, je ne serai plus jamais normale, c'est impossible, ne m'aime pas.*

Maintenant, elle devait être solide. Elle devait retrouver Evan.

SAMEDI 12 MARS

8

Evan ouvrit les yeux.

Il était étendu sur un lit. Les draps de couleur blanc crème avaient été repliés ; une fine serviette de coton était étalée sous sa tête. Il avait un bras en l'air, menotté aux barreaux d'acier du lit. Il se trouvait dans une chambre luxueuse : parquet au sol, murs recouverts d'une peinture aux tons rouges rustique mais hors de prix, tableau d'art abstrait accroché avec précision au-dessus d'une cheminée en pierre. Un rai de soleil doux s'insinuait par un espace entre les rideaux de soie. La porte était fermée.

Il était à dix secondes d'envoyer la bagnole dans le décor quand Gabriel l'avait assommé. Il remua lentement la langue dans sa bouche sèche. Une douleur intense et persistante s'empara de sa mâchoire et de son cou. Il sentit l'odeur âcre de sa propre sueur.

Maman. Je n'ai pas été là quand tu avais besoin de moi. Je suis tellement désolé. Mais il ne se laissa pas submerger par la panique ni le chagrin ; ça ne le mènerait à rien.

Il devait être calme. Réfléchir. Car tout avait changé.

Qu'avait dit Gabriel ? *Dans ta vie, rien n'est tel qu'il paraît.*

Une chose était cependant évidente. Il était dans une sacrée merde.

Evan chercha à se libérer des menottes. Rien à faire. Il se redressa en poussant sur ses pieds et en se contorsionnant contre le dosseret du lit. Sur la table de chevet se trouvaient un livre épais – une récente histoire du base-ball qui avait connu un grand succès – et une lampe ; pas de téléphone. Un moniteur pour bébés était posé sur une table éloignée.

Il regarda fixement le moniteur. Il ne pouvait laisser paraître sa peur devant Gabriel. Il devait jouer les durs, tel un héros de film d'action, même s'il n'en était pas un. D'ailleurs, ce genre de cinéma ne l'avait jamais tenté ; dans ses documentaires, il privilégiait la subtilité et l'éloquence.

Mais il n'avait personne à qui parler, et la subtilité ne pourrait servir qu'à distraire Gabriel avant de lui flanquer un coup de pompe dans la tête. Alors autant jouer les héros, ne serait-ce qu'un moment.

Pour sa mère, parce que Gabriel connaissait les mobiles qui avaient mené à son meurtre. Pour son père, là où il était. Pour Carrie, quelle que soit son implication dans ce cauchemar. Comment savait-elle qu'il courait un danger ? Il n'en avait pas la moindre idée.

Alors, héros, tu fais quoi, maintenant ?

Il lui fallait une arme. *Imagine que le type qui a tué maman soit ici. Qu'est-ce que tu utilises pour le blesser ? Observe chaque chose avec un regard neuf.* Un regard neuf. C'était le conseil qu'il se donnait chaque fois qu'il s'apprêtait à tourner une nouvelle scène. Il pouvait à peine atteindre la table de chevet. Il parvint à ouvrir le tiroir du bout des doigts puis à y glisser la main : vide. Le livre sur la table n'était pas assez lourd. La lampe. Elle était hors de portée, mais il pouvait saisir le cordon qui serpentait jusqu'à une prise située derrière le lit. Il tira la lampe vers lui aussi silencieusement que possible, sans quitter le moniteur pour bébés des yeux, tentant d'étouffer le bruit des menottes contre les barreaux de métal ; le pied de lampe en fer forgé était lourd et alambiqué. Mais vu la position dans laquelle il était attaché, il ne serait pas en mesure de frapper assez fort pour faire très mal. Il débrancha le cordon, l'enroula proprement derrière la table pour éviter qu'il ne s'accroche. Juste au cas où l'occasion se présenterait. Il pourrait toujours lancer la lampe. Il regarda par terre derrière le lit. Rien, hormis quelques minuscules moutons de poussière.

« Allô ? » lança-t-il en direction du moniteur.

Une minute plus tard, il entendit un bruit de pas dans l'escalier, puis un grincement de clé dans la serrure. La porte de la chambre s'ouvrit ; Gabriel apparut dans l'entrebâillement, arborant un pistolet noir étincelant dans un holster.

« Ça va ? demanda Gabriel.

– Ça va.

– Merci d'avoir mis nos vies en danger avec tes conneries.

– On a eu un accident ?

– Non, Evan. J'ai appris à conduire une voiture depuis le siège du passager, répondit Gabriel, puis il s'éclaircit la gorge. Comment te sens-tu maintenant ?

– Bien. »

Evan s'imagina tentant d'éviter un accident à toute allure dans de telles conditions. Cela supposait un calme extraordinaire dans le feu de l'action.

« Et où avez-vous appris à conduire comme ça ?

– Une école très spéciale, répondit Gabriel. On est samedi matin, il est tôt. Tu as dormi toute la nuit. Toi et moi on peut sacrément s'entraider, Evan.

– Vraiment. Maintenant vous voulez m'aider.

– Je t'ai sauvé, non ? Si tu étais resté en liberté, eh bien, tu serais mort à l'heure qu'il est. Je crois que même la police ne pourrait pas te protéger de Jargo, ajouta Gabriel en s'appuyant contre le mur. Alors, reprenons depuis le début. J'ai besoin que tu me racontes exactement ce qui s'est passé hier quand tu es arrivé chez tes parents.

– Pourquoi ? Vous n'êtes pas de la police.

– Non, en effet, mais je t'ai sauvé la vie. J'aurais pu te laisser pendu à ta corde. Mais je ne l'ai pas fait.

– Exact », concéda Evan.

Il observa Gabriel. Celui-ci ne paraissait pas avoir fermé l'œil de la nuit. Il avait le regard vitreux, semblait à cran, nerveux, comme un homme qui aurait besoin d'une bonne rasade de bourbon. Mais il n'y avait rien à gagner à garder le silence, du moins pour le moment.

Aussi Evan raconta-t-il le coup de fil affolé de sa mère, le trajet jusqu'à Austin, l'agression dans la cuisine. Gabriel ne posa pas de questions. Quand Evan eut fini, Gabriel approcha une chaise du pied du lit et s'assit. Il fronçait les sourcils, comme s'il échafaudait un plan d'action sans même se soucier de ses options.

« Je veux savoir exactement qui vous êtes, dit Evan.

– Je vais te dire qui je suis. Et puis je te dirai qui tu es.

– Je sais qui je suis.

– Ah oui ? Ça m'étonnerait, Evan, répondit Gabriel en secouant la tête. Sans faire de mauvais jeu de mots, on peut dire que tu as eu une enfance protégée.

– J'ai tenu parole. À votre tour. »

Gabriel haussa les épaules.

« Je dirige une société privée de sécurité. Ta mère m'a engagé pour que je vous aide tous deux à quitter Austin et à rejoindre ton père. De toute évidence, elle a dérapé et dévoilé son jeu aux mauvaises personnes. Je suis désolé de ne pas avoir pu la sauver. »

Il sait donc où se trouve papa.

« Raconte-moi de nouveau l'agression. Tu es resté inconscient, dit Gabriel. Du moins pendant quelques minutes, entre le moment où ils t'ont frappé et celui où ils t'ont pendu à la corde.

– Je ne sais pas combien de temps ça a duré. Quelle importance ?

– Les tueurs ont pu s'emparer des fichiers dont je t'ai parlé. Ils ont pu les découvrir sur ton ordinateur ou celui de ta mère.

– Ils n'étaient pas sur mon ordinateur. »

Mais il se rappela que l'un des hommes avait consulté son portable. Il avait entendu le carillon au moment de l'allumage, le bruit des touches qu'on enfonçait ; il en avait parlé à Durless.

« Les assassins, ils ont regardé sur mon portable. L'un d'eux a dit que… (Il fit un effort pour se remémorer) tout avait "disparu" ».

Il attendit la réaction de Gabriel.

« Ta mère a pu t'envoyer les fichiers par e-mail. Ou bien les placer sur ton ordinateur à ton insu. »

Par e-mail. Elle lui avait envoyé des fichiers musicaux pour sa bande-son tard dans la nuit, avant de l'appeler. Mais ils ne contenaient que de la musique ; il les avait écoutés sur la route. Rien d'inhabituel. Elle n'avait rien inclus de bizarre dans son message. Il n'avait cependant pas fait allusion aux e-mails lorsqu'il avait relaté à Gabriel les événements du vendredi matin ; ça ne lui avait pas semblé important comparé aux horreurs qui s'étaient produites.

« Ma mère n'a rien pu placer sur mon ordinateur, il est protégé par un mot de passe. Et les tueurs n'ont pas pu y accéder non plus. »

Mais alors que signifiait *tout a disparu* ?

« Certains logiciels peuvent forcer un mot de passe en quelques secondes. » Gabriel, appuyé au mur, observait Evan. « Je ne possède pas de programme de ce genre. Mais je t'ai, toi.

– Je n'ai pas ces fichiers.

– Ta mère m'a affirmé le contraire. »

Evan secoua la tête.

« Qu'est-ce qu'il y a sur ces fichiers ?

– Moins tu en sais, mieux c'est. Comme ça, je pourrai te laisser partir et tu pourras m'oublier et mener une vie paisible, répondit Gabriel en croisant les bras. Je suis un homme extrêmement raisonnable. Je veux conclure un marché honnête. Tu me donnes les fichiers, je t'aide à quitter le pays, je te fournis une nouvelle identité et je te donne les coordonnées d'un compte bancaire que ta mère m'a demandé d'ouvrir aux îles Caïmans. Si tu es prudent, personne ne te retrouvera jamais.

– Je suis donc censé oublier ma vie, dit Evan en tentant de dissimuler sa stupéfaction.

– C'est toi qui choisis. Si tu veux rentrer chez toi, libre à toi. Mais à ta place, je ne le ferais pas. Tu signerais ton arrêt de mort. »

Evan se mordit la lèvre.

« Si je vous aide, qu'est-ce qui se passe pour mon père ?

– S'il me contacte, je lui dirai où tu es et ce sera à lui de te retrouver. Ma responsabilité vis-à-vis de ta mère s'arrête à l'instant où tu montes dans l'avion.

– S'il vous plaît, dites-moi où il est.

– Je n'en ai aucune idée. Ta mère savait comment entrer en contact avec lui, mais pas moi. »

Evan laissa passer un temps.

« Vous pourriez me tuer une fois que je vous aurai donné ce que vous voulez. »

Gabriel tira de sa poche un passeport sud-africain qu'il jeta sur le lit. De sa main libre, Evan l'ouvrit. À l'intérieur, il vit sa photo – la même que celle qui figurait sur son passeport américain. Le passeport était au nom d'Erik Thomas Petersen. Les pages comportaient plusieurs visas colorés : entrée en Grande-Bretagne un mois plus tôt, puis, deux semaines plus tard, entrée aux États-Unis. Evan referma le passeport, le jeta sur le lit.

« Il a l'air authentique.

– Fais tout ton possible pour te glisser dans la peau de M. Petersen. Si j'avais voulu ta mort, tu ne serais pas en vie à l'heure qu'il est. Je t'offre une porte de sortie.

– Je ne comprends toujours pas comment ma mère aurait pu obtenir des fichiers informatiques dangereux. »

Puis il comprit. Sa mère n'y était pour rien. C'était son père. Le consultant en informatique. Il avait dû les découvrir en travaillant pour un client.

« Tout ce que tu as à faire, c'est me donner ton mot de passe. »

Gabriel sortit de la chambre et revint en poussant un chariot à roulettes du genre de ceux dont on se sert pour poser la nourriture lors d'un brunch ou d'une fête. Dessus se trouvait le portable d'Evan. Gabriel plaça le chariot près d'Evan et se posta de l'autre côté. L'écran était fêlé, mais le portable était relié à un petit moniteur. L'appareil semblait fonctionner normalement. L'invite de saisie du mot de passe était affichée, il ne manquait plus que le sésame.

C'était pour ça que Gabriel avait couru un risque immense, qu'il était allé chercher Evan, avait tendu une embuscade à la police et l'avait enlevé. Il n'arrivait pas à accéder au portable.

« Les fichiers sont ici, dit Gabriel. Ta mère les a copiés sur ton ordinateur avant de mourir. Elle te les a envoyés par e-mail. Elle me l'a dit. Elle l'a fait pour être sûre que j'y aurais accès au cas où on viendrait à la supprimer. Ça faisait partie de notre marché. Je ne pouvais pas prendre le risque qu'elle se fasse avoir sans que j'aie les fichiers. Et c'était la garantie que je m'occuperais de toi au cas où elle se ferait tuer. »

Gabriel s'exprimait sans prendre de gants, Evan aurait voulu le frapper.

« Quel est le mot de passe ? demanda-t-il en s'approchant d'Evan.

– Vous êtes censé me faire sortir du pays. Donc, techniquement, vous n'avez pas encore accompli votre boulot. Je vous dirai le mot de passe quand vous m'aurez mené à mon père.

– Je t'ai dit quel était le marché, fiston. Pas le temps de négocier. » Gabriel recula jusqu'au pied du lit et pointa son arme vers la tête d'Evan. « Je n'ai pas envie de te faire du mal. Débloque ton ordinateur. »

Evan repoussa le portable.

« Contactez mon père. S'il me dit de vous donner le mot de passe, je le ferai.

– Faut te déboucher les oreilles, fiston. Je ne peux pas entrer en contact avec lui.

– Puisque vous étiez supposé nous mettre à l'abri, ma mère et moi, vous deviez forcément nous envoyer quelque part où mon père pourrait nous retrouver. Vous devez donc être en mesure de le contacter.

– Je ne sais pas où il est. Ta mère le savait.

– Je ne vous crois pas, monsieur Gabriel. Pas de mot de passe.

– Si tu ne me le donnes pas, tu passes le restant de ta courte vie menotté à ce plumard. À crever de faim. Et de soif. »

Evan laissa s'installer un silence pesant.

« Vous savez qui l'a tuée. Ce Jargo. Vous savez qui il est.

– Oui.

– Parlez-moi de lui et je vous aiderai. Essayez de voir les choses de mon point de vue. Vous me demandez d'abandonner ma vie. De ne rien faire quant au meurtre de ma mère. Vous me laissez à peine l'espoir de revoir un jour mon père. Je ne peux pas partir comme ça sans connaître la vérité. »

De toute façon, il ne croyait pas Gabriel. Son père était demeuré introuvable la veille, mais à l'heure qu'il était, la police l'avait sûrement retrouvé quelque part à Sydney.

« Tu es plus en sécurité si tu ne sais rien.

– En ce moment, je me fous d'être en sécurité.

– Bon Dieu, quelle tête de mule. »

Gabriel baissa son arme, détourna le regard comme s'il était exaspéré par l'attitude d'Evan.

« Je sais que vous avez pris de gros risques pour me sauver de Jargo. Je le sais. Mais je ne peux pas vraiment m'enfuir et m'en sortir si je ne sais pas qui me poursuit. Alors j'échange le mot de passe contre des informations sur Jargo. Ça vous va ? »

Après dix longues secondes, Gabriel acquiesça.

« D'accord.

– Parlez-moi de Jargo.

– C'est un… vendeur d'informations. Un espion qui travaille à son compte.

– Un espion. Vous voulez dire que ma mère a été assassinée par un espion.

– Un espion à son compte, corrigea Gabriel.

– Les espions travaillent pour les gouvernements.

– Pas Jargo. Il achète des informations puis les revend au plus offrant. Des sociétés. Des gouvernements. D'autres espions. Extrêmement dangereux. » Gabriel se passa la langue sur les lèvres. « Je soupçonne que ce sont des informations sur la CIA qui intéressent Jargo. »

Evan fronça les sourcils.

« Vous êtes en train de me dire, le plus sérieusement du monde, que ma mère a volé des fichiers à la CIA ? C'est impossible.

– Ou bien que ton père les a volés, avant de les confier à ta mère. Et je n'ai pas dit que les informations provenaient de la CIA. Simplement qu'elles intéressaient la CIA, tout autant que Jargo. »

Gabriel semblait fou de rage, il avait le visage rouge, comme s'il était au bord de l'attaque cardiaque.

« La CIA, répéta Evan, incrédule. Comment ma mère se serait-elle retrouvée impliquée là-dedans ?

– Je pense qu'elle travaillait pour Jargo.

– Ma mère travaillait pour un espion ? C'est impossible. Vous vous trompez.

– Une photographe. Elle peut aller n'importe où avec son appareil sans éveiller les soupçons. Tu vis dans une belle maison, Evan. Tes parents avaient de l'argent. Tu crois qu'un petit photographe à son compte gagne autant que ça ?

– Ça ne peut être vrai.

– Elle est morte et tu es enchaîné à un lit. Est-ce que je me trompe tant que ça ? »

Evan décida de suivre l'homme dans son délire.

« Alors ma mère a-t-elle volé ces fichiers à Jargo ou à quelqu'un d'autre ?

– Écoute. Tu voulais savoir qui était Jargo, je te l'ai dit. C'est un franc-tireur. Si quelqu'un a besoin de voler des informations ou de liquider en douce un emmerdeur, il fait appel à lui. Les fichiers concernent les affaires de Jargo. C'est pourquoi il veut les récupérer. De même que la CIA, j'imagine, parce qu'ils aimeraient savoir ce qu'il sait. Voilà. Tu en sais plus sur Jargo que toute autre personne vivante. Débloque ton ordinateur.

– Je ne peux pas à moins que vous ne me détachiez, dit-il en faisant tinter les menottes.

– Non. Tape ton mot de passe.

– Où pourrais-je aller, Gabriel ? Vous avez une arme braquée sur moi. Vous serez bien obligé de me détacher tôt ou tard si vous devez m'emmener hors du pays. Difficile de franchir un détecteur de métaux avec des menottes.

– Pas encore. Sers-toi de ta main libre. » Il enfonça le pistolet dans la joue d'Evan. « J'attends ça depuis des années, Evan, je n'attendrai pas une foutue seconde de plus. »

Evan entra son mot de passe.

9

« Il est vide », déclara Evan.

Une fois le mot de passe digéré par la machine, l'icône du disque dur apparut à l'écran. Il chercha dans le système. Hormis quelques fichiers basiques, le disque dur avait été nettoyé. Ses séquences vidéo, les logiciels qu'il avait installés, tout avait disparu. L'ordinateur semblait être retourné à sa configuration de sortie d'usine. Il ouvrit la corbeille : vide.

« Tout a disparu. »

Tout a disparu, avait dit la voix dans la cuisine tandis qu'il avait une arme pointée contre l'arrière du crâne.

« Non ! » Gabriel posa son pistolet, saisit Evan à la gorge, le poussa contre le dosseret du lit. « Non ! Non ! Non ! Il n'a pas pu avoir le temps.

– Je ne sais pas combien de temps je suis resté inconscient.

– Impossible. Il me faut ces fichiers, lança Gabriel en haussant le ton. Ces enfoirés les ont effacés. »

Il se pencha de nouveau au-dessus de l'ordinateur.

Evan s'écarta de lui en se tortillant et s'approcha de la lampe. *Il ne s'approchera peut-être plus jamais autant. Fais-lui croire que tu veux l'aider.*

« Un logiciel de restauration permettrait peut-être de récupérer les données. »

Gabriel, qui tapait sur le clavier à la recherche des fichiers, ne répondit rien. Il regardait l'écran vide comme si celui-ci représentait toute sa vie. Le pistolet était posé près de lui, vaguement pointé vers le lit. Evan se recroquevilla contre le dosseret. Sa main gauche était menottée, mais la lampe se trouvait sur sa droite.

De sa main libre, Evan saisit la lampe en fer forgé. C'était un bazar sacrément lourd, mais il la souleva et la projeta en un arc de cercle maladroit.

Le pied de la lampe alla s'écraser sur le bras de Gabriel, qui tomba en avant. Evan l'immobilisa en lui passant une jambe autour de la taille, puis il lui assena un coup de lampe en plein visage. Du sang jaillit de la bouche et du menton de Gabriel qui hurla de rage.

Evan frappa de nouveau, mais Gabriel détourna la lampe du bras et décocha un coup de poing qui percuta la mâchoire d'Evan. Il lâcha la lampe, passa le bras autour du cou de Gabriel et le ceintura des deux jambes. Son bras gauche enchaîné au lit semblait sur le point de se briser tandis que Gabriel se débattait.

Le flingue. Gabriel avait un flingue. Où était-il ?

« Lâche-moi, abruti ! » vociféra Gabriel.

Evan mordit l'oreille de Gabriel, qui se mit à hurler.

« Je vous l'arrache si vous n'arrêtez pas de bouger.

– Arrête ! » haleta Gabriel, et il s'immobilisa.

Evan vit l'arme, hors de portée des deux hommes, ensevelie sous les draps blancs bouchonnés. Il ne pouvait pas l'atteindre, mais s'il lâchait sa pression sur Gabriel, celui-ci y parviendrait. Gabriel la vit aussi ; ses muscles se tendirent et, mû par une détermination soudaine, il tenta de se dégager.

Evan lui mordit de nouveau l'oreille et lui enfonça les doigts dans les yeux. Gabriel hurla de douleur. Il tourna sur lui-même pour se libérer, mais Evan le maintenait fermement entre ses jambes. Gabriel parvint à s'approcher un peu du pistolet, entraînant avec lui Evan, dont le poignet menotté était de plus en plus tordu.

Il est prêt à sacrifier son oreille pour attraper ce flingue. Mords, arrache-la, pensa Evan sans pour autant se résoudre à le faire.

Mais, au lieu de cela, Gabriel s'empara du cordon et tira la lampe à lui. Puis il l'attrapa, la projeta en arrière, et le pied en fer forgé alla frapper Evan au sommet du crâne. Celui-ci, sonné, lâcha l'oreille tout en emportant un bout de peau entre ses dents.

Gabriel lâcha la lampe et se traîna en avant. Il attrapa le canon du pistolet du bout des doigts. Evan, qui le maintenait toujours par un bras, pivota et saisit la crosse du pistolet, puis il arracha l'arme des mains de Gabriel avant de lui pointer le canon contre la tempe.

Gabriel se figea.

« Où est la clé ?

– En bas. Dans la cuisine. Espèce d'enfoiré, tu m'as arraché l'oreille.

– Non, elle est toujours là.

– Écoute, je te propose un nouveau marché, dit Gabriel. On va travailler ensemble pour attraper Jargo. On va…

– Non. »

Evan lui assena un coup de crosse à la tempe. Un. Deux, trois, quatre coups. Au cinquième, le corps de Gabriel se relâcha. Sa tempe était coupée et contusionnée. Evan pointa l'arme contre la tête de Gabriel et attendit. Il compta jusqu'à cent. Gabriel était évanoui.

Il posa l'arme en retenant son souffle. Gabriel ne bougeait plus. Il enfonça la main dans la poche gauche de son pantalon, farfouilla parmi des pièces de monnaie, sentit des clés au bout de ses doigts.

« Baratineur », lança-t-il à l'intention de l'homme inconscient.

Il tira un anneau auquel étaient accrochées une petite clé et une autre, plus grosse, qui ouvrait la porte de la chambre. Evan écarta Gabriel d'un coup de pied, inséra la petite clé dans le verrou des menottes.

Elles s'ouvrirent d'un coup. Evan, le bras en feu, se laissa rouler hors du lit. Il tint son bras tout contre lui en se demandant s'il était brisé ou luxé. Non. S'il avait été cassé, la douleur aurait été autrement plus vive. Il avait mal, mais était indemne. Il tira Gabriel vers la tête du lit, le menotta aux barreaux. Puis il lui toucha la gorge pour vérifier son pouls. Il perçut un battement régulier sous le bout de ses doigts.

Les mains tremblantes, Evan braqua son arme en direction de la porte. Puis il attendit, prêt à faire feu au cas où quelqu'un se précipiterait au secours de Gabriel. Il se persuada qu'il en était capable, qu'il devait le faire. Il savait se servir d'une arme – son père le lui avait appris durant son adolescence – mais il n'avait pas tiré depuis cinq ans. Et jamais en prenant un être humain pour cible.

Une minute s'écoula. Puis une autre. Pas un bruit dans la maison.

Il remarqua une petite carte sur le lit, près du passeport sud-africain. Elle avait dû tomber d'une des poches de Gabriel durant la lutte. C'était une pièce d'identité usée, émise par le gouvernement. Sur la photo, Gabriel paraissait quinze ans de moins.

Joaquin Montoya Gabriel. *Central Intelligence Agency.*

Bon Dieu, ce dingue racontait la vérité. Ou du moins en partie. Mais s'il était de la CIA, pourquoi opérait-il seul ?

Il inspira profondément, glissa le passeport sud-africain et la carte dans sa poche revolver. Après quoi il franchit la porte et s'arrêta dans le couloir. *Garde ton sang-froid, héros, garde ton sang-froid, pour ta mère.* Il ne se sentait aucunement héroïque. Son bras et sa main le faisaient souffrir, sa tête lui faisait un mal de chien, et maintenant que la lutte était finie, seul dans cette maison obscure, il était mort de trouille.

Une lumière faible brillait au rez-de-chaussée. Evan se trouvait à l'étage de ce qui semblait être une maison spacieuse. Une épaisse moquette en laine recouvrait le sol du couloir ; d'autres œuvres d'art contemporain étaient accrochées au mur. L'air conditionné ronronnait, recouvrant de son souffle tout le reste. Il entendit le faible murmure d'une télévision fonctionnant à bas volume.

Il s'accroupit, l'arme pointée devant lui, et écouta.

Il inspira profondément à deux reprises pour se donner du courage et descendit lentement l'escalier. *Et maintenant, tu fais quoi ? Tu continues de te battre. Tu n'as plus le choix.*

Mais il n'avait désormais plus de monnaie d'échange, rien qui puisse lui sauver la vie le cas échéant. Jargo – s'il était bien l'un des hommes qui s'étaient trouvés chez sa mère – avait volé ou détruit toutes les données. Les fichiers, pour autant qu'ils eussent réellement existé, avaient disparu.

Espèce d'abruti, tu aurais dû bâillonner Gabriel, pensa Evan en atteignant la dernière marche. *Il va se réveiller et alerter ses potes alors que tu es là à essayer de leur tomber dessus discrètement.*

Mais il était allé trop loin pour faire marche arrière. Il savait qu'il n'aurait plus la moindre hésitation, qu'il tirerait sur quiconque essaierait de le retenir, tout en espérant qu'il se souviendrait de viser les jambes. À moins que l'autre type ne soit armé, auquel cas il viserait le torse. Le torse était suffisamment gros pour qu'il ne le loupe pas. Penser à prendre une seconde pour viser, appuyer sur la détente en se préparant à encaisser le mouvement de recul. Si on lui laissait une seconde. À l'entraînement, aucune cible n'avait jamais essayé de le descendre.

Evan pénétra dans le salon, tenant son arme devant lui, prêt à faire feu. Une télé à écran large se trouvait dans un coin, près d'une cheminée en pierre richement décorée. Une publicité vantait le dernier médicament sans lequel on ne pouvait pas vivre, pourvu qu'on soit prêt à risquer au moins une dizaine d'effets secondaires. Puis le générique de CNN apparut et le présentateur lança un sujet sur un attentat à la bombe en Israël.

Il se coula le long du mur, jeta un coup d'œil dans une cuisine dernier cri. Personne. Un repas était posé sur le comptoir : sandwich au jambon, verre d'eau glacée, chips, Snickers. Son déjeuner, probablement, s'il avait collaboré avec Gabriel.

Il vérifia l'arrière de la maison, s'arrêta devant un bureau recouvert de marbre et orné de photos de famille. Gabriel posant avec deux gamines assez jeunes pour être ses petites-filles.

Personne dans les parages. Les seuls bruits étaient ceux de l'air conditionné et de CNN, dont le présentateur se mit à parler d'une étrange affaire d'homicide et d'un enlèvement au Texas.

Evan courut jusqu'au salon et découvrit son visage à l'écran. La photo de son permis de conduire – pas un mauvais cliché, et plutôt ressemblant : cheveux blonds en pétard, pommettes saillantes, yeux noisette, bouche fine, un anneau à l'oreille. Sous son visage, un bandeau annonçait METTEUR EN SCÈNE DISPARU.

« Les recherches pour retrouver Evan Casher continuent, annonça le présentateur. Le réalisateur aurait été enlevé par un homme armé après l'assassinat de sa mère dans sa maison d'Austin, au Texas. Casher, dont les deux films ont été salués par la critique, a tout d'abord attiré l'attention avec *Mauvaise passe*, un documentaire incisif sur un agent de police corrompu qui avait arrêté un dealer innocent. À mes côtés se trouve l'agent spécial Roberto Sanchez, du FBI. »

Roberto Sanchez avait une dégaine de politicien : coupe de cheveux parfaite, costume immaculé, une expression qui semblait dire *Je suis l'homme le plus compétent de la terre*. Le présentateur entra directement dans le vif du sujet :

« Agent Sanchez, le ravisseur d'Evan Casher pourrait-il aussi être l'assassin de Donna Casher, étant donné que M. Casher, qui était le seul témoin, a été enlevé au nez et à la barbe de la police ?

– Nous n'avons pas l'intention de spéculer sur les mobiles, mais nous nous inquiétons pour la sécurité de M. Casher.

– Est-il possible qu'il ne s'agisse pas d'un enlèvement à proprement parler, mais qu'on ait cherché à soustraire Evan Casher à la police parce qu'il était soupçonné du meurtre de sa mère ? demanda le journaliste.

– Non, il n'est pas suspect. Il est clair qu'il nous intéresse puisque c'est lui qui a découvert le corps de sa mère et que nous n'avons pas eu la possibilité de discuter longuement avec lui. Mais nous n'avons aucune raison de croire qu'il était impliqué. Nous aimerions parler à son père, Mitchell Casher... si nous étions en mesure de le localiser. Nous pensons qu'il était en Australie cette semaine, mais je ne peux pas vous en dire plus. »

Une photo de Mitchell apparut à l'écran près de celle d'Evan. Son père, disparu.

« Pourquoi le FBI a-t-il pris l'enquête en main ? demanda le journaliste.

– Nous avons des ressources dont ne dispose pas la police d'Austin, répondit Sanchez. Ils ont demandé notre assistance.

– Une idée quant au mobile du meurtre ?

– Aucune à l'heure qu'il est.

– Nous avons aussi un portrait-robot de l'homme qui aurait attaqué les deux agents de police avant d'emmener Evan Casher », annonça le présentateur. Les photos d'Evan et Mitchell furent alors remplacées par un portrait au crayon de Gabriel.

« Vous avez des pistes concernant cet homme ?

– Non, rien pour le moment.

– Mais la police a retrouvé la voiture dont il s'est servi pour enlever Evan, n'est-ce pas ? Des fuites provenant de la police d'Austin indiquent que la Ford bleue correspondant à la description du véhicule du ravisseur a été découverte près d'un parking où une autre voiture a été volée. Les empreintes digitales d'Evan Casher auraient été relevées sur l'autoradio. S'il met de la musique, c'est qu'il n'a pas été enlevé, non ? »

Le présentateur essayait maintenant de récrire le scénario, de le pimenter en y ajoutant une pointe d'insinuation. Sanchez secoua la tête et adopta un air austère.

« Nous ne pouvons faire de commentaires sur des fuites. Bien entendu, nous aimerions que toute personne possédant des informations sur cette affaire contacte le FBI. »

Le numéro d'immatriculation de la voiture volée et le numéro de téléphone du FBI apparurent à l'écran sous la photo d'Evan.

« Au cas où Evan Casher aurait été enlevé, que diriez-vous aux ravisseurs ? demanda le présentateur.

– Eh bien, comme nous le ferions en toute situation, nous leur demanderions de relâcher leur otage sain et sauf ou de nous contacter pour nous communiquer leurs demandes, et si M. Casher est à même de nous contacter directement, nous voulons l'assurer que nous cherchons uniquement à l'aider.

– Merci, agent spécial Roberto Sanchez, conclut le présentateur. Notre correspondante Amelia Crosby a pu parler à l'ancien revendeur de drogue qui était au cœur du film d'Evan Casher sélectionné pour les oscars. »

La caméra glissa sur un jeune Noir d'environ trente ans qui semblait mal à l'aise dans son costume-cravate. Le sous-titre indiquait JAMES « SHADEY » SHORES.

« Monsieur Shores, vous connaissez Evan Casher depuis qu'il a tourné un film dans lequel on vous voit injustement accusé et arrêté par un enquêteur corrompu de la brigade des stupéfiants. D'après vous, qu'est-ce qui se cache derrière cette disparition étrange ?

– Oh, merde, lâcha Evan.

– Écoutez, tout d'abord, ce type, là – votre présentateur avec les cheveux permanentés – qui suggère qu'Evan pourrait être impliqué dans la mort de sa mère, c'est tout un tas de *bips*. »

Le censeur avait sévi au dernier moment.

« Pourquoi quelqu'un souhaiterait-il faire du mal à M. Casher ou à sa famille ? demanda la journaliste. Il s'est mis à dos bon nombre de membres des forces de l'ordre avec son documentaire.

– Non, il a dénoncé une brebis galeuse, mais c'est pas comme s'il avait accusé le système judiciaire dans son ensemble ou un truc du genre.

– Avez-vous une théorie quant à ce qui aurait pu mener à sa disparition ?

– Je suppose que la personne qui a tué sa mère ne voulait pas qu'il déballe ce qu'il avait vu. Ce qui m'inquiète, c'est que la police d'Austin a laissé tomber Evan, ils l'ont laissé se faire enlever. Je crois qu'ils feraient bien d'enquêter sur ces agents qui ont laissé un *bip* embarquer Evan, parce que pas mal de flics n'aiment pas qu'on lave leur linge sale en public, même s'il ne s'agit pas de leur département, et... (la journaliste se mit à parler pour couvrir les propos de Shadey, sans succès)... moi, tout ce que je dis, c'est que la police doit montrer qu'elle tient vraiment à retrouver Evan.

– Evan Casher vous a sauvé la vie, n'est-ce pas, monsieur Shores ?

– Écoutez, Evan arrive à ses fins parce qu'il est capable de faire *bip* n'importe qui. Evan Casher est devenu célèbre et il s'est fait un paquet de fric en exploitant mon malheur. Il a pas partagé un rond de ses bénéfices avec moi. Il m'a fait miroiter que je deviendrais célèbre, que je pourrais me lancer dans la musique après ce film, et tout ça c'est des *bips*. J'ai toujours un boulot d'agent de sécurité. »

Shadey secoua la tête pour montrer son indignation face à tant d'injustice.

« Espèce d'ingrat », s'indigna Evan en voyant que Shores utilisait sa tragédie familiale pour aller se plaindre à la télé.

« Il tourne un nouveau film sur le poker professionnel et il était censé me présenter des gens qui pouvaient m'aider à percer, mais il l'a jamais fait, alors je me dis qu'il s'est retrouvé impliqué dans une embrouille avec des joueurs, et qu'il s'est foutu dans le pétrin. »

Shadey commença à exprimer un nouveau ressentiment, mais la journaliste le remercia sèchement et présenta Kathleen Torrance, une autre jeune réalisatrice de documentaires pleine d'avenir, qui se trouvait dans un studio à New York. Elle était aussi la petite amie d'Evan à l'époque où il était étudiant à l'université de Rice, mais la journaliste n'évoqua pas cette relation, se contentant de la décrire comme une « collègue du milieu du cinéma ». Leur liaison avait commencé à battre de l'aile quand elle avait déménagé à New York, elle avait pris fin quand Kathleen était sortie avec un autre réalisateur. Il ne lui avait pas parlé depuis six mois, depuis un échange de politesses, amical mais embarrassé, lors d'un festival de cinéma à Los Angeles.

« Mademoiselle Torrance, vous connaissez bien Evan Casher, commença la journaliste.

– Oui, répondit Kathleen en acquiesçant. Très bien. Il est l'un des meilleurs jeunes documentaristes américains.

– Selon vous, que lui est-il arrivé ?

– Je n'en ai aucune idée. Contrairement à ce qu'a suggéré votre invité précédent, je ne pense pas que cette affaire soit liée à son travail car, en dépit de ce que croient les gens, les réalisateurs de documentaires ne sont pas à proprement parler des journalistes d'investigation. Les films d'Evan traitent d'individus empêtrés dans des situations extraordinaires – il n'est pas question de politique ni de sujets délicats. »

À la demande de la journaliste, Kathleen décrivit brièvement les films et le travail d'Evan.

« J'espère simplement que la personne qui l'a enlevé m'entend, et je lui demande de le relâcher. Evan est vraiment un type bien, je ne peux pas imaginer qu'il soit impliqué dans quoi que ce soit d'illégal ni qu'il puisse représenter un danger pour quiconque. »

La journaliste remercia Kathleen et rendit l'antenne au présentateur, qui passa à une affaire de meurtre et de suicide dans un restaurant pour routiers du New Hampshire.

Evan avait les yeux rivés à l'écran. On disséquait sa vie sur une chaîne de télévision nationale. Son père avait disparu. Le FBI voulait lui parler. Il se précipita sur le téléphone, décrocha le combiné, commença de composer le numéro.

Puis il raccrocha.

Gabriel était agent de la CIA, il avait envoyé deux flics à l'hosto et l'avait enlevé. S'il bossait pour la CIA et qu'Evan se rendait à la police… qu'est-ce qui se passerait ? Les agents de la CIA n'étaient pas censés casser la gueule aux flics ni menotter les citoyens à un lit. Conclusion, la CIA ne souhaitait pas que cette histoire soit dévoilée au public.

Il avait besoin d'en savoir plus. Il se sentit soudain terrorisé à l'idée de prendre la mauvaise décision, de fuir une prison pour se jeter dans la gueule du loup.

Il visita à la hâte le reste de la maison. Une salle à manger et un salon. Une salle vidéo équipée d'une télévision énorme et une buanderie. À l'étage se trouvaient quatre autres chambres. Dans l'une d'elles il aperçut une valise d'où avaient été sortis quelques vêtements. Il n'y avait personne hormis Gabriel dans la maison.

Il redescendit, se rendit au garage et découvrit une moto, une Ducati flambant neuve. À côté était garée une vieille Chevrolet Suburban. Pas de trace de la Malibu volée.

Evan trouva les clés de la Suburban accrochées à un panneau dans la cuisine. Il les glissa dans sa poche.

Le sac en toile qu'il avait apporté de Houston était posé sur la table de la cuisine. Il se rappela l'avoir pris avec lui lorsqu'il avait fui la maison. Tout son matériel s'y trouvait encore : son lecteur de musique numérique, son Caméscope, ses livres et ses notes, de même que ses vêtements, qui semblaient avoir été fouillés puis repliés.

Il referma le sac puis remonta l'escalier en courant.

Gabriel était éveillé, l'un de ses yeux commençait à enfler et à virer au violet, sa mâchoire était rouge et éraflée.

« Vous travaillez seul ? » demanda Evan.

Gabriel laissa s'écouler cinq secondes avant de répondre.

« Oui. Et je suis disposé à avoir une discussion franche avec toi quant à notre situation.

– Vous cherchez encore à imposer votre loi, alors que c'est vous qui êtes enchaîné, espèce de salaud. Vous n'avez plus aucune crédibilité. » Evan agita la pièce d'identité devant Gabriel. « Vous prétendiez diriger une entreprise de sécurité. Mais ceci dit que vous êtes de la CIA. Alors ? La vérité ?

– Tu es dans une sacrée merde.

– Vous avez des informations sur les personnes qui ont tué ma mère, monsieur Gabriel. Et moi, je suis armé. Est-ce que vous voyez comment se résout cette équation ? »

Gabriel secoua la tête. Evan leva l'arme et la dirigea vers son ventre.

« Répondez à mes questions. *Primo*, où sommes-nous ?

– Tu ne me tueras pas. Je le sais, et toi aussi. »

Gabriel se tourna vers le mur comme si cette discussion le barbait.

Evan fit feu.

10

GALADRIEL, LA DÉESSE DE L'INFORMATIQUE qui travaillait pour Jargo, avait passé la nuit à tenter de traquer Evan et son ravisseur. Elle avait pénétré des bases de données nationales, s'était infiltrée dans le système informatique du Département de Police d'Austin, en quête de traces, de rapports, du moindre signe d'Evan Casher. Elle s'était faufilée dans une jungle d'informations avec la patience et l'efficacité d'un chasseur traquant sa proie.

Le samedi matin à l'aube, elle appela Jargo pour faire son premier rapport.

Celui-ci réveilla Carrie qui dormait sur le canapé, et Dezz qui se trouvait dans l'autre chambre. Il parla longuement avec Galadriel, puis passa le téléphone à Carrie et se rendit dans sa chambre pour s'occuper d'une affaire privée sur une autre ligne.

« Evan n'a pas utilisé ses cartes de crédit ni accédé à son compte bancaire. Personne d'autre non plus.

Rends-moi un service, ma chérie, regarde les fichiers que je viens de t'envoyer. » Galadriel était une ancienne bibliothécaire, une femme corpulente qui, lorsqu'elle n'était pas devant son ordinateur, passait des heures à fignoler des recettes gastronomiques et à visionner des films des années cinquante, époque durant laquelle le monde était, selon elle, meilleur. Elle avait un accent du Sud chaleureux et sa voix évoquait une brave mère de famille. « Dis-moi si tu vois ce que je vois. »

Carrie ouvrit la pièce jointe de l'e-mail. Une liste de messages apparut, prélevés sur les messageries des Casher : un compte privé pour Donna, un pour les e-mails personnels de Mitchell, et un autre professionnel.

« Je viens de m'infiltrer dans la base de données de leur fournisseur d'accès et j'ai copié leurs messages, vu que les gars n'ont pas eu le temps de les consulter quand ils étaient dans la maison », expliqua Galadriel.

Carrie parcourut rapidement les messages du compte de Mitchell. Les quelques e-mails envoyés à son fils ne comportaient rien de très important. Il l'informait de ses progrès au golf, évoquait deux vieux enregistrements de jazz qu'il aimait et qui plairaient sans doute à Evan tout en joignant lesdits morceaux au format numérique. Il demandait également à Evan de passer les voir un de ces jours. Quelques photos de Noël prises par sa mère. Aucun message ne semblait ni codé ni crypté. Il n'y avait pas de pièces jointes douteuses.

Donna Casher utilisait un compte séparé chez le même fournisseur. Ses échanges avec Evan étaient plus fréquents. Le reste de ses e-mails consistait principalement en discussions avec des collègues photographes.

« Vendredi matin, elle lui a envoyé quatre chansons numérisées et deux photos, dit Galadriel. Mais regarde la taille des photos. Elles sont plus grosses qu'elles ne le devraient.

– Les fichiers étaient cachés dedans, dit Carrie.

– Je pense que l'une des photos comportait un programme de décryptage et que l'autre contenait les fichiers. Ainsi, quand Evan télécharge les photos, le logiciel de décryptage se lance furtivement et décode les fichiers contenus dans la seconde photo. Puis il les sauvegarde dans un nouveau dossier au fin fond de son système, à un endroit où il ne mettrait pas le nez en temps normal. Et tout cela sans qu'Evan en sache rien.

– S'il te plaît, explique à Jargo qu'elle aurait pu refiler les fichiers à Evan à son insu.

– Mais s'il savait qu'elle les enverrait, il a pu les voir, ma chérie, répondit Galadriel. Tu sais bien que Jargo n'est pas prêt à courir ce risque. »

Et toi, pensa Carrie, *tu as beau être toute mielleuse, tu n'es pas assez stupide pour m'aider quand j'en ai réellement besoin*. Elle ne se laissait pas abuser par le ton doucereux de Galadriel. À l'autre bout de la ligne se trouvait une femme d'acier.

« Est-ce qu'il reste des copies sur les serveurs qui ont transmis les fichiers ?

– Effacées. Par Donna, je suppose. Pas folle, la guêpe, commenta Galadriel.

– Donna était-elle ton amie ?

– Je n'ai pas d'amis dans le réseau, ma puce, même pas toi. Il est dangereux de s'attacher.

– On n'a donc aucune piste.

– En fait, si. Donna figurait sur des listes de discussion consacrées à l'opéra et à la littérature. Et sur une liste administrée par un groupe de recherches en généalogie basé au Texas.

– De la généalogie ? répéta Carrie.

– Étonnant, non ? Étrange que Donna s'intéresse à la généalogie.

– En effet. Inutile de retracer son arbre généalogique quand on vit sous une fausse identité. »

Carrie se connecta aussitôt au site Internet du groupe de recherches et trouva un index des messages. Les e-mails provenaient principalement de personnes souhaitant obtenir des informations sur certains noms de familles dans certains comtés du Texas. Chaque message était diffusé à tous les membres grâce à la liste de discussion, ce qui signifiait que tout message adressé à l'adresse du site était reçu par chaque adhérent. Pas vraiment l'endroit rêvé pour un dialogue privé.

« Je viens de faire un recoupement pour savoir quels adhérents ont écrit à Donna, expliqua Galadriel. Va voir le message numéro quarante et un. »

Carrie s'exécuta et tomba sur un e-mail envoyé par un certain Paul Granger :

L'histoire de la famille de Samuel Otis Steiner, à laquelle vous avez fait allusion dans le forum, m'intéresse beaucoup. Ma grand-mère, Ruth Margaret Steiner, née à Dallas et morte à Tulsa, était la fille d'une famille d'immigrants venus de Pennsylvanie. Je peux vous fournir les registres que vous avez demandés concernant la famille Talbott qui était originaire de Caroline du Nord et a déménagé dans le Tennessee avant de réapparaître en Floride. Indiquez-moi s'il vous plaît si vous avez les registres appropriés ou si vous pouvez y avoir accès. Ma fille et moi nous nous rendrons bientôt à Galveston et souhaitons retracer notre histoire jusqu'en 1849. Vous pouvez me contacter au 972.555.3478.

Bien à vous,

Paul Granger.

Carrie retourna à la liste de discussion. Au bas de chaque e-mail se trouvait un lien menant à l'archive en ligne du site. Elle s'y connecta et effectua une recherche sur Samuel Otis Steiner.

Elle ne trouva qu'un seul message concernant Steiner, envoyé par Donna environ deux jours plus tôt. Elle lança une recherche sur le nom de Donna Casher ; ce message était sa seule et unique contribution au groupe de discussion. Elle s'était contentée de demander des informations sur Samuel Otis Steiner.

« De toute évidence, cela n'a rien à voir avec la généalogie, dit Galadriel. C'est un contact.

– Un moyen innocent de communiquer sans éveiller les soupçons. »

Carrie étudia le message à la prose maladroite. Pas de code évident, mais les nombres pouvaient être une clé.

« Ce numéro, de quoi s'agit-il ?

– Une seconde. »

Galadriel la mit en attente, puis reprit la ligne vingt secondes plus tard.

« Ma chérie, c'est un numéro à Dallas. Je suis tombée sur une messagerie. Aucune indication quant à l'identité de l'abonné. Je vais devoir essayer de trouver son nom dans la base de données de la compagnie téléphonique. »

Carrie étudia de nouveau le message.

« 1849. Ça ne te semble pas étrange d'indiquer une date limite dans ce contexte ? Pourquoi vouloir remonter jusque-là et pas plus loin ? Aucun généalogiste ne s'arrêterait à une date précise.

– J'essaie diverses combinaisons, ma puce. Je pense qu'il s'agit d'un code.

– Un code que nous avons utilisé ?

– Ça, je ne peux pas te le dire, ma chérie, mais je vais vérifier. »

Carrie fit claquer sa langue.

« 1849 pourrait être la clé de tout le reste du message. En prenant la première lettre, la huitième, la quatrième, la neuvième, et ainsi de suite. Ou en suivant le même principe, mais avec les mots.

– Trop évident, ma chère, répliqua Galadriel. Je suis en train de consulter le serveur du compte e-mail de Donna Casher. Plus aucun autre message de Paul Granger ni de quiconque.

– Donc, tout ce que nous avons, c'est ce numéro de téléphone à Dallas.

– 1849 pourrait être un code en soi, dit Galadriel. Un avertissement, une instruction, et tout le reste du message, hormis le numéro de téléphone, serait du camouflage. 1849 pourrait vouloir dire "mets les voiles" ou "on s'est fait prendre" ou "passe au Plan B".

– Ou "appelle ton fils, dis-lui de rentrer à la maison, puis mets les voiles", dit Carrie. Ce nom de Granger te dit-il quelque chose ?

– Non. J'ai vérifié, il ne figure dans aucune de nos bases de données. Je vais consulter le registre national des permis de conduire, mais il est plus que probable qu'il s'agit d'un pseudonyme. Et Granger n'a envoyé de message ni à Evan ni à Mitchell.

– Localise la provenance de l'e-mail, s'il te plaît, demanda Carrie.

– Déjà fait. Il a été envoyé depuis une bibliothèque publique de Dallas.

– Alors, on fait quoi ?

– Tout converge vers Dallas. Je vais voir si on peut établir une relation entre l'un de nos ennemis connus et la région de Dallas, dit Galadriel, puis elle marqua une pause. Tu bosses là-dessus avec Dezz ?

– Oui.

– Bonne chance, ma puce, dit-elle, compatissante.

– Merci, Galadriel. »

Carrie raccrocha et alla frapper à la porte de Dezz. Il ouvrit au bout d'un moment, tout en éteignant son téléphone portable avant de le glisser dans sa poche. Elle lui expliqua ce qu'elles avaient découvert.

« Qu'est-ce qu'on fait si on s'aperçoit que ce Granger bosse pour le gouvernement ?

– On se tire, répondit Dezz. Loin et vite.

– Ils tueraient Evan. Il ne mérite pas de mourir.

– Ce qu'Evan Casher mérite est susceptible de changer d'une seconde à l'autre. S'il raconte en public ce qui lui est arrivé, c'est comme s'il nous tirait une balle dans les pattes. On se transformerait en canards boiteux et on serait obligés de fermer boutique, pendant au moins un an, et on ne peut pas se le permettre.

– Ça doit être agréable d'avoir si peu de moralité qu'elle tiendrait dans la poche. »

Dezz sourit.

« C'est la putain qui me dit ça. Tu veux que je te prête un peu de conscience ? J'en ai à revendre.

– Il n'est pas nécessaire qu'Evan meure s'il peut nous aider. Il m'écouterait. Il ne sait rien, il ne constitue pas une menace.

– C'est ce que tu penses ?

– En effet.

– Tu penses beaucoup, dit Dezz. Tu as le cerveau en ébullition.

– Au moins il sert à quelque chose.

– Tu parles. Tu as merdé en ne trouvant pas ces fichiers. »

Elle fit semblant de ne pas l'entendre.

« Dis-moi la vérité, rayon de soleil. Est-ce qu'il est au courant pour les Deeps ?

– Non, répondit-elle. Non, il ne sait rien. J'en suis certaine. »

Elle vit qu'il ne la croyait pas. Elle se versa une tasse de café. Jargo sortit de sa chambre, pâle.

« Le chauve, dit Jargo. Il a été formellement identifié par nos elfes d'après les registres téléphoniques de sa messagerie et les fichiers de l'état civil. Son nom est Joaquin Gabriel. Un ancien de la CIA. Les elfes vérifient chaque information à son sujet pour découvrir où il pourrait planquer Evan Casher.

– Pourquoi Gabriel voudrait-il mettre la main sur Evan ? Qu'est-ce qu'il faisait à la CIA ? demanda Carrie, un frisson d'horreur lui parcourant lentement le dos.

– La CIA. On est complètement baisés, dit Dezz.

– Ça fait des années qu'il s'est fait foutre dehors, expliqua Jargo.

– Peut-être qu'il a repris du service, suggéra Dezz.

– Gabriel faisait le ménage en interne, poursuivit Jargo. Il est ce qu'on appelle un « appât à traîtres ». Il recherche les gens qui pourraient nuire à la CIA de l'intérieur.

– Merde, fit Dezz.

– M. Gabriel à un compte régler avec moi. »

Le téléphone de Jargo sonna de nouveau. Il écouta, hocha la tête, raccrocha.

« Le gendre de Gabriel possède une résidence secondaire près d'Austin. Dans une ville nommée Bandera. Il se planque peut-être là-bas. C'est juste à une heure de route.

– Excellent, dit Dezz. Je commençais à trouver le temps long. »

Et il mima un pistolet avec ses mains, tira entre les yeux de Carrie.

11

La balle s'enfonça dans le mur quinze centimètres au-dessus des barreaux du lit. Gabriel tressaillit et écarquilla les yeux.

« Ma mère est morte. Mon père a disparu. Je ne plaisante plus, déclara Evan. Où sommes-nous ?

– Près de Bandera. »

Evan savait qu'il s'agissait d'une petite ville pittoresque du comté des collines.

« Dans la résidence secondaire de mon gendre. Ma fille a fait un bon mariage. »

Gabriel avait les yeux braqués sur l'arme, pas sur Evan.

« Vous travaillez pour la CIA ou pour une compagnie privée de sécurité ?

– Une compagnie privée, répondit-il après un moment. Mais je suis un ancien de la CIA et ta mère… savait ce que j'y faisais. C'est pour ça qu'elle m'a appelé. Je m'occupais de la sécurité en interne. Enfin, avant que l'Agence ne me foute dehors sous prétexte que je faisais chier le monde.

– Quelle surprise ! Dites-moi comment je peux contacter mon père.

– Je ne sais pas. »

Gabriel ne démordait pas de cette version. Evan décida de tourner la question différemment.

« Mon père sait-il comment entrer en contact avec vous ?

– Non. C'est ta mère qui a tout arrangé. Je ne lui ai jamais parlé.

– Vous mentez.

– Non. Ta mère estimait que je n'avais pas à savoir comment le contacter. » Il adressa à Evan un sourire bizarre qui lui donna un air vaguement tordu. « Elle a piqué les fichiers de Jargo. Jargo sait où trouver ton père car ton père travaille aussi pour lui. Ton père a disparu. L'équation est facile à résoudre. »

Evan n'avait pas eu le temps de réfléchir clairement à cause des bouleversements des vingt-quatre dernières heures.

« Jargo tient mon père.

– Plus que probable. Je pense qu'il devait être en mission pour Jargo quand ta mère a décidé de s'enfuir. Jargo a découvert les intentions de ta mère et il a mis la main sur ton père pour le garder sous sa coupe. C'est sans doute lui qui leur a donné le mot de passe de l'ordinateur de ta mère pour que Jargo puisse chercher les fichiers.

– Il me faut ces fichiers. Pour les échanger contre mon père. »

Mais les fichiers avaient disparu, ils s'étaient évaporés. Il fut soudain pris de découragement. Ils avaient eu accès à son portable en moins de deux. Ils connaissaient son mot de passe. C'était probablement son père qui le leur avait communiqué vu qu'il s'occupait de temps à autre de la maintenance de son système.

« Tout ce qui leur importe désormais, c'est de s'assurer que tu ne sais pas ce qu'il y avait dans ces fichiers et que tu n'en possèdes pas de copie. Je suis ta seule chance de t'en sortir.

– Qu'est-ce que Carrie a à voir avec cette histoire ? Elle savait que j'étais en danger, elle a tenté de m'alerter.

– Qui est Carrie ?

– Laissez tomber », répondit Evan après un moment.

Gabriel ferma les yeux.

« Il est clair que j'ai utilisé la mauvaise approche avec toi, Evan. J'aurais dû te faire confiance.

– Vous croyez ?

– Félicitations, tu m'as prouvé ce que tu valais. Mais tu ne comprends pas ce qui est en jeu. Ces fichiers que ta mère a volés, ils pourraient faire tomber Jargo, et ce type est une véritable ordure. Il me faut ces fichiers. Ils constituent les preuves dont j'ai besoin.

– Contre Jargo.

– Oui. Pour prouver qu'on n'aurait pas dû foutre ma carrière en l'air il y a toutes ces années. Pour prouver que Jargo emploie des traîtres à l'intérieur même de la CIA. » Gabriel toussa. « La CIA, dans l'ensemble, est une organisation composée de gens bien, des gens honnêtes et travailleurs. Mais chaque troupeau a ses brebis galeuses, et Jargo les connaît. Ta mère s'est adressée à moi parce qu'elle savait que je n'en étais pas une, Evan. Elle avait peur de s'adresser directement à l'Agence car elle ne voulait pas communiquer ses informations et alerter Jargo. Il graisse la patte à des employés de la CIA, et aussi du FBI. S'ils ont vent de ces fichiers et qu'ils te trouvent, ils auront autant de raisons que Jargo de se débarrasser de toi.

Ils ne veulent pas être exposés. » Gabriel se passa la langue sur les lèvres. « Evan, je suis sûr que, vu la valeur de ces fichiers, ta mère en a caché une copie. Mais où ? Réfléchis.

– Ou alors on peut simplement appeler la CIA.

– Tu crois que les gens de la CIA veulent que cette histoire de réseau d'espions indépendants opérant sous leur nez, en leur sein, apparaisse au grand jour ? » Gabriel se passa de nouveau la langue sur les lèvres. « J'ai été foutu dehors pour en avoir simplement suggéré la possibilité. Certaines personnes préféreraient te descendre plutôt que te voir nuire à la crédibilité de l'Agence. Si tu dévoiles cette histoire, tu es un homme mort. Ils te traqueront tout autant que Jargo. »

La CIA. Cette idée donna la chair de poule à Evan. Jargo était certes un assassin, mais il n'était qu'un homme. Tandis que la CIA, si elle se sentait menacée, pouvait le retrouver. Il ne pourrait pas se cacher éternellement.

« Qui puis-je appeler à la CIA pour leur demander d'arrêter ? »

Gabriel éclata d'un rire froid et sinistre.

« Pas la peine de leur dire quoi que ce soit, fiston. Ils n'arrêteront pas. Ils te traqueront jusqu'à ce qu'ils te trouvent, puis ils verront ce que tu sais et ils te liquideront. Je ne m'adresserais pas à la CIA si j'étais toi.

– Ils veulent donc les fichiers, comme Jargo. Que contiennent ces fichiers ? Des listes de traîtres qui aident Jargo de l'intérieur, des agents, des noms, ou bien est-ce qu'ils recensent des opérations en cours ?

– Des noms. Tu vois, je te fais confiance maintenant.

– Des noms d'agents ? »

Gabriel hésita un instant.

« Je crois.

– C'est soit oui, soit non. »

Gabriel haussa les épaules.

« Qu'est-ce que vous comptiez faire une fois que ma mère vous aurait donné ces noms ? » Evan pointa l'arme plus fermement dans sa direction. « Je n'ai pas la moindre raison de croire un mot de ce que vous avez dit. Vous avez pu me mentir depuis le début, et je ne pense pas que vous m'ayez sauvé la vie à cause d'une dette envers ma mère, ni par pure générosité. Vous voulez ces fichiers autant que Jargo, vous pourriez mentir sur leur contenu et vos motifs. »

Gabriel ne broncha pas.

« Soit. Gardez le silence. Vous pourrez m'en parler pendant le trajet.

– Quel trajet ? »

Evan quitta la pièce. Gabriel ne méritait pas de réponse. Evan s'assit dans le couloir sombre, se tint la tête entre les mains et considéra ses options. Gabriel connaissait toute la vérité, mais il ne voulait rien dire. Il pouvait lui coller son flingue sur la tempe et menacer de le descendre s'il ne parlait pas. Mais ils savaient tous deux qu'Evan était incapable de commettre un meurtre de sang-froid. Gabriel le lisait dans ses yeux.

Il devait donc essayer une meilleure tactique pour récupérer son père et mettre un terme aux agissements de Jargo, l'homme qui était responsable de la mort de sa mère, si Gabriel disait vrai.

Mais il devait tout d'abord passer un coup de fil. Son téléphone portable était entre les mains de la police d'Austin, mais celui de Gabriel était posé sur le comptoir de la cuisine.

Il s'en empara et composa le numéro de Carrie.

12

Ils avaient foncé vers le sud sur la I-35 depuis Austin, puis emprunté la 46 vers l'ouest et traversé l'ancienne ville allemande de Boerne. Des chênes de Virginie et des cèdres noueux recouvraient les collines. Le ciel commençait à s'assombrir.

Carrie était assise à l'avant, Jargo à l'arrière, Dezz était au volant. Une pancarte annonça BANDERA 15 KM.

Le téléphone de Carrie se déclencha, sans toutefois sonner car elle l'avait réglé sur le vibreur. *Oh, non*, pensa-t-elle.

« J'entends un téléphone, dit Jargo.

– C'est le mien. »

Carrie avait les mains moites.

« Evan. Alléluia ! s'exclama Dezz.

– Réponds. Mais tiens le téléphone de telle sorte que je puisse entendre. »

Jargo se pencha en avant, posa le menton par-dessus le siège, approcha sa tête de celle de Carrie. Elle tira le téléphone de son sac à main, le déplia.

« Allô ?

– Carrie ? dit Evan.

– Chéri. Oh, mon Dieu, est-ce que tu vas bien ?

– Ça va. Où es-tu ?

– Evan, bon sang, où es-tu ?

– Carrie. Comment savais-tu que j'étais en danger quand tu m'as appelé ? »

Elle sentit Jargo se raidir près d'elle.

« Il y avait trois hommes chez toi quand je suis revenue avec le petit déjeuner. Ils ont dit qu'ils étaient du FBI, mais j'ai trouvé… j'ai trouvé qu'ils avaient l'air louche. Ils ne m'inspiraient pas confiance. » Consciente qu'elle avait deux auditeurs à satisfaire en même temps, elle choisissait ses mots prudemment. « Ils avaient des têtes de truands cherchant à se faire passer pour des agents du gouvernement. Je ne les ai pas laissés entrer, Evan.

– Qu'est-ce qu'ils voulaient ?

– Te poser des questions sur ta mère. Où es-tu, qu'est-ce qui se passe ?

– Je ne peux pas vraiment t'en parler. » Evan sembla pousser un soupir de soulagement. « Je voulais juste m'assurer que tu étais en sécurité.

– Je vais bien, j'ai juste peur pour toi. S'il te plaît, dis-moi où tu es. Je viendrai, où que tu sois.

– Non. Je ne veux pas que tu sois impliquée. Pas tant que je ne saurai pas ce qui se passe réellement.

– Bon Dieu, dis-moi où tu es, chéri. Laisse-moi t'aider. »

La main de Jargo toucha l'épaule de Carrie.

« Où es-tu allée hier matin, Carrie ?

– Tu… » elle ferma les yeux. « Tu m'avais donné à réfléchir la nuit précédente. J'ai juste roulé. Puis je nous ai acheté un petit déjeuner. Je suis désolée de ne pas avoir été là quand tu t'es réveillé. Je ne voulais pas que tu te méprennes sur mes intentions.

– Tu ferais bien de quitter Houston, de t'éloigner de moi. Je ne veux pas que… les gens qui sont après moi s'en prennent à toi.

– Evan. Laisse-moi t'aider. Je t'en prie. Dis-moi où tu es. » Jargo se rapprocha encore plus, plaça son oreille tout contre le téléphone. « Je t'aime, ajouta-t-elle. »

Un moment de silence.

« Au revoir, Carrie. Je t'aime vraiment. Mais je crois qu'on ferait bien de ne pas se parler pendant quelque temps.

– Evan, attends. »

Il raccrocha. Jargo la poussa sèchement contre la portière.

« Espèce de connasse ! »

Sa tête heurta violemment la vitre, puis elle sentit le canon du Glock de Jargo contre sa gorge.

« Tu veux que je m'arrête ? demanda Dezz.

– Non. »

Jargo arracha le portable des mains de Carrie, consulta la liste d'appels, appela Galadriel sur son propre téléphone et lui ordonna de retrouver l'origine de l'appel. Il raccrocha et fixa Carrie du regard.

« Tu l'as appelé pour le prévenir ? Tu m'as dit que tu ne lui avais pas téléphoné.

– Non, j'ai appelé pour qu'il se méfie du FBI ou de la CIA au cas où ils viendraient à le rechercher.

– Je ne t'ai pas demandé de le faire, dit Jargo.

– Mon initiative. Je voulais qu'il la boucle, qu'il ne lâche pas un mot tant qu'on n'aurait pas mis la main sur lui. Tu n'es pas arrivé à temps. Tu as laissé la police l'attraper. Mais je n'ai pas eu le temps de lui débiter tout mon laïus. Gabriel a attaqué la voiture de police alors qu'il venait de décrocher.

– Mais pourquoi ne m'en avoir rien dit ?

– Parce que je savais que tu te mettrais à flipper, comme tu le fais en ce moment. Il ne m'a pas donné d'informations utiles, mais je ne nous ai fait courir aucun risque.

– Si son téléphone était tombé entre les mains de la police, ils auraient découvert ton numéro dans la liste d'appels.

– J'ai utilisé un téléphone volé. Impossible de remonter jusqu'à moi.

– C'était idiot, déclara Jargo.

– Tu le veux vivant pour avoir les fichiers. Mais si sa mère lui avait dit de quoi il retournait, je ne voulais pas qu'il aille vider son sac auprès de la CIA ou de la police. J'ai fait ça pour vous protéger, toi comme lui. Nos intérêts coïncidaient. »

Elle regarda l'arme de Jargo, se demandant si elle serait morte la seconde suivante. Il abaissa son arme.

« Ce n'est pas vraiment le moment pour moi de m'interroger sur ta loyauté. C'est clair ?

– Comme de l'eau de roche. » Elle lui saisit le bras. « La CIA a tué mes parents, est-ce que tu crois que j'ai envie qu'ils tuent aussi Evan ? S'il est avec Gabriel et qu'on peut le récupérer, laisse-moi lui parler. Tout sera beaucoup plus simple si tu me laisses m'en charger. S'il te plaît.

– Tu penses pouvoir le recruter ?

– Je pense pouvoir mettre le processus en route. Il a tout perdu. Sauf moi. Il est vulnérable. Je peux le rallier à ma cause, j'en suis certaine.

– Il a dit qu'il t'aimait, remarqua Jargo.

– Oui. Il me l'a aussi dit la nuit dernière. »

Elle lui tourna de nouveau le dos.

« Tu es donc son point faible, ajouta Jargo.

– Apparemment.

– Le fait qu'il soit amoureux devrait simplifier les choses, dit Dezz en riant. Tu le baises un bon coup, et tout est réglé.

– Ferme ta sale gueule », rétorqua-t-elle.

Elle aurait voulu lui écrabouiller le nez, lui ôter son petit sourire en lui cassant les dents. Le téléphone de Jargo se mit à sonner. Il décrocha.

« Galadriel, ne me déçois pas. » Il écouta, acquiesça. « Merci. » Il raccrocha.

« Le portable appartient à un certain Paul Granger.

– Le même nom que sur l'e-mail, dit Carrie. On arrive bientôt ?

– Dans moins de cinq minutes », répondit Dezz.

C'est alors qu'ils entendirent le hurlement des sirènes et aperçurent les lueurs bleues et rouges d'un gyrophare derrière eux.

13

Carrie était en sécurité.

Des truands cherchant à se faire passer pour des agents du gouvernement, avait-elle dit. S'agissait-il vraiment du FBI ? Ou bien d'agents de la CIA à ses trousses ? Comment seraient-ils arrivés jusqu'à lui, comment auraient-ils su que ses parents avaient un lien avec ces foutus fichiers ? Cela n'avait aucun sens, mais rien n'en avait ce matin-là. L'essentiel était que Carrie soit saine et sauve. Il allait devoir résister à l'envie d'entendre sa voix, la tenir éloignée de ce cauchemar.

Je te trouve et je te perds aussitôt, pensa-t-il. Du moins tant qu'il n'aurait pas retrouvé son père et découvert la vérité sur ce qui était arrivé à sa famille. Après, ils pourraient être ensemble.

Il retourna à la chambre dans laquelle Gabriel était enchaîné. Il était maintenant adossé aux barreaux du lit.

« Ma petite amie affirme que le FBI me cherchait hier matin.

– Tout à fait possible, répondit Gabriel. Qu'est-ce que tu veux que j'y fasse ?

– Elle pense que ce n'étaient pas de vrais agents du FBI. Est-ce qu'ils auraient pu être de la CIA ? Vous embarquez ma mère à Austin, et moi, ils m'embarquent à Houston.

– S'ils avaient voulu t'attraper, ils t'auraient mis la main dessus plus tôt. Je ne sais pas de qui il s'agissait. Désolé. » Gabriel fit tinter les menottes. « Tu m'abandonnes ici ?

– Je ne sais pas encore. »

Evan ramassa le portable cassé, quitta la pièce, enferma Gabriel à double tour et fila dans le couloir. Gabriel pouvait mentir en prétendant que personne ne l'aidait ; la CIA ou ses amis pouvaient débarquer d'une seconde à l'autre. Il pénétra en courant dans la chambre de Gabriel, ouvrit la première valise. Quelques vêtements. Beaucoup d'argent en espèces. Suffisamment pour qu'Evan tombe en arrêt. Des liasses bien nettes de billets de vingt et cent dollars. L'étiquette de la valise indiquait J. GABRIEL ainsi qu'une adresse à McKinney, une banlieue de Dallas.

Il fouilla dans l'autre bagage. Quelques vêtements, deux pistolets démontés et bien huilés. Il mit les pièces de pistolets dans la valise qui contenait l'argent. Il aperçut une petite boîte métallique.

Il essaya de l'ouvrir. Verrouillée. Elle devait donc renfermer quelque chose d'important. Il plaça son ordinateur cassé dans la valise et courut jusqu'au garage. Il fit de l'espace à l'arrière de la Suburban et chargea la valise. Puis il courut chercher la petite boîte, la mit dans son sac en toile, retourna au garage et posa son sac sur le siège côté passager.

Il grimpa une nouvelle fois à l'étage. Faire descendre Gabriel menotté ne serait pas facile. Il comptait l'installer à l'arrière du 4 × 4, mettre les bouts et appeler Durless. Il pensait que Durless l'écouterait. Il était sans doute mortifié et furieux d'avoir perdu Evan et de s'être fait piquer l'affaire par le FBI. Evan lui donnerait une chance de sauver la face.

Il déverrouilla la porte et pénétra dans la chambre.

Le lit était vide. Les menottes pendaient aux montants du lit. Le vent qui s'engouffrait par la fenêtre ouverte faisait danser les rideaux.

Evan redescendit l'escalier quatre à quatre. Il n'entendait plus que sa propre respiration affolée et, en bruit de fond, la télé du salon qui diffusait toujours CNN. Il ouvrit la porte du garage, se pencha à l'intérieur. Aucun signe de Gabriel. Il se coula dans la pièce faiblement éclairée et se dirigea vers la Suburban.

Où était passé Gabriel ?

Soudain le portail du garage se souleva.

14

Evan savait qu'il serait repéré en quelques secondes.

Tandis que le portail électrique s'élevait, Evan se laissa glisser par-dessus le capot du 4 × 4 et se tapit de l'autre côté du véhicule, tout contre la roue avant droite, plaçant la Suburban entre lui et le reste du garage. Il tira de sa poche revolver l'arme qu'il avait subtilisée à Gabriel.

Gabriel pénétra en courant dans le garage.

J'ai ses clés, il est sorti par la fenêtre, il ne doit pas avoir d'autre moyen de rentrer dans la maison, pensa-t-il.

Gabriel l'avait-il vu ou non ? Evan le saurait bientôt.

Bruits de pas en direction de la porte qui menait à la cuisine. Evan entendit la porte s'ouvrir. Puis le portail redescendre. Gabriel lui coupait sa fuite. Il pensait qu'Evan était toujours dans la maison.

Il risqua un coup d'œil par-dessus le capot de la Suburban. *Il y a probablement d'autres flingues dans la maison et il va en chercher un parce qu'il sait que j'ai le sien et que j'ai entendu le portail.* Evan grimpa dans la Suburban par le côté passager, se glissa jusqu'à la place du conducteur, mit la clé dans le contact. Il trouva la commande du portail accrochée au pare-soleil et appuya sur le bouton. Le portail s'arrêta.

Il appuya aussitôt une deuxième fois et le portail se remit à monter lentement tandis qu'il démarrait la Suburban. *Pourvu qu'il soit déjà à l'étage*, pria Evan.

La porte de la maison s'ouvrit d'un coup ; Gabriel se tenait dans l'embrasure, une arme à la main. Le portail continuait de monter.

Gabriel appuya violemment sur un interrupteur ; le portail s'immobilisa. Il passa devant la moto en courant et se précipita vers la portière du conducteur.

Evan passa la marche arrière et enfonça l'accélérateur. La Suburban partit en arrière dans un hurlement de moteur et déchira le bas du portail dans un grincement strident.

Gabriel fit feu. La balle ricocha contre le toit. Evan donna un coup de volant, fonça une nouvelle fois en marche arrière dans le portail métallique et déboucha sur une large allée. Dans le rétroviseur, il aperçut la Malibu volée.

Gabriel piqua un sprint en direction de la voiture, visa les pneus, hurla :

« Arrête, Evan ! Laisse tomber ! »

Evan enclencha la marche avant. La Suburban démarra en trombe et Gabriel poussa un cri lorsqu'il se retrouva projeté par-dessus le capot.

Merde, je l'ai renversé, pensa Evan. Il emprunta l'allée qui dévalait une butte imposante parsemée de cèdres et de chênes. Ça ressemblait au comté des collines. Gabriel avait parlé de Bandera. Pour une fois, il avait dit la vérité.

L'allée serpentait jusqu'à un portail métallique fermé qui séparait la propriété d'une petite route de campagne. Evan appuya sur le deuxième bouton de la télécommande en espérant qu'elle ouvrait aussi ce portail. Rien ne bougea. Puis il s'aperçut que le portail était maintenu par une chaîne.

Il fouilla dans le bac situé entre les sièges, puis passa en revue les clés qui se trouvaient sur l'anneau volé à Gabriel. Aucune clé de cadenas.

Il attrapa le pistolet posé sur le siège du passager, descendit de la Suburban tout en laissant tourner le moteur. Il visa le cadenas volumineux, recula de deux pas et tira.

La détonation creva le silence des collines tel un coup de tonnerre. Le verrou percé sur le côté se balançait au bout de sa chaîne. Il essaya de l'ouvrir. Rien à faire.

Il entendit un gémissement de moto : la Ducati qui dévalait la colline à toute allure.

Evan visa de nouveau et tira une deuxième fois. La balle se logea au beau milieu du cadenas. Lorsqu'il essaya de l'ouvrir, le cadenas tomba en morceaux entre ses mains. Il déroula la chaîne et ouvrit le portail. Sa respiration de plus en plus forte lui martelait les oreilles.

Pas de panique. Reste calme, héros, reste calme.

Le gémissement de la moto montait crescendo. À travers les arbres, il vit la Ducati dévaler l'allée en flèche. Gabriel leva son pistolet. Le coup de feu de sommation souleva la poussière près des pieds d'Evan.

Nulle part où se cacher. Evan, la chaîne dans une main, son arme dans l'autre, se glissa sous la Suburban en rampant sur le gravier.

En proie à la panique il s'était mis à l'abri et se retrouvait maintenant coincé. *Espèce d'abruti.*

La Ducati s'arrêta à trois mètres de lui, soulevant une poussière calcaire.

« Evan. » À entendre sa voix, Evan devina que Gabriel avait des dents cassées. « Jette ton arme. Maintenant.

– Non, répondit Evan.

– Écoute-moi. Ne fais pas l'idiot. Ils vont te tuer.

– Reculez ou je tire. »

Gabriel baissa la voix.

« Si tu me descends, tu te retrouveras absolument seul. Sans argent. Sans nulle part où aller. Les flics te livreront direct au FBI, et là, tu sais ce qui se passera.

– Non, je n'en sais rien.

– Le FBI vient te chercher au nom de la CIA. Ils t'arrêtent. Et ensuite ils te perdent, Evan, parce que le gouvernement veut vous voir morts, toi et ta famille. Tu es devenu une patate chaude dont personne ne veut. Je suis ton seul espoir. Alors maintenant, sors.

– Je refuse de vous parler. Je compte. Et au chiffre magique, je vous tire dans le pied. »

Il avait hâte de sortir de son abri étouffant et poussiéreux, de ne plus sentir le moteur brûlant contre son dos.

Gabriel continua de parler d'une voix calme, comme s'il essayait les unes après les autres toutes les possibilités jusqu'à tomber sur celle qui ferait sortir Evan de son trou.

« Evan, je sais ce que c'est que de n'avoir nulle part où aller. »

Evan attendit.

« Je sais comment travaillent ces gens, Evan. Comment ils te traqueront. Je peux te mettre à l'abri. Ou bien te trouver un endroit où tu pourras négocier un accord avec eux. » Il se déplaçait lentement autour de la Suburban. « Mais, surtout, j'ai un plan pour récupérer ton père. »

Gabriel parlait à voix basse, sur un ton qui se voulait amical. Evan visa les pieds de Gabriel. Son cœur tambourinait contre le gravier.

« Ta mère me faisait confiance, et je n'ai pas su la protéger. Je me sens responsable. Mais souviens-toi, j'ai coupé la corde, je t'ai sauvé la vie. » Gabriel baissa encore plus la voix. « J'essaie de te convaincre. Je ne suis pas en train de te tirer de là-dessous par les talons pour ensuite te casser la gueule. »

Parce que tu sais que je suis armé. Tu m'as entendu tirer sur le cadenas. Et parce que je t'ai renversé en voiture et que tu es amoché, salement amoché, même si tu m'as suivi jusqu'ici. Tu as besoin de moi. Tu crèves d'envie de mettre la main sur Jargo, et tu veux m'utiliser comme appât.

« On doit aller en Floride, poursuivit Gabriel. C'est là que je devais emmener ta mère. C'est là qu'elle comptait retrouver ton père, ajouta-t-il comme s'il jetait un os à Evan.

– Où en Floride ?

– On pourra parler des détails quand tu sortiras. J'ai une excellente idée pour récupérer ton père.

– J'écoute, dit Evan. »

Continuer de faire parler Gabriel. Pour que sa voix trahisse le moindre effort soudain, au cas où il se précipiterait vers la Suburban.

« Jargo veut ton père pour t'attirer et s'assurer que tu ne lui nuiras pas avec les fichiers. La CIA veut ton père ou les fichiers pour choper Jargo et les traîtres qui bossent pour lui. Je te suggère de proposer un marché aux deux parties, de les mettre face à face. Puis tu menaces de dévoiler les activités de Jargo, de dénoncer les liens embarrassants que la CIA entretient avec lui, et tu négocies le retour de ton père. Tu les montes l'un contre l'autre. On peut fignoler les détails. Mais sors de là et parlons. »

Et toi, qu'est-ce que tu y gagnes ? se demanda Evan. Il ne pigeait pas ce que voulait Gabriel – se venger à la fois de Jargo et de la CIA ? Ça n'avait aucun sens. À moins qu'il ne soit réellement un ancien de la CIA et l'employé le plus mécontent du siècle.

« D'accord, répondit Evan. Je sors. Ne tirez pas.

– Jette ton arme, Evan. Mets la sécurité et jette ton arme. »

Evan, couché à plat ventre, visa soigneusement le pied de Gabriel en tentant de contenir les tremblements de sa main. *Ne loupe pas ton coup.* Il craignait de ne pas atteindre sa cible à cause de la surface de l'allée, des courbes grossières du gravier. *Fais-lui juste assez mal pour pouvoir décamper.*

Il visa, mais une détonation retentit avant qu'il ait appuyé sur la détente. Il entendit le claquement d'une balle pénétrant dans la chair, et vit Gabriel s'écrouler dans la poussière en hurlant.

15

CARRIE SE RETOURNA EN DIRECTION des sirènes et des lumières.

« La police. Je t'avais dit de ralentir.

– Relax, laisse-moi faire, répliqua Dezz.

– Dezz, intervint Jargo. Tu acceptes l'amende comme un citoyen modèle, puis on repart sans faire d'éclats, pigé ? »

Dezz se gara sur le bas-côté, l'agent s'arrêta derrière lui et resta dans sa voiture une minute tout en laissant tourner son gyrophare.

« Il appelle pour vérifier l'immatriculation, dit Jargo. Putain, Dezz, si Evan nous échappe à cause de ça, tu es mort.

– Relax », répéta Dezz.

Tendue, Carrie se retourna et vit l'agent descendre de voiture et s'approcher de la portière du conducteur. *Laissez-nous partir, s'il vous plaît*, implora-t-elle en silence. *Je vous en prie.*

Avant que l'agent ait pu prononcer un mot, Dezz produisit une fausse carte du FBI en annonçant :

« Agent spécial Desmond Jargo. Je vais à Bandera pour localiser une personne liée à une affaire qui dépend du bureau d'Austin. »

L'agent prit la pièce d'identité, l'étudia minutieusement. Puis il la rendit à Dezz et scruta Carrie.

« Vous avez vos papiers, madame ?

– Elle n'en a pas besoin, elle est avec moi », expliqua Dezz.

L'agent regarda Jargo assis sur la banquette arrière.

« Bonjour, monsieur l'agent, dit Jargo.

– Ce sont des témoins. Ils m'accompagnent, poursuivit Dezz.

– Les papiers du véhicule, demanda l'agent.

– Vous m'avez entendu ? rétorqua Dezz. Agent spécial. En mission. Pressé. Je ferais plus simple si je pouvais, mais "agent" et "spécial" n'ont que deux syllabes.

– Bien vu. Les papiers du véhicule, s'il vous plaît, monsieur. »

Dezz lui tendit la carte grise. L'agent l'examina, puis la lui rendit.

« Merci. On peut poursuivre notre chemin, s'il vous plaît ?

– Je suis curieux. » L'agent était un jeune type à l'air effronté, du genre à avoir passé sa scolarité au fond de la salle de classe à cracher en l'air avant de décider, en quittant le lycée, que la police lui fournirait un boulot stable pas loin de chez lui. Carrie ne le regardait pas, elle avait les yeux rivés sur la route droit devant elle. « C'est quoi, cette affaire qui vous intéresse dans le coin ?

– Je n'ai vraiment pas le temps de vous expliquer, répondit Dezz, et c'est confidentiel, donc nous…

– Attendez une seconde, coupa le policier.

– Je suis agent fédéral…

– Vous me l'avez déjà dit. Mais vous vous trouvez dans notre juridiction et je ne crois pas que vous ayez parlé à notre shérif.

– J'avais l'intention de l'appeler rapidement. Nous n'avions pas encore localisé notre suspect et je ne voyais pas le besoin de faire perdre son temps à un homme déjà bien occupé.

– Le shérif est une femme, rectifia l'agent. Descendez du véhicule, monsieur, nous allons l'appeler.

– C'est ridicule.

– Monsieur. Avec tout le respect que je vous dois, rien ne vous autorise à rouler à 150 kilomètres à l'heure sur nos routes. » Il se pencha vers la vitre de Dezz. « Allons juste téléphoner...

– Non. »

D'un coup de poing porté à la gorge, Dezz lui écrasa la trachée et l'agent recula en titubant, ses lunettes de soleil de guingois, la bouche grande ouverte pour essayer de respirer. Dezz tira son arme munie d'un silencieux et fit feu. Le front du flic explosa entre son Stetson et ses lunettes de soleil de pacotille.

« Oh, mon Dieu ! » hurla Carrie.

Au sommet de la colline apparut un véhicule qui roulait dans leur direction. Dezz mit le pied au plancher et la voiture démarra en trombe. Il prépara son arme, tenant le volant d'une seule main.

« Dezz ! » hurla Jargo.

Le véhicule – une Chevrolet vieille de dix ans au moteur poussif – ralentit à l'approche de l'agent qui gisait mort au milieu de la route, et Carrie vit la mine stupéfaite de la conductrice, une blonde à lunettes d'environ trente ans arborant une tenue de caissière de chez Wal-Mart et une frange bouffante. Dezz tira deux coups de feu au moment où les voitures se croisèrent. La vitre côté conducteur se désintégra dans une projection de verre et de sang. La Chevrolet quitta la route et alla s'encastrer dans la clôture d'un pré dans lequel paissaient des vaches. Sous le choc, l'avant de la voiture se froissa comme de l'aluminium.

« Pas. Un. Mot. »

Dezz regagna le milieu de la route et accéléra pour atteindre les 150 kilomètres à l'heure. Jargo se pencha en avant et serra la gorge de son fils.

« C'était idiot, dit-il.

– On n'a pas le temps de s'emmerder avec des flics, répondit Dezz d'une voix calme, comme s'ils venaient de s'arrêter pour inspecter des pêches à un étal au bord de la route.

– Je t'avais ordonné d'accepter la putain d'amende ! reprit Jargo. D'écouter le sermon du flic, de sourire en acquiesçant, d'être intelligent.

– Papa. J'avais que cette carte du FBI sous la main. Il allait nous signaler, quoi qu'on fasse, et je pouvais pas le laisser faire. D'un point de vue tactique, mieux valait le descendre tout de suite qu'être obligés de prendre la fuite plus tard. On n'a perdu que deux minutes. »

Jargo lui lâcha la gorge et lui flanqua une claque derrière la tête.

« La prochaine fois que tu me désobéis, je te tire une balle dans la main. Je t'estropie. Tu ne pourras plus jamais travailler. Et je te déshérite et je… » Jargo se laissa retomber sur la banquette arrière. Il baissa la voix. « Ne me désobéis pas.

– Bien, monsieur, répondit Dezz.

– Tu n'étais pas obligé de tuer cette femme, dit Carrie d'une voix blanche.

– J'ai juste tiré dans sa vitre. Pour qu'elle ne puisse pas nous identifier ni noter notre immatriculation. »

Carrie réprima une envie de vomir. Elle ne pouvait se montrer faible devant lui. Pas pour l'instant.

« Oublions ce malheureux agent et cette pauvre femme, déclara Jargo. Nous avons du boulot devant nous. »

Carrie savait que cette requête lui était destinée ; ça faisait déjà un bout de temps que Dezz avait oublié ses deux innocentes victimes. Elle vérifia son pistolet, se passa la main sur la bouche.

« Carrie, c'est un accident regrettable, reprit Jargo. Vraiment. Mais je ne peux pas considérer ces morts comme des gens, tu vois. Je ne peux pas les considérer comme les enfants de quelqu'un, ni me dire qu'ils avaient la vie devant eux. Nous devons nous concentrer sur notre objectif. C'est notre seule manière de rester sains d'esprit. »

Carrie savait que Jargo et Dezz étaient d'une froideur inimaginable. Complètement cinglés. Ils tuaient sans le moindre remords.

Pourvu qu'Evan ne soit pas dans cette maison.

« Trouve un chemin par-derrière, dit Jargo. Montre-moi la carte GPS. Le fait qu'Evan ait appelé ne signifie pas qu'il s'est débarrassé de Gabriel. Ça pourrait être un piège tendu par Gabriel ou la CIA. »

Un piège, avec Evan en guise d'appât. Elle préférait ne pas y penser.

« Evan…

– Carrie, je sais. Tu ne veux pas qu'il lui arrive du mal. Nous non plus. J'ai de bonnes raisons de vouloir qu'Evan s'en sorte sain et sauf. »

Jargo avait prononcé ce mensonge – car elle était sûre que c'en était un – d'une voix doucereuse. Dezz désigna l'écran du GPS.

« Il y a une route huit cents mètres après l'entrée du ranch. On va passer par là. »

Je dois trouver Evan la première, se dit Carrie. *Je dois le trouver et l'aider à s'enfuir avant que Dezz et Jargo ne le tuent.*

À l'arrière du ranch, la colline grimpait en pente abrupte. Des affleurements de calcaire perçaient la fine couche de terre lézardée, des cèdres assoiffés et des chênes étiques se disputaient le terrain couvert de broussailles. Dezz partit en tête, suivi de Carrie. Jargo fermait la marche.

Dezz s'arrêta si brutalement que Carrie faillit le heurter.

« Qu'est-ce qui se passe ?

– J'ai entendu un sifflement. »

C'était la première fois que Carrie percevait un tremblement dans la voix de Dezz.

« Les serpents sont en hibernation en ce moment. Inutile d'avoir peur, mon petit, dit Jargo d'un ton à la fois agacé et arrogant. »

Carrie estima qu'il devait toujours lui en vouloir d'avoir désobéi.

« Je déteste ces putains de serpents », maugréa Dezz.

Il fit un pas hésitant. Carrie le contourna, prit la tête et continua de descendre parmi les arbres. Dezz semblait marcher sur un champ de mines, vérifiant prudemment où il posait les pieds.

« Dezz, il n'y a aucun risque. » Carrie aurait aimé qu'un serpent surgisse de derrière une pierre et lui plante ses crocs dans le visage, ou dans la jambe, ou dans le cul. « C'est le vent dans les branches que tu as dû entendre. »

Il demeura immobile.

« Il a horreur des serpents. Des reptiles. De tout ce qui rampe, expliqua Jargo. J'aurais dû lui acheter un cobra domestique. Ça l'aurait aidé à surmonter sa phobie. »

Dezz émit un grognement guttural.

« Maintenant tu sais comment le punir quand il ne t'écoute pas, lança Carrie. Tu planques une vipère cuivrée dans son lit. »

Ils entendirent un fracas de métal, puis un autre, un coup de feu, un cri, un moteur qui s'éloignait en vrombissant.

Jargo saisit Dezz par le bras, ils longèrent à la hâte un ruisselet puis gravirent une nouvelle colline plus petite que la précédente. Ils passèrent en courant devant une étable et un bassin de pierre calcaire, entendirent le vrombissement d'un deuxième moteur, un deuxième coup de feu au loin, virent un homme chauve dévaler l'allée en moto.

« Gabriel », dit Jargo.

Dezz s'élança dans l'allée, talonné par Jargo qui lança par-dessus son épaule :

« Carrie, surveille la maison. »

Elle ne s'arrêta pas et Jargo pointa son arme sur elle.

« Fais ce que je te dis. »

L'homme à la moto n'était pas Evan, il était peut-être toujours dans la maison. *C'est ma chance.* Elle acquiesça donc et courut vers la maison.

Dezz vit que Gabriel semblait parler en direction d'une Suburban à l'arrêt et il s'accroupit au milieu des cèdres. Jargo s'agenouilla à ses côtés.

« Evan, chuchota Dezz. Il est dans la voiture. »

Jargo acquiesça. Ils laissèrent s'écouler deux minutes.

Dezz ne distinguait pas où l'abruti se trouvait dans la Suburban. Puis, soudain, il entendit clairement une voix jaillir de sous la voiture : « Je sors... » Et il vit Gabriel pointer son arme vers le bas du 4 × 4.

Dezz se leva, visa, tira.

Le chauve tressaillit, du sang jaillit de son dos et il s'écroula en poussant un cri de douleur étouffé.

« Ne tue pas Evan, murmura Jargo. Blesse-le si nécessaire. Je préfère qu'il soit vivant pour répondre à mes questions. » Il saisit le bras de Dezz. « C'est clair ?

– Absolument. »

Jargo fronça les sourcils.

« Tu n'as rien fait pour m'inspirer confiance aujourd'hui.

– Accorde-moi le bénéfice du doute, papa, répondit Dezz avant de crier : Pas un geste ! FBI ! »

Il descendit la colline en courant. Jargo se leva, regarda en direction de la maison où Carrie avait disparu. Silence. Il espérait que Gabriel travaillait seul. C'était en général le cas pour les « appâts à traîtres » ; ils ne faisaient confiance à personne. Jargo savait que ce mode de vie était à la fois triste et judicieux. Il se replia parmi les arbres pour observer, au cas où Evan se mettrait à tirer.

Le visage déformé par la douleur, Gabriel rampa en direction de son arme. Une autre balle vint frapper la caillasse près de sa tête et il se figea.

« Je t'ai dit de pas bouger. » La voix qu'Evan entendit était placide, calme, jeune, presque amusée. « C'était pas une simple suggestion. C'était un ordre.

– Oh, merde ! s'exclama Gabriel. Lui... lui...

– Evan ? La cavalerie est arrivée, lança la voix.

– Chez toi... haleta Gabriel, et une deuxième balle l'atteignit, à l'épaule cette fois. »

Gabriel poussa un cri perçant, se roula dans la poussière avec sur le visage une mine stupéfaite. Evan vit des jambes d'homme approcher.

Chez toi. Evan réprima l'angoisse qui s'empara soudain de sa poitrine, de ses entrailles.

« Restez calme, maintenant, monsieur Gabriel, dit l'homme. Ça me rend très nerveux de vous voir gigoter. Je n'aime pas être nerveux. Evan ? Tu es sous la voiture ou dedans ? » demanda-t-il d'un ton plus enjoué.

Evan ne répondit pas. Cette voix. C'était celle qu'il avait entendue dans la cuisine. La voix de l'assassin de sa mère. La colère monta en lui.

« Hé, Evan, les gentils sont arrivés. FBI. Sors, s'il te plaît. »

Evan ne pouvait faire confiance à quelqu'un qui prétendait être du FBI mais qui tirait sur un homme à terre.

« Tout va bien, Evan. Tu es en sécurité, maintenant. Si tu as une arme, jette-la, on ne veut pas d'accident. »

Gabriel grognait tout en sanglotant.

« Evan. Je ne sais pas ce que ce vieux taré t'a raconté, mais tu ne risques absolument rien. Je suis du FBI. Mon nom est Dezz Jargo et… » Il marqua une pause pour accentuer son effet. « Je connais ton père. Il se fait un sang d'encre pour toi. Nous avons traqué M. Gabriel jusqu'ici. Il faut que tu sortes. Nous allons t'emmener auprès de ton père. »

Jargo. Evan se l'était imaginé plus âgé. Ce type semblait trop jeune pour être à la tête d'une organisation criminelle.

« Montrez-moi votre carte, hurla Evan.

– Ah, te voilà ! lança Dezz d'un ton plaisant.

– Cet enfoiré ment », hurla Gabriel, et Dezz lui assena un violent coup de pied à la tête.

Du sang et deux incisives jaillirent de sa bouche, et son corps s'immobilisa. Evan n'arrivait pas à voir s'il respirait encore.

« Evan, sors maintenant », reprit Dezz. Pour ta propre sécurité.

Evan visa les pieds, tira.

Carrie pénétra dans la cuisine. Tout était silencieux, hormis la télévision, allumée sur CNN.

« Evan ? appela-t-elle. Evan, chéri, c'est moi. Carrie. Montre-toi. »

Silence. Elle frissonna et se mit à courir de pièce en pièce, craignant de le retrouver mort.

Il l'avait appelée, il devait être libre.

À moins que ce n'ait été un piège et que Gabriel ne l'ait tué juste après le coup de fil. Elle essaya de réfléchir. Gabriel était un ancien de la CIA. Ces fichiers – sur lesquels Jargo ne pipait mot – intéressaient Gabriel parce qu'il s'était mis à travailler à son propre compte, ou bien parce qu'il était devenu un traître, ou alors peut-être avait-il recommencé à bosser pour l'Agence. Tout s'emmêlait, elle ne comprenait plus rien et la seule chose dont elle était certaine était qu'Evan lui avait dit qu'il l'aimait.

Elle parcourut rapidement et méthodiquement les pièces du rez-de-chaussée. La dernière fois qu'elle l'avait vu, il était au lit, endormi, parfaitement apaisé, et maintenant il était plongé en plein cauchemar. Donna était morte et elle n'avait rien pu faire pour la protéger. Étranglée. Sa mère à elle avait été tuée par balles.

Je t'en supplie, Evan, dis-moi que tu es ici, pas là-bas avec Dezz. Ou alors pourvu que tu sois déjà parti. Loin, quelque part où je ne te retrouverai pas.

Elle courait d'une pièce à l'autre, priant pour être la première à le retrouver.

Dezz poussa un cri et sauta lorsque Evan manqua sa cible, mais il ne battit pas en retraite. Au lieu de cela, il se mit à rire comme un tordu.

« Tu as une sacrée façon de me remercier, lança-t-il. Gabriel s'apprêtait à te tirer dessus quand je te disais de sortir. Je t'ai sauvé la vie. »

Evan attendit. Il avait pensé que Dezz détalerait comme un lapin. Ç'aurait été logique. Mais il était resté là, sans toutefois s'approcher.

« Ton père, poursuivit Dezz, son nom est Mitchell Eugene Casher. Né à Denver. Ça fait presque vingt ans qu'il est consultant en informatique.

– Et après ?

– Et après, vu que je suis du FBI, je sais tout ça. Mais je suis aussi son ami, Evan. Il adore la glace aux noix de pécan et aime les steaks à point. Sa série télé préférée est *Hawaï, Police d'État* et il a la mauvaise habitude de saouler tout le monde en racontant les épisodes. Ça te dit quelque chose ? »

Tout était vrai.

« Comment l'avez-vous connu ?

– Evan, maintenant je dois te faire confiance. Ton père effectue des missions spéciales pour le gouvernement. Je le supervise. Je suis ici pour te protéger. Ta famille a été prise pour cible par des gens très dangereux. Notamment par Gabriel, qui a été foutu à la porte de la CIA. »

Cette voix. Il compara la voix de Dezz à celle qu'il avait entendue derrière lui dans la cuisine tandis qu'il était à genoux, un flingue braqué contre sa tête, le visage quasiment collé à celui de sa mère morte. Maintenant, il n'était plus certain. Il essaya de se rappeler la voix qui avait résonné dans ses oreilles tandis qu'il agonisait au bout d'une corde.

« Sois gentil et sors. Je partagerai mes bonbons avec toi.

– Ne me parlez pas comme si j'avais quatre ans, rétorqua Evan.

– Je ne me permettrai pas de rabaisser le célèbre réalisateur. »

Evan attendit. Un emballage de caramel tomba aux pieds de Dezz.

Même si je lui tire dessus, il en restera un, pensa Evan. *S'ils sont toujours ensemble.*

« J'ai une amie dans la maison qui se fait du mouron pour toi, reprit Dezz. Carrie est ici avec moi. »

Evan crut avoir mal entendu.

« Quoi ? »

Il se sentit étouffer. Un mensonge. C'était forcément un mensonge.

Dix secondes de silence, puis Dezz ajouta :

« Désolé, Evan, bouge pas, je dois juste prendre une petite précaution. »

Il tira dans le pneu avant droit de la Suburban, et le lourd 4 X 4 s'affaissa du côté du pneu éclaté.

« Je peux pas risquer de me faire tirer dessus et de te voir t'enfuir en voiture, expliqua Dezz. Bon, on va pas rester plantés là. Je veux t'emmener auprès de Carrie. Et de ton père. Sors, les mains en l'air, et on l'appellera. On va rassembler tout le monde et organiser une gentille petite réunion de famille. »

Evan serrait les dents. Non. Dezz était un menteur, un assassin. Il ne croirait pas un mot de ce qu'il dirait sur Carrie. Ces hommes avaient découvert des fichiers invisibles sur son ordinateur, effacé son disque dur, trouvé la planque de Gabriel au milieu de nulle part. Apprendre le nom de sa petite amie n'était rien. C'était à coup sûr une ruse destinée à le faire sortir.

Il devait se tirer. Mais impossible de conduire la Suburban avec un pneu en charpie.

La Ducati. Elle était garée près de la voiture, là où Gabriel l'avait laissée. La Suburban faisait face au portail. La moto se trouvait sur sa droite, tandis que Dezz était à gauche, un peu plus loin. Le chauve n'avait certainement pas eu le temps de mettre les clés dans sa poche avant de lui tirer dessus.

Gabriel laissa échapper un long soupir ; son dernier souffle, pensa Evan.

Il allait devoir abandonner la valise qui contenait l'argent et son portable. Il avait le passeport sud-africain et la pièce d'identité de Gabriel dans sa poche. Le sac en toile était aussi dans la voiture. Mais sur le siège du passager, se souvint-il. Il joua le scénario dans sa tête : se glisser jusqu'au côté passager de la Suburban, entrouvrir la portière, attraper le sac qui renfermait la petite boîte métallique trouvée dans la valise de Gabriel ainsi que son Caméscope, tirer en direction de Dezz pour le faire décamper, enfourcher la moto et franchir le portail. C'était probablement du suicide. Mais il fallait bien essayer quelque chose.

« Faites venir Carrie, laissez-moi la voir et je sortirai, lança-t-il. »

Une seconde de silence, puis Dezz répondit :

« Sors d'abord, tu la verras ensuite. »

Dezz s'éloigna de quelques mètres, se rapprocha des arbres.

Il attend que tu enfourches la moto. Non, décida Evan. Il attendait, tout simplement. Il distinguait maintenant le visage de Dezz : cheveux tirant sur le blond, traits émaciés, teint cireux de garçon malade, une tronche d'ordure, une tronche de type complètement cinglé.

Est-ce que c'est toi qui as tué ma mère ? Il avait entendu deux voix, il en était certain ; où était l'autre type ?

Reste concentré. Garde la main ferme au moment de tirer. La voix de son père résonnait dans ses oreilles. Il n'était pas franchement doué à l'époque où son père le traînait au stand de tir, et cela faisait maintenant des années qu'il n'y avait plus mis les pieds.

Evan sortit de sous la voiture au prix de quelques contorsions et se tapit côté passager. Il entrouvrit la portière, attrapa le sac en toile et passa la bandoulière par-dessus son épaule. Dezz se mit à courir en braquant son arme devant lui.

« Evan ! cria-t-il. Très bien ! Mains en l'air, s'il te plaît, bien en vue, d'accord ? »

Evan tira par-dessus le capot et la manche de blouson de Dezz se souleva brutalement, comme si on le tirait en arrière. Dezz tomba au sol et Evan continua de tirer jusqu'à ce que son chargeur soit vide. Puis il s'approcha de la moto.

Les clés étincelaient en plein soleil. Il démarra et franchit en trombe l'ouverture étroite du portail, faisant voler le gravier autour de lui. Jargo sortit du taillis, tira pour le blesser à l'épaule et manqua sa cible. Puis Dezz se releva, visa avec soin et, à l'instant même où il appuyait sur la détente, Carrie arriva en courant et le bouscula. Mais tout cela, Evan ne le vit pas ; il entendit juste deux coups de feu dont l'écho résonna parmi les collines couvertes de caroubiers. Il était indemne et, malgré le sac en toile qui le déséquilibrait et le pistolet vide qu'il serrait toujours dans sa main, il fonçait, torse plaqué contre la moto, nez dans le guidon, sans rien voir d'autre que la route qui l'éloignait de la mort.

16

Evan avait besoin d'une voiture. Dezz pouvait débouler à tout moment, le flanquer dans le décor, le réduire en bouillie. Une pancarte lui indiqua qu'il n'était qu'à trois kilomètres de Bandera.

Il roula jusqu'à la ville, ne s'arrêtant que le temps de fourrer le pistolet vide dans son sac afin de ne pas exposer son artillerie au grand jour. Beaucoup de boutiques, un restaurant grill, des panneaux annonçant divers festivals. Il quitta la route principale et se demanda comment il s'y prendrait pour voler une voiture.

C'était une décision étrange, mais il n'évoluait plus dans un monde normal, il avançait dans l'obscurité, sans carte ni boussole ni étoile polaire pour le guider. Il avait vu sa photo à la télé ; on l'y avait décrit comme une victime. Mais il avait renversé Gabriel sans s'arrêter. Puis il l'avait vu se faire tirer dessus à deux reprises et n'avait néanmoins aucune intention d'aller prévenir la police. Il venait d'échapper à l'homme qui avait peut-être tué sa mère.

Les règles qui régissaient sa vie avaient été balayées.

Il continua de rouler jusqu'à une petite ville où les maisons étaient moins imposantes, les pelouses moins bien définies. Le genre d'endroit où l'on ne verrouillait pas les portières et où on laissait les clés sur le contact, pas vrai ? C'était du moins ce qu'il espérait. Il gara la Ducati, empocha les clés, passa son sac poussiéreux par-dessus son épaule. Une pluie fine commença de tomber, le tonnerre gronda. La plupart des maisons n'avaient pas de garage ; les voitures étaient stationnées sous de simples abris. Une bonne chose. Il aurait moins de mal à en repérer une, même s'il se demandait si les voleurs procédaient d'ordinaire ainsi. Tous les habitants s'étaient réfugiés chez eux, au sec. Il espérait de tout cœur que personne ne l'observait tandis qu'il déambulait d'allée en allée, regardant à l'intérieur des voitures, essayant d'ouvrir les portières. Elles étaient toutes verrouillées. Les petites villes n'étaient pas ce qu'il croyait.

Trempé jusqu'aux os, il en était à sa huitième allée et s'approchait d'un pick-up lorsqu'une porte s'ouvrit. Un colosse au cou de taureau apparut.

« Je peux vous aider, monsieur ? lança-t-il d'un ton pas exactement menaçant, mais pas franchement avenant non plus. Qu'est-ce que vous fabriquez ?

– Des prospectus, mentit Evan, avec un tel naturel qu'il en fut lui-même sidéré. Je suis censé laisser ces prospectus sur les pare-brise, ajouta-t-il en montrant son sac, mais il pleut trop. Alors j'allais les déposer sur les sièges.

– Des prospectus pour quoi ? »

Le géant s'approcha en le dévisageant d'un œil soupçonneux : ses cheveux ébouriffés, la boucle d'oreille, la chemise dégoûtante, maculée de crasse humide et du sang de Gabriel.

« Une nouvelle église en ville, répondit Evan. La Confrérie du Sang Sacré du Seigneur. Avez-vous été sauvé ? Nous offrons la rédemption pour un bon prix. Nous utilisons des serpents à sonnette pendant nos services et…

– Merci, pas besoin », coupa le géant avant de rentrer chez lui et de refermer la porte.

Evan repartit en courant sous l'averse. Soit le géant avait gobé son baratin, soit il était en train d'appeler les flics.

Deux maisons plus loin, il vit le Saint-Graal : une camionnette étincelante aux portières non verrouillée. C'était une grosse Ford 150 rouge bien entretenue si l'on exceptait un gobelet en polystyrène dans le porte-gobelet, un téléphone portable coincé entre les sièges et une poupée de *Teletubby* usée par trop de marques d'affection. Les lumières de la maison étaient éteintes : le nom EVANS était inscrit sur la boîte aux lettres. Un présage, la chance lui souriait. Il arracha une feuille de son carnet et écrivit : *Vraiment désolé de devoir emprunter votre camionnette, vous pouvez garder la Ducati qui est garée dans la rue, je vous appellerai pour vous dire où j'ai laissé votre véhicule*. Il plaça le mot, la poupée et les clés de la moto bien en vue sur le perron, monta dans la camionnette, démarra et enclencha la marche arrière. Il se dit que le téléphone pourrait lui être utile jusqu'à ce que son propriétaire furax ne fasse désactiver la ligne.

Personne ne sortit de la maison.

Il quitta Bandera en roulant à une allure raisonnable. Le réservoir était presque plein. Dieu lui venait enfin en aide sans qu'il ait besoin de se battre.

Maintenant, tu es un vrai criminel. Qu'aurait dit sa mère ?

Fais la peau aux crapules qui m'ont assassinée, voilà ce qu'elle aurait dit.

Non. La vengeance ne comptait pas – l'important était de sauver son père. Gabriel avait affirmé que la Floride était le lieu de rendez-vous. Son père s'y trouvait peut-être déjà, si les acolytes de Dezz Jargo ne lui avaient pas encore mis la main dessus. Evan irait jusqu'à San Antonio – il était presque midi – puis roulerait vers l'est. Il alluma la radio en s'engageant sur l'autoroute. Willie Nelson implorait la rivière de whisky de s'emparer de son esprit. Il prit la direction du sud-est comme la tempête battait son plein. Il n'aurait qu'à suivre les panneaux pour atteindre les banlieues tentaculaires de San Antonio. Il emprunterait ensuite la I-10 qui le mènerait tout droit à Houston avant de traverser les basses plaines et les bayous de Louisiane. Il traverserait les bras du Mississippi, puis l'Alabama, et poursuivrait vers l'est jusqu'à la Floride.

Alors il retrouverait son père. Certes, la Floride était un État immense, très peuplé, et il ne savait pas par où commencer à chercher, mais il ne tenait pas en place.

Il songea aux fichiers. Ils étaient l'élément crucial, la monnaie d'échange qui lui permettrait de sauver son père. Tant que Dezz Jargo et consorts pensaient qu'Evan les possédait et consentirait à négocier, Mitchell ne risquait rien. S'ils tuaient son père, Evan risquait de tout déballer.

Il avait plusieurs fois filmé des menteurs, des gens qui cherchaient à se faire mousser ou à avoir l'air malin. Les meilleurs d'entre eux étaient ceux qui restaient proches de la réalité. Peut-être y avait-il un fond de vérité dans ce qu'avaient dit Dezz et Gabriel. Peut-être la vérité se trouvait-elle quelque part à mi-chemin.

Tout son corps lui faisait mal, lui criait *assez !* Concentre-toi sur la route. Ne pense pas à ta mère, à Carrie. Contente-toi de rouler. Chaque kilomètre te rapproche. C'était ce que disait son père durant les longs trajets en voiture. Ils n'avaient jamais eu de famille à aller voir. Quand ils partaient, c'était pour aller au Grand Canyon, à La Nouvelle-Orléans (où ses parents vivaient quand il était né), à Santa Fe, à Disney World (il avait quinze ans, jouait les blasés mais bouillait en fait d'impatience). Chaque fois que, comme tous les mômes, il demandait s'ils étaient encore loin, son père répondait : « Chaque kilomètre te rapproche. »

« C'est pas une réponse », protestait Evan, mais son père se contentait de répéter « Chaque kilomètre te rapproche », tout en lui souriant dans le rétroviseur.

Au bout du compte, sa mère, avec son entrain habituel, lui conseillait d'admirer le paysage, puis elle se penchait vers l'arrière et lui serrait la main, chose qui l'embarrassait lorsqu'il était adolescent, mais qu'il considérait désormais comme un pur moment de bonheur. Elle lui manquait terriblement, il avait l'impression qu'on lui avait coupé un bras.

Ton père effectue des missions spéciales… pour le gouvernement, avait dit Dezz. Et quoique Dezz fût un menteur, cette phrase sonnait vrai au vu des événements des deux derniers jours. Le concept était plutôt flou. Il ne savait pas à quoi ressemblait un espion, mais il n'imaginait pas un James Bond. Il se représentait plutôt un type au visage triste et blafard à la Lee Harvey Oswald, transportant dans sa poche un silencieux fait sur mesure par un armurier suisse et arborant un trench-coat facile à laver pour ôter les traces de sang, un homme dont les yeux vides dénoteraient un étiolement de l'âme provoqué par le stress permanent et l'angoisse d'être découvert. Son père lisait Graham Greene et John Grisham, il adorait le base-ball et détestait la pêche, écrivait du code informatique et vénérait sa famille. Evan n'avait jamais souffert du manque d'affection.

Mais après t'avoir dit qu'il t'aimait, ton père sautait-il dans un avion pour aller piquer des secrets ou liquider des gens ? Est-ce que c'est de l'argent taché de sang qui a payé tes études, qui t'a nourri, qui t'a permis de t'acheter des chewing-gums, des bandes dessinées et tous ces trésors de l'enfance ?

Kilomètre après kilomètre, la route s'étirait à travers le Texas, longue et pluvieuse. « Chaque kilomètre te rapproche », répétait-il dans un souffle, encore et encore, comme une litanie qui lui permettrait d'oublier la souffrance et d'endurcir son cœur.

Il découvrirait la vérité. Il retrouverait son père. Et les assassins de sa mère paieraient leur crime au prix fort.

17

« Je pourrais te tuer ! hurla Dezz à l'intention de Carrie. Je l'avais dans ma ligne de mire ! »

Elle croisa les bras.

« Jargo le voulait vivant. Tu visais la tête.

– Je visais la moto. La moto !

– Si tu voulais abîmer la moto, intervint Jargo en s'interposant entre eux, tu aurais pu la mettre hors d'usage au moment où tu as crevé le pneu de la Suburban, petit. »

Dezz, rouge de colère, fronça les sourcils.

« Quoi ?

– Tu espérais qu'Evan s'enfuirait, reprit Jargo. Pour pouvoir le descendre. Parce que tu es jaloux. Cela te permettait d'éliminer ton rival.

– C'est pas vrai. » Dezz secoua la tête, sortit un caramel de sa poche et se le fourra dans la bouche. « Je m'en fous avec qui elle couche.

– Pourquoi tu n'as pas bousillé la moto, alors, après cette petite leçon de tactique que tu m'as donnée tout à l'heure ? demanda Jargo avant de marcher jusqu'à Gabriel, de le pousser doucement du pied.

– Je pensais pas qu'il essaierait de s'enfuir. Comment je pouvais savoir qu'il résisterait, c'est jamais qu'un putain de réalisateur ! cracha-t-il avec mépris avant de se tourner vivement vers Carrie. Il savait se servir d'une arme, pourquoi tu m'as pas prévenu ?

– Je n'en savais rien. Il ne me l'a jamais dit.

– Dezz, dit Jargo d'un ton glacial. Son père est un as de la gâchette. Il n'est pas déraisonnable de penser que c'est lui qui lui a appris. »

Dezz ôta vivement son blouson, montra la brûlure sur son bras.

« Ça t'emmerderait de t'inquiéter pour moi ?

– Je vais te chercher un pansement. Satisfait ? dit Jargo.

– Si tu veux savoir avec certitude ce qu'Evan sait et s'il constitue une menace, dit Carrie d'une voix calme, tu dois l'attraper vivant. Je peux le retrouver. Il a quelques amis, quelques endroits où se cacher.

– Où va-t-il aller, Carrie ? demanda Jargo, imperturbable, tout en prenant le pouls de Gabriel.

– Essaie d'imaginer ce qu'a pu lui dire Gabriel. C'est un ancien de la CIA. Il a non seulement un différend avec toi, mais aussi avec l'Agence. S'il opère vraiment seul, il aura voulu conserver une mainmise totale sur Evan. Il a été jusqu'à l'arracher aux griffes des flics, bon sang. Il aura donc prévenu Evan de ne pas se rendre à la police, ni à aucune autre autorité. » Elle espérait être convaincante et opta pour la solution la plus évidente. « Il va retourner à Houston. Il va me chercher. Il a des amis là-bas. »

Dezz pointa son arme contre la poitrine de Carrie. Elle sentit la tiédeur du canon encore chaud à travers le tissu de son chemisier.

« Si tu l'avais pas laissé venir à Austin hier matin, on n'en serait pas là. »

Elle écarta doucement le pistolet.

« Si tu réfléchissais avant d'agir…

– Calmez-vous, tous les deux ! ordonna Jargo. Malgré toutes les jolies théories de Carrie, il est peut-être en route vers le commissariat de Bandera. Gabriel est en vie. Tirons-nous et emmenons-le avec nous. »

Ils chargèrent Gabriel à l'arrière de la Malibu volée et effacèrent les empreintes de la voiture qu'ils comptaient abandonner derrière un épais taillis de chênes. Gabriel avait été touché en deux endroits : à l'épaule et en haut du dos. Il était inconscient. Carrie alla chercher une trousse médicale et pansa ses blessures.

« Est-ce qu'il va tenir le coup jusqu'à Austin ? demanda Jargo.

– Oui, si Dezz ne l'achève pas », répondit Carrie.

Dezz monta dans la voiture, régla le rétroviseur en sorte de pouvoir surveiller Carrie, qui, assise à l'arrière, avait la tête de Gabriel sur ses genoux.

« Je pourrais te tuer », répéta-t-il. Mais sa voix trahissait juste la blessure de l'enfant rejeté, son agressivité n'était plus qu'une pose.

Elle décida qu'il était temps de modifier la règle du jeu.

« Tu ne le feras pas, répondit-elle calmement. Je te manquerais. »

Dezz la fixa du regard et elle vit la colère s'estomper de son visage. Soulagée, elle s'autorisa à respirer de nouveau normalement.

*

« Allez dîner, leur ordonna Jargo lorsqu'ils furent de retour à l'appartement d'Austin. J'ai besoin de calme pour ma petite discussion avec M. Gabriel. »

Le ton de cette annonce ne présageait rien de bon, mais Carrie n'avait pas le choix. Elle sortit en compagnie de Dezz et ils longèrent la rue sous la voûte ombragée des chênes jusqu'à un petit restaurant Tex-Mex. L'endroit était plein de jeunes gens branchés venus assister au festival de cinéma et de musique *South by Southwest* qui se tenait chaque année à Austin à la mi-mars. Son cœur se serra. Evan avait encore parlé d'y assister la semaine précédente ; la première projection de *Mauvaise passe* avait eu lieu à ce même festival deux ans plus tôt. Il adorait l'exubérance du festival, son énergie, les rencontres qu'on y faisait. Il aimait voir tous les nouveaux films d'avant-garde, se laisser griser par le bouillonnement de tous les artistes présents. Mais le montage de *Bluff* le minait. Il ne s'en sortait pas, et il avait finalement décidé de faire l'impasse sur l'édition de cette année.

Des jeunes gens qui lui rappelaient Evan étaient réunis autour des tables, ils discutaient, riaient, pensaient à l'art plutôt qu'à la survie. Il aurait dû être ici avec elle, à aller voir des films, écouter des groupes. Au lieu de cela, elle était avec Dezz, qui faisait un signe à une serveuse et se dirigeait vers un box. Carrie le suivit, puis s'excusa et se rendit aux toilettes, le laissant faire joujou avec les sachets de sucre posés sur la table.

Les toilettes pour femmes étaient bondées et bruyantes. Carrie s'isola dans une cabine et ouvrit le double fond de son sac à main. Elle en tira un PocketPC tout fin, tapa un bref message, et appuya sur la touche « envoi ». L'organiseur se connecta au serveur sans fil du café d'à côté. Elle attendit une réponse.

Lorsqu'elle eut fini de lire la réponse, elle battit des yeux pour retenir ses larmes et se dirigea vers le lavabo. D'une main tremblante, elle s'aspergea le visage. Elle sortit des toilettes, s'attendant presque à trouver Dezz l'oreille collée à la porte ; elle aurait alors pu le tuer sur place. Mais le couloir n'abritait qu'un trio de femmes hilares.

Elle regagna le box. Dezz était occupé à vider un sixième sachet dans son thé glacé tout en regardant le sucre glisser entre les glaçons jusqu'au fond de son verre. Elle l'observa – pommettes saillantes, cheveux blonds crasseux, oreilles légèrement décollées. Et, au lieu de le craindre, elle eut pitié de lui durant un bref instant de faiblesse. Puis elle se rappela l'agent et la femme sur la route, elle le revit tirant sur Evan, et ressentit un profond dégoût. Elle aurait pu le descendre, ici même, dans ce box. Il n'avait pas son arme à portée de main.

Mais elle se contenta de s'asseoir. Il lui avait aussi commandé un thé glacé.

« Parfois, commença-t-il sans la regarder, je te déteste vraiment, et d'autres fois, non.

– Je sais, répondit-elle en buvant une gorgée de thé.

– Tu aimes Evan ? demanda-t-il d'une voix douce, presque enfantine, comme s'il avait épuisé sa dose de fanfaronnade pour la journée. »

Elle ne pouvait lui répondre qu'une chose.

« Non. Bien sûr que non.

– Mais tu me le dirais si tu l'aimais ?

– Non. Mais je ne l'aime pas.

– C'est dur d'aimer. » Il enfonça sa paille dans le monticule de sucre et remua jusqu'à ce qu'il se soit dissous. « J'aime Jargo, et tu as vu comment il me traite.

– Cet agent. Cette pauvre femme. Dezz, est-ce que tu comprends que c'était une erreur terrible ? Tu n'as fait qu'accroître nos risques. »

Elle devait aborder ce sujet comme une erreur tactique, pas comme une tragédie humaine, car elle n'était pas certaine qu'avec son cerveau tordu et pas tout à fait achevé il pût éprouver la moindre compassion.

«Ouais. Je sais. »

Il écrasa une *tostada*, fit voler les miettes à travers la table d'une pichenette, trempa son doigt dans la *salsa*, le lécha. La serveuse arriva pour prendre leur commande. Dezz voulait commencer par un gâteau *tres leches*, mais Carrie s'y opposa : le dessert à la fin du dîner ! Il ne broncha pas. Malgré la haine tenace qu'elle éprouvait à son égard, elle se demanda s'il avait vraiment eu une chance de s'en sortir avec un père tel que Jargo.

« Où es-tu allé à l'école, Dezz ? »

Surpris, il leva les yeux vers elle. Il n'était pas habitué aux questions personnelles, et Carrie s'aperçut qu'il n'avait de conversations régulières qu'avec Jargo et Galadriel. Elle ne lui connaissait pas d'amis.

« Nulle part. Partout. Il m'a envoyé à l'école en Floride pendant un temps. J'aimais bien la Floride. Puis à New York, et pendant trois ans je n'ai même pas su s'il était vivant ou mort. Puis deux ans en Californie. À cette époque, je m'appelais Trevor Rogers. Trevor, tu parles d'un nom. À d'autres moments, il s'emmerdait pas à m'envoyer à l'école. Je l'aidais.

– C'est lui qui t'a appris à tirer et à tuer et à voler ? »

Elle parlait doucement pour que sa voix soit couverte par la musique *tejana* diffusée par les haut-parleurs et par les rires qui fusaient aux tables voisines.

« Bien sûr. De toute façon, j'aimais pas l'école. Trop de choses à lire. Mais j'aimais bien le sport. »

Elle tenta de se représenter Dezz jouant au baseball sans filer de coups de batte au lanceur de l'équipe adverse. Ou bien disputant une partie de basket avec des garçons qui n'avaient jamais appris à neutraliser une alarme ou à trancher une jugulaire.

« Ça ne t'arrive pas souvent de manger tranquillement, comme ça, avec un autre être humain, pas vrai ?

– Je mange avec Jargo.

– Tu pourrais l'appeler papa. »

Il but une longue gorgée de son thé rendu trouble par le sucre.

« Il aime pas ça. Je le fais seulement pour l'emmerder. »

Elle se rappela son propre père, l'amour évident et indéfectible qu'elle lui portait. Elle regarda Dezz faire tourner son thé dans sa bouche, puis lever les yeux vers elle avant de les baisser de nouveau avec un mélange de mépris et de timidité. Elle vit alors avec une effroyable clarté que Dezz la considérait sans doute comme la seule femme à qui il pouvait parler, la seule qu'il pourrait jamais espérer avoir.

« Je suis toujours furax après toi, dit-il, les yeux braqués sur son verre. » Leurs assiettes arrivèrent. Dezz piqua un morceau d'*enchilada* au bœuf, enroula un long fil de fromage autour de sa fourchette et le brisa d'un mouvement ample du bras. Il tenta un sourire. Carrie frémit de dégoût. « Mais je m'en remettrai.

– Je le sais », répondit-elle.

L'appartement plongé dans l'obscurité était calme. Jargo avait loué les deux logements attenants pour ne pas être dérangé. Il posa un petit dictaphone numérique sur la table basse, entre les couteaux.

« Pas d'objections à ce que j'enregistre, monsieur Gabriel ? Je ne voudrais pas bafouer vos droits constitutionnels. Je ne veux pas faire ce que vous avez fait à d'autres, il y a bien des années de cela.

– Allez vous faire foutre. » Affaibli par la perte de sang, la douleur et l'épuisement, il parvenait à peine à parler. « Ne me parlez pas de ce qui est moral ou décent.

– Vous m'avez longtemps cherché. Mais on vous a retiré votre licence. » Jargo sélectionna un petit couteau et un autre, plus long, spécial jour de fête. « Ce gros joujou est un couteau à volaille. Plutôt approprié.

– Vous n'êtes qu'un sale traître. »

Jargo inspecta le couteau, fit courir le tranchant le long de sa paume.

« Cette rengaine est terriblement éculée. Appât à traître. Appâter ne demande pas grand-chose. Attraper est plus impressionnant, dit-il en s'approchant de Gabriel. Pour qui travaillez-vous ces temps-ci ? La CIA, Donna Casher, ou bien quelqu'un d'autre qui voudrait ma peau ? »

Gabriel ravala sa salive. Jargo leva la fine lame argentée du petit couteau, fronça un sourcil.

« Celui-ci n'est pas pour le poulet, mais pour les saucisses.

– Vous me tuerez, que je parle ou non.

– Mon fils vous a mis dans un tel état qu'il ne me reste plus grand-chose à faire. Mais il dépend de vous d'en finir plus ou moins vite. Je suis un humaniste.

– Allez vous faire foutre.

– Pas moi. Votre fille. Ou vos petites-filles. Elle a, voyons voir, trente-cinq ans, un mari très riche, et elle vit à Dallas. Dezz peut aller faire un tour dans sa somptueuse maison. Il la baisera sous les yeux de son richard de mari, leur expliquera que c'est à cause de son abruti de père que leurs vies de rêve vont s'achever dans le sang, puis il les étripera. » Il marqua une pause, esquissa un sourire. « Ensuite, je vendrai vos petites-filles. Je connais un homme qui vit en reclus à Dubaï. Il m'en refilera vingt mille dollars. Plus, si je lui refile un service non dépareillé. »

Des larmes de terreur montèrent aux yeux de Gabriel.

« Non ! Non ! »

Jargo se fendit d'un sourire. Tout le monde, sauf lui, avait une faiblesse, ce qui ne le rendait que plus fort, plus sûr de lui.

« Allons, parlons en professionnels, et votre famille continuera à vivre son conte de fées. Pour qui travaillez-vous ? »

Gabriel prit deux inspirations profondes avant de répondre.

« Donna Casher.

– Qu'étiez-vous exactement censé faire pour elle ?

– Leur procurer des faux papiers, les mener, elle et son fils, jusqu'à son mari. Puis les faire sortir tous trois du pays. Les protéger.

– Et votre salaire ? »

Jargo s'approcha et fit glisser le fil du long couteau sur la mâchoire de Gabriel.

« Cent mille dollars. »

Jargo abaissa le couteau.

« Ah. De l'argent. Voudriez-vous un verre pour calmer la douleur ? Bourbon du Kentucky ? Tequila mexicaine ?

– D'accord, répondit Gabriel en fermant les yeux.

– Et moi qui avais entendu dire que vous ne picoliez plus. Quelle tristesse de replonger. De toute façon, vous n'aurez rien à boire. Pas pour l'instant. Je ne vous crois pas, monsieur Gabriel.

– Bon Dieu, je vous en prie, ne faites pas de mal à ma famille. Ils ne savent rien. »

Jargo se pencha vers Gabriel, étudia son visage comme s'il admirait la finesse d'exécution d'un tableau, puis, d'un petit geste sec, lui arracha un lambeau de joue. Gabriel serra les dents mais ne cria pas. Le sang se mit à ruisseler lentement.

« Je suis impressionné. » Jargo se leva, marcha jusqu'au bar, ouvrit une bouteille de whisky, la renifla. « Glennfiddich. Votre péché mignon durant votre heure de gloire à la CIA. C'est du moins ce que j'ai entendu dire les rares fois où j'ai pris la peine de me pencher sur votre cas. » Il versa un peu d'alcool sur la coupure de Gabriel. « À la vôtre ! »

Gabriel émit un gémissement.

« Allons. Un vieux de la vieille dans votre genre, cent mille dollars ne vous paieraient même pas vos chips et votre gnole. » Il tira un bout de papier de sa poche de veste, lui plaça devant les yeux. « Nous avons retrouvé cet e-mail que vous avez envoyé à Donna Casher. Décodez-le-moi. »

En homme aguerri, Gabriel n'était pas prêt à lâcher le morceau.

« Je ne sais pas ce que ça veut dire. »

Jargo lui donna un coup de lame à l'oreille, le lobe se mit à saigner. Gabriel tressaillit.

« Avec deux balles dans le corps et la bouche en compote, vous ne devez plus sentir grand-chose. Vous voulez que j'extraie les balles ? » demanda Jargo avec un grand sourire. Gabriel frémit. « Vous voyez, Donna Casher qui s'adresse à un vétéran alcoolo de la CIA, c'est plutôt une question à un million de dollars. Pourquoi vous ? Je pense que vous vouliez frapper un grand coup. L'argent ne vous intéressait pas. Dites-moi tout. Pour votre famille. » Jargo se pencha en avant et lui murmura dans son oreille en lambeaux. « En échange de leur sécurité. »

Gabriel fut pris de haut-le-cœur et se mit à pleurer. Jargo dut se retenir pour ne pas l'égorger. Il détestait les larmes, elles rabaissaient tellement un homme. Gabriel reprit son souffle.

« Le message signifiait qu'elle était prête à s'enfuir.

– Merci, répondit Jargo. S'enfuir avec quoi ?

– Donna avait une liste. »

La confirmation qu'il attendait.

« Une liste ?

– Des noms. Des agents de la CIA… qui effectuent des opérations illégales, sans autorisation, qui commanditent des assassinats et des missions d'espionnage auprès d'un groupe de mercenaires nommé les Deeps. Elle connaissait leurs noms, savait comment ils vous indemnisaient pour les services que vous leur rendez. Comme je l'avais toujours suspecté.

– Mais jamais prouvé, dit Jargo. Décrivez-moi ces informations, s'il vous plaît.

– Selon elle, ce groupe indépendant, les Deeps, travaillait pour des gens de la CIA, du FBI, du MI5 et du MI6 en Angleterre, de toutes les agences d'espionnages du monde. Pour des multinationales, des membres de gouvernements, des hauts fonctionnaires. Dès qu'un sale boulot doit être effectué, sans que personne sache jamais rien… ils font appel à vous.

– En effet, confirma Jargo. Et vous comprendrez que mes clients n'apprécieraient guère que vous connaissiez leur identité. » Il approcha le couteau de la gorge de Gabriel. « Mitchell Casher savait-il que vous deviez jouer les gardes du corps auprès de sa femme ?

– Selon Donna, il n'était au courant de rien. Il était en mission pour les Deeps – pour vous – et elle devait le retrouver en Floride trois jours plus tard, après son retour d'une mission à l'étranger. Elle voulait que je sois présent quand elle le lui annoncerait. Pour le convaincre qu'ils n'avaient d'autre choix que s'enfuir. Je devais jouer le rôle d'un agent de liaison de la CIA, lui assurer qu'ils obtiendraient l'immunité et une nouvelle identité en échange des informations.

Après quoi ils devaient partir, pour toujours… Toute la famille.

– Donna le mettait devant un fait accompli.

– Elle ne voulait pas laisser le choix à son mari. Elle brûlait tous leurs ponts.

– Où comptait-elle fuir ?

– Je devais juste aider les Casher à arriver sains et saufs en Floride. Ils seraient partis de là. Quelque part. Je ne sais pas où. Donna ne vous l'a-t-elle pas dit avant que vous ne l'assassiniez ?

– C'est Dezz qui l'a tuée dans un accès de colère. Parce qu'elle refusait de parler. Elle était plus forte que vous. Et aussi, elle était mieux entraînée. » Il essuya le sang sur le couteau. « Elle a donc convoqué Evan à Austin.

– Donna avait prévu de lui expliquer qu'ils devaient fuir. Elle comptait lui dire toute la vérité, qu'elle travaillait pour votre réseau, qu'elle voulait vous faire tomber, vous et vos clients. Après quoi, on gagnait la Floride en voiture. Elle préférait éviter les aéroports.

– Il a eu de la chance que vous arriviez. » Jargo approcha son visage de celui de Gabriel. « Cette liste de clients et les fichiers connexes se trouvaient sur l'ordinateur d'Evan. Nous les avons vus. Nous les avons effacés. Vous prétendez qu'il ne savait pas qu'il les avait ?

– Je n'en sais rien. Ce que je dis, c'est que sa mère savait. Il… il n'a pas l'air au courant de grand-chose.

– Est-ce qu'il sait, oui ou non ?

– Je ne pense pas. Il est bête comme ses pieds.

– Non, il n'est pas bête. » Jargo fit courir la pointe de la lame le long du menton de Gabriel. « Je ne vous crois pas. Donna a effacé les fichiers de son propre ordinateur. Elle a installé une copie de secours sur celui d'Evan. Mais elle avait besoin de ces fichiers pour le convaincre qu'ils devaient disparaître. On n'abandonne pas sa vie comme ça, sans raison. Evan a donc dû voir les fichiers. Et il a sans doute pris la précaution d'en cacher une copie.

– Il n'est pas au courant. »

Jargo enfonça le couteau dans la blessure que Gabriel avait à l'épaule. Ses yeux sortirent de leurs orbites, les veines de son cou saillirent. Jargo lui plaqua une main sur la bouche pour étouffer ses cris, tourna la lame dans la plaie, puis il retira le couteau et le secoua pour en ôter le sang.

« En êtes-vous sûr ?

– Il sait, haleta Gabriel. Il sait. Je le lui ai dit. Je vous en supplie. Il connaît votre nom. Il sait que sa mère travaillait pour vous.

– Il s'est battu contre vous.

– Oui.

– Il vous a mis une raclée.

– Il a trente ans de moins que moi.

– Étant donné votre revers de fortune, dit Jargo, je pense que vous aimeriez qu'Evan ait ma peau. »

Les yeux de Gabriel croisèrent ceux de Jargo.

« Vous n'êtes pas éternel.

– Certes. Où étiez-vous censé rencontrer Mitchell en Floride ?

– Donna connaissait l'endroit, moi pas. Il ne savait pas qu'elle venait. Elle comptait l'intercepter avant qu'il ne rentre chez lui.

– À qui Evan va-t-il demander de l'aide ? À la CIA ?

– Je lui ai déconseillé de s'adresser à eux. Je ne voulais pas… »

Jargo se leva.

« "Je… Je… Je…" Il n'y en a que pour vous ! Vous vouliez les fichiers pour vous. Pour avoir ma peau. Pour humilier la CIA. Ça les aurait foutus par terre, vous savez. La vengeance. Vous voyez où ça vous a mené ?

– J'ai tenu parole.

– Dites-moi, vous faites souvent confiance au premier fêlé qui propose de vous aider dans votre vendetta contre la CIA ? Elle a dû vous fournir de sérieuses références. Vous donner un goût de ce qui vous attendait. »

Gabriel fixa Jargo du regard et prononça le mot « Smithson », puis il se fendit d'un sourire tandis que Jargo blêmissait.

« Je vous ai dit tout ce que je sais. »

Jargo fit son possible pour contenir ses émotions. Bon Dieu, que lui avait dit Donna exactement ? Il fit comme si le nom « Smithson » ne signifiait rien pour lui.

« Evan a laissé un gros paquet d'argent à l'arrière de la Suburban de votre gendre. Mais pas de pièces d'identité. Je présume que les Casher n'étaient pas censés s'envoler de Floride sous leur véritable identité. J'ai besoin de connaître les noms qui figurent sur les faux papiers que vous avez donnés à Evan. »

Gabriel ferma les yeux, comme s'il s'armait de courage avant de répondre.

Jargo but une gorgée de whisky, se pencha tout près de Gabriel et recracha l'alcool sur sa balafre.

Gabriel lui rendit son crachat.

Jargo essuya du revers de la main le filet de salive sur sa joue.

« Vous allez me donner chaque nom figurant sur les papiers d'Evan. Puis nous irons… »

Nulle part. Gabriel baissa soudain la tête en l'inclinant vers la droite. Puis, en retenant son souffle, il s'empala violemment sur le long couteau que tenait Jargo.

« Non ! »

Jargo s'écarta et lâcha le couteau, qui resta planté dans le cou de Gabriel. Celui-ci s'écroula, yeux clos, une flaque d'urine se forma sous lui et il laissa échapper son dernier souffle.

Jargo dégagea le couteau. Il chercha le pouls de Gabriel. Rien.

« Tu ne peux pas me faire ça maintenant ! Pas maintenant ! »

Fou de rage, il se mit à bourrer le cadavre de coups de pied. Dans le visage, la mâchoire. Des os et des dents craquèrent sous son talon, du sang lui éclaboussa le mollet. Puis sa jambe commença à fatiguer, son pantalon était foutu et sa fureur s'atténuait. Il se laissa tomber sur la moquette souillée. *Smithson.* Qu'avait exactement dit Donna à Gabriel ou à son fils ?

« Est-ce que tu m'as menti ? demanda Jargo au cadavre. Est-ce que tu connais nos noms ? »

Il ne pouvait pas courir ce risque. Impossible. Il devait envisager le pire. Evan savait. Il ne pourrait jamais dire à ses clients qu'ils étaient en danger. Ce serait la panique, la fin de son commerce, de sa crédibilité. Ses clients ne devaient pas savoir qu'une telle liste existait. Il devait mettre la main sur Evan sur-le-champ.

Il essuya le couteau et appela Carrie sur son téléphone portable.

« Revenez. On quitte Houston. Immédiatement. »

Son compte était bon. Fini les discussions. Evan Casher était un homme mort, et Jargo savait qu'il tenait l'appât parfait pour le piéger en beauté.

DIMANCHE
13 MARS

18

PEU APRÈS MINUIT, Evan se laissa enfin aller à pleurer.

Il était étendu dans le noir sur le lit vétuste d'une chambre de motel miteuse non loin du vieil Astrodome de Houston et écoutait le grondement lointain des voitures fonçant sur l'échangeur 610. Soudain, les souvenirs de ses parents le submergèrent et les larmes se mirent à couler, chaudes et âpres. Il se roula en boule sans chercher à les interrompre.

Les héros ne pleurent pas, se dit-il, mais il n'en était pas un. Toutes les amarres de sa vie avaient été rompues et la douleur qui lui martelait la poitrine était on ne peut plus réelle. Sa mère était une femme douce, un brin ironique, qui se consacrait avec passion à la photographie. Pleine de retenue avec les inconnus, elle pouvait être expansive et bavarde avec son fils et son mari. Enfant, il adorait la regarder travailler dans la chambre noire, et il la revoyait, debout devant son matériel, une mèche de cheveux lui tombant devant le visage, improvisant à voix basse de petites mélodies pour le distraire. Son père aussi était du genre calme : grand lecteur, féru d'informatique, il parlait peu et chaque mot comptait. Jamais avare d'encouragements, perspicace, toujours enclin à prendre Evan dans ses bras, à le réprimander gentiment. Il n'aurait pu rêver parents plus affectueux que ces gens discrets et peu portés sur les confidences. Mais cette singularité prenait soudain une importance considérable, car elle signifiait désormais plus qu'un simple désir de solitude, un simple penchant pour l'introversion. Ce voile dissimulait-il un monde secret ?

Il avait cru les connaître, n'aurait jamais imaginé que ses parents menaient une vie qu'ils voulaient lui cacher. Parce qu'ils tenaient à le protéger. Ou parce qu'ils ne lui faisaient pas confiance.

Dix minutes. Assez pleuré. Fini, se dit-il. *Assez versé de larmes*. Il se rinça le visage, s'essuya avec une serviette râpée aussi fine que du papier.

Il était au bord de l'épuisement. Après avoir roulé sans s'arrêter jusqu'à San Antonio, il avait ôté les plaques du pick-up volé pour les remplacer par celles d'un break décrépit garé dans un quartier où il semblait peu probable qu'on appelle la police sur-le-champ. Puis il avait pris la I-10 vers l'est, flirtant avec les limitations de vitesse, serpentant à travers les plaines de la côte avant de s'enfoncer dans la moiteur tentaculaire de Houston. Il ne s'était arrêté que pour faire le plein, avaler des *Slim Jims* et boire un café vite fait. Il s'était dégoté un motel minable fréquenté par des tapineuses qui racolaient le client une rue plus loin, et il avait pris une chambre pour la nuit. Le réceptionniste lui avait semblé hostile – sans doute parce que les clients restaient rarement plus d'une heure ou deux. Evan avait pris la clé, puis conduit son pick-up – trop beau pour cet endroit – jusqu'à son bungalow, passant en chemin devant une vieille femme qui fumait dans l'embrasure d'une porte et deux prostituées qui discutaient et rigolaient dans le parking. Il s'était enfermé dans sa chambre, dont le mobilier consistait uniquement en un lit et un vieux support de télévision fixé au sol au moyen de boulons. La télé ne captait que les chaînes locales de Houston, l'image était floue.

Tout a disparu. Tels étaient les mots qu'avait prononcés l'un des tueurs. Les fichiers qui avaient coûté la vie à sa mère s'étaient retrouvés sur son ordinateur à lui. Mais comment ?

Gabriel avait dit qu'elle les lui avait envoyés par e-mail. Ça pouvait être vrai vu qu'elle lui avait envoyé un message de taille conséquente en pleine nuit avant de l'appeler. Elle avait donc dû dissimuler un programme dans les chansons pour que les fichiers s'installent sur son ordinateur dans un endroit où il n'irait jamais regarder. Peu porté sur l'informatique, il n'allait jamais fouiller dans les entrailles de son portable. Il n'explorait pas non plus ses fichiers système. Mais les fichiers avaient bien été là – une copie de secours pour sa mère, une garantie pour Gabriel – et Evan ne s'était douté de rien en recevant ces chansons.

Des chansons… Il tira son lecteur numérique de son sac. Evan enregistrait systématiquement ses fichiers musicaux sur son lecteur, et il l'avait fait vendredi matin afin d'écouter les morceaux pendant le trajet. Il était donc possible qu'il ait encore les informations – codées, certes, mais au moins toujours présentes. S'il transférait le bon morceau sur un nouvel ordinateur, peut-être que le programme recréerait automatiquement les fichiers volés par sa mère.

Par contre, si elle les avait dissimulées dans un fichier image, ils étaient perdus pour de bon car il ne sauvegardait jamais les photos.

Il lui fallait un ordinateur. Mais il n'avait pas assez d'espèces pour s'en payer un et il n'osait pas utiliser sa carte bancaire. Il s'occuperait de ce problème le lendemain.

Dehors, une femme jura, un homme se mit à rire et lui demanda de l'aimer jusqu'au bout de la nuit, et la femme éclata à son tour de rire.

Il sortit du sac la petite boîte fermée à clé qu'il avait prise chez Gabriel. Il trouva dans le placard un cintre en métal dont il utilisa le bout recourbé pour essayer de crocheter le verrou, tout en sachant que c'était ridicule, qu'il n'arriverait à rien. Il finit par se rendre à l'accueil du motel.

« Est-ce que je pourrais vous emprunter un tournevis ? demanda-t-il. »

Le réceptionniste lui jeta un regard vide.

« L'équipe d'entretien sera là demain. »

Evan fit glisser un billet de cinq dollars à travers le guichet.

« J'en ai juste besoin pour dix minutes. »

Le réceptionniste haussa les épaules, s'éloigna, puis revint avec un tournevis et empocha le billet.

« Vous avez dix minutes, sinon j'appelle les flics. »

Ici, le client n'était pas roi. Evan regagna sa chambre, ignorant le « Hé, beau gosse, tu montes ? » que lui lança une prostituée au bout du parking.

Il crocheta le verrou à la cinquième tentative. Plusieurs petits paquets enveloppés dans du papier tombèrent de la boîte. Evan se dépêcha de rapporter le tournevis à l'accueil, de crainte que le réceptionniste grincheux ne mette sa menace à exécution. Celui-ci ne détourna même pas les yeux du match de basket qu'il regardait à la télé lorsque Evan reposa l'outil sur le guichet.

De retour dans sa chambre, il perçut les gémissements sourds d'un couple à travers les cloisons minces. N'ayant aucune envie de les entendre, il alluma la télé, puis il ouvrit le premier paquet. À l'intérieur se trouvaient des passeports néo-zélandais maintenus par un élastique. Il ouvrit celui du dessus et vit sa propre photo. Il s'appelait David Edward Rendon, était né à Auckland. À la vue et au toucher, le papier de bonne qualité semblait authentique ; un visa de sortie indiquait qu'il avait quitté la Nouvelle-Zélande à peine trois semaines plus tôt.

Il ramassa un autre passeport néo-zélandais. À l'intérieur, une photo de sa mère. Au nom de Margaret Beatrice Rendon. Le papier usé suggérait que le passeport avait beaucoup voyagé. Un passeport sud-africain au nom de Janine Petersen. Puis un autre, également au nom de Petersen, qui lui était destiné. Un passeport belge pour sa mère, qui s'appelait maintenant Solange Merteuil. À nouveau sa photo, mais au nom de Jean-Marc Merteuil. Il ouvrit le deuxième paquet : trois passeports pour Gabriel, sous de fausses identités, émis par la Namibie, la Belgique et le Costa Rica.

Le paquet suivant renfermait quatre passeports attachés par un élastique. Afrique du Sud, Nouvelle-Zélande, Belgique, États-Unis. Il les ouvrit. Dans chacun d'eux, une photo de son père. Quatre noms différents : Petersen, Rendon, Merteuil, Smithson.

Étrange. Trois pour lui, trois pour sa mère, mais quatre pour son père. Pourquoi ?

Dans le dernier paquet se trouvaient des cartes de crédit et d'autres documents aux mêmes noms. Mais il n'osait pas utiliser les cartes. Que se passerait-il si Jargo découvrait qu'il s'en était servi pour se payer de l'essence ou un billet d'avion ou un repas ? Il avait besoin d'espèces, mais il savait que s'il en tirait à un distributeur automatique, la transaction serait enregistrée dans la base de données de la banque, la caméra de vidéo surveillance capturerait son image, et la police saurait qu'il était de retour à Houston. *Et après, qu'est-ce que ça change ? Tu pars demain pour la Floride.* Néanmoins, il hésitait.

Il replaça les passeports dans son sac.

Malgré sa fatigue, une effroyable question se posa à lui : les tueurs l'attendaient-ils chez sa mère ? S'ils n'en voulaient qu'à sa mère, alors Evan avait simplement débarqué au mauvais moment. Mais s'ils l'attendaient… comment avaient-ils su qu'il viendrait ? Il n'avait parlé à personne hormis sa mère. Il pouvait passer un coup de fil anonyme à la police, leur suggérer de vérifier si le téléphone de Donna Casher était sur écoute. Ou bien le sien. Il avait aussi appelé Carrie, lui avait laissé un message. Les assassins avaient pu intercepter son appel.

Tu oublies que Carrie a démissionné ce même matin. Elle a disparu sans rien dire. Était-elle au courant ?

Sa gorge s'assécha à cette idée. *Ne m'aime pas*, avait-elle dit. Mais ça ne pouvait signifier qu'elle regrettait, ni qu'elle était sur le point de le trahir. Il la connaissait, il connaissait ses sentiments. Il ne pouvait croire que Carrie était impliquée dans ce cauchemar. C'était le téléphone qui devait être sur écoute – perspective suffisamment effrayante en soi. Gabriel avait affirmé que Jargo était espion à son compte ; il était donc capable de mettre des lignes téléphoniques sur écoute. Mais si Gabriel mentait, alors Jargo travaillait pour un plus gros poisson. La CIA ou le FBI.

Il lui fallait de l'argent. Il avait toujours le Beretta dont il s'était servi pour tirer sur Dezz, mais il était à court de munitions. Il avait besoin d'aide.

Shadey. Il pouvait appeler Shadey, le dealer qui avait été le sujet de son premier documentaire. Certes, il lui avait cassé du sucre sur le dos sur CNN, mais c'était un dur, un type intelligent et plein de ressources.

Evan faisait les cent pas, essayant de prendre une décision. Si la police le recherchait sérieusement,

Shadey pouvait avoir été placé sous surveillance. Et puis il avait un peu peur de Shadey. Il avait été injustement persécuté par un flic revanchard, mais ce n'était pas pour autant un saint. S'allier à lui était risqué. Il voulait attirer l'attention sur lui et, au vu de son interview à la télé, il estimait avoir été lésé par Evan. Il risquait de le dénoncer à la police immédiatement, rien que pour faire les gros titres.

Mais Evan n'avait personne d'autre vers qui se tourner.

Il éteignit les lumières, se repassa mentalement chaque instant passé auprès de Carrie Lindstrom depuis qu'elle était entrée dans sa vie, trois mois plus tôt. Dans son sommeil, il ne rêva pas d'elle, mais du nœud coulant se resserrant autour de son cou tandis que le cadavre de sa mère gisait à ses pieds.

Une sonnerie désagréable le tira de son sommeil. Il crut tout d'abord qu'il s'agissait de son réveil, que Carrie était couchée près de lui, que tout allait pour le mieux dans le meilleur des mondes. Puis il s'aperçut que c'était le téléphone portable qu'il avait volé dans la camionnette. Probablement le propriétaire qui appelait pour l'engueuler. On était dimanche, il était six heures du matin. Il saisit le téléphone ; aucun numéro n'était affiché sur l'écran. Il décrocha.

« Allô ?

– Evan. Bonjour. Comment vas-tu ? demanda une voix douce avec une pointe d'accent du Sud.

– Qui est à l'appareil ?

– Tu peux m'appeler Bricklayer.

– Bricklayer ?

– Mon vrai nom est secret, petit. Je suis malheureusement forcé de prendre cette précaution.

– Je ne comprends pas.

– Evan, je travaille pour le gouvernement, je suis là pour t'aider. »

19

« COMMENT AVEZ-VOUS OBTENU CE NUMÉRO ? » murmura Evan.

Dehors, tout était immobile et paisible, hormis le bourdonnement occasionnel des voitures. Les amants de la chambre d'à côté dormaient, ou, plus probablement, s'étaient enfoncés dans la nuit vide après avoir conclu leur affaire.

« Nous avons nos méthodes, répondit Bricklayer.

– Je raccroche à moins que vous ne m'expliquiez comment vous avez eu ce numéro.

– Simple. Nous avons reconnu M. Gabriel d'après la description de la police. Nous savons que M. Gabriel s'est emparé de vous pour, disons, vous protéger à sa manière. Nous savons qu'il était à Bandera à cause d'un paiement effectué par carte bancaire. Nous savons qu'un membre de sa famille possède une maison qui a été occupée, endommagée, puis abandonnée hier. Nous savons que M. Gabriel a disparu. Nous savons qu'une camionnette a été volée à Bandera avec un téléphone portable à l'intérieur. Nous nous sommes arrangés avec son propriétaire et la compagnie de téléphone pour que le numéro reste activé. Afin de pouvoir vous parler, au cas où vous ou M. Gabriel seriez en possession du téléphone. Et je vois que c'est le cas. »

Evan se leva et se mit à arpenter la pièce de long en large.

« Pourrais-je parler à M. Gabriel ? demanda Bricklayer.

– Il est mort.

– Que lui est-il arrivé ?

– Abattu par un homme nommé Dezz Jargo. »

Un long soupir.

« Êtes-vous blessé ?

– Non. Je vais bien.

– Tant mieux. Venons-en à notre affaire. Evan, je parie que vous avez peur, que vous êtes épuisé et vous demandez quoi faire maintenant. »

Evan attendit la suite.

« Je peux vous aider.

– J'écoute. »

Ils l'avaient retrouvé à cause d'un téléphone volé. Bon sang. Est-ce qu'ils pouvaient localiser cet appel et faire pivoter un satellite à des kilomètres au-dessus de sa tête pour le braquer sur le Texas, sur Houston, sur cette piaule minable ?

« Vous et moi avons un problème mutuel. Jargo et Dezz. »

Evan plissa les yeux.

« Dezz et Jargo ne font qu'un. Jargo est son nom de famille.

– Laissez-moi clarifier une chose, Evan. Quand je dis Jargo, je parle d'un individu connu sous le nom de Steven Jargo. Dezz est son fils. Bien entendu, ce ne sont pas leurs vrais noms. Personne ne connaît leur véritable identité. Eux-mêmes ne la connaissent sans doute même pas.

– Son fils… »

Dezz et Jargo. Le père et le fils.

« Ils ont tué ma mère.

– Dezz et Jargo vous tueront aussi à la première occasion. Nous ne voulons pas qu'il vous arrive malheur, Evan. Dites-moi où vous vous trouvez et j'enverrai deux hommes vous chercher. Nous vous protégerons.

– Non.

– Vous courez un terrible danger.

– Pourquoi vous ferais-je confiance ? Je ne connais même pas votre véritable nom.

– Je comprends sincèrement votre réticence. La prudence est un signe d'intelligence. Nous pouvons vous aider.

– Aidez-moi en retrouvant mon père.

– Je ne sais pas où il est, fiston, mais si vous venez, nous remuerons ciel et terre pour le retrouver. »

Ça ressemblait à une promesse vide.

« Je n'ai pas les fichiers que vous voulez tous. Ils ont disparu. Jargo et Dezz les ont détruits. »

Il ramassa son lecteur de musique numérique. Peut-être pas. Mais s'il leur donnait les fichiers, ils pourraient les utiliser à leur guise, les détruire, puis les faire disparaître. Il ne les échangerait que contre son père. Rien d'autre.

Bricklayer laissa passer un temps, comme si cette nouvelle le prenait de court.

« Jargo ne vous lâchera pas.

– Il ne peut pas me trouver.

– Si, et il y parviendra.

– Non. Vous voulez la même chose que lui. Ces fichiers. Vous me tuerez aussi.

– Absolument pas, répliqua Bricklayer d'un ton offensé. Evan, vous êtes à bout de nerfs, ce qui est compréhensible étant donné l'horrible épreuve que vous traversez. Laissez-moi vous donner un numéro, au cas où la ligne serait coupée. Vous notez ?

– Oui. »

Bricklayer lui donna un numéro dont il ne reconnut pas l'indicatif.

« Evan, écoutez-moi. Jargo et Dezz sont extrêmement dangereux.

– Vous prêchez un converti. Êtes-vous de la CIA ? se risqua-t-il à demander.

– J'exècre les acronymes autant que les téléphones portables, répliqua Bricklayer. Evan, nous pourrons discuter longuement quand vous serez ici. Je me porte personnellement garant de votre sécurité.

– Vous ne voulez même pas me dire qui vous êtes, répéta Evan en arpentant la chambre de long en large. Je pourrais gagner du temps en parlant à la presse. En leur disant que la CIA propose de m'aider. En leur donnant ce numéro.

– Vous pourriez tout déballer. Mais je suppose que Jargo tuerait votre père en représailles.

– Vous prétendez qu'il tient mon père ? »

Evan attendit.

« C'est plus que probable. Je suis désolé, répondit Bricklayer, sur le ton qu'utiliserait un croque-mort pour convenir poliment que, en effet, c'est un très beau cercueil. Unissons nos forces pour aider votre père à rentrer chez lui. Acceptez-vous de me rencontrer ? Nous pourrions nous voir au Texas ; je suppose que vous vous y trouvez toujours.

– Je vais y réfléchir et je vous rappellerai.

– Evan, ne raccrochez pas. »

Evan raccrocha. Il éteignit le téléphone, le jeta sur le lit comme s'il avait été radioactif. Si Bricklayer pouvait le repérer grâce au téléphone, les autorités pouvaient tout aussi bien enfoncer la porte d'une minute à l'autre.

Il tira des vêtements de rechange de son sac et les enfila. Il étala son argent devant lui. Quatre-vingt-douze dollars. Un Caméscope, un téléphone portable, un Beretta sans munitions.

Impossible d'affronter Shadey ou cet enjôleur de Bricklayer ou Dezz et Jargo sans arme. Ce serait du suicide. Mais les armureries n'étaient probablement pas ouvertes le dimanche et, de toute manière, impossible d'y aller avec sa photo dans tous les journaux. Les prêteurs sur gages ? Il ne voulait pas se séparer de son Caméscope ; il regrettait de ne pas avoir filmé Dezz. Ça lui aurait donné un moyen de pression. Il ne vendrait le Caméscope qu'en dernier recours.

On pouvait se procurer n'importe quoi dans la rue. De la drogue. Du sexe. Pourquoi pas des munitions ?

Il ferma les yeux, se demanda comment acquérir des cartouches pour un pistolet précis. Une idée lui vint à l'esprit. Une idée dingue, assurément gonflée, mais qui reposait sur le seul désir répandu qu'Evan savait pouvoir satisfaire avec le talent et les ressources dont il disposait.

Il s'aventura dans l'humidité du petit matin, le visage en partie dissimulé sous la visière d'une casquette de base-ball trouvée à l'arrière de la camionnette volée. Il acheta l'édition dominicale du *Houston Chronicle* dans un distributeur situé devant un café délabré. En une de la section locale, il vit le visage de son père et le sien – une vieille photo publicitaire prise par sa mère après la sélection de *Mauvaise passe* aux oscars sur laquelle il avait les cheveux plus courts et arborait des lunettes de demeuré dont il n'avait aucunement besoin. Il s'était juste dit qu'elles lui donneraient l'air plus intelligent, plus artiste. Mais cette petite coquetterie pleine de vanité lui avait valu tellement de railleries de la part de sa mère qu'il avait désormais honte. Selon le journal, son père était aussi considéré comme disparu ; aucun Mitchell Casher n'avait été enregistré sur un vol reliant les États-Unis à l'Australie au cours de la semaine passée. Rien sur Carrie, ni mention ni photo.

Carrie est ici avec moi, avait affirmé Dezz de sa voix à la fois sinistre et moqueuse. Evan ne l'avait pas cru. Si Carrie avait été enlevée, on en parlerait dans les journaux.

Mais en était-il certain ? Elle avait démissionné. Elle n'était pas avec lui. Qui signalerait sa disparition ? Cependant, si elle avait été enlevée, elle n'aurait pas été en mesure de l'appeler pour le prévenir avant l'attaque de Gabriel. Où était Carrie ? Se cachait-elle ? Il crevait d'envie de lui parler, d'entendre sa voix réconfortante, tout en sachant qu'il ne pouvait pas s'approcher d'elle, qu'il ne pouvait plus l'impliquer.

Il replia le journal sous son bras. Les cabines téléphoniques étaient une espèce en voie de disparition maintenant que chacun avait son portable dans sa poche ou dans son sac à main, mais il en trouva une, deux rues plus loin, dans un parking d'épicerie où flottait une odeur de bière du samedi soir. Un adolescent dégingandé glandouillait près des téléphones, mâchonnant un *Pixy Stix* aromatisé au raisin, observant avec la suspicion et l'arrogance d'un gardien de prison Evan qui traversait le parking.

Il pourrait faire l'affaire. Evan décrocha un téléphone, inséra le nombre de pièce requis.

« J'attends un coup de fil important sur ce téléphone, marmonna le gamin tout en lui lançant un regard obtus.

– Eh bien, ça sonnera occupé pendant une minute.

– Trouve-toi un autre téléphone, mec, s'obstina le gamin. »

Evan fixa les yeux sur lui. Il lui aurait bien cogné sa petite tronche méprisante en disant *Tu es mal tombé, faut pas m'emmerder aujourd'hui.* Mais il jugea qu'il n'avait pas besoin d'un ennemi supplémentaire. Et puis il avait appris une chose en tant que réalisateur : tout le monde voulait passer à la télé.

« Tu es dans les affaires ? demanda Evan sans sourire, car sourire pouvait être mal interprété.

– Ouais, c'est ça. Je suis le roi des nababs. »

Evan saisit le Beretta enfoncé à l'arrière de son jean, sous sa chemise, et il le colla contre le ventre plat du gamin, qui se figea.

« Calme-toi. Il n'est pas chargé, dit Evan. J'ai besoin de balles. Est-ce que tu peux m'en avoir ? »

Le gamin lâcha un long soupir.

« Mec, va te faire mettre. J'aurais peut-être pu si tu n'avais pas joué au con.

– Alors je vais passer mon coup de fil. »

Evan posa de nouveau les doigts sur le cadran crasseux.

« Attends, attends. C'est quoi ? (Le gamin, dos tourné à la rue, examina l'arme qu'Evan serrait dans sa main.) Beretta 92FS... Ouaip, je parie que je peux te choper quelques cartouches. Ami d'un ami. Paiement en espèces.

– Naturellement.

– Passe-moi de la monnaie que je passe un coup de fil », dit le gamin.

Evan lui tendit le combiné. Le gamin composa un numéro, parla à voix basse, rit une fois, raccrocha.

« Dans une heure. Ici. En espèces. Quatre cartouches, deux cents dollars. »

Il ne connaissait pas le prix des munitions, mais ce chiffre était bien supérieur à ce qu'il pensait payer dans une armurerie. Mais dans la rue, on ne posait pas de questions.

« Je n'en ai pas besoin d'autant.

– Il vend pas à moins. Sans ça, c'est pas la peine de sortir du pieu, mec.

– Je serai ici dans une heure », dit Evan, bien qu'il n'eût pas les deux cents dollars sur lui.

Maintenant que le marché était conclu, le gamin hocha la tête. Il traversa le parking sans se presser, tira un nouveau *Pixy Stix* de sa poche, déchira le haut de l'emballage et se versa la poudre violette sur la langue.

Quatre rues plus loin, Evan trouva une nouvelle épicerie. Il chaussa les lunettes de soleil qu'il avait trouvées dans le pick-up volé et alla s'acheter de la teinture à cheveux, une paire de ciseaux, un énorme café et trois *tacos* pleins d'omelette, de pomme de terre et de chorizo épicé en guise de petit déjeuner, même si ce n'était pas ça qui lui apporterait deux cents dollars. Il réprima l'envie absurde de dégainer son flingue sous le nez de la caissière pour voir si elle lui filerait deux cents billets. La femme regarda fixement Evan en lui rendant la monnaie.

Une angoisse violente lui noua soudain l'estomac. Était-il en train de devenir parano ?

Il regagna le motel en vitesse, s'enferma dans sa chambre, dévora les *tacos* et finit son café tout en lisant les instructions sur le paquet de teinture. Il ne lui faudrait pas plus de trente minutes.

Il se coupa les cheveux, ses boucles blondes tombant dans le lavabo. C'était la première fois qu'il le faisait, et ce n'était pas vraiment une réussite. « Au diable la vanité », marmonna-t-il, et il continua de donner des coups de ciseaux jusqu'à obtenir une coupe en brosse à peu près décente. Jugeant qu'elle faisait désormais trop jeune, il ôta la petite boucle qu'il portait à l'oreille gauche ; le temps était venu de grandir. Puis, assis sur le sol de la salle de bains, il se teignit les cheveux et fignola son plan pendant que la couleur prenait. Il éclata de rire en se voyant dans le miroir, mais ça ferait l'affaire. Il ne ressemblait plus exactement à la photo du journal, mais c'était toujours bel et bien lui.

Il lui restait environ quatre-vingts dollars, et dix minutes avant que le gamin ne se pointe avec les munitions. Il roula jusqu'à l'épicerie où il l'avait rencontré, se gara à la lisière du parking constellé de taches d'essence. Puis il pénétra dans la boutique. Une vieille femme acheta du jus d'orange et une conserve de porc aux haricots avant de sortir en traînant les pieds. Evan attendit qu'elle ait disparu et s'approcha de la caissière qui écoutait la messe à la radio en dodelinant du chef et en buvant bruyamment un café. C'était une femme plus toute jeune, austère, affligée d'un strabisme divergent.

« Excusez-moi, madame. Ce grand type dehors, près du téléphone, dit Evan. M. *Pixy Stix*. Est-ce qu'il vous pose un problème ?

– Qu'est-ce que ça peut vous faire ?

– Il m'a empêché d'utiliser le téléphone. Je parie qu'il s'en sert pour vendre de la drogue.

– Ce n'est pas avec ses *Pixy Stix* qu'il fait tourner la boutique.

– Donc, si je le convaincs de ne plus traîner dans les parages, vous ne m'en voudrez pas ? Vous ne vous sentirez pas obligée d'appeler la police sur-le-champ ?

– Je ne veux pas d'ennuis.

– Il ne saura jamais ce qui lui est arrivé.

– Qu'est-ce qu'il vous a fait ? C'est la première fois que je vous vois ici.

– Ma tante vient d'emménager dans la rue et ce type lui a cherché des noises parce qu'elle utilisait le téléphone ; les vieilles femmes devraient pouvoir téléphoner sans se faire agresser.

– Dénoncez-le à la police.

– C'est une solution temporaire. La police vient, puis elle s'en va. Mon plan aura un effet plus durable. »

La caissière fixa les yeux sur lui.

« Qu'allez-vous faire ?

– Je vais rester auprès de ce téléphone et l'attendre.

– Pourquoi ? Vous achetez ? »

Il souleva son sac et lui montra son Caméscope.

« Non. Je vends. »

Le gamin arriva avec cinq minutes de retard, mais pas seul. Il était accompagné d'une jeune femme au cou épais et au visage brutal. Elle était plus grande et plus robuste que lui, et son regard, sa mine renfrognée, suggéraient qu'elle pouvait être sa grande sœur. Elle tenait à la main un sac en plastique de chez Goodwill. Ils étaient arrivés dans une Ford Explorer neuve qu'ils avaient garée à l'autre bout du parking.

Evan se tenait près des cabines téléphoniques. Il avait coincé son Caméscope dans son sac, juste derrière la fermeture Éclair à demi fermée, afin de pouvoir filmer l'entretien. À la vue de son sac, la femme fit la grimace.

« Salut ! lança Evan.

– Il était bourré ton coiffeur, ou quoi ? demanda le gamin.

– La maquilleuse voulait me donner un style plus cool, expliqua Evan, puis il marqua une pause dans l'attente de leur réaction. »

Le gamin se contenta de froncer les sourcils comme si Evan était cinglé – puis la femme déclara :

« Allons derrière la boutique.

– En fait, quelqu'un va vous passer un coup de fil sur ce téléphone dans une minute. On ferait mieux de rester ici. »

Evan arbora son plus beau sourire faux derche.

« Pardon ? »

C'était désormais la femme qui menait la danse, pas le gamin.

« Je vous explique de quoi il retourne, dit Evan. Je cherche des talents pour une nouvelle émission de téléréalité qui s'appelle *Le Monde de la rue*. Elle sera programmée sur HBO à l'automne prochain. On lâche des gens pas fichus de se démerder dans des coins où ils n'ont jamais foutu les pieds. Imaginez des bourgeoises et des bons pères de familles tentant de s'en sortir dans le quartier de Fifth Ward. Celui qui atteint certains objectifs précis passe à l'étape suivante de la compétition. Le gros lot est un million de dollars. »

La femme regarda fixement Evan, mais le garçon intervint :

« J'ai une idée d'émission. Je me pose le cul à River Oak, je vis dans le luxe, et vous me filmez à longueur de journée.

– La ferme. Tu achètes ou non ? demanda la femme.

– Vous avez apporté les munitions ? demanda Evan.

– Oui.

– J'achète. Enfin, je fais un test pour l'un de nos défis. Je voulais juste savoir si c'était compliqué de se procurer des munitions dans la rue. Avec une caméra. » Il sortit son Caméscope, dont le cache était ôté et dont les lumières allumées indiquaient qu'il était en train de tourner. « Souriez, vous êtes filmés !

– Non, non, non ! s'écria la femme en cachant son visage derrière ses doigts.

– Attendez. Attendez. » Evan éteignit le Caméscope. « Je ne veux pas vous causer d'ennuis. Je faisais juste un test. Madame, vous êtes un personnage authentique. Vous êtes le genre de personne qu'on recherche pour *Le Monde de la rue*.

– Moi ? À la télé ? » s'étonna-t-elle.

Il leva une main, fit mine de cadrer son visage.

« Je pense que vous seriez super. Mais rien ne vous oblige à passer à la télé si ça ne vous tente pas.

– La Grande Gin va être une grande star ! s'amusa le gamin. »

La Grande Gin se figea.

« Qu'est-ce que c'est que ces conneries ? »

Evan leva les mains.

« Ce ne sont pas des conneries. Chaque concurrent sera accompagné d'un guide qui connaît la rue, car vous savez aussi bien que moi que, sans ça, ils n'ont aucune chance. Ces abrutis seront tous des petits-bourgeois de banlieue.

– Comme vous, rétorqua la Grande Gin.

– Oui, comme moi. Vous êtes hypertélégénique. La force que dégage votre visage, votre démarche, votre façon de parler. Bien entendu, le guide gagne la moitié du gros lot…

– Un demi-million. Vous vous foutez de moi, dit la Grande Gin.

– ... à moins qu'il ait un casier judiciaire, compléta Evan. On ne peut pas prendre quelqu'un avec un casier. Les avocats sont très chiants avec ça.

– Vous pouvez avoir un casier si vous achetez des munitions, répliqua la Grande Gin.

– Oui, mais les concurrents n'achèteraient pas de vraies munitions. Juste des balles à blanc. Les avocats sont chiants avec ça aussi.

– Elle ne s'est jamais fait coffrer, intervint le gamin.

– La ferme ! »

La Grande Gin jeta à Evan un regard qu'il avait déjà croisé lors de réunions avec des producteurs : celui de l'escroc qui se demande s'il n'est pas en train de se faire escroquer.

« C'est des conneries, déclara le gamin. Tu as les deux cents billets pour les munitions ou non ? Parce si tu les as pas, on se tire.

– La ferme ! répéta la Grande Gin.

– Heu… je ne peux pas vous donner deux cents dollars, dit Evan. Ça reviendrait à conclure une transaction illégale et nous ne pourrions plus vous prendre dans l'émission, madame…

– Ginosha.

– Lui donne pas ton nom ! s'exclama le gamin. Il a pas le fric. Tirons-nous. »

Evan avait encore dans son portefeuille la carte de visite qu'un producteur de Los Angeles lui avait donnée la semaine précédente lors d'une projection suivie d'un cocktail. Un type du nom d'Eric Lawson, travaillant pour une société de production nommée Urban Works. Il tendit la carte à la Grande Gin.

« Désolé. J'aurais dû vous la montrer plus tôt.

– Merde, lâcha-t-elle. Vous êtes sérieux.

– Oui.

– Où est votre équipe de tournage ? Pourquoi êtes-vous seul ?

– Parce que c'est de la télé-guérilla. On ne débarque pas avec toute une équipe quand on vient repérer des talents ou des lieux. Sinon, ça ne serait plus de la téléréalité, pas vrai ? »

La Grande Gin étudia la carte de visite comme si c'était le sésame qui lui permettrait enfin d'assouvir un vieux désir.

« Alors, qui doit téléphoner ? demanda-t-elle.

– L'un de nos découvreurs de talents, répondit Evan. Il se fera passer pour le concurrent que vous devez aider. Mais je veux vous filmer depuis l'autre côté du parking, là-bas. Dites juste ce qui vous passe par la tête, montrez-moi comment vous improvisez. J'ai placé un micro dans le téléphone, mais je veux filmer un plan éloigné. Tiens, jeune homme, je suis désolé, comment t'appelles-tu ?

– Raymond. »

Le garçon examinait la carte d'un œil critique.

« Viens avec moi et reste près de moi, hors champ. »

Raymond fronça les sourcils, mais pas à cause de la carte de visite.

« Pourquoi je peux pas être dans le champ ?

– C'est mon essai, déclara la Grande Gin.

– Eh bien, Raymond, pour être franc, tu n'avais pas l'air intéressé, répliqua Evan. Tu n'avais pas l'air de croire que j'étais réglo.

– Mais si, dit la Grande Gin. C'est juste sa façon de parler. Mais maintenant, il est cool, il manque pas de respect.

– Raymond, tu sais, nous devons aussi conquérir le jeune public, expliqua Evan. Notre cible démographique inclut les adolescentes. »

Raymond, qui tenait le sac de munitions, se passa la langue derrière la joue, fronça de nouveau les sourcils, mais finit par aller prendre la pose près du téléphone, présentant son meilleur profil.

« Excellent. Mais je ne veux pas de ce sac dans le cadre. On dirait que tu fais tes courses. »

Evan recula de cinq pas. La Grande Gin s'empara du sac et vint le poser aux pieds d'Evan.

« Faudrait nous refiler une indemnisation pour notre temps si vous achetez pas.

– Oh, absolument. Cela dit, c'est comme si vous passiez une audition privée – sans avoir à faire la queue, parce que…

(il porta le Caméscope à son œil) je pourrais aller au centre culturel, et j'aurais des centaines de personnes prêtes à faire un essai. »

La Grande Gin fixa des yeux l'objectif.

« Qu'est-ce que je fais ?

– Laissez rayonner votre charisme naturel. »

Evan était désormais à quinze pas d'eux. Mais le garçon, dont les soupçons n'avaient pas diminué un seul moment, l'inquiétait. Il avait à ses pieds son sac en toile et le sac de munitions. Le téléphone portable volé était dans sa poche revolver.

« Soyez naturels. Ne me regardez pas. »

Evan passa la main derrière lui, appuya sur le bouton de numérotation du téléphone, qui était programmé pour appeler la cabine téléphonique.

Une sonnerie.

« Regardez le téléphone, laissez sonner trois fois pour me donner le temps de tourner. »

Il attrapa les deux sacs, courut en direction de sa camionnette. Deux sonneries. Raymond regardait toujours le téléphone, mais la Grande Gin ne put résister à l'attraction de la caméra. Elle se retourna au moment où Evan grimpait dans la camionnette. Il avait laissé la clé dans le contact. Il enclencha la marche arrière, vit la Grande Gin qui lui courait après en hurlant. Il s'engagea dans la circulation, au milieu d'un concert de coups de klaxon.

Raymond, conquis à l'idée de devenir une star du petit écran, décrocha le téléphone.

« C'est pour l'audition ? demanda-t-il.

– Ça fait une semaine que je te filme en train de dealer, mentit Evan. Si tu t'approches une nouvelle fois de cette cabine, j'envoie la vidéo aux flics. »

Dans le rétroviseur, il vit la Grande Gin se précipiter au milieu des voitures, lui faire un doigt d'honneur, puis s'essouffler au bout de quelques mètres.

« C'est illégal ! beugla Raymond. T'es rien qu'un enfoiré de voleur.

– Va te plaindre aux flics. Merci pour les munitions. On a conclu un marché équitable. Je garde le silence, et les balles avec. »

La réponse de Raymond fut coupée par Evan qui replia le téléphone. Il mit le pied au plancher au cas où la Grande Gin déciderait de lui filer le train dans son Explorer flambant neuve. Il espérait qu'ils avaient été plus honnêtes que lui. Il ouvrit le sac. Quatre magasins. Il en enfila un dans le Beretta.

Maintenant il pouvait aller voir Shadey.

20

Evan longea le mur en pierres importées surmonté d'une grille en fer forgé derrière lequel se trouvait le centre culturel. Le bâtiment était situé en bordure de Galleria, le quartier chic de Houston truffé de boutiques dernier cri, de restaurants et de résidences fréquentés par les anciens qui avaient fait fortune dans le pétrole et les jeunes loups des nouvelles technologies. L'enclave devant laquelle il se trouvait s'appelait Les Pins de Toscane, mais c'étaient de grands pins à l'encens typique du golfe du Mexique et qui n'avaient rien d'italien qui ombrageaient le lotissement. De l'autre côté de la rue se trouvaient un immeuble de bureaux moderne et un petit hôtel coquet. Evan se gara dans le parking de l'immeuble de bureaux.

Il attendit, pensant voir débouler des voitures de police. Au lieu de cela, seules des Mercedes, des BMW et des Lexus franchissaient le portail. Au bout d'une heure, Shadey quitta la guérite du gardien, se dirigea vers une Toyota cabossée dans laquelle il monta, et quitta le complexe cahin-caha. Evan le suivit le long de Westheimer Road en direction de River Oaks puis du centre-ville.

Il s'arrêta à côté de Shadey au premier feu rouge et attendit que Shadey regarde vers lui. Mais Shadey, comme la plupart des automobilistes de Houston, n'était pas du genre à s'intéresser à ce qui se passait sur les autres voies.

Evan risqua un coup de klaxon.

Shadey se tourna vers lui, regarda Evan qui lui souriait, puis le reconnut malgré ses cheveux bruns.

Il faut que je te parle, lut-il sur les lèvres d'Evan.

Pas question.

Il secoua la tête, grilla le feu rouge et prit un virage serré sur la gauche.

Evan le suivit, fit un appel de phares, puis un deuxième. Shadey prit encore deux virages et se retrouva coincé derrière un petit restaurant grill avec Evan qui lui collait au train.

Shadey descendit de voiture et atteignit la portière d'Evan avant que celui-ci ait eu le temps de couper le moteur.

« Dégage !

– Ça fait plaisir de te voir », répondit Evan.

Shadey secoua la tête.

« Moi, ça me fait pas plaisir. Ça me fait même vraiment chier. Je suis supposé appeler un agent du FBI si je vois ta jolie petite gueule.

– J'ai une sale gueule en ce moment, alors pas la peine d'appeler.

– Tire-toi, mec. S'il te plaît.

– Je ne suis pas suspect, je ne suis pas en fuite. Je suis juste porté disparu.

– Je me fous de ce que tu es. Je veux pas de problèmes.

– Tu es allé te plaindre à la télé que je ne t'avais pas introduit dans le milieu du cinéma ou dans celui des joueurs de poker professionnels. »

Shadey le fusilla du regard.

« Hé, mec, je voulais juste faire comprendre que j'étais disponible. On sait jamais qui regarde les infos.

– Eh bien, puisque tu as menti à mon sujet, tu peux m'aider et je passe l'éponge. J'ai besoin d'argent, en espèces.

– Est-ce que j'ai une tronche de distributeur automatique ? » Shadey abaissa ses lunettes de soleil pour qu'Evan puisse voir ses yeux. « Je suis agent de sécurité, j'ai pas de fric.

– Je sais que tu peux en avoir, Shadey. Tu as des relations.

– J'en ai plus. Dégage.

– C'est amusant de voir tant de gratitude après ce que j'ai fait pour toi, dit Evan. Surtout si on considère que tu n'avais même pas un bon avocat quand je t'ai rencontré.

– Je te suis pas redevable éternellement, Evan.

– Si, tu l'es. Sans *Mauvaise passe* tu serais encore en train de moisir en taule, Shadey, donc, tu m'es redevable. »

Shadey ferma les yeux.

« Tu as des problèmes. Moi, j'en veux pas. Si je t'aide, je deviens un criminel.

– Non, un ami.

– Épargne-moi ça.

– Je me suis foutu les mauvaises personnes à dos, comme toi il y a plusieurs années, et ils essaient de me buter pour se débarrasser d'un problème. J'ai besoin d'espèces et d'un ordinateur.

– Fais-en un film. Explique ta situation au monde, dit Shadey en secouant la tête. Je suis désolé, pas question.

– Tu sais quoi, tu ne me méritais pas, ni en tant que défenseur ni en tant qu'ami. Désolé de t'avoir dérangé. Profite de ta liberté. Casse-moi du sucre sur le dos si ça te chante. Pense à moi quand tu as une seconde. »

Shadey le regarda, replaça ses lunettes sur son nez. Evan démarra le moteur de la camionnette.

« Si des gens viennent te poser des questions, dis-leur que tu ne m'as pas vu. Mais ne t'étonne pas s'ils te liquident, juste histoire de ne pas laisser de traces. »

Il s'apprêtait à enclencher la marche arrière lorsque Shadey posa une main sur la portière.

« J'ai déjà reçu un coup de fil après être passé sur CNN. Une femme, une certaine Galadriel Jones. Elle a dit qu'elle travaillait pour le magazine *Film Today* et que si j'avais des nouvelles ou que je pouvais lui dire où tu étais, en exclusivité, je recevrais cinquante mille dollars en liquide, de la main à la main. »

Evan connaissait *Film Today*. C'était une petite publication professionnelle respectée, et il ne croyait pas une seconde qu'ils débourseraient tout ce fric pour un tuyau ; ils n'en avaient pas les moyens.

« Comment était cette femme ?

– Gentille, un peu trop.

– Est-ce qu'elle t'a laissé un numéro de téléphone ?

– Oui. Elle m'a dit de l'appeler au magazine.

– Ils se foutent de toi, Shadey. Ils ne te paieront pas. Ils nous buteront tous les deux. Les gens qui ont tué ma mère, je crois qu'ils tiennent aussi mon père. La seule façon pour toi d'être en sécurité, c'est de m'aider. »

Shadey fit craquer les jointures de ses doigts, jura tout bas, puis il se pencha un peu plus vers la vitre.

« J'aime pas qu'on se paie ma tronche. Ni eux ni toi.

– Je suis réglo avec toi. Je l'ai toujours été, quoi que tu penses. S'il te plaît, aide-moi. »

Shadey lança un regard dur à Evan.

« Tu te souviens de la maison de mon demi-frère, à Montrose ?

– Oui.

– Retrouve-moi là-bas dans deux heures. Si tu es pas là quand j'arrive, j'attends pas, on s'est jamais vus, on s'est pas parlé, et tu me demandes plus rien. »

Il regagna sa voiture, attendit qu'Evan recule, puis quitta lentement le parking. Evan s'éloigna dans la direction opposée tout en s'assurant qu'ils n'avaient pas été suivis.

Il lui fallait maintenant voler un ordinateur.

Il ne pouvait aller chez *Joe's Java*, l'endroit où il avait rencontré Carrie, car il y était trop connu. Il se rappela un petit café nommé *Caf-fiend*, situé près du croisement entre Bissonnet Road et Kirby Drive et d'ordinaire fréquenté par de nombreux étudiants de l'université de Rice. Lorsqu'il était en fac de cinéma, quelques années plus tôt, il y faisait le montage de ses films et laissait souvent son portable sur la table quand il allait se chercher un café au comptoir. La clientèle était toujours sympa et dans la mesure où il n'était pas bien loin, il pouvait le surveiller du coin de l'œil. Il lui était cependant arrivé un paquet de fois de tourner le dos à sa table. Les utilisateurs de portables sont parfois trop confiants.

Shadey risquait de ne jamais apporter d'argent. Il avait déjà piqué une camionnette à laquelle quelqu'un tenait, il pouvait bien piquer un portable. Il fut pris de honte. Il avait besoin de quelque chose, il le volait. Il savait que ça blesserait un innocent, il en était franchement désolé, mais sa survie était en jeu.

En pénétrant dans le café, il se demanda : *En quoi suis-je en train de me transformer ?*

Il chaussa les lunettes de soleil qu'il avait achetées chez Kwik-Kwik, passa la main sur ses cheveux courts. Il y avait du monde, presque toutes les tables étaient occupées, et de nouveaux clients arrivaient sans cesse puis repartaient, emportant avec eux leur café.

Un nouvel alignement d'ordinateurs avait été installé sur un comptoir qui longeait un mur. Ils étaient tous connectés à Internet, il n'aurait donc pas besoin d'en voler un – du moins pas dans l'immédiat. Son prochain délit sérieux pourrait attendre.

Il alla se chercher un grand café, examina la clientèle. Personne ne faisait attention à lui, il était anonyme. Il tourna le dos à la pièce, sentit la sueur lui couler le long des côtes. Il ouvrit l'explorateur d'un des ordinateurs qu'il était le seul à utiliser, la plupart des clients ayant leur propre portable.

Il se connecta à Google et effectua une recherche sur Joaquin Gabriel. Rien de pertinent ; plusieurs personnes portaient ce nom. Il ajouta « CIA » à sa recherche et obtint une liste de liens. Des titres du *Washington Post* et de l'agence *Associated Press*.

SELON LA CIA, LES AFFIRMATIONS DE L'ANCIEN ESPION NE SONT QUE « PURS FANTASMES ». Et ainsi de suite. La plupart des articles dataient de cinq ans plus tôt. Evan les lut tous.

Joaquin Gabriel avait bien fait partie de la CIA, avant que le bourbon et la paranoïa ne s'emparent de lui. Il était chargé d'identifier et de confondre les membres de la CIA qui avaient mal tourné. Gabriel avait lancé une série d'accusations de plus en plus scandaleuses, dénonçant des collègues qui travaillaient pour d'imaginaires groupes d'espions mercenaires, les accusant d'organiser des opérations illégales aux États-Unis et à l'étranger. Gabriel avait accusé les mauvaises personnes, notamment certains des agents les plus anciens et les plus respectés de l'Agence, mais ses affirmations étaient dures à avaler vu son penchant pour la bouteille et l'absence totale de preuves. Puis il était parti, tout d'un coup, sans faire de déclarations, et avait perçu une pension du gouvernement. Il était retourné à Dallas, sa ville natale, et y avait monté une société de sécurité.

Pourquoi sa mère aurait-elle placé leur vie entre les mains de cet ivrogne ?

Cela n'avait aucun sens. À moins que Gabriel n'ait eu raison depuis le début. Des groupes de mercenaires. Des espions indépendants. Des consultants. Exactement ce qu'il avait dit de Jargo.

C'est pour ça que maman est allée trouver Gabriel. Elle savait qu'il la croirait ; elle allait lui fournir les preuves qui le vengeraient, qui lui rendraient son honneur.

Une autre idée lui vint à l'esprit. Les noms sur les passeports de son père : Petersen, Rendon, Merteuil, Smithson. *Tu ne sais que dalle sur tes parents.* Gabriel ne soulevait pas juste le voile sur leur vie inimaginable avant sa naissance ou sur leurs rêves inavoués, leurs pensées cachées. Il n'était pas question de regrets de jeunesse, d'espoirs insatisfaits ou d'ambitions dont ils ne lui auraient jamais fait part et auxquelles ils auraient renoncé en silence. Il avait mis le doigt sur quelque chose de sérieux.

Petersen, Rendon, Merteuil, Smithson.

Il effectua tout d'abord des recherches sur le nom Merteuil. La plupart des liens concernaient la démoniaque intrigante aristocrate des *Liaisons dangereuses*. Il se demanda si le fait que ce nom soit aussi celui d'une mystificatrice signifiait quelque chose. Puis il tomba sur un article faisant référence à une famille Merteuil originaire de Belgique décimée cinq ans plus tôt lors d'une crue de la Meuse. Les prénoms des victimes étaient les mêmes que ceux qui figuraient sur les passeports : Solange, Jean-Marc, Alexandre.

Le nom Rendon produisit une masse de résultats et il restreignit la recherche en entrant le nom complet figurant sur le passeport qui lui était destiné : David Edward Rendon. Il tomba sur un site néo-zélandais de prévention contre l'alcool au volant sur lequel figurait une longue liste de victimes d'accidents. Une famille avait été tuée au cours d'un effroyable accident dans les montagnes de Coromandel, au nord d'Auckland, au début des années soixante-dix. James Stephen Rendon, Margaret Beatrice Rendon, David Edward Rendon. Les trois noms figurant sur les passeports.

Il effectua des recherches sur le nom Petersen. La même histoire. Une famille décimée lors d'un incendie à Pretoria, visiblement provoqué par quelqu'un qui fumait au lit.

Ses parents et lui avaient été sur le point d'endosser les identités de personnes décédées. Son estomac se noua.

Un bon mensonge se devait d'être proche de la vérité. Il s'appelait Evan Casher. Mais il était aussi censé être Jean-Marc Merteuil, David Rendon, Erik Petersen. Chacun de ces noms était un mensonge auquel les membres de sa famille devaient redonner vie.

Sauf celui qui n'avait été attribué qu'à son père : Arthur Smithson.

Ce nom ne produisit que quelques liens. Il y avait un Arthur Smithson agent d'assurances à Sioux Falls, dans le Dakota du Sud, un autre qui enseignait l'anglais dans une université californienne, un troisième qui avait disparu à Washington.

Il cliqua sur ce dernier lien, qui le mena à une page du site du *Washington Post* recensant diverses disparitions mystérieuses survenues dans la région de

Washington. Le nom d'Arthur Smithson y figurait parmi plusieurs autres : des adolescents fugueurs, des enfants introuvables, des pères volatilisés. Des liens associés à chaque nom permettaient de consulter les articles originaux dans les archives du *Post*. Il cliqua sur Smithson et tomba sur un article vieux de vingt- quatre ans.

LES RECHERCHES POUR TENTER DE RETROUVER
LA FAMILLE « DISPARUE » SONT INTERROMPUES,
par Federico Moreno, correspondant.

Les recherches pour retrouver un jeune couple d'Arlington et leur bébé ont été interrompues aujourd'hui malgré l'insistance d'une voisine qui prétend que le couple n'aurait pas tout simplement déménagé sans lui dire au revoir.

Arthur Smithson, un traducteur indépendant de 26 ans, Julie, sa femme âgée de 25 ans, et Robert, leur bébé de deux mois, ont disparu de leur maison d'Arlington il y a trois semaines. L'alerte a été donnée par une voisine qui s'inquiétait de ne plus voir Mme Smithson et son fils jouer dans le jardin depuis plusieurs jours. Selon la police, il n'y avait aucune trace de lutte dans la maison, mais les valises et les vêtements des Smithson avaient de toute évidence disparu. Les voitures des Smithson étaient cependant toujours dans le garage.

« Nous n'avons aucune raison de soupçonner un meurtre, a déclaré Ken Kinnard, le porte-parole de la police d'Arlington. Nous nous sommes heurtés à un mur et n'avons aucune idée de l'endroit où ils se trouvent. Tant que nous n'aurons pas plus d'informations, nous n'aurons aucune piste à suivre. »

« La police doit accroître ses efforts », a, pour sa part, affirmé Bernita Briggs, la voisine. Mme Briggs a précisé

qu'elle avait l'habitude de garder le fils des Smithson, que la jeune mère la considérait comme une confidente et qu'elle n'avait jamais laissé entendre que la famille comptait aller vivre ailleurs.

« Ils avaient de bons emplois, gagnaient bien leur vie, a expliqué Mme Briggs. Julie n'a jamais parlé de partir. Elle venait de me demander conseil pour le choix de ses rideaux, quels motifs prendre pour la chambre du bébé. Et ils n'auraient pas déménagé sans rien dire. Julie me taquinait toujours parce que j'étais anxieuse, elle ne serait pas partie en me laissant me faire un sang d'encre. C'est une jeune femme adorable. »

Mme Briggs a expliqué à la police que Smithson parlait couramment français, allemand et russe, et qu'il traduisait pour divers services gouvernementaux ainsi que pour des publications universitaires. D'après les registres de l'université de Georgetown, M. Smithson a obtenu ses diplômes de français et de russe il y a cinq ans. Mme Smithson occupait quant à elle des fonctions civiles au sein de la Marine jusqu'à sa démission au début de sa grossesse.

Le département de la Marine n'a cependant pas souhaité répondre à nos questions.

« J'aimerais que les enquêteurs de la police me disent ce qu'ils savent, a continué Mme Briggs. C'est une famille merveilleuse. J'espère qu'ils sont sains et saufs et qu'ils me donneront bientôt de leurs nouvelles. »

Aucune photo de la famille Smithson n'accompagnait l'article. L'absence d'autres liens indiquait que cette affaire était restée sans suite.

Encore une famille comme les Merteuil en Belgique, les Petersen en Afrique du Sud et les Rendon en Nouvelle-Zélande. Mais eux n'étaient pas morts, ils avaient simplement disparu. À moins que cet Arthur Smithson de Washington ne soit allé vendre des assurances dans le Dakota du Sud ou enseigner Shakespeare à Pomona.

Qu'avait dit Gabriel quand ils avaient quitté Houston sur les chapeaux de roue ? *Je vais te dire qui je suis. Et puis je te dirai qui tu es.* Evan l'avait cru cinglé. Mais peut-être qu'il ne l'était pas.

Il relut le nom de l'enfant disparu. Robert Smithson. Ça ne lui disait rien.

Il se connecta à un annuaire téléphonique sur Internet, entra le nom Bernita Briggs et effectua des recherches en Virginie, dans le Maryland et à Washington D.C. Un numéro à Alexandria apparut. Pouvait-il l'appeler depuis le téléphone portable qui avait été repéré ? Non. Bricklayer le saurait à coup sûr. Mieux valait attendre plutôt que la mettre en danger.

Il nota le numéro de Bernita Briggs puis sortit du café avec la sensation que le serveur le suivait du regard. Ou bien la paranoïa s'insinuait-elle en lui, s'emparait-elle de son esprit pour de bon, faisait-elle de lui une nouvelle personne ?

21

La maison était située en bordure du quartier des artistes de Montrose, dans une rue où, malgré quelques bâtisses délabrées et négligées, la plupart des vieilles demeures étaient entretenues avec fierté. Evan passa deux fois devant la maison du demi-frère de Shadey, se gara deux rues plus loin et rebroussa chemin à pied, portant son sac par-dessus son épaule. Avec sa casquette et ses lunettes de soleil, il avait l'impression d'être un braqueur sur le point de dévaliser une banque. Une pancarte À vendre était plantée dans la pelouse mal entretenue, une grosse pile de prospectus attendait des mains curieuses. Tous les rideaux étaient tirés et il s'imagina la police l'attendant à l'intérieur, ou bien Jargo tendant une valise pleine de fric à Shadey, ou encore Bricklayer et d'autres voyous du gouvernement planqués derrière la dentelle le regardant arriver en souriant.

Il attendit au coin de la rue, quatre maisons plus loin.

Shadey arriva seul avec dix minutes de retard, grimpa les marches menant à la porte d'entrée sans regarder Evan. Evan le suivit une minute plus tard, ouvrit la porte sans prendre la peine de frapper. À l'intérieur, une odeur de poussière avait remplacé les effluves d'épices et de farine. Plus personne ne vivait ici.

« Où est Lawan ? » demanda Evan.

Debout près de la fenêtre, Shadey regardait dehors pour voir si Evan avait été suivi.

« Mort. Il y a deux mois. Le sida l'a rattrapé.

– Je suis sincèrement désolé. Tu aurais dû m'appeler. »

Shadey haussa les épaules.

« Ça fait combien de temps que tu m'as pas appelé pour prendre des nouvelles ?

– Je suis quand même désolé.

– Pas la peine. Revenons-en à nos affaires, mec. »

Evan attendit.

« Je t'ai grappillé quelques biftons. Mais si tu te fais choper, tu me laisses en dehors de tout ça.

– Pourquoi est-ce que tu m'en veux autant ? »

Shadey alluma une cigarette.

« Pourquoi tu crois que je t'en veux ?

– Sur CNN, tu parlais comme si je t'avais arnaqué. Le film ne m'a pas rapporté beaucoup d'argent, Shadey. Je ne suis pas Spielberg. Je ne t'ai pas promis une carrière dans le cinéma, je n'aurais pas pu le faire.

– En me prenant pour ton film tu m'as fait croire à une vie meilleure, Evan, meilleure que celle que j'avais ici. Meilleure que celle que j'aurais pu avoir en dealant. » Il regarda Evan à travers la fumée de sa cigarette. « Tu sais, quand *Mauvaise passe* est sorti, je voulais faire un film. J'ai essayé d'écrire un scénario. J'ai pris des cours. Mais j'ai jamais réussi à coller deux scènes l'une à la suite de l'autre. Pas mon truc.

– Pourquoi ne m'en as-tu pas parlé ? Je t'aurais donné un coup de main.

– Ah oui ? Tu étais un petit Blanc bien occupé après le succès de *Mauvaise passe*. Tu pensais à ton boulot, sans faire trop attention aux autres. Et tu as raison, si je suis libre, c'est grâce à *Mauvaise passe*. Mais c'est aussi parce que je t'ai laissé filmer mon histoire que ta carrière a été lancée. Et cette dette-là, tu peux pas la rembourser non plus.

– Shadey, je suis désolé, je ne me rendais pas compte. J'ai en effet une dette. Je te remercie. Désolé de ne pas l'avoir fait plus tôt. »

Shadey tendit la main ; Evan la serra.

« Dans ce putain de monde, on doit toujours quelque chose à un autre crétin. Alors ça n'a pas d'importance. Parce que maintenant, on est quittes. Je pourrais juste t'en vouloir parce que… disons que tu as limité mes possibilités de carrière.

– Je ne comprends pas. »

Shadey se pencha en avant.

« Je continuais de dealer de temps en temps, Evan. Ouais, cet enculé d'Henderson m'a piégé, c'est lui qui a planqué la coke dans ma bagnole. Mais j'en avais des kilos dans le coffre trois jours plus tôt. Vachement plus que ce qu'il a mis. »

Evan le regarda fixement.

« Tu croyais vraiment que j'étais innocent, blanc comme neige. » Shadey secoua la tête. « Evan, la neige, c'est moi qui la dealais. » Il éclata de rire à sa propre plaisanterie. « Mais après ton film, je pouvais plus dealer. Ma tronche était trop connue, et j'étais l'innocent qui s'était fait piéger par un flic. Grâce à toi, je me suis intéressé au cinéma, mais je suis pas foutu de faire un film. Alors je suis agent de sécurité. C'est à peu près tout ce que tu m'as laissé. À certains moments, être libre, c'est juste s'enfermer dans une nouvelle prison dont on peut pas s'échapper.

– Je suis désolé, Shadey.

– T'en fais plus pour ça. »

Shadey tendit un attaché-case. Evan s'assit par terre et l'ouvrit. Quelques centaines de dollars, en coupures usagées de dix et de vingt.

« Tu peux compter, il y a environ mille dollars. C'est tout ce que j'ai pu rassembler.

– Pas la peine. Merci.

– Lawan avait un ordinateur portable, tu peux le prendre.

– Merci, Shadey. Merci beaucoup. » Evan soupira pour dissimuler le tremblement de sa voix. « Je savais que je pouvais te faire confiance. Je savais que tu ne me laisserais pas tomber.

– Evan. Écoute-toi. Tu crois que j'ai jamais vu la pitié sur ton visage, que tu m'as jamais fait sentir par le ton de ta voix que tu me rendais un service qui allait changer ma vie ? T'es pas aussi malin que tu le crois, Evan. Maintenant, c'est toi qui es dans le pétrin. C'est toi qui as besoin d'un coup de main. C'est toi qui ressembles à une merde de chien collée à une semelle de pompe.

– Je n'ai jamais eu pitié de toi.

– Tu me croyais pas capable de sortir de taule par mes propres moyens.

– Tu n'aurais pas pu.

– La chance a voulu que tu viennes frapper à ma porte et que tu m'aides. Mais je veux que tu te réveilles et que tu voies le monde tel qu'il est, parce que tu sais pas ce que c'est qu'être dans la merde, vraiment dans la merde. Je t'ai fait confiance parce que j'avais pas le choix. Toi, tu me fais confiance alors que tu as le choix, Evan. Tu as d'autres amis que tu pourrais appeler, des types plus malins que moi. N'accorde ta confiance que si tu n'as pas le choix. C'est ma devise. » Shadey tendit le bras, serra l'épaule d'Evan. « J'ai réfléchi à ce que cette Galadriel Jones m'a dit. Si tu te pointais, j'appelais un numéro et j'avais cinquante mille billets en espèces, au black.

– Mais tu n'as pas appelé.

– D'après toi ?

– Non. Parce que le respect, c'est important pour toi, et elle essaie de te soudoyer, de t'embobiner.

– J'ai fait semblant de l'écouter. Bien sûr que j'étais tenté. Ça représente deux ans de salaire à se faire emmerder par des peigne-culs aux Pins de Toscane. Mais tu sais, elle peut aller se faire foutre. Peut-être que je baratine et que je pique de temps en temps, mais je laisse personne m'acheter.

– Ça me fait plaisir, Shadey. Merci.

– Pas de quoi.

– J'ai besoin d'emprunter un téléphone. Et j'ai besoin d'utiliser le portable de ton frère. On est en sécurité si on reste ici quelque temps ?

– Ouais. À moins que l'agent immobilier se pointe pour faire visiter la baraque. Mais ça semble peu probable. »

Evan attendit nerveusement pendant quatre sonneries.

« Allô ?

Une voix de femme, usée par le temps.

« Bonjour, pourrais-je parler à Mme Briggs ?

– Je ne sais pas ce que vous vendez, mais soyez sûr que je n'en veux pas.

– Je ne vends rien, madame. S'il vous plaît, ne raccrochez pas… vous êtes la seule personne à pouvoir m'aider. »

Cet appel désespéré ne pouvait laisser une vieille femme indifférente.

« Qui êtes-vous ?

– Je m'appelle David Rendon, répondit-il, décidant au dernier instant de donner un des noms figurant sur les passeports plutôt que sa véritable identité – les personnes âgées étaient souvent accros aux infos. Je suis journaliste au *Post*. »

Comme elle ne réagissait pas, Evan se lança :

« J'appelle pour savoir si vous vous souvenez de la famille Smithson. »

Dix longues secondes de silence.

« Vous pouvez me rappeler qui vous êtes ?

– Un journaliste du *Post*, madame. En effectuant des recherches dans nos archives, je suis tombé sur un article concernant vos voisins disparus il y a plus de vingt ans. Je n'ai trouvé aucune suite et j'aurais voulu connaître le fin mot de cette histoire.

– Est-ce que vous mettrez ma photo dans le journal ?

– Je parie que je peux arranger ça.

– Eh bien… » Mme Briggs baissa la voix, adoptant un murmure de conspiratrice bien rodé. « Non, les Smithson ne sont plus jamais revenus. Ils avaient une maison de rêve, idéale pour y fonder une famille, mais ils sont partis comme ça. Incroyable. J'avais fini par m'attacher à leur bébé, et à Julie, aussi. Arthur était un crétin. Il n'aimait pas parler. »

La réserve était visiblement un crime aux yeux de Mme Briggs.

« Mais qu'est il advenu de leur maison ?

– Ils n'ont pas payé leurs traites et la banque a fini par la revendre par l'intermédiaire d'une agence immobilière du coin. »

Il ne savait plus trop quelle question poser.

« Formaient-ils une famille heureuse ?

– Julie se sentait si seule, ça se voyait sur son visage, à sa façon de parler. C'était une jeune femme effarouchée qui semblait dépassée par les événements. Quand elle m'a annoncé qu'elle était enceinte, je me rappelle m'être demandé : "Pourquoi tant de crainte sur un visage si doux ?" C'était la meilleure nouvelle qu'on puisse imaginer, mais on aurait dit que le ciel lui était tombé sur la tête.

– Vous a-t-elle dit pourquoi ?

– Je supposais qu'elle n'était pas heureuse avec son vieux crabe de mari, qu'avoir un enfant lui coupait définitivement les ailes.

– Mme Smithson a-t-elle suggéré qu'elle aimerait bien partir, refaire sa vie sous un autre nom ?

– Doux Jésus. Non. » Mme Briggs marqua une pause. « Est-ce ce qui est arrivé ? »

Evan ravala sa salive.

« Les avez-vous jamais entendus citer le nom de Casher ?

– Pas que je me souvienne. »

Il avait passé son enfance à La Nouvelle-Orléans tandis que son père préparait une maîtrise en sciences informatiques à Tulane. Evan avait sept ans quand ils avaient déménagé à Austin. Il croyait être né à La Nouvelle-Orléans.

« Parlaient-ils parfois de La Nouvelle-Orléans ?

– Non. Qu'avez-vous appris à leur sujet ?

– Divers éléments qui ne collent pas vraiment les uns avec les autres, répondit-il avant de soupirer. Vous ne seriez pas du genre paperassier, par hasard, madame Briggs ? »

Elle éclata d'un rire doux et chaleureux.

« Le terme poli est "collectionneuse".

– Étant donné que vous étiez proche de Julie, auriez-vous conservé une photo des Smithson ? »

Nouveau silence.

« Vous savez, j'en avais une, mais je l'ai donnée à la police.

– Est-ce que vous l'avez récupérée ?

– Non. Ils l'ont gardée. J'imagine qu'elle est toujours dans leur dossier, en supposant qu'il y en ait un.

– Vous n'avez pas conservé d'autre photo ?

– Je crois que j'en avais une prise à Noël, mais je ne sais pas où elle peut bien être. Ils n'avaient pas d'autre famille. Ils s'étaient rencontrés à l'orphelinat, vous savez.

– À l'orphelinat ?

– Absolument. Une histoire à la Dickens. Oliver Twist qui épouserait la petite Nell. Je me souviens d'une année où je n'avais pas pu aller passer Noël chez ma sœur à cause d'une tempête de neige. J'avais passé la soirée avec les Smithson. Arthur avait bu. Il ne voulait pas me voir. Je voyais bien que Julie était gênée, mais on a fini par bien se marrer une fois qu'il est tombé dans les vapes, dit-elle en secouant la tête. Ce que je ne comprends pas, c'est pourquoi les gens s'infligent une telle pression. Ça les fait vieillir. Moi, je ne m'en fais jamais. »

Une mère indécise, un père alcoolique. Ça ne ressemblait pas à ses parents.

« Madame Briggs, je vous serais très reconnaissant si vous pouviez m'envoyer une photo des Smithson, si vous en avez une.

– Et je vous serais reconnaissante de bien vouloir me dire qui vous êtes vraiment. Je ne crois pas que vous soyez journaliste, monsieur Rendon. »

Evan décida de jouer franc jeu, de lui faire confiance, parce qu'il avait besoin de ces informations.

« En effet. Mon nom est Evan Casher. Je suis désolé de vous avoir menti.

– Mais alors, qui êtes-vous ? »

Le risque était énorme. Il pouvait se tromper. Mais s'il ne le prenait pas, il était dans une impasse.

« Je pense être Robert Smithson.

– Oh, mon Dieu. C'est une blague ?

– Ce n'est pas le nom sous lequel j'ai grandi, mais j'ai trouvé un lien entre mes parents et les Smithson. Avez-vous accès à Internet ? demanda-t-il après une pause.

– Je suis vieille, mais pas ringarde.

– Connectez-vous sur *cnn.com*, s'il vous plaît. Faites une recherche sur le nom Evan Casher. Je voudrais que vous me disiez si les photos vous disent quelque chose.

– Une seconde. » Il l'entendit poser le combiné, allumer un ordinateur, cliquer, pianoter sur le clavier. « Je suis sur le site de CNN. C-A-S-H-E-R ?

– Oui, madame. »

Il l'entendit enfoncer de nouveau les touches, puis il y eut un silence.

« Cherchez une histoire de meurtre à Austin, au Texas, dit-il.

– J'y suis, murmura Mme Briggs. Oh, doux Jésus. »

La dernière fois qu'il l'avait consulté, le site comportait une photo de sa mère et une de lui.

« Donna Casher ressemble-t-elle à Julie Smithson ?

– Ses cheveux sont différents. Ça fait si longtemps… mais, oui, je crois que c'est Julie. Oh, Seigneur, elle est morte. »

Elle semblait aussi affligée que si Julie avait toujours été sa voisine.

« Oh mon Dieu, lâcha-t-il, puis d'une voix plus ferme : madame Briggs. Je pense que mes parents s'appelaient Smithson, qu'ils ont eu de sérieux problèmes à cette époque et ont dû changer d'identité, faire table rase de leur passé.

– Est-ce que c'est vous ? Sur la photo à côté de la sienne

– Oui, madame.

– Vous ressemblez à votre mère. Vous êtes le portrait craché de Julie. »

Il poussa un long soupir.

« Merci, madame Briggs.

– Le site dit que vous avez été kidnappé.

– Je l'ai été, mais maintenant tout va bien. Je ne veux juste pas qu'on sache où je suis pour l'instant.

– Je suis censée appeler la police, n'est-ce pas ? demanda-t-elle en haussant la voix.

– Je vous en prie, ne faites pas ça. Je n'ai aucun droit de vous le demander, et vous devez faire ce qui vous semble juste... mais je ne veux pas qu'on sache où je suis. Ni que je connais l'ancien nom de ma famille. Ceux qui ont tué ma mère pourraient me tuer.

– Robert, prononça-t-elle comme si elle était sur le point de fondre en larmes. J'espère que ce n'est pas une blague.

– Non, madame, ce n'en est pas une. Mais si mon nom est Robert, je ne l'ai jamais su.

– Ils vous aimaient tous les deux beaucoup, continua-t-elle en ravalant ses larmes. »

Evan ressentit une bouffée de chaleur.

« Vous avez dit qu'ils s'étaient rencontrés dans un orphelinat. Où ?

– Dans l'Ohio. Oh, mince, j'ai oublié le nom de la ville.

– Dans l'Ohio. Très bien.

– Goinsville ! lança-t-elle soudain avec assurance. C'est le nom de la ville. Elle s'amusait à dire qu'elle ne retournerait jamais à Goinsville. Je me souviens m'être dit, le jour où nous avons passé Noël ensemble, que c'était bien triste qu'ils soient tous deux orphelins. Et ils étaient si heureux de vous avoir. Julie disait qu'elle ne voulait jamais que vous enduriez ce qu'ils avaient enduré.

– Merci, madame Briggs. Merci. »

Elle pleurait maintenant doucement.

« Pauvre Julie.

– Vous m'avez été d'un grand secours, madame Briggs. » Il n'avait aucune envie de raccrocher, de rompre ce lien ténu avec son passé. « Au revoir.

– Au revoir. »

Il raccrocha. Peut-être avait-elle repéré son numéro grâce à un identificateur d'appels. Peut-être était-elle en train d'appeler la police. Même s'ils ne la croyaient pas, ce serait une piste, et ils la suivraient.

Goinsville, dans l'Ohio. C'était par là qu'il fallait commencer.

Smithson. Pourquoi Gabriel aurait-il préparé un passeport avec l'ancienne identité de son père. Peut-être cette information – l'ancienne identité des Casher – faisait-elle partie du paiement. Peut-être Gabriel trouvait-il ça drôle.

Il trouva le portable du demi-frère de Shadey remisé sur une étagère, dans un placard. C'était un appareil récent, de bonne qualité. Il relia son lecteur numérique à l'ordinateur, s'assura qu'il comportait les mêmes logiciels musicaux que son ancien portable, puis transféra les morceaux que sa mère lui avait envoyés vendredi matin.

Il rechercha des fichiers nouvellement créés. Rien, hormis les morceaux eux-mêmes. Il parcourut chaque dossier, ouvrit chaque fichier pour voir si un programme invisible avait installé de nouvelles données.

Rien. Il n'avait pas les fichiers. Sa mère avait utilisé une autre méthode pour placer les informations si chères à Jargo sur son système, ou alors le programme ne s'exécutait qu'une seule fois. Peut-être les données étaient-elles effacées ou ignorées si les chansons codées étaient copiées à nouveau.

La seule arme qu'il avait contre Jargo était Bricklayer.

Il rejoignit Shadey qui regardait la télé au rez-de-chaussée.

« Je peux avoir le numéro que t'a donné cette Galadriel ?

– Dis-lui bonjour de ma part, répondit Shadey. Non, je déconne. »

Evan remonta, suivi de Shadey, et composa le numéro. Quatre tonalités.

« Allô ? »

Une femme à la voix agréable, accent du Sud, ton calme.

« Galadriel ?

– Qui est à l'appareil ?

– En fait, je souhaiterais surtout parler à M. Jargo, s'il vous plaît.

– Qui est à l'appareil. »

Il ne comptait pas lui laisser le temps de localiser l'appel.

« Je rappelle dans une minute. Arrangez-vous pour que ce soit Jargo qui décroche. »

Il raccrocha, rappela deux minutes plus tard.

« Allô ? »

Une voix d'homme, maintenant. Plus âgé, cultivé.

« Evan Casher à l'appareil, monsieur Jargo.

– Evan. Nous avons beaucoup de choses à nous dire. Ton père te demande. Lui et moi sommes de vieux amis. Je me suis occupé de lui. »

Jargo détenait son père. Evan se laissa glisser jusqu'au sol.

« Je ne vous crois pas.

– Ta mère est morte. Ne penses-tu pas qu'après une telle tragédie, il irait te rejoindre aussi vite que possible s'il le pouvait ?

– C'est vous qui avez tué ma mère, espèce de fils de pute. »

Il avait recouvré sa voix.

« Je n'ai jamais fait de mal à ta mère. C'était l'œuvre de la CIA.

– Ça n'a aucun sens.

– Je crains que si. Ta mère travaillait de temps à autre pour la CIA. Elle est tombée sur des informations qui auraient causé un tort irréparable à l'Agence. Les ennemis de l'Amérique sont déjà persuadés que nos services d'espionnage battent de l'aile ; ces fichiers auraient sonné le glas de la CIA. La CIA préférera te liquider plutôt que voir ces fichiers exposés au grand jour.

– Je me fous de ces fichiers. C'est vous et votre fils qui avez tué ma mère. »

Une pause.

« Tu sais que j'ai un fils ?

– Oui. Dezz. »

Que ce salopard de Jargo croie qu'il détenait des informations compromettantes, qu'il se demande ce qu'il savait exactement.

« Comment sais-tu que c'est mon fils ? »

Il jugea plus sage de ne pas évoquer Bricklayer.

« Aucune importance. » Les tempes lui battaient. « Laissez-moi parler à mon père. »

À ces mots, Shadey s'assit par terre face à lui, l'air soucieux.

« Je ne suis pas encore disposé à faire cela, Evan, répondit Jargo.

– Pourquoi ?

– Parce que j'ai besoin d'être sûr que tu es prêt à travailler pour nous. Nous sommes allés te chercher dans cette maison près de Bandera pour t'aider, Evan, mais tu nous as tiré dessus et tu t'es enfui.

– Dezz a tué un homme. »

Shadey regarda Evan en fronçant les sourcils.

« Non. Dezz t'a tiré des griffes d'un homme qui t'utilisait pour livrer sa guerre contre la CIA. La CIA t'aurait ensuite utilisé pour arriver jusqu'à nous et à ton père. Pour eux, tu n'es qu'un pion, Evan – désolé d'être aussi mélodramatique –, et ils sont prêts à te balader sur l'échiquier à coups de pied dans le cul. »

Ça collait avec ce qu'il savait sur Gabriel ; du moins, en partie.

« Si je vous donne les fichiers, est-ce que vous me rendrez mon père ? Sain et sauf ? »

Il crut percevoir un infime soupir de soulagement à l'autre bout du fil.

« Je suis surpris d'apprendre que tu les as, Evan. »

Les fichiers étaient donc bien réels. Il en avait la confirmation. Il sentit la transpiration lui couler sous les aisselles et dans le creux des reins. Maintenant, il devait jouer serré, très serré.

« Ma mère m'avait dit où je pourrais trouver une sauvegarde, mentit-il le plus naturellement du monde.

– Ah. C'était une femme très intelligente. Je la connaissais depuis longtemps, Evan. Je l'admirais énormément. Je veux que tu le saches car je n'aurais jamais, absolument jamais pu faire de mal à Donna. Je ne suis pas ton ennemi. Toi et moi sommes de la même famille, en un sens. La façon dont tu t'en es tiré jusqu'à présent m'inspire un grand respect. Tu tiens beaucoup de tes parents.

– Fermez-la. Rencontrons-nous.

– D'accord. Dis-moi où tu es et je te mènerai à ton père.

– Non, c'est moi qui choisis le lieu de rendez-vous. Où est mon père ?

– Je vais te faire confiance, Evan. Il est en Floride. Mais je peux l'aider à te rejoindre, où que tu sois. »

Evan réfléchit. La Nouvelle-Orléans était située entre la Floride et Houston et il connaissait bien la ville, du moins la zone autour de Tulane où il avait passé sa petite enfance. Il se rappela que son père l'emmenait parfois au zoo Audubon pour jouer au base-ball sur les étendues verdoyantes du parc. Il avait toujours le plan du zoo en tête. Il savait par où entrer et sortir. De plus, c'était un lieu très fréquenté.

« À La Nouvelle-Orléans, annonça Evan. Demain, à dix heures du matin. Au zoo Audubon, sur la place principale. Amenez mon père, j'apporterai les fichiers. Venez seul. Pas de Dezz. Je ne l'aime pas, je ne lui fais pas confiance, je ne veux pas qu'il s'approche de moi. Si je le vois, le marché tombe à l'eau.

– Je comprends tout à fait. À demain, Evan. »

Evan raccrocha.

« Dans quelle merde tu t'es foutu ? Qu'est-ce que tu fabriques ? demanda Shadey.

– Règle numéro un du documentariste : montrer des personnages en conflit. Tu te souviens qu'au tribunal, j'avais demandé à ta mère d'attendre sur les marches au moment où la mère d'Henderson sortait. Deux mères se battant pour leur fils, en opposition frontale, ça fait des étincelles.

– Mais s'il vient avec ton père ?

– Il ne me laissera pas lui parler. Il ne respectera pas le marché. Il essaie de me convaincre que c'est la CIA qui a tué ma mère. Mais je suis sûr que Dezz et lui sont les assassins...

– Tu les as vus ?

– Non.

– Alors, comment tu peux être sûr.

– Leurs voix... J'ai entendu leurs voix. Je suis certain. »

Presque certain, pensa-t-il, mais pas à cent pour cent.

« Bon, qu'est-ce que tu vas faire maintenant ?

– Je ne peux pas retrouver mon père si je passe mon temps à fuir et à esquiver les balles. Ils ont fixé les règles jusqu'à présent, mais maintenant, c'est mon tour. » Il sortit le Caméscope de son sac. « Ces types vivent dans l'ombre. Je vais dévoiler leurs tronches au grand jour.

– Et tu comptes faire ça tout seul ? demanda Shadey.

– Oui.

– Non. Pas question. Je t'accompagne.

– Je ne veux pas que tu te sentes coupable, ce n'est pas ton combat.

– Boucle-la. Je viens. Pas la peine de discuter. » Shadey croisa ses bras épais. « J'aime pas le fait que ces gens aient essayé de m'embobiner. Et je crois que j'ai besoin que tu aies une nouvelle dette envers moi.

– Soit. »

Evan saisit le téléphone portable, composa le numéro que Bricklayer lui avait donné.

« Bricklayer. Bonjour. Evan Casher à l'appareil. Écoutez attentivement ce que je vais vous dire car je ne le répéterai pas. Si vous voulez ces fichiers, retrouvez-moi à La Nouvelle-Orléans. Au zoo Audubon, sur la place principale. Demain. Dix heures du matin. »

Il raccrocha tandis que Bricklayer commençait à poser des questions.

« Tu es en train de mettre de l'huile sur le feu, dit Shadey.

– Non. Je fous le feu. »

22

TARD DIMANCHE SOIR, L'AVION AFFRÉTÉ PAR JARGO se posa à l'aéroport international Louis-Armstrong, puis Jargo et Carrie gagnèrent à la hâte une suite dans un hôtel proche du *Louisiana Superbowl.* Carrie regardait la foule des touristes qui flânaient tranquillement en direction de Bourbon Street tandis que Jargo était assis sur le canapé. Il n'avait pas dit grand-chose pendant le trajet, ce qui rendait toujours Carrie un peu nerveuse. Dezz s'était envolé pour Dallas tôt dans la matinée pour fouiller le bureau de Joaquin Gabriel à la recherche d'informations sur les nouveaux passeports d'Evan. Il devait arriver à La Nouvelle-Orléans d'une minute à l'autre.

« Mon fils... » commença Jargo, brisant le silence.

Carrie continua de regarder les touristes.

« Qu'est-ce qu'il a ?

– Il est amoureux de toi. C'est du moins ce qu'il croit, alors qu'il n'éprouve en fait qu'un pathétique mélange de colère et de désir, un besoin de possession couplé à une totale maladresse.

– À qui la faute ?

– Je te demande seulement de ne pas être cruelle envers lui.

– Il a déjà menacé de me tuer.

– Ce ne sont que des mots. »

Comme si les mots ne comptaient pas.

« Il est… » Elle chercha le mot juste. *Cinglé* était sans doute approprié, mais elle ne pouvait l'utiliser avec Jargo. « Perturbé.

– Il manque d'assurance. Tu pourrais l'aider à avoir confiance en lui. »

Cette idée lui fit froid dans le dos.

« Comment ?

– En étant plus attentionnée.

– Je ne coucherai pas avec lui.

– Tu as pourtant couché avec Evan Casher. Pour le bien du réseau.

– Je ne coucherai pas avec Dezz. »

Le téléphone de l'hôtel sonna. Jargo appuya sur le bouton du haut-parleur.

« Une bonne et une mauvaise nouvelle. Je commence par laquelle ? demanda Galadriel.

– La mauvaise, répondit Jargo.

– Evan est introuvable. Aucun mouvement sur son compte, aucun rapport de police indiquant qu'il aurait refait surface. Tu ne pourras pas lui mettre la main dessus avant votre rendez-vous, à moins qu'il ne soit assez idiot pour utiliser sa carte bancaire dans un hôtel ou un restaurant.

– Il n'est pas idiot, intervint Carrie.

– Est-ce que tu as vérifié toutes les déclarations de voitures volées de la région d'Austin ? demanda Jargo.

– Oui. J'ai finalement réussi à les obtenir. Le candidat le plus probable est un pick-up Ford 150 récent volé dans une allée à Bandera. Un mot et les clés d'une moto Ducati ont été retrouvés sur le perron.

– Est-ce que la police locale a effectué des recherches sur la Ducati ?

– Ça, je n'en sais rien, répondit Galadriel. Désolée.

– Si la CIA ou le FBI découvrent qu'elle appartenait à Gabriel, dit Carrie, ils remonteront aussi jusqu'à la maison. Ils commenceront à poser des questions.

– Ça ne m'inquiète pas, répondit Jargo. Le plus intéressant serait qu'ils ne cherchent pas à qui appartenait la Ducati.

– Je ne comprends pas, dit Carrie.

– Si, tu me comprends très bien. Cela signifierait que l'enquête a été close. Que nos amis du FBI et de la CIA ne veulent pas qu'on fasse de recherches sur la moto ni qu'on arrête la personne qui a volé le pick-up.

– Parce que maintenant, ils veulent aussi mettre la main sur Evan », dit Carrie d'une voix neutre.

Jargo acquiesça, puis reprit :

« C'était donc la mauvaise nouvelle. Quelle est la bonne ?

– Le message que Gabriel a envoyé à Donna a été en partie décodé, répondit Galadriel. Il a utilisé une variante d'un vieux code en langue courante inventé par le SDECE et abandonné au milieu des années soixante-dix. Le nom du code était 1849. »

Le SDECE était un service d'espionnage français. Carrie fronça les sourcils. 1849. La date qui figurait dans l'e-mail indiquait en fait à Donna quel code utiliser.

« Étrange choix, s'étonna Jargo.

– Pas vraiment. On peut penser que Donna a contacté Gabriel dans l'urgence et qu'ils avaient besoin de quelques codes courants qu'ils pourraient facilement utiliser tous les deux.

– Et que disait le message ? demanda Carrie d'un ton aussi calme que possible et sans regarder Jargo.

– Notre interprétation est : “PRÊT À PARTIR 8 MARS MATIN SVP LIVREZ PREMIÈRE MOITIÉ LISTE À ARRIVÉE EN FL. FILS DU VOYAGE ? SECONDE MOITIÉ UNE FOIS À L'ÉTRANGER. VOTRE MARI EST VOTRE PROBLÈME.”

– Merci, Galadriel. Appelez-moi immédiatement si vous localisez Evan. »

Jargo éteignit le haut-parleur. Carrie observa la tension dans ses épaules, sur son visage. Elle avait vu le cadavre de Joaquin Gabriel concassé à coups de pompes et savait que Jargo pétait facilement les plombs. Mieux valait choisir prudemment ses mots.

« Les Casher devaient se retrouver en Floride. Où ?

– On a intercepté Mitchell à Miami alors qu'il rentrait d'une mission à Berlin. Il a dû rompre le protocole et communiquer son itinéraire à Donna, expliqua Jargo. Elle avait sans doute promis à Gabriel de le payer une fois que tout le monde serait à l'abri à l'étranger.

– *Seconde moitié*. On dirait qu'il y a deux paiements, dit Carrie. Qu'avait-elle à part les fichiers relatifs aux comptes bancaires ? »

Le visage de Jargo s'assombrit.

« La première moitié des fichiers au début, la seconde moitié une fois qu'ils étaient en sécurité », reprit-elle.

Il jeta à Carrie un regarda à la fois effrayé et furieux, comme s'il essayait de contenir sa colère.

« Jargo. Que contiennent ces fichiers ? »

Quelqu'un frappa à la porte. Carrie regarda par le judas et ouvrit. Dezz pénétra dans la pièce. Il avait l'air mal luné.

« Rien à Dallas. Le bureau de Gabriel est sous surveillance.

– Police locale ou fédérale ?

– Locale. Mais c'est forcément à la demande de la CIA, probablement par l'intermédiaire du FBI, répondit Dezz. Je n'ai pas pu m'approcher suffisamment pour chercher s'il y avait des informations sur les faux noms d'Evan dans le bureau. Ils ont établi le lien entre Gabriel et notre affaire.

– Tu n'as pas répondu à ma question, Jargo. Que contiennent ces fichiers ?

– Donna Casher a volé notre liste de clients, dit-il sans la regarder.

– Conneries ! lança Dezz. Cette liste n'existe pas.

– Elle a amassé des noms. Une formidable police d'assurance. » Jargo se tourna vers Carrie. « Je ne sais pas s'il le tient de Gabriel ou de sa mère, mais Evan sait maintenant tout sur nous. Il vient de me promettre de me remettre les foutus fichiers en échange de son père. Il sait que Dezz est mon fils. Il sait ce que nous faisons, Carrie. Il n'a pas seulement vu la liste de clients. Il a peut-être vu des fichiers nous concernant personnellement.

– Nous devons donc le rencontrer, intervint Carrie.

– Papa, on s'empare d'Evan, dit Dezz. Puis tu retournes en Floride, tu sors tes couteaux et tu fais parler Mitchell. On verra s'il sait où se trouve la liste de clients. »

Jargo se frotta les lèvres d'un air dubitatif.

« Mais je suis certain que Mitchell n'était pas au courant que Donna nous avait trahis. Il ne serait pas parti en mission pour moi s'il avait su que sa femme était sur le point de me poignarder dans le dos, et il ne serait pas rentré en Floride quand je lui ai demandé de revenir. Il se jetait dans la gueule du loup et laissait sa famille sans défense.

– Il ne pouvait pas vraiment te dire non, objecta Dezz.

– Bien sûr que si. Il aurait pu invoquer un changement de programme. Je respecte son opinion. Il aurait facilement pu nous échapper et il ne l'a pas fait.

– Tu es aveuglé par l'affection que tu lui portes, rétorqua Dezz.

– Je ne peux pas me permettre ce genre de sentiment. Même quand j'aimerais vraiment pouvoir le faire. »

Jargo ferma les yeux, se massa les tempes. Pour la première fois, Carrie aperçut dans le regard de Jargo une lueur qui n'était pas froide et pleine de haine. Pour la première fois depuis qu'il lui avait dit, un an plus tôt : *Je sais qui a tué tes parents, Carrie, et ils te tueront aussi. Mais je peux te cacher. Tu peux travailler pour moi, je m'occuperai de toi.*

« Carrie, est-ce qu'Evan t'a parlé de La Nouvelle-Orléans ? Ils ont pu lui dire où fuir s'il avait des problèmes. Ou si quelque chose leur arrivait.

– Je suis certaine que ses parents ne lui ont communiqué aucun plan. S'il avait eu le moindre soupçon, il aurait découvert la vérité depuis longtemps. Il est comme ça, dit-elle en haussant les épaules. Il m'a dit être né à La Nouvelle-Orléans, mais il n'y a pas vécu depuis son enfance. Je suppose que vous le savez déjà. »

Jargo acquiesça.

« Evan a spécifiquement exigé que tu ne sois pas présent au rendez-vous, Dezz.

– Il ne m'aime pas ? Ça me fend le cœur. »

Jargo jeta à Dezz un regard sévère.

« On ne commet pas les mêmes erreurs au zoo demain. Je veux que tu restes calme et que tu fasses ce que je te dis. »

Dezz mâchait un caramel, les yeux rivés à la moquette.

« Qui est Mitchell Casher pour toi ? demanda Carrie à Jargo. Tu sembles à la fois te soucier de son sort et lui en vouloir.

– J'aimerais qu'il contacte son fils pour moi. Qu'il me l'amène. Mais il refuse. Il ne me fait pas confiance.

– Évidemment. Tu le gardes prisonnier.

– Je suis maintenant convaincu qu'il n'était pas au courant du plan de Donna. Mais je n'arrive pas à le convaincre de mes bonnes intentions à l'égard de son fils.

– Pas étonnant, dit Carrie, vu que tu ne comptes pas respecter le marché que tu as conclu avec Evan.

– Il ne s'attendra pas à te voir, Carrie. Tu es l'élément de surprise, expliqua Jargo. Je ne peux pas laisser Evan nous échapper demain. Quand nous aurons les fichiers, le sort d'Evan sera scellé. Tu le sais. Il parlera. Il ne pourra pas s'en empêcher. Il est comme ça, tu l'as dit toi-même.

– Le zoo Audubon est un endroit très fréquenté, c'est une grosse attraction touristique, dit Carrie. Il y aura trop de monde, c'est un espace trop confiné. Il a fait un bon choix. Tu n'arriveras pas à le retenir là-bas, Jargo.

– Pas le retenir. Le descendre, intervint Dezz.

– Tu n'y arriveras pas là-bas, répéta Carrie.

– Non. Il partira avec toi. Il sera excité de te voir, expliqua Jargo. Tu l'emmèneras dans un endroit tranquille où vous pourrez discuter tous les deux. Et alors, tu pourras le tuer. »

LUNDI
14 MARS

23

EVAN NE S'ÉTAIT PAS ATTENDU à voir autant d'enfants.

Il s'était dit qu'un lundi matin à dix heures le zoo serait presque désert, mais à l'heure de l'ouverture, une foule conséquente approchait peu à peu des portes. Dans le petit parking situé en bordure du parc Audubon, dans le splendide Garden District, se trouvaient deux bus scolaires venus d'un pensionnat catholique et trois minibus ornés du logo d'une maison de retraite. Sans compter le cortège habituel de touristes dont La Nouvelle-Orléans ne manquait jamais.

Evan acheta son ticket d'entrée. Il portait ses lunettes noires et sa casquette de base-ball. Les hommes âgés d'une vingtaine d'années étaient rares parmi les visiteurs. Il repéra Shadey qui achetait son ticket dans une autre file, arborant une casquette de l'équipe des Astros et des lunettes de soleil. Il gardait ses distances et portait le sac d'Evan par-dessus son épaule.

Evan remarqua que les promeneurs solitaires n'étaient pas nombreux. Le zoo était plutôt fréquenté par des couples et des troupeaux d'écoliers encadrés par des enseignants débordés. Il regardait tout autour de lui, balayant constamment la foule du regard.

Aucun signe de son père. Ni de Dezz. Il n'avait aucune idée de ce à quoi ressemblait Jargo. Pas de types bossant pour Bricklayer, *a priori*, mais s'ils étaient là, sûr qu'ils passeraient inaperçus.

À l'ouverture des portes, Evan s'engouffra dans le zoo au milieu de la foule. La nuit précédente, dans le motel bon marché proche du Quartier français où Shadey et lui avaient dormi, il avait téléchargé un plan du zoo et l'avait mémorisé. Chaque entrée, chaque sortie. À l'arrière du zoo s'étirait la vaste étendue verdoyante du parc Audubon. Sur les autres côtés se trouvaient un bâtiment administratif, des rues transversales, et un embarcadère sur le Mississippi. Le plan n'était pas détaillé et il soupçonnait que d'autres chemins réservés aux personnes qui s'occupaient des animaux et aux employés du zoo n'y figuraient pas.

Il se souvenait de ses balades ici, tenant d'une main la main de son père, de l'autre une glace collante à moitié fondue. Il adorait le zoo. Il se dirigea vers la fontaine principale où des statues représentaient une mère éléphant et son petit s'ébattant sous les jets. Il avançait d'un pas lent et mesuré sur l'allée pavée de briques et bordée de palmiers, regardant derrière lui avec l'air de contempler le paysage sans se presser, tel un homme se promenant par une douce journée de printemps, la saison la plus douce en Louisiane, avant que la chaleur des marécages et l'humidité n'imprègnent l'air. Il était entouré d'écoliers, certains reluquant un restaurant sur la gauche bien qu'il ne fût pas encore l'heure des hamburgers et des milk-shakes, tandis qu'un enseignant s'échinait à les rassembler sur la droite, près du domaine asiatique où déambulaient des éléphants.

Près de la fontaine, il repéra un long banc en courbe inoccupé. Des écoliers et des familles flânaient en direction de l'enclos des éléphants. La plupart des premiers visiteurs s'éloignaient déjà de la fontaine pour se diriger vers le manège du zoo ou vers la Jungle des jaguars.

Evan aperçut un homme qui s'approchait de lui en le regardant fixement. Grand, beau visage, yeux bleus, perçants, tels des éclats de glace, cheveux poivre et sel. Il portait un trench-coat sombre et, bien qu'une averse fût probable, Evan était persuadé que l'homme cachait quelque chose en dessous. Mais ce n'était pas un problème. Lui aussi dissimulait quelque chose sous son manteau. Pas une arme – c'était Shadey qui avait l'arme, car si Jargo ou Bricklayer lui mettaient la main dessus, ils n'auraient aucun mal à la lui faire lâcher – mais son lecteur numérique. Il n'aurait qu'à le sortir de sa poche en leur expliquant que les fichiers étaient dessus. Pas de discussion. Pas de fouille. Il le leur tendrait et les laisserait se débrouiller avec le décryptage.

Il regarda autour de lui. Nul signe de son père.

« Bonjour, Evan », dit l'homme.

La même voix de baryton que celle qu'il avait entendue dans la cuisine et au téléphone.

« Monsieur Jargo ?

– Oui.

– Où est mon père ?

– Où sont les fichiers ?

– Non. Vous en premier. Rendez-moi mon père.

– Ton père n'a pas vraiment besoin d'être secouru, Evan. Il est avec nous, de son plein gré. Ça fait des années qu'il travaille pour moi. Comme ta mère.

– Non. Vous avez tué ma mère.

– Tu mélanges tout. C'est la CIA qui a tué ta mère. Je lui aurais sauvé la vie si j'avais pu. S'il te plaît, regarde sur ta droite. »

Evan obéit. Il vit une petite aire de jeux, puis, près d'un restaurant, une terrasse encombrée par des tables et des chaises. Dezz et Carrie se tenaient près d'une table, sous un auvent. Dezz avait un bras passé autour des épaules de Carrie. Elle était pâle. Lui regardait Evan avec un grand sourire.

Le cœur d'Evan se serra, puis son regard croisa celui de Carrie.

« Mais Carrie, c'est une autre histoire. Mes amis l'ont trouvée chez toi, à Houston, alors qu'ils venaient te protéger le matin où ta mère a été assassinée. Comme on ne pouvait pas la laisser se faire tuer par la CIA, on l'a emmenée avec nous, expliqua Jargo avec douceur. Tout cela n'est qu'un terrible, un effroyable malentendu, Evan. »

Ils l'avaient trouvée. Ça pouvait expliquer le comportement de Carrie après son départ pour Austin. Ils l'avaient contrainte à laisser tomber son boulot pour que personne ne signale sa disparition, l'avaient forcée à l'appeler quand il était dans la voiture avec Durless.

« Carrie n'a rien à voir avec cette histoire, Evan. C'est une jeune femme bien. Je ne lui souhaite aucun mal. J'aimerais la laisser partir, et je compte bien le faire, mais seulement lorsque tu m'auras donné ces fichiers. Carrie et toi pourrez parler en privé, puis je te mènerai jusqu'à ton père. Il a hâte de te voir. »

Evan ouvrit la bouche pour parler, mais aucun mot ne sortit. Il avait les yeux rivés sur Carrie. Elle secoua la tête, subrepticement.

« Oui ou non, Evan ? »

Evan espérait que la CIA allait leur tomber dessus. Bricklayer devait être dans les parages, à observer la scène, pour voir qui dégainerait le premier. Mais il ne pouvait pas attendre éternellement.

« Vous laissez partir Carrie, répondit Evan. Elle va aller trouver un agent de sécurité et lui dire qu'elle est très malade, qu'elle a besoin de se rendre à l'hôpital. Une ambulance l'emmène. Quand elle est en sécurité, elle m'appelle à un numéro que je lui donne. Ensuite, vous me laissez parler au téléphone avec mon père. Et après, mais seulement après, je vous donne les fichiers.

– Je crois beaucoup aux vertus du compromis, Evan. »

Jargo approcha un petit appareil de l'oreille d'Evan – un PDA, un ordinateur de poche – et appuya sur un bouton.

« Evan, prononça la voix de son père, tu ne cours aucun risque avec Jargo ni avec aucun de ses amis. (Il avait l'air fatigué, désespéré.) Le danger vient de la CIA. Suis-les et nous nous retrouverons. Je t'en prie, mon fils. Tu as eu tort de ne pas leur faire confiance. C'est la CIA qui a tué ta mère. Pas Jargo. S'il te plaît, coopère avec lui. »

Jargo arrêta l'enregistrement.

« J'ai exaucé l'une de tes exigences.

– J'ai dit un téléphone, pas un enregistrement. Il a pu dire tout ça sous la contrainte. Vous lui avez peut-être tiré une balle dans la tête quand il a eu fini de parler.

– Laisse-moi t'assurer que je ne ferais jamais de mal à ton père, déclara Jargo d'une voix sourde. Et je ne veux pas te faire de mal non plus. Tu ne veux pas venir avec moi ? Soit. Carrie et toi pourrez vous en aller tranquillement une fois que j'aurai les fichiers.

– Comme si je pouvais vous faire confiance.

– À toi de voir, répondit Jargo en haussant les épaules. Et si tu crois que la CIA ne te liquidera pas dès que tu seras dans la rue, c'est aussi ton problème. Donne-moi les fichiers et Carrie et toi pourrez partir ensemble si ça vous chante. Vous pourrez mener une vie merveilleuse, même si je suis persuadé que la CIA s'arrangera pour que cette vie merveilleuse soit la plus courte possible. Ou alors tu peux venir avec moi, je te mènerai jusqu'à ton père et te protégerai de ces salopards.

– Vous m'aviez promis mon père. Et n'essayez pas de me faire croire qu'il ne voulait pas venir jusqu'ici pour me voir.

– La tête de ton père est partout à la télé en ce moment. Toi et lui, vous êtes les deux disparus les plus célèbres du pays. Il appréhendait de voyager avec la CIA à ses basques, surtout après ce qu'ils ont fait à ta mère.

– Je ne vous crois pas. Nous avions conclu un marché. Vous avez changé les règles.

– Le monde change en permanence, Evan. Seuls les imbéciles ne suivent pas le mouvement.

– Eh bien, votre monde vient de changer. Regardez du côté des éléphants, dit Evan.

– Je n'ai pas le temps de jouer à ces petits jeux.

– Je ne joue pas. »

Jargo balaya rapidement du regard les visiteurs disséminés autour de l'enclos des éléphants, puis il se tourna de nouveau vers Evan.

« Merci pour le joli plan de profil, dit Evan. Vous êtes filmé. En numérique, au téléobjectif. Nous aurons bientôt de beaux agrandissements de votre visage et de celui de Dezz.

– Je ne te crois pas.

– J'ai des amis documentaristes un peu partout dans le pays. Si vous touchez à moi ou à Carrie, on verra votre tête aux informations dès ce soir. Inutile d'essayer de repérer la caméra, mes amis seront partis avant que vous ayez eu le temps de voir quoi que ce soit. Je vous avais dit ce que j'exigeais en échange des fichiers. Laissez-moi parler à Carrie. Maintenant. »

Jargo fit signe à Carrie de venir et elle se précipita vers eux. Dezz resta à sa place.

« Evan, dit-elle.

– On ne se touche pas, intervint Jargo en levant le bras pour l'écarter.

– Ça va ? demanda Evan d'une voix basse.

– Je vais bien. Ils ne m'ont pas fait de mal.

– Je suis vraiment désolé », dit-il.

Elle ouvrit la bouche pour parler, mais la referma sans rien dire.

« Vous la laissez partir, on fait comme j'ai dit, exigea Evan.

– Tu n'es pas très malin, répliqua Jargo. Tu m'as dévoilé ton jeu. Je l'aurais volontiers laissée partir après avoir récupéré les fichiers. Mais un film de moi ? Pas question. Je le veux aussi.

– Quand elle sera partie, dit Evan en le fusillant du regard. Dès qu'elle sera en sécurité, je vous donnerai le film et un lecteur de musique numérique qui contient les fichiers. Je n'ai pas d'autre copie.

– Non. Tu me donnes d'abord les fichiers et le film, et après, elle s'en va. Je ne risque pas de te faire quoi que ce soit tant que tu auras une caméra braquée sur nous, si c'est ce qui t'inquiète. Ensuite, on s'en ira chacun de notre côté si tu es tellement déterminé à ne pas voir ton père », dit Jargo.

Carrie se dégagea de l'emprise de Jargo et serra Evan dans ses bras, fondit en larmes sur son épaule. Il l'étreignit, sentit le doux parfum de pêche qu'exhalaient ses cheveux, tout en gardant les yeux fixés sur Jargo.

« Fais-moi confiance », lui chuchota-t-elle à l'oreille. Puis elle tira un petit pistolet de son manteau et le colla sous le menton de Jargo. « Dis à Dezz de décamper ou je te descends. »

Jargo écarquilla les yeux de surprise. Elle l'attira plus près, l'interposa entre eux et Dezz.

« Ça va aller, Evan. On se tire. Il a une arme dans sa poche. Prends-la.

– Carrie, qu'est-ce que…

– Fais ce que je te dis, chéri », coupa Carrie en tirant un pistolet étincelant de la poche de Jargo.

Evan risqua un coup d'œil de l'autre côté, en direction de Shadey qui se tenait sous un auvent, au bout de la place où se trouvaient les restaurants. Il portait un sac à dos, découpé sur le côté. Le Caméscope avait été placé à l'intérieur.

Dezz se précipita vers eux puis s'arrêta à cinq mètres en voyant le petit pistolet braqué contre le cou de son père. Carrie abaissa son arme et la colla contre le dos de Jargo, où elle était moins visible.

« Recule, Dezz ! » cria-t-elle. Puis elle chuchota : « Evan, s'il s'approche encore, descends-le. »

Evan, abasourdi, acquiesça.

« Evan, tu fais une erreur, dit Jargo. Je suis celui qui peut t'aider. Pas cette salope de menteuse. »

Dezz fit mine de parler en regardant son père, puis il bondit sur le côté et attrapa une jeune mère qui promenait un gamin turbulent dans une poussette. Il enfonça son flingue dans la gorge de la jeune femme, l'attira à lui pour l'utiliser comme bouclier. La jeune femme blêmit sous l'effet de la surprise et de la terreur.

« Merde ! s'écria Carrie.

– Je fais un échange ! » hurla Dezz.

Une autre femme aperçut l'arme qu'il avait à la main et appela au secours avant de détaler. Carrie poussa violemment Jargo et le plaqua au sol.

« Cours, Evan ! » lança-t-elle.

Dezz repoussa son otage, qui attrapa son bébé et s'enfuit à toutes jambes. Dezz se mit à courir en direction d'Evan et Carrie, pistolet en avant, prêt à faire feu. Des cris fusèrent, Carrie tira, Dezz s'abrita derrière le banc et des buissons.

Autour d'eux, la panique était à son comble. Les visiteurs, tout d'abord déconcertés par cette fusillade incongrue, se ruaient maintenant vers les abris ou vers l'entrée, les enseignants rassemblaient leurs élèves, les parents portaient leurs enfants.

Jargo tenta d'attraper Evan, mais celui-ci lui décocha un coup de poing à la mâchoire qui le fit basculer à la renverse par-dessus le banc.

Un gardien du zoo s'approcha en criant : « À terre ! Maintenant ! »

Une balle tirée par Dezz fendit le tronc d'un palmier près de sa tête et le gardien fila s'abriter derrière l'arbre épais. Carrie saisit Evan par le bras.

« Viens, si tu veux t'en sortir vivant et revoir ton père. »

Ils se mirent à courir, se frayant un chemin au milieu des touristes, et s'enfoncèrent dans le zoo. Evan regarda derrière lui. Aucun signe de Shadey ; il se mêlerait à la foule et s'échapperait. Il lui avait demandé de placer le film en sécurité, quoi qu'il arrive.

« L'entrée, dit Evan. Elle est de l'autre côté...

– Je sais, répondit Carrie. Mais ils peuvent nous couper la route. Par ici. »

Il ne discuta pas. Il courait plus vite qu'elle et la tirait par le bras.

Dezz les poursuivait à toute allure en fendant la foule de visiteurs en fuite. Il avait toujours son arme à la main et les gens se dispersaient sur son passage, lui laissant la voie libre. Jargo le talonnait. Un homme arborant un sweat-shirt de l'université de Tulane tenta d'intercepter Dezz, qui le frappa violemment en plein visage avec son pistolet sans ralentir son allure. L'homme s'écroula. Dezz tendit à Jargo un deuxième pistolet.

Evan et Carrie dépassèrent le manège tandis que retentissait la cloche annonçant le premier tour de la journée, puis ils s'engagèrent sur les voies qu'empruntait le Train des Marais pour faire le tour du zoo. La section suivante abritait des animaux d'Amérique du Sud. Evan regarda autour de lui à la recherche d'une pancarte indiquant la sortie ou d'un bâtiment où ils pourraient se cacher. Ils couraient maintenant sur une passerelle en bois bordée sur la droite par une mare couverte d'algues peuplée de flamants roses, et sur la gauche par une zone plantée de pins où vivaient lamas et guanacos. Au milieu de la passerelle, une famille avec trois enfants admirait les flamants tout en prenant des photos. Impossible de passer, ces gens risquaient de se retrouver coincés entre Carrie et Evan et leurs poursuivants.

« Par-dessus la balustrade », dit Evan.

Carrie bondit par-dessus le garde-fou en bois, atterrit au milieu des lamas dont certains la regardèrent avec indifférence. Le sol, une imitation approximative de la pampa, était dur et poussiéreux. Ils coururent jusqu'à une pinède dense à l'arrière du périmètre.

« Abritons-nous derrière les arbres », dit Carrie.

Ils foncèrent tête baissée dans le petit labyrinthe d'arbres. Une balle s'écrasa contre un tronc.

« Par-dessus la clôture », indiqua Evan.

Ils l'escaladèrent à la hâte, basculèrent de l'autre côté et se retrouvèrent sur un chemin de service non pavé. Ils sentirent l'odeur musquée des loups dans un enclos proche et se remirent à courir. Des bâtiments d'entretien bordaient le chemin. Ils essayèrent d'ouvrir les portes. Toutes fermées à clé.

À travers le feuillage et les interstices de la clôture, Evan vit Jargo qui passait en courant devant la famille sur la passerelle, puis il aperçut Dezz qui traversait l'enclos des lamas à leurs trousses. Ils essayaient de les prendre en tenaille.

« Baisse-toi, dit Carrie en lui saisissant l'arrière de la tête. Caméras de sécurité droit devant, ne les laisse pas filmer ton visage. »

Il obéit et ils continuèrent de courir, les yeux rivés au sol. Le chemin finissait en cul-de-sac. Sur leur droite, un bâtiment de verre et de pierre abritait une famille de jaguars. La Jungle des jaguars, une imitation de temple maya, était l'une des attractions principales du zoo.

Ils escaladèrent la barrière cadenassée au bout du chemin et atterrirent sur l'allée pavée depuis laquelle les visiteurs pouvaient admirer les jaguars qui se prélassaient derrière une vitre épaisse. L'un d'eux rugit dans leur direction, dévoilant ses crocs recourbés.

Jargo, à bout de souffle, pénétra dans le sanctuaire maya, vit Carrie, tira. La balle ricocha sur les sculptures de pierre. Les fauves se mirent à gronder en montrant les crocs.

Carrie et Evan piquèrent un sprint à travers la végétation dense, dépassèrent un nouveau faux temple peuplé de singes-araignées, puis une zone de fouilles archéologiques aménagée en terrain de jeux pour enfants. Ils butèrent sur un ruisseau bordé d'épais bambous, firent demi-tour. Quelques mères qui se promenaient avec des gamins les regardèrent.

« Il y a un dingue avec une arme ! hurla Carrie. Mettez-vous à l'abri ! »

Les femmes se réfugièrent dans les bambous ou à l'écart du chemin. Jargo passa devant elles à toute allure sans leur prêter attention.

« Evan ! hurla-t-il. Je peux te rendre ton père ! »

Carrie pivota, fit feu dans sa direction. Jargo se précipita dans les bambous. Evan passa devant une pancarte qui indiquait ACCÈS RÉSERVÉ AUX EMPLOYÉS DU ZOO, Carrie le talonnait. Le chemin devait mener à un bâtiment, pensa-t-il, un endroit dans lequel ils pourraient se barricader. Jargo serait bientôt obligé de s'enfuir pour échapper à la police qui devait investir le zoo en ce moment même. Ils atteignirent une petite barrière, l'escaladèrent et se retrouvèrent face à une deuxième barrière.

« Merde ! » s'exclama Evan.

De l'autre côté de la barrière, à un mètre cinquante à peine, se trouvaient trois alligators. Plus loin, une étroite fosse remplie d'une eau croupie séparait la berge où les reptiles se prélassaient au soleil de la passerelle en bois surélevée depuis laquelle les visiteurs pouvaient les admirer en toute sécurité.

Ils entendirent derrière eux le sifflement d'une balle tirée avec un silencieux. Touchée à l'épaule, Carrie chancela en criant. Sur la passerelle, de l'autre côté de l'eau, une femme affolée se mit à appeler la police. Une voix jaillit de haut-parleurs, invitant tout le monde à se diriger dans le calme vers les sorties.

« Mauvais choix, Carrie, lança Dezz qui s'était abrité derrière un arbre. Très mauvais. Idiot. Un choix à la con. »

Tout en la soutenant, Evan pointa son arme en direction de la voix. S'ils restaient ici, ils y passeraient. Les alligators avaient l'air bien gras, ils n'étaient sans doute pas affamés. Du moins, l'espérait-il. Il aperçut Dezz qui, planqué derrière son arbre, jetait un coup d'œil dans leur direction. Evan tira, obligeant Dezz à se réfugier dans les broussailles. Puis il aida Carrie à escalader la barrière.

« Dezz… déteste les reptiles, dit-elle. Il en a une trouille bleue. »

Evan n'était pas certain qu'il restât une seule balle dans son chargeur. Il passa à toutes jambes devant les alligators somnolents, buta sur la queue de l'un d'eux qui, dans un sifflement défensif, ouvrit une gueule aux dents blanches aussi affûtées que des lames de rasoir. Mais l'animal s'éloigna en se dandinant.

Est-ce qu'ils sentent le sang ? se demanda Evan.

« Fonce, dit Carrie. Laisse-moi. Mets-toi à l'abri.

– Non, viens. »

Comme Evan ne tirait plus, Dezz allait sans doute revenir à la charge. Il le vit approcher, prit le temps de viser, tira. Clic – chargeur vide. Evan et Carrie sautèrent dans l'eau verdâtre couverte de mousse. Une balle siffla au-dessus de leur tête.

Evan attrapa le pistolet de Carrie et le maintint au-dessus de l'eau, mais il ne pouvait à la fois nager, aider Carrie et tirer. La distance qui les séparait de la passerelle semblait infranchissable. Sur la passerelle, des gens s'enfuyaient de tous côtés, des mères couraient avec leurs enfants, un homme beuglait dans un téléphone portable.

Dezz passa prudemment un pied par-dessus la barrière, son arme pointée en direction des alligators qui ne semblaient pas plus intéressés par lui qu'ils ne l'avaient été par Evan et Carrie.

Evan continuait de nager tout en poussant Carrie et en pensant, *si Dezz nous tire dessus, c'est fini.*

« Aidez-nous ! » hurla-t-il en direction de la passerelle.

L'homme au téléphone portable lui fit signe d'approcher par la droite.

Un tronc flottait entre eux et la passerelle, mais un frisson d'horreur parcourut Evan lorsqu'il s'aperçut qu'il s'agissait en fait d'un alligator qui s'éloignait d'eux, sans se soucier du grabuge.

Il poussa Carrie sur le côté, battit l'eau des mains pour faire fuir l'animal. Carrie continua de nager tant bien que mal vers la passerelle. Il entendit un sifflement derrière lui. Sur la berge, l'un des alligators ouvrait la gueule en direction de Dezz, qui recula et escalada de nouveau la barrière. Il avait l'air à la fois terrorisé et fou de rage.

Ils vont plus vite dans l'eau, se souvint soudain Evan. *Carrie saigne. Est-ce que le sang va les attirer comme des requins ?* Elle atteignit les pilotis de bois. L'homme au téléphone portable tendit une main et, aidé d'un autre homme qui le soutenait, hissa Carrie sur la passerelle.

Evan s'éloigna de la traînée de sang laissée par Carrie dans l'eau. L'alligator qu'il avait pris pour un tronc pivota sur lui-même et se dirigea vers Evan, qui se mit à nager de toutes ses forces, s'attendant à sentir une gueule se refermer sur sa jambe et l'arracher. Il atteignit tant bien que mal la passerelle, leva un bras. Les deux hommes le hissèrent à son tour. À moins de deux mètres derrière lui, l'alligator ouvrit violemment la gueule comme par bravade et resta ainsi à le fixer de son regard sans âge. Dégoulinant d'eau et d'écume, Evan se laissa tomber sur les planches en bois. L'un de leurs sauveteurs lui arracha des mains l'arme de Carrie.

« S'il vous plaît ! lança Evan. J'en ai besoin !

– Pas question, connard ! » L'homme au portable plaqua une main lourde sur le torse d'Evan et le poussa contre le garde-fou. « J'ai appelé la police, tu restes où tu es ! »

Evan jeta un coup d'œil en direction de la berge. Dezz avait rebroussé chemin et disparu dans les bambous. Aucun signe de Jargo.

« Bon Dieu, elle s'est vraiment fait tirer dessus ! » s'exclama l'autre homme.

Evan saisit la main de Carrie, poussa l'homme au portable sur le côté et se mit à courir. Les hommes lui hurlèrent de s'arrêter. Dans de vieux rocking-chairs façon bayou qui bordaient la plateforme, deux vieilles femmes pétrifiées s'accrochèrent à leurs sacs à main lorsque Evan et Carrie passèrent en courant devant elles. Au bout de la passerelle se trouvait une boutique de cadeaux et, juste derrière la porte de la boutique, une balustrade. Ils l'escaladèrent et atterrirent sur une passerelle menant à l'infirmerie du zoo, un petit édifice censé ressembler à une de ces cabanes délabrées que l'on trouve le long des marécages. Au bord de la petite lagune située devant l'infirmerie étaient amarrées de petites barques. Ils contournèrent rapidement la cabane et se heurtèrent à une nouvelle barrière : un rideau de bambous recouvert de lierre qui les séparait d'une voie de service.

Evan fit la courte échelle à Carrie. Son épaule continuait de saigner et elle était à bout de souffle. Elle bascula par-dessus la barrière et retomba la tête la première dans un fourré de bambous. Evan commença à escalader la palissade, vit Jargo approcher sur la droite et Dezz sur la gauche.

« Laisse tomber, Evan ! cria Jargo. Tout de suite !

– Éloignez-vous ou votre tête apparaît au journal télévisé ce soir. »

Jargo eut l'air indécis.

« Si tu pars, tu ne reverras jamais ton père. »

Evan passa de l'autre côté de la barrière. Une balle lui frôla la main tandis qu'il lâchait prise et se laissait tomber dans les bambous.

Carrie l'attrapa par le bras et ils se remirent à courir au milieu du crépitement des balles qui perforaient le rideau de bambous. Puis les coups de feu cessèrent, mais Evan était certain qu'ils reprendraient dès que leurs poursuivants auraient escaladé la barrière. Ils empruntèrent un sentier habituellement parcouru par un tramway. Des employés du zoo s'éloignaient dans des voiturettes de golf tout en braillant dans leur talkie-walkie. Une nouvelle barrière, puis ils atteignirent un parking et une pelouse en bordure du zoo. Evan regarda derrière lui. Aucun signe de Dezz ni de Jargo ; ils n'avaient pas escaladé la barrière.

Tandis qu'ils longeaient le zoo, Evan et Carrie entendirent le hurlement des sirènes qui approchaient.

« Tu as mal ? » demanda-t-il.

La question la plus stupide de tous les temps, jugea-t-il.

« Je vais y arriver. Et toi, ça va ? Ils t'ont touché ?

– Non. Je n'ai rien. Comment as-tu fait pour… »

Nous sortir de ce merdier. Pour me sauver. Il la regarda comme s'il ne la connaissait pas.

« On décampe », coupa-t-elle.

Au-delà du parking, ils virent le tourbillon des gyrophares près de l'entrée principale.

« Viens, dit-il en la soutenant. Je t'emmène chez un médecin.

– Pas de médecin. Evan, tu dois faire ce que je te dis. Je te protège depuis le premier jour. Je suis désolée d'avoir dû te mentir. Je travaille pour Bricklayer », ajouta-t-elle d'une voix faible.

Il se figea.

« Quoi ? »

Elle tendit vers lui une main couverte de sang.

« Je… J'étais censée te protéger. Je suis désolée.

– Me protéger. Pendant combien de temps ? »

Elle l'écarta d'un sentier qui traversait une vaste pelouse dégagée.

« Jargo pensait que je travaillais pour lui. Il pensait que je te tuerais aujourd'hui. Mais je ne pourrais jamais te faire de mal. Jamais. »

Il ne s'attendait pas à ça. Il la fit monter à la hâte dans la camionnette qu'il avait volée à Bandera. Les sirènes se rapprochaient.

Fais-moi confiance, avait-elle dit. Il faillit dire *je ne peux pas abandonner Shadey*, mais il comprit que si elle lui tendait un piège, Shadey se retrouverait lui aussi pris dans les mailles du filet de Bricklayer. Il se tut, espérant que Shadey était parvenu à s'échapper dans la confusion.

Il la fit glisser sur la banquette jusqu'au côté passager tout en surveillant frénétiquement les alentours de peur de voir apparaître Jargo et Dezz.

Elle s'écroula sur le siège, qui se tacha de sang.

« Bricklayer et moi sommes de la CIA, expliqua-t-elle, serrant les dents contre la douleur. Je ne suis pas supposée te le dire, mais il faut que tu saches. »

La CIA. Comme Gabriel. Les gens qui, selon Jargo, avaient tué sa mère. Il ne croyait pas Jargo.

« Les voilà, dit-elle tandis qu'il grimpait dans la voiture. La Land Rover gris métallisé. »

Jargo et Dezz essayaient de se frayer un chemin au milieu des voitures de police qui avaient répondu à l'appel. Evan ne voyait Shadey nulle part dans la masse de gens assemblés sur le parking. Il y avait bien une ambulance, mais pas de blessé à l'intérieur.

« Accroche-toi ! »

Evan enfonça l'accélérateur et ils traversèrent le parking à toute allure avant de s'engager sur la pelouse. Ils prirent ensuite la direction de Magazine Street, la rue qui séparait le zoo du parc Audubon.

« Jargo nous a vus, dit-elle. Tu n'es pas entraîné pour les poursuites en voiture, Evan.

– Je suis habitué à conduire à Houston », répliqua-t-il, grisé par la peur et l'adrénaline, avant de traverser en trombe Magazine Street en klaxonnant à tout rompre et de grimper sur le trottoir d'en face pour s'engouffrer dans le vaste parc.

Réfléchis. Imagine ce qu'ils vont essayer de faire et tiens-toi prêt. Car tu n'as pas droit à l'erreur.

Dans le rétroviseur, il vit la Land Rover éviter de peu une autre voiture, puis le suivre à travers la pelouse séparant le parking de Magazine Street dans un déchaînement de coups de klaxon.

Les joggeurs du matin qui couraient à travers le parc fixèrent des yeux stupéfaits sur le pick-up qui fonçait sur la pelouse en zigzaguant entre les arbres. L'extrémité nord du parc Audubon était bordée par la très fréquentée St. Charles Avenue ; de l'autre côté de l'artère se trouvaient les deux universités de Tulane et Loyola. Il avait oublié que, dans le Garden District, tout le monde se garait en double file et, ce matin-là, chaque centimètre de trottoir en bordure du parc était occupé par un véhicule. De gros cylindres de béton disposés en travers du portail principal bloquaient l'accès au parc.

Pas de sortie.

Il braqua vers la gauche et repéra une ouverture au coin du parc, à l'angle de St. Charles Avenue et Walnut Street, une zone de stationnement interdit qui faisait face à une vieille bâtisse transformée en hôtel. La camionnette jaillit dans Walnut Street en bringuebalant, puis Evan prit aussitôt St. Charles Avenue vers la droite, s'enfonçant plus avant dans le Garden District.

Il commença à paniquer. St. Charles n'était pas franchement une piste de course. Les feux de signalisation étaient nombreux, le vaste couloir du milieu comportait deux voies ferrées sur lesquelles avançaient de lourds tramways verts, des touristes se penchaient pour prendre en photo les demeures majestueuses ou les colliers de perles décolorés qui pendouillaient aux panneaux, comme autant de souvenirs du dernier mardi gras.

Mais par chance, à 10 h 20 du matin, la circulation n'était pas trop dense. Il entendit un bruit sourd ; la Rover venait de quitter le parc par une autre sortie et leur filait désormais le train. Des balles percutèrent le pare-chocs ; la Rover accéléra pour venir se coller au pick-up.

« Il vise les pneus », lança Carrie, tremblante.

Le chemisier imbibé de sang, trempée jusqu'aux os, elle était en état de choc.

Un feu rouge droit devant. Des voitures à l'arrêt.

Evan traversa un massif de lilas des Indes, engagea la voiture sur le couloir du milieu et se mit à rouler sur les rails pour éviter les poteaux métalliques qui alimentaient les tramways en électricité. Il mit le pied au plancher.

Des coups de feu retentirent sur sa droite et une balle fit voler en éclats la lunette arrière. Il sentit des tessons de verre acérés lui lacérer la nuque.

« Évite les cahots, je t'en prie, implora Carrie.

– Pas de problème ! » cria-t-il.

Comme aucun véhicule ne lui barrait la route, il franchit en trombe l'intersection avec le feu rouge et aperçut dans le rétroviseur la Rover qui s'engageait à son tour dans le couloir des tramways. Il accéléra.

Devant, un minibus à l'arrêt bloquait le couloir. Dans le minibus, deux enfants regardèrent le pick-up foncer sur eux, l'un des garçons stupéfaits le pointa du doigt.

Evan s'engouffra de nouveau dans St. Charles Avenue, évitant de peu le minibus et accrochant violemment une voiture stationnée. Impossible de se déporter plus sur la droite – des voitures étaient garées tout le long de l'avenue et la plupart des pelouses à l'avant des maisons étaient protégées par des barrières ou des murets. Pas un espace de libre. C'était soit la rue, soit le couloir central. La peste ou le choléra.

Une nouvelle balle percuta l'arrière de la camionnette. Cette portion de la voie de tramway était bordée par une haie de buissons plus épais. Après avoir franchi une autre intersection où une voiture attendait au milieu du couloir central pour prendre St. Charles Avenue vers l'ouest, Evan fonça à travers les buissons, jugeant qu'il mettrait moins de vies en danger sur la voie ferrée que sur la route.

Soudain, il vit sur la voie de gauche un tramway qui approchait dans leur direction et il appuya de toutes ses forces sur le klaxon.

Le chauffeur de tramway attrapa un micro et se mit à hurler dedans. Dans un crissement de pneus, Evan fit une embardée sur la gauche et le tramway fila entre la camionnette et la Rover.

Devant lui, il vit deux voitures de police, gyrophares allumés, toutes sirènes hurlantes.

Evan se déporta de nouveau sur la droite avec l'intention de rouler au milieu du couloir central. Un autre tramway approchait, il le croisa à toute allure et s'engouffra de nouveau dans St. Charles. Un croisement dégagé. Il prit un virage serré sur la droite, plus pour éviter une collision que par stratégie, et s'engagea dans une rue résidentielle bordée de maisons impeccables et de voitures en stationnement. Puis il tourna de nouveau à droite.

« Tourne là, là ! » lança Carrie.

Elle désignait un parking situé derrière un bâtiment jaune vif, une boutique d'antiquités avec un néon indiquant OUVERT. Il comprit son idée, pénétra dans le parking et coupa le moteur.

Ils attendirent.

La Rover, dont l'aile était salement cabossée, passa à toute allure dans la rue. Evan compta jusqu'à dix, puis vingt. La Rover ne réapparut pas.

« Et maintenant ? »

Il ne reconnut pas sa propre voix. Il avait encore dans la bouche le goût de l'eau croupie du zoo, ses mains tremblaient.

« St. Charles Avenue va être pleine de flics, dit-elle. Prends une petite rue parallèle, roule jusqu'à Lee Circle, puis on prendra l'autoroute en direction de l'aéroport.

– Faut que tu ailles à l'hôpital.

– Pas question. La police va bientôt diffuser nos photos », dit-elle en serrant les dents.

Il écarta doucement son chemisier de son épaule. Il vit un trou, petit mais vilain, toucha le sang épais.

« Tu as besoin d'un médecin.

– Bricklayer me fournira des soins. » Elle ferma les yeux, lui serra la main. « Tu n'as aucune raison de me faire confiance, mais on vient juste de se sauver mutuellement la vie. Ça veut dire quelque chose, non ? »

Il ne trouva rien à répondre. Elle rouvrit les yeux.

« On va prendre un avion du gouvernement qui nous mènera quelque part où nous serons en sécurité. Nous pourrons alors chercher à récupérer ton père.

– Pourquoi la CIA essaierait-elle de le retrouver ? Il n'est pas de l'Agence. S'il travaillait pour Jargo, c'est un ennemi.

– Ton père pourrait être notre meilleur ami. Avec son aide, et la tienne, nous pouvons mettre Jargo à genoux. » Elle s'appuya contre la portière. Sa blessure la faisait souffrir. « Certaines personnes de la CIA et Jargo… ont passé un accord. Jargo vend des informations à n'importe quel gouvernement, n'importe quel service d'espionnage, n'importe quel groupe d'extrémistes qui est prêt à payer. Nous essayons de découvrir ses contacts à l'intérieur de la CIA, de nous débarrasser des traîtres. Ce sont eux qui vendent nos secrets à Jargo. Je travaille pour l'Agence, ça fait un an que j'ai infiltré son organisation.

– Un an… murmura-t-il.

– Nous n'avons jamais pu identifier le moindre de ses complices, hormis Dezz. Il a tout un réseau. Tes parents… travaillaient pour lui. »

Evan déglutit, il avait l'impression d'avoir un caillou dans la gorge.

« Je ne peux pas continuer à faire comme s'ils n'étaient absolument pour rien dans cette histoire, n'est-ce pas ?

– Personne ne peut te dire quoi faire. J'ai compris ça dès le début.

– Mais Jargo sait que tu l'as trahi et que tu es avec moi. Il va juste tuer mon père.

– Non. Il ne veut pas le tuer, et je ne comprends pas pourquoi. Ton père est le point faible de Jargo. Nous devons l'utiliser contre lui. »

Aéroport. Hôpital. Il devait faire un choix. Faire confiance à l'inconnue assise à ses côtés ou à la femme qu'il aimait ? Il démarra, quitta le parking. Aucun signe de Jargo. Evan traversa le Garden District, et finit par regagner St. Charles Avenue. Il franchit Lee Circle et s'engagea sur l'autoroute qui devenait ensuite la I-10. La circulation était fluide. Il parvint à faire cesser le tremblement de ses mains.

« Tu me connaissais donc avant que je te connaisse, dit-il.

– Oui.

– Notre liaison, c'était donc du bidon.

– Tu ne comprends pas.

– Non, en effet, je ne comprends pas comment tu as pu me mentir.

– C'était pour te protéger ! répondit-elle sur un ton frôlant l'hystérie. Est-ce que tu m'aurais crue si je t'avais dit : "Hé, Evan, tu intéresses un réseau d'espions indépendants et la CIA, ça te dirait d'aller voir un film ?"

– J'ai une question à te poser.

– Vas-y.

– Ma mère. Est-ce que tu as dit à Jargo que j'allais à Austin ? demanda-t-il en essayant de contrôler sa voix.

– Non, chéri. Non. Jargo a interrogé ma boîte vocale. Il a entendu ton message. »

Si je n'avais pas laissé ce message à Carrie, ma mère serait vivante. Il fut submergé par une vague de chagrin et d'horreur.

« Je n'y crois pas. Pourquoi es-tu partie ce matin-là ? »

Elle se couvrit le visage des mains.

« Bordel, Carrie, réponds-moi ! hurla-t-il.

– Je voulais que Bricklayer m'autorise… à abandonner ta surveillance, expliqua-t-elle d'une voix brisée. À vous emmener elle et toi, pour vous mettre à l'abri. À abandonner ma mission auprès de Jargo. Je devais parler à Bricklayer en tête à tête. Voilà où j'étais. Et quand je suis rentrée, tu étais parti.

– Alors tu l'as dit à Jargo.

– Non. Non. J'ai fait comme si je ne savais pas où tu étais. Je lui ai dit que je n'avais pas vérifié mes messages, que je n'étais pas retournée chez toi.

– Tu lui as dit que j'étais amoureux de toi, pas vrai ?

– Oui. »

Elle ferma les yeux.

« Vous avez bien dû rigoler.

– Non. Non.

– Est-ce que tu as envoyé la CIA chez moi ?

– Non. Nous ne sommes pas équipés pour les grosses opérations. Nous ne pouvons pas révéler notre existence aux éventuels traîtres de la CIA. Nous ne sommes pas censés opérer sur le sol américain.

– Hé ben, ma famille et moi, on a vraiment quelque chose de spécial, dit Evan. Mais je ne vois pas pourquoi je devrais te croire.

– Parce que je suis toujours la même femme que celle que tu as rencontrée il y a quelques mois. Je suis toujours Carrie, dit-elle, puis elle garda le silence pendant dix longues secondes. Je t'aime. Je t'ai demandé de ne pas m'aimer, je ne voulais pas que tu me dises que tu m'aimais, même si je voulais que ce soit vrai. Je ne voulais pas que tu souffres. C'est pourquoi je voulais tout laisser tomber. Je suis désolée, ajouta-t-elle avant de se pencher en avant pour voir dans le rétroviseur si la police les suivait. Oh, bon Dieu, qu'est-ce que ça fait mal. »

M'as-tu jamais aimé ?

Il prit sa décision et suivit ses indications jusqu'à un bureau d'aviation paisible proche de l'aéroport international Louis-Armstrong devant lequel étaient garées deux voitures.

« À l'intérieur. Des gens qui travaillent pour Bricklayer. Son vrai nom est Bedford. La preuve que tu peux me faire confiance. Seules trois personnes à la CIA connaissent sa véritable identité. »

Il coupa le moteur, la regarda. Il pouvait s'enfuir, la planter là. Ses collègues la trouveraient et il pourrait disparaître et ne jamais la revoir. Ne jamais entendre un autre de ses mensonges.

Il repensa à ce matin, trois jours plus tôt, à cet instant où il s'était réveillé amoureux comme dans un rêve, et pourtant plein d'une certitude absolue. Mais elle était partie. Il se rappela comme elle était belle la première fois qu'il l'avait vue au café, feignant de s'intéresser à ce mauvais livre sur le cinéma quand, en vérité, elle l'attendait. Il la revit au lit, la douceur de ses baisers sur ses lèvres. Sa façon de le regarder comme si son cœur allait exploser. Peut-être faisait-elle semblant, mais lui l'aimait vraiment. Elle était la pire chose qui lui fût jamais arrivée. Mais elle était aussi sa meilleure chance de faire revenir son père. De plus, elle l'avait sauvé d'une mort certaine.

Evan sortit de la camionnette, prit Carrie dans ses bras et se dirigea vers le bureau. Il donna quatre coups de pied dans la porte afin qu'on vienne la lui ouvrir.

24

GARDER UN HOMME EMPRISONNÉ était comme s'offrir une visite à l'intérieur de son âme. Dans la prison exiguë qu'il s'était fabriquée, Jargo avait vu des hommes enfermés parler à des gens depuis longtemps disparus, sangloter des jours durant après de longues périodes de silence ; un malheureux s'était noyé dans les toilettes. La force n'était souvent qu'une façade ; l'assurance, un stratagème ; le courage, un masque.

Il connaissait déjà l'âme de Mitchell Casher. Cet homme était incapable de trahir une personne qu'il aimait. Il ne faisait pas confiance à grand monde, mais sa confiance, lorsqu'il l'accordait, était aussi profonde qu'une veine d'or s'enfonçant dans la terre.

Jargo pénétra dans la chambre. Mitchell était étendu sur le lit, une lourde chaîne suffisamment longue pour lui permettre d'atteindre les toilettes enroulée autour de la taille et des chevilles. Il n'était pas rasé, pas lavé, mais conservait sa dignité. Dans la pièce flottait l'odeur de la nourriture lyophilisée qu'il lui avait laissée, vu que ni Dezz ni lui-même ne pouvaient rester à jouer les geôliers.

Il observa Mitchell, qui ne le salua pas, puis alluma une cigarette. Cela faisait quinze ans qu'il n'avait pas fumé. Il tira une longue bouffée, inhala, toussa comme quelqu'un qui fumerait sa première cigarette. Il examina le bout incandescent de la cigarette.

« J'ai peur de demander, dit Mitchell Casher.

– J'ai une question difficile à te poser, déclara Jargo, et j'insiste pour que tu répondes franchement.

– J'ai toujours été franc avec toi. »

Mitchell avait la voix cassée, usée. Il parlait comme le défunt Gabriel. Jargo lui offrit une cigarette, il déclina. Jargo savait qu'il faudrait des mois, des années de confinement dans cette prison pour le briser, mais que de mauvaises nouvelles concernant son fils l'anéantiraient sur-le-champ.

« J'apprécie ta franchise, Mitch. Evan se battra-t-il pour toi ?

– Se battre pour moi ? Je ne vois pas ce que tu veux dire. »

Jargo s'assit face à Mitchell Casher. La lueur de l'ampoule suspendue au plafond, hors de portée des prisonniers, était si faible qu'il fallait faire un effort pour y voir clair. La pièce ne comportait plus de fenêtre ; Jargo l'avait murée des années plus tôt après un malencontreux incident impliquant un tesson de verre et le poignet d'un informateur castriste obstiné. Mais Jargo estimait que cela ne manquait pas à Mitchell. Dehors, le ciel nocturne du sud de la Floride était lourd de nuages qui ressemblaient à des cancers.

« Se battra-t-il pour toi ? Evan essaiera-t-il de te récupérer ?

– Non.

– J'ai beaucoup réfléchi à Carrie et à ce qu'elle a fait. Je ne suis pas certain qu'elle soit de la CIA ; elle travaille peut-être maintenant à son compte et a pu s'emparer d'Evan pour le revendre, de même que toutes les informations qu'il possède, au meilleur acheteur. Et je pense que cet acheteur sera la CIA. »

Mitchell se prit la tête entre les mains.

« Alors laisse-moi partir. Laisse-moi t'aider à le retrouver. Je t'en prie, Steve.

– Le retrouver ? On ne peut pas vraiment débarquer comme des fleurs à Langley[1] et demander de ses nouvelles, n'est-ce pas ?

– Mais ils vont le tuer.

– Oui. Mais pas tout de suite. »

Jargo tira une nouvelle fois sur sa cigarette, et cette fois le tabac le rasséréna. On n'oublie jamais vraiment comment fumer, pensa-t-il. C'était comme nager, faire l'amour, tuer.

« Je ne comprends pas. »

Jargo sentit qu'il devait être aussi précis que s'il coupait un diamant. Il devait obtenir l'effet désiré du premier coup, il n'aurait pas de deuxième chance.

« Evan m'a dit qu'il possédait une liste de nos clients. Il connaît aussi mon nom et sait que Dezz est mon fils. Alors, soit il a eu des contacts avec la CIA, soit il possède encore plus d'informations. Des informations sur nous. Sur qui nous sommes. »

Mitchell écarquilla les yeux.

« Tous nos clients, Mitchell. Est-ce que tu te rends compte de ce qu'il pourrait nous faire ? Disparaître et recommencer de zéro serait une chose. Mais nos clients ? Nous ne pourrions jamais rien reconstruire si la CIA mettait la main sur ces informations. »

Jargo se pencha de nouveau sur le bout incandescent de sa cigarette.

« Je te jure que je ne savais pas qu'elle allait nous trahir, dit Mitchell d'une voix rauque.

– Je sais. Je sais, Mitchell. Sinon tu te serais enfui avec elle.

– Alors, s'il te plaît, laisse-moi t'aider.

– J'aimerais bien te laisser partir. Mais tu n'es pas franchement en état de te battre. Tu risquerais de mettre en péril la seule chance qui me reste… de t'aider à récupérer Evan sain et sauf, acheva-t-il après une pause.

– La seule chance ? Explique-moi. »

Jargo regarda sa cigarette se consumer. Il attendit, laissa Mitchell ronger son frein.

« Oh, bon Dieu, Evan, gémit Mitchell.

– C'est la première fois que je te vois pleurer depuis notre enfance.

– Imagine s'ils avaient ton fils.

– Dezz ne se laisserait jamais prendre vivant. Tu sais comment il est, dit Jargo sans regarder Mitchell. Je suis vraiment désolé, ajouta-t-il d'une voix tremblante, puis il serra le bras de Mitchell.

– Alors laisse-moi t'aider. Je t'en supplie.

– Il a dit qu'il possédait le fichier des clients, Mitchell.

– Je parie qu'il mentait… Donna ne lui aurait pas communiqué ces informations. Son pire cauchemar était qu'il découvre qui nous étions.

– Mais il y a les faits. Les fichiers étaient sur son ordinateur. Donna lui avait préparé ses valises pour qu'il prenne la fuite. Il a décampé sans même attendre sa petite amie. Je pense qu'il savait. Et il connaît peut-être la valeur de ces fichiers.

– Evan… ne saurait pas quoi faire de ces informations. Il ne saurait pas qui contacter. Il ne voudrait pas me nuire.

– Tu ne lui as jamais dit d'où tu venais ? Pas une seule fois ?

– Jamais. Je te jure qu'il ne sait rien. »

Tu ne sais pas ce qu'il sait, et je ne cours pas le risque, pensa Jargo, au lieu de quoi il déclara :

« Je me demande si je dois même chercher à récupérer Evan. S'il a l'intention de se battre pour toi, il n'ira pas simplement donner les fichiers à la CIA. Il essaiera de conclure un marché. Ce qui nous laissera peut-être un peu de temps. Mais je dois évaluer les risques.

– Je ne comprends pas. »

Jargo se pencha en avant et murmura à deux centimètres du visage de Mitchell :

« Mes amis à l'intérieur de l'Agence ont toutes les raisons de mettre la main sur Evan pour moi. Pour nous. »

Il posa la main sur l'épaule de Mitchell.

« Ils ne lui feront pas de mal ?

– Pas si je leur dis de me l'amener vivant, répondit-il, se délectant de son propre mensonge. Mais quoi qu'il en soit, nous devons attraper Evan et empêcher qu'il communique à la CIA les informations qu'il possède. Vivant.

– Je t'en prie, Steve. Laisse-moi t'aider à le retrouver. »

Jargo se leva, hésita, tira une clé de sa poche et détacha Mitchell. La chaîne tomba sur le plancher, les maillons formant une mare argentée au pied du lit.

« Merci, Steve.

– Va prendre une douche. Je vais nous préparer à dîner. » Il étreignit vigoureusement Mitchell. « Une omelette, ça te dirait ? »

Mitchell le saisit à la gorge, le plaqua sèchement contre le mur, lui subtilisa son pistolet qu'il lui colla sous le menton.

« Une omelette ? Parfait. Mais juste pour que les choses soient claires entre toi et moi : tes agents n'ont pas intérêt à tuer mon fils, ni à lui faire du mal. Fais-leur bien comprendre que nous le voulons vivant.

– Bien, il fallait que ça sorte. Tu peux me lâcher maintenant.

– S'ils tuent mon fils, je tue le tien.

– Lâche-moi. »

Mitchell relâcha la pression et Jargo repoussa doucement sa main.

« C'est exactement ce que veulent nos ennemis. Que nous nous étripions. »

Mitchell lui rendit son arme.

« Evan. Sain et sauf. Cela n'est pas négociable. Je saurai le contrôler une fois que nous l'aurons récupéré.

– Je ferai tout mon possible pour le ramener à la maison. Mais comprends bien qu'il sera le secret le mieux gardé de l'Agence. Des ressources seront mobilisées, des gens seront détournés de leurs tâches habituelles pour aider à le cacher et s'unir contre nous. Mes hommes au sein de l'Agence seront à l'affût de ces signes. Un idiot bien intentionné de l'Agence rassemblera des forces pour mener une guerre secrète contre nous, mais nous l'en empêcherons avec notre propre Pearl Harbor.

– Il sera presque impossible de le récupérer.

– D'une certaine manière, répliqua Jargo, je pense que ce pourra être simple. Ce que nous devons faire, c'est le convaincre de nous rejoindre. »

Il descendit dans le noir l'escalier incurvé en bois de cyprès ; il n'aimait pas laisser les lumières allumées dans la maison, même lorsque fenêtres et volets étaient minutieusement fermés. Trop de lumière risquait d'agir comme un phare dans l'immensité de la nuit et d'attirer l'attention.

La cuisine de la maison vide était grande et faiblement éclairée. Assis sur un tabouret, Dezz mangeait un bonbon avec un air sinistre, morose. La télé était allumée sur CNN.

« Des détails intéressants ? demanda Jargo.

– Non. Quelques blessés légers dans la bousculade à la sortie du zoo. Pas d'arrestations. Pas de suspects. Aucune mention d'une vidéo avec nous dessus, dit-il en mâchant son bonbon. Quand on les attrapera, je veux cette salope. Elle est à moi. Tu lui poses tes questions, puis tu me la refiles. Noël arrive en avance cette année.

– Si la CIA récupère les listes d'Evan, ils resserreront leur surveillance non seulement sur nos clients à l'intérieur de l'Agence, mais ailleurs aussi. Mais il leur faudra du temps. Ils ne peuvent pas mobiliser trop de monde d'un seul coup sans s'exposer à des questions terriblement gênantes.

– Tu veux en venir où ? »

Il pouvait partager avec Dezz ce qu'il ne partageait pas avec Mitchell.

« Rares sont ceux qui nous connaissent à la CIA. Il y a un homme, nom de code Bricklayer, mais je n'ai pas réussi à déterminer de qui il s'agissait. Bricklayer est censé détecter tous les problèmes internes à l'Agence, tels que l'utilisation d'assassins indépendants, la vente de secrets, les meurtres non autorisés, le détournement d'argent de sociétés américaines. Pour faire court, Bricklayer veut notre peau.

– Bricklayer.

– Carrie est une ressource que Bricklayer va devoir utiliser. Ça peut être une bénédiction pour nous.

– Comment ça ?

– La manière dont la CIA utilisera Carrie nous indiquera ce qu'ils savent exactement sur nous. »

Il alla chercher dans le réfrigérateur de quoi préparer une omelette. Cuisiner le calmerait. Il se mit à couper des légumes et de lointains souvenirs lui revinrent à l'esprit : un enfant, la femme qui allait devenir Donna Casher debout de l'autre côté de la table inondée de soleil, occupée à couper des légumes avec calme et précision. Elle voulait toujours que tout soit parfait. La manière dont le soleil illuminait ses cheveux avait toujours bouleversé Jargo, et il ressentit une pointe de tristesse et de regret. Il aurait voulu lui dire, au moins une fois, combien il appréciait ses photos.

« Tu sais, notre premier boulot ensemble, à Donna, Mitchell et moi, quand on a décidé d'être indépendants, c'était à Londres. Un assassinat. Tout ce qu'il y avait de simple, un seul d'entre nous aurait suffi, mais le fait d'y aller tous les trois nous a donné un sentiment de puissance. C'était comme une libération.

– Qui a tué qui ? demanda Dezz.

– La victime ne compte pas. C'est Mitchell et moi qui l'avons tuée, même si ma balle a atteint sa cible la première. Donna s'occupait de la logistique, expliqua Jargo en battant dans un saladier des œufs auxquels il ajouta du lait, des brocolis, des poivrons. C'était notre premier boulot, nous coupions les ponts avec notre ancienne vie. Nous pouvions enfin prendre nos propres décisions, alors qu'avant, on ne nous avait jamais encouragés à discuter. C'était plutôt "vise, tire et ne pose pas de questions". J'ai fait rouler entre mes doigts les balles que j'allais utiliser pendant une éternité, comme des perles de chapelet. Ou les derniers maillons d'une chaîne que nous étions sur le point de briser. Mais, de fait, j'échangeais une chaîne contre une autre, Dezz.

– Alors, comment tu vas faire pour retrouver Evan et Carrie ? demanda Dezz, qui n'avait pas la tête à réfléchir et venait de se fourrer un nouveau bonbon dans la bouche. Ou, du moins, pour les faire taire ?

– Carrie va raconter à la CIA ce qu'elle sait, c'est-à-dire pas grand-chose. Sa trahison ne nous affectera pas vraiment. Elle peut leur donner quelques descriptions, leur parler de l'appartement à Austin, mais elle ne possède pas beaucoup de preuves exploitables.

– Ouvre les yeux, rétorqua Dezz. Si c'est un agent double, elle peut avoir des informations, des fichiers… elle peut te faire la peau.

– Elle n'a eu accès à rien.

– Tu n'en sais rien.

– Tu as laissé passer une chance en or de les liquider tous les deux. Alors, boucle-la, dit Jargo d'une voix basse, puis il versa la préparation de l'omelette dans une poêle chaude. J'ai l'intention de reprendre toute l'organisation en main, jusqu'au moindre détail dont tu n'as même pas conscience, Dezz.

– Vaudrait mieux faire nos valises et se tirer. Nous installer ailleurs. En Angleterre, en Allemagne, en Grèce. Allons en Grèce.

– Non. Je ne vais pas détruire des années d'efforts et de travail. Mes chaînes sont celles que j'ai choisies, Dezz. »

Jargo commençait à passer outre son sentiment d'échec ; il était prêt à passer de nouveau à l'action.

« Tu ne parviendras pas à récupérer Evan. »

Jargo acheva de faire cuire l'omelette, la déposa sur une assiette.

« Monte cette assiette et une tasse de café bien fort à Mitchell. Sois gentil avec lui ; il a menacé de te tuer il y a quelques minutes si je ne lui amène pas Evan sain et sauf. »

Dezz fronça les sourcils.

« Ne t'en fais pas, poursuivit Jargo à voix basse. Bientôt, Evan sera mort, mais Mitchell ne pourra pas nous en tenir pour responsables. »

MARDI
15 MARS

25

EVAN REGARDA LES MURS CAPITONNÉS, qui lui renvoyèrent son regard – les petits creux dans le revêtement lui faisaient penser à des yeux. Il s'imagina des caméras camouflées derrière le tissu, se demanda quels drames elles avaient enregistrés. Interrogatoires. Décès. Une tache décolorée brisait l'uniformité du mur à hauteur de la tête d'un homme assis, et il se demanda comment elle était arrivée là et pourquoi elle n'avait pas été nettoyée. Probablement parce que la CIA voulait qu'on la remarque, qu'on réfléchisse à ce qu'elle pouvait signifier.

Deux hommes de la CIA leur avaient fait quitter La Nouvelle-Orléans à bord d'un jet privé. Evan leur avait expliqué qu'il ne parlerait qu'à Bricklayer. Ils avaient fourni les premiers soins à Carrie et avaient fichu la paix à Evan. Après leur atterrissage dans une petite clairière, une ambulance privée sur laquelle était inscrit CLINIQUE DE NORTH HILL et immatriculée dans l'État de Virginie était venue les chercher. Une équipe de secouristes avait pris Carrie en charge et un agent de sécurité au cou épais avait mené Evan à la pièce où il se trouvait maintenant. Il était certain que des caméras étaient braquées sur lui et résista à l'envie de faire des grimaces en direction du mur. Il s'en faisait pour Carrie, pour Shadey. Il s'en faisait pour son père.

La porte s'ouvrit et un homme passa la tête dans l'entrebâillement.

« Voulez-vous voir votre amie maintenant ? »

Evan se dit que ce type ne connaissait peut-être même pas le vrai nom de Carrie. Puis il s'aperçut que lui non plus. Il accepta néanmoins et suivit l'homme dans un couloir éclairé par une lumière vive. Trois portes plus loin, l'homme le fit pénétrer dans une pièce non capitonnée, une chambre d'hôpital typique. Pas de fenêtre, un éclairage faible et sinistre au-dessus du lit tel un clair de lune de cauchemar. Elle était étendue sur le lit et avait un pansement à l'épaule. Un homme montait la garde devant la porte.

Carrie somnolait. Evan l'observa en se demandant qui elle était vraiment. Il lui prit la main, la serra doucement. Elle ne se réveilla pas.

« Bonjour, Evan, lança une voix derrière lui. Elle se portera bientôt comme un charme. Je suis Bricklayer. »

Evan reposa doucement la main de Carrie et se retourna. C'était un homme mince d'environ soixante ans. Sa bouche conférait une certaine dureté à son visage, mais ses yeux étaient chaleureux. Il avait un peu l'air d'un vieil oncle difficile. Bricklayer tendit la main, Evan la serra et déclara :

« Je préférerais vous appeler Bedford.

– Si vous voulez, répondit Bedford, impassible. Tant que vous ne le faites pas devant les autres. »

Il avança jusqu'au lit, posa la main sur le front de Carrie tel un père s'assurant que sa fille n'a pas de fièvre. Puis il mena Evan à une salle de réunion, plus loin dans le couloir, devant laquelle un autre homme montait la garde. Bedford referma la porte derrière lui et s'assit. Evan resta debout.

« Est-ce que vous avez mangé ?

– Oui. Merci.

– Je suis ici pour vous aider, Evan.

– C'est ce que vous avez dit la première fois que nous nous sommes parlé. » Il décida alors de tâter le terrain. « Je voudrais partir maintenant.

– Oh, doux Jésus, cela me semblerait tout à fait inconsidéré, déclara Bedford. M. Jargo et ses associés vont vous rechercher. »

Sa façon de poser ses mains l'une sur l'autre sur la table ne faisait que renforcer sa politesse innée.

« C'est mon problème, pas le vôtre. »

Bedford désigna une chaise.

« Asseyez-vous une minute, s'il vous plaît. »

Evan s'assit.

« J'ai cru comprendre que vous aviez grandi en Louisiane et au Texas. Je viens d'Alabama, indiqua Bedford. De Mobile. Une ville magnifique. Plus je vieillis, plus elle me manque. Les gens du Sud peuvent être têtus. Ne le soyons pas.

– Soit.

– J'aimerais que vous me disiez ce qui s'est passé depuis que votre mère vous a téléphoné vendredi matin. »

Evan inspira profondément et fit à Bedford un récit détaillé des événements, en omettant toutefois de mentionner Shadey et Mme Briggs afin de ne pas leur attirer d'ennuis.

« Je vous présente mes plus sincères condoléances, dit Bedford. Votre mère devait être une femme extraordinairement courageuse.

– Merci.

– Laissez-moi vous assurer que nous organiserons tout pour ses funérailles.

– Merci, mais je m'occuperai de sa tombe quand je retournerai à Austin.

– Je crains fort que vous ne puissiez jamais rentrer chez vous.

– Suis-je prisonnier ?

– Non. Mais vous êtes une cible, et c'est mon boulot de vous garder en vie.

– Je ne peux rien pour vous. Je n'ai pas ces fichiers. Quand j'ai dit à Jargo que je les avais, c'était du bluff, pour récupérer mon père.

– Dites-moi exactement ce qu'a dit votre père. Il semble nous accuser d'avoir tué votre mère. »

Evan fit son possible pour répéter la supplique de son père mot pour mot. Bedford tira une boîte de pastilles à la menthe de sa poche, la tendit vers Evan qui fit non de la tête, puis il goba une pastille.

« Jargo raconte de sacrées histoires. Nous n'avons pas tué votre mère. C'est lui qui l'a fait.

– Je sais. Et je ne comprends pas trop pourquoi il attache de l'importance à ce que je pense.

– Il n'en attache aucune. Il cherche juste à vous manipuler, expliqua Bedford en mâchant son bonbon. Vous devez vous sentir comme Alice qui découvre le pays des merveilles après sa chute dans le terrier.

– Je ne vois rien de merveilleux dans cette histoire.

– Le fait que vous ayez survécu à une agression et à un enlèvement est tout à fait impressionnant. Mais Jargo et ses amis vous ont volé votre vie. Ils ont serré un bout de fil de fer autour de la gorge de votre mère jusqu'à son dernier souffle. Qu'est-ce que ça vous fait ? »

Evan ouvrit la bouche, mais aucun son ne sortit.

« C'est le genre de questions que vous posez dans vos films. Je les ai regardés il y a deux mois. Qu'est-ce que ça a fait à ce jeune homme de Houston de se faire piéger par la police ? Et à cette femme, de ne voir ni son fils ni son petit-fils revenir de la guerre ? J'étais tout à fait impressionné. Vous êtes un bon conteur d'histoires. Mais, comme un journaliste, vous devez vous poser froidement cette question : "Qu'est-ce que ça vous fait ?"

– Vous voulez le savoir ? Je les déteste. Jargo et Dezz.

– Vous avez toutes les raisons de les détester. » Bedford baissa la voix. « Il a forcé vos parents à vous mentir pendant des années. Je soupçonne qu'ils n'avaient pas totalement choisi de travailler pour les Deeps, du moins pas aussi longtemps.

– Les Deeps ?

– Le nom que Jargo donne à son réseau.

– Gabriel prétendait que c'était un espion indépendant.

– En effet, il achète et revend des informations à des gouvernements, des organisations, voire des sociétés. Pour autant qu'on sache.

– Je ne comprends pas.

– Nous n'avons jamais pu prouver avec certitude qu'il existe.

– Je l'ai vu. Carrie aussi.

– Voici ce que nous savons. Il y a un homme qui se fait appeler Steven Jargo. Il n'a aucun historique bancaire. Il ne possède aucune propriété. Il ne voyage pas sous son nom, jamais. Rares sont ceux qui l'ont vu plus d'une fois. Il change régulièrement d'apparence. Il travaille avec un jeune homme, soi-disant son fils, qui se fait appeler Desmond Jargo. Mais nous n'avons aucun certificat de naissance, aucun dossier scolaire, pas le moindre indice qu'il existe vraiment. Ils dirigent un réseau. Qui pourrait être constitué d'une poignée de personnes comme d'une centaine, nous n'en savons rien. Vu le nombre de fois où le nom de Jargo a fait surface, nous supposons qu'il a des clients, des gens qui achètent ses informations et ses services, sur chaque continent. » Bedford ouvrit un ordinateur portable. « Je vais vous prouver à quel point je vous fais confiance, Evan. Ne me décevez pas. »

Il enfonça quelques touches et alluma un projecteur relié à l'ordinateur. Une photo apparut : un corps, étendu sur des pavés, un bras retombant dans une piscine turquoise.

« Je vous présente Valentin Marquez. Un haut responsable financier colombien, un type que notre gouvernement n'aimait pas trop à cause de ses liens avec les cartels de la drogue de Cali. Mais on ne pouvait pas l'atteindre. Son corps a été retrouvé dans son jardin ; quatre de ses gardes du corps ont également été tués. Des rumeurs ont circulé selon lesquelles un responsable du département d'État américain aurait officiellement payé un individu nommé Jargo ; il aurait commandité l'exécution de Marquez. Vu la situation politique, ce n'est pas le genre d'affaire qu'on veut voir déballée au grand jour : des représentants du gouvernement détournant l'agent du contribuable pour louer les services de tueurs à gages. »

Clic. Une autre photo. Un soldat vêtu d'un prototype de combinaison moulante.

« Ceci est un projet sur lequel travaille le Pentagone : une armure ultralégère destinée aux troupes sur le terrain. Ce projet a été retrouvé sur l'ordinateur d'un haut gradé de l'armée à Pékin par l'un de nos agents qui essayait de voler des informations sur le programme chinois d'armes conventionnelles. Nous avons enlevé le militaire, qui nous a avoué sous la contrainte avoir acheté ces plans auprès d'un groupe qu'il appelait les Deeps. Nous avons découvert que quelqu'un avait tenté de vendre ce même prototype à un attaché militaire russe trois semaines plus tard. Le Russe a décliné l'offre et a tenté, à la place, de dérober le prototype au vendeur. Le vendeur l'a tué, ainsi que sa femme et ses quatre enfants. La tante de la femme, qui leur rendait visite, a survécu en se cachant au grenier. Elle a aperçu l'assassin. Sa description correspond à Dezz Jargo, même si, en Russie, il avait les cheveux d'une autre couleur et portait des lunettes. Deux mois plus tard, un important marchand d'armes de la scène internationale a proposé une armure dont les spécifications correspondent exactement à cette armure-ci. En bref, Jargo travaille des deux côtés de la barrière. Il nous vole des informations, et il cherche à nous en vendre. »

Evan ferma les yeux.

« Ces deux affaires sont celles que nous pouvons le plus facilement relier à Jargo. Il y en a plusieurs autres dans lesquelles nous pensons qu'il est impliqué, mais ne pouvons rien prouver.

– Mes parents n'ont pas pu être liés à un type comme ça. C'est tout simplement impossible.

– Je suis sûr que c'est ce que pensait Carrie, dit Bedford. Son père travaillait pour Jargo. Jargo a tué sa mère et son père. Ou plutôt, il les a fait tuer.

– Merde.

– Son vrai nom est Caroline Leblanc. Son père dirigeait une société de sécurité privée après une longue carrière dans les renseignements militaires. Il était venu me rencontrer à l'Agence pour m'informer que Jargo avait des gens qui travaillaient pour lui et d'autres qui louaient ses services au sein même de la CIA. Je lui ai demandé de ne pas bouger, de continuer à travailler pour Jargo, mais de me communiquer des informations. Jargo a découvert le pot aux roses, ou alors le père de Carrie a fait une gaffe. Jargo a voulu faire croire à Carrie que la CIA était responsable de l'assassinat de son père. Mais Carrie est venue nous voir – elle avait eu des informations supplémentaires qui l'avaient convaincue que Jargo était derrière le meurtre de ses parents. Au prix d'un risque immense, Carrie nous a rejoints et est devenue notre agent double au sein des Deeps. »

Evan recouvra sa voix après un instant.

« Jargo a tué sa famille et elle a continué de travailler pour lui… Comment a-t-elle pu… ?

– Ç'a été difficile, mais elle savait qu'il fallait le faire. Carrie est notre seul agent qui ait réussi à approcher Jargo.

– Alors, qui l'a envoyée dans mon lit, vous ou Jargo ? »

Bedford laissa un temps la question en suspens.

« Un homme comme vous, qui cherche constamment la vérité, sait bien que la vie est compliquée. Je lui ai demandé de vous protéger. Je ne lui ai pas donné l'ordre de vous embrasser, de coucher avec vous, ni même de s'attacher à vous. Certes, elle n'est pas celle que vous croyiez… mais elle est toujours Carrie. Est-ce que vous comprenez ce que je veux dire ? »

Il n'en savait rien.

« Pourquoi vous et Jargo vous intéressiez-vous à moi ?

– Pour ma part, simplement parce que Jargo a demandé à Carrie de vous surveiller. » Bedford s'éclaircit la gorge. « Il voulait savoir quel film vous comptiez tourner.

– Quel film ? Je ne comprends pas. Ne me surveillait-il pas à cause de mes parents ?

– C'était ce qu'on pouvait logiquement supposer. Mais il voulait que Carrie découvre vos projets de films. C'est de là que semble naître son intérêt pour vous.

– Il voulait m'utiliser dans son réseau ?

– C'est possible. Mais, dans ce cas, il aurait demandé à vos parents de vous recruter. Comme John Walker, qui a convaincu ses amis et son fils de devenir espions au profit des Russes. »

Evan tenta de se représenter ses parents organisant une petite réunion familiale dans le but de le convaincre, mais n'y parvint pas.

« Mais… Jargo ne m'a jamais dit un mot sur mes films. Il a prétendu que je possédais les fichiers dont il avait besoin. Il voulait les échanger contre mon père.

– Il a expliqué à Carrie que les fichiers contenaient des informations sur ses clients – les gens de la CIA et d'ailleurs qui le paient pour faire son sale boulot. Je ne sais pas pourquoi votre mère s'est retournée contre Jargo, mais elle l'a fait. Nous pensons qu'elle a contacté Gabriel pour qu'il vous aide à fuir, elle et vous. En échange, elle lui aurait donné la liste des clients de Jargo. Gabriel aurait dévoilé cette liste, pour embarrasser la CIA – nous l'avons mis hors jeu parce que personne ne croyait à ses histoires d'espions indépendants agissant au sein de l'Agence – et pour faire tomber Jargo.

– Comment ma mère a-t-elle obtenu ces fichiers ?

– Aucune idée. Elle devait travailler pour Jargo.

– Donc, Gabriel me disait la vérité. Du moins, en partie.

– M. Gabriel a laissé ses faiblesses personnelles et ses préjugés brouiller son jugement. Aussi bien ici qu'après son départ de l'Agence. C'est vraiment dommage. J'ai demandé au FBI d'emmener sa famille dans un endroit sûr, de les cacher jusqu'à ce qu'on ait mis la main sur Jargo. Nous avons dû prétexter que Gabriel nous avait communiqué des informations sur un cartel de la drogue avant de s'évanouir dans la nature.

– Alors... ça fait combien de temps que Jargo a demandé à Carrie de s'intéresser à moi ?

– Trois mois.

– Quand ma mère a-t-elle volé ces fichiers ?

– Je ne suis sûr de rien, mais nous pensons qu'elle a contacté Gabriel le mois dernier.

– Alors Carrie me surveillait... avant que ma mère ne vole les fichiers. Ça n'a aucun sens. » Il se leva et se mit à arpenter la pièce de long en large. « Je n'ai jamais envisagé, jamais évoqué, de faire un documentaire sur les espions ou la CIA ou les activités de renseignement de quelque sorte que ce soit. Pourquoi aurait-il demandé à Carrie de me surveiller à cause de mes films ?

– Il n'a jamais fourni de raison plus spécifique, dit Bedford.

– Elle vous a donc parlé des films que j'ai tournés ou que j'envisageais de tourner ?

– Oui.

– Vous devez donc avoir une idée de ce qui a éveillé l'intérêt de Jargo.

– Dites-moi quels étaient vos projets.

– Carrie ne vous a-t-elle pas déjà tout raconté ?

– J'aimerais l'entendre de votre bouche. Dites-moi tout. C'est peut-être la clé qui nous permettra de localiser Jargo. Et si on le trouve, on trouve aussi votre père.

– Est-ce qu'il ne va pas tout simplement le tuer ? Si ma mère l'a trahi, il pensera que mon père a fait de même.

– Selon Carrie, Jargo protège votre père. Je ne comprends pas trop pourquoi. Maintenant, parlez-moi de vos films.

– Je pensais raconter l'histoire de Jameson Wong, le financier hongkongais. Il avait obtenu la franchise de plusieurs marques de luxe dans son pays. Mais il a fait de mauvais investissements en cherchant à trop se diversifier et il a englouti sa fortune. Quand il s'est remis sur pied, il a commencé à rassembler des fonds auprès de riches Chinois expatriés pour financer des groupes réformistes en Chine. Après avoir été un PDG égocentrique, il est devenu un véritable chantre de la démocratie.

– Comment l'avez-vous choisi ?

– J'ai lu un article sur lui dans le *New York Times*. Est-ce qu'il a un lien avec Jargo ?

– Peut-être. Continuez.

– Voyons… Alexander Bast. C'était une espèce de roi du Londres mondain il y a une trentaine d'années. Un flambeur qui se tapait des tas de filles célèbres. Une sorte de fêtard façon Renaissance. Il dirigeait trois boîtes de nuit réputées, ainsi que deux galeries d'art et une agence de mannequins. Il a tout perdu, je crois que son comptable l'a plumé, et il a alors lancé, je vous le donne en mille, une petite maison d'édition qui publiait des livres de dissidents soviétiques. Puis il s'est fait assassiner chez lui au cours d'un cambriolage.

– Comment avez-vous découvert Bast ?

– Eh bien, il était déjà assez célèbre, simplement parce qu'il était l'ami de toutes ces vedettes. Mais j'étais en Grande-Bretagne il y a quelques mois, pour donner une conférence à l'École de cinéma de Londres, et j'ai reçu un courrier anonyme avec une lettre suggérant qu'Alexander Bast pourrait faire un bon sujet. L'enveloppe contenait aussi des coupures de presse sur Bast, son meurtre, sa vie.

– C'est plutôt inhabituel, non, que quelqu'un vous propose une idée de film anonymement ? »

Bedford se pencha en avant, appuya son menton sur ses mains.

« Tout le monde a des idées de films, presque tous les gens que je rencontre m'en suggèrent. » Evan but une longue gorgée d'eau. « Mais, en effet, une lettre anonyme, c'était bizarre. Je n'avais jamais entendu parler de Bast. Mais son histoire – le fêtard invétéré qui se fait apôtre du changement social – était séduisante. De plus, il avait assurément une personnalité intéressante. La plupart des suggestions qu'on me fait sont ennuyeuses au possible – trop creuses pour qu'on puisse en tirer un film.

– Avez-vous découvert d'où venait cette enveloppe ? »

Evan s'agita sur sa chaise.

« Le directeur du département documentaire de l'École de cinéma de Londres, Jon Malcolm, m'a dit qu'un homme nommé Hadley Khan lui avait demandé si j'avais évoqué la possibilité de tourner un film sur Alexander Bast. J'ai parlé à Malcolm du courrier anonyme que j'avais reçu, parce que je trouvais ça bizarre.

– Hadley Khan.

– Oui. Il est issu d'une riche famille pakistanaise basée à Londres. Je l'avais rencontré lors d'un cocktail organisé par l'École de cinéma. Sa famille finance plusieurs institutions culturelles de Londres. Malcolm m'a affirmé qu'Hadley lui avait parlé deux ou trois fois de mon travail, qu'il avait fait pression pour qu'on m'invite à donner une conférence. J'en ai donc conclu qu'Hadley avait dû m'envoyer la lettre.

– De quoi vous a-t-il parlé pendant le cocktail ? »

Evan réfléchit, laissa le silence s'emparer de la pièce.

« Je n'y ai repensé que plus tard, lorsqu'il est devenu clair que c'était lui qui m'avait envoyé le courrier anonyme. » Il ferma les yeux. « Il m'a posé des questions sur mon prochain projet. Comme c'est un sujet que je n'aborde jamais, je lui ai poliment répondu que je ne savais pas encore. Et, pour être franc, je ne savais vraiment pas ce que j'allais faire. Il m'a dit qu'il admirait beaucoup les films centrés sur des biographies, tout en ajoutant que Londres regorgeait de personnages fascinants. La conversation est restée vague, insignifiante. Mais je me rappelle son visage – il me faisait penser à un vendeur de voitures débutant, prêt à débiter son laïus, mais sans les tripes nécessaires pour mener l'affaire à son terme.

– Avez-vous demandé à Hadley Khan d'où il tenait ses informations sur Bast ?

– Non. Quand Malcolm m'a dit qu'Hadley avait pu m'envoyer ce courrier, j'étais déjà rentré aux États-Unis. J'ai envoyé un e-mail à Hadley, mais n'ai jamais reçu de réponse. » Il haussa les épaules. « C'était bizarre, mais ça fait longtemps que j'ai compris que l'industrie du cinéma attire toutes sortes de gens. Je me suis dit que, puisqu'il avait de l'argent, il voulait probablement devenir producteur. Avoir son nom au générique d'un film. C'est très courant. Je l'ai juste pris pour un amateur, ajouta-t-il en secouant la tête. Mais maintenant, avec tout ce que je sais, ça me semble nettement plus sinistre.

– Alexander Bast était un agent de la CIA, dit Bedford. Un agent de liaison de bas niveau, sans importance. Mais c'était quand même nous qui le payions, jusqu'à ce qu'il meure. »

Evan s'appuya contre le dossier de sa chaise.

« Rien dans les informations que Khan m'a données ne laissait entendre que Bast était lié à la CIA.

– On évite en général la publicité, répondit Bedford sur un ton sec.

– Bast est mort depuis vingt-quatre ans. Même si Jargo a eu un lien avec lui, qu'est-ce que ça peut lui faire maintenant ?

– Je ne sais pas. Mais c'est forcément l'une des raisons pour lesquelles il s'est intéressé à vous. Bast était de la CIA, Jargo a des contacts à la CIA. Vous étiez en Angleterre avant que Jargo ne se penche sur votre cas. Votre mère aussi.

– Elle était en reportage pour un magazine.

– Ou en mission pour Jargo. »

Evan décida d'enfoncer le clou.

« Jargo affirme que c'est vous qui avez tué ma mère.

– Nous en avons déjà parlé. Il ment, bien entendu.

– Aux dernières nouvelles, la CIA n'est pas censée opérer sur le sol américain.

– Vous avez raison. Notre charte ne nous permet pas de mener des opérations clandestines sur le territoire américain ou visant des citoyens américains. Mais les Deeps sont un cas très particulier, ajouta Bedford en haussant les épaules. Si nous faisons appel au FBI, nous compliquons affreusement la situation. Nous avons la possibilité d'agir de manière décisive.

– "Compliquer" signifie "exposer", et c'est ce que vous ne voulez à aucun prix. Mais le fait est qu'il y a des traîtres actifs et des crapules au sein de l'Agence.

– Je ne veux pas qu'ils sachent que nous les traquons. Toutes nos activités seront dévoilées au grand jour quand nous aurons fait tomber ces salopards. Nous sommes toujours supervisés par le Congrès.

– Tout ce que je veux, c'est récupérer mon père.

– Sans les fichiers, déclara Bedford, nous n'avons pas beaucoup de marge de manœuvre.

– Je ne sais pas où se trouvent ces fichiers.

– Oh, je vous crois. Si vous le saviez, vous nous les auriez donnés. »

Bedford croisa les jambes.

« Ma mère a bien dû les voler quelque part. Si ce réseau est aussi fragmenté que vous le prétendez, elle aurait eu un mal fou à amasser une liste de clients. Elle l'a forcément volée. À une source centrale.

– Cela me semble probable. »

Evan se leva de nouveau et se remit à arpenter la pièce.

« Donc, Jargo s'intéresse à moi parce qu'il entend dire que je prépare un film qui représente une menace pour lui. Ce qui signifie qu'il est lié à Hadley Khan. Il demande à Carrie d'entrer dans ma vie, de me surveiller. Et puis ma mère vole ces fichiers... Mais pourquoi ? Pourquoi se retourne-t-elle contre Jargo après tout ce temps ?

– Elle avait peut-être appris que Jargo s'intéressait à vous. C'était sans doute une mesure de protection. »

Evan tourna vivement la tête. Sa mère aurait signé son propre arrêt de mort en essayant de le sauver des griffes de Jargo.

« Si j'obtiens la liste des clients, qu'est-ce que vous en ferez ?

– La CIA ne comporte que quelques brebis galeuses. Je pense que Jargo en connaît la plupart. On les fera tomber. Il faut mettre un terme aux activités de Jargo.

– Et ça ne vous dérangerait pas non plus d'obtenir la liste de ses autres clients.

– Bien sûr que non. Les Anglais, les Français et les Russes veulent aussi connaître leurs francs-tireurs. Mais mon souci premier est de faire le ménage chez nous. Si vous pouviez nous aider à découvrir où elle a pu cacher une copie des fichiers, nous...

– Je vous ai dit que je ne les avais pas, coupa Evan. Il faudrait les voler de nouveau.

– Comment ? interrogea Bedford en fronçant les sourcils.

– Tout reprendre depuis le moment où mes parents ont disparu de Washington il y a toutes ces années.

Trouver un autre chemin qui nous permettra d'infiltrer l'organisation de Jargo.

– Il aura détruit les fichiers.

– Pas complètement. Il conservera forcément un moyen de rester en contact avec ses clients, de surveiller les paiements reçus, les livraisons effectuées. Ces informations existent toujours. Nous devons percer son monde.

– Arrêtez de dire “nous”.

– Je veux récupérer mon père. Je ne peux pas rester là à attendre dans une chambre d'hôpital.

– Et vous pensez pouvoir le faire ? demanda Bedford en se penchant en arrière.

– Oui. Si j'essaie de me rapprocher de Jargo, il essaiera de me récupérer. Ou alors il pensera que je travaille maintenant avec vous et il essaiera de me mettre la main dessus pour voir ce que vous savez.

– Ou de mettre la main sur Carrie.

– Non. Il a failli la tuer. Elle ne s'approche plus de lui, déclara-t-il en secouant la tête. Au fait, où étiez-vous à La Nouvelle-Orléans ? Vous l'avez envoyée seule.

– Carrie est un excellent agent, mais elle a une tête de mule.

– Ah bon ? Elle ne fait pas semblant ? » dit-il en se laissant aller à sourire pour la première fois depuis plusieurs jours.

Bedford rit doucement.

« Non, elle est vraiment comme ça. Elle a tout risqué pour vous sauver.

– Je ne veux plus qu'elle s'approche de Jargo.

– Mais ce n'est pas à vous de choisir, si ?

– Trouvez-vous un autre agent.

– Je ne peux pas. Le combat que mène la CIA contre Jargo n'est pas officiel, parce qu'on ne veut pas admettre qu'il pose un problème. » Bedford esquissa un sourire. « Vous êtes dans une clinique secrète au fin fond de la Virginie. Les gens du coin pensent qu'il s'agit d'un sanatorium pour riches alcooliques. Vous êtes enregistré sous un nom de code, vous êtes censé être un musulman croate étudiant à Washington et voulant vendre des informations sur al-Qaida en Europe de l'Est ; bien entendu, l'opération capotera. Quant au vol qui vous a amené ici, c'est en fait moi qui étais dans l'avion, de retour d'un rendez-vous avec un journaliste mexicain disposant d'informations sur un cartel de drogue finançant des activités terroristes dans le Chiapas. Vous voyez comment ça fonctionne ? Tant que nous n'aurons pas identifié les agents de la CIA à la botte de Jargo, nous ne pourrons pas dévoiler notre jeu. Personne à l'Agence ne doit savoir que nous traquons Jargo et les Deeps. Carrie est censée mener une opération ultrasecrète en Irlande... une opération qui n'existe pas. Vous n'existez pas. Pour ma part, j'existe d'une certaine manière, mais je suis juste supposé être un comptable qui passe son temps à voyager pour vérifier les comptes de l'Agence, expliqua Bedford en souriant de nouveau.

– Alors, laissez-moi trouver les fichiers. Vous ne courez aucun risque et vous ne connaissez personne d'autre qui puisse faire sortir Jargo de sa tanière.

– Vous êtes un civil. Carrie vous accompagne.

– Non.

– Vous ne lui faites pas confiance ou vous êtes amoureux ?

– Je ne veux plus qu'on lui fasse du mal, répondit Evan.

– Elle vous a sauvé la vie. Elle veut faire tomber les assassins de ses parents et ça fait un an qu'elle travaille sur cette affaire. C'est une jeune femme extraordinaire.

– Je regrette seulement... que vous n'ayez pas protégé ma mère au lieu de vous intéresser à moi. Vous avez dû enquêter sur moi, sur ma famille, quand Jargo a demandé à Carrie de me surveiller.

– En effet. Vos parents avaient bâti d'excellentes légendes.

– Des légendes ?

– Des couvertures. Rien ne pouvait éveiller les soupçons, jusqu'à ce qu'on remarque, en fouillant dans leur passé, qu'ils ne figuraient pas dans les annuaires des lycées où ils étaient soi-disant allés.

– Saviez-vous qu'ils s'appelaient en fait Arthur et Julie Smithson et vivaient à Arlington, en Virginie ? »

Bedford fronça les sourcils, gribouilla une note sur son carnet.

« Nous avons entamé une surveillance très rapprochée de votre père. Nous pensions que c'était lui qui était lié à Jargo, comme le père de Carrie. Ces gens sont très forts. Au moindre faux pas, ils vous repèrent.

– Une fois de plus, vous ne vouliez pas dévoiler votre jeu. Vous nous avez laissés nous débrouiller seuls.

– Nous n'arrivions pas à découvrir ce qui se tramait. »

Evan laissa passer.

« Si mon père n'était pas en Australie comme le prétendait ma mère...

– Il a passé la dernière semaine en Europe. Helsinki, Copenhague, Berlin. Nous avons perdu sa trace à Berlin la semaine dernière. »

Son père. Échappant à la CIA. Ça ne semblait pas possible.

« Soit Jargo lui a mis la main dessus en Allemagne, soit il est rentré sans qu'on le sache et Jargo l'a pincé aux États-Unis.

– Si on récupère les fichiers, que ferez-vous de mon père et moi ?

– Votre père nous dit tout ce qu'il sait sur Jargo et son organisation et nous lui offrons l'immunité. Vous obtenez de nouvelles identités, une nouvelle vie à l'étranger, le tout aux frais de l'Agence.

– Et Carrie ?

– Soit nous lui fournirons une nouvelle identité, soit elle continuera de travailler pour nous. À elle de décider.

– Très bien, dit Evan avec calme.

– Je suis surpris, Evan. Je ne pensais pas que vous accepteriez facilement de tout abandonner.

– Si je découvre ce que contiennent les fichiers que ma mère a volés, je n'obtiens pas seulement un outil pour négocier la libération de mon père. J'apprends aussi la vérité sur eux, et sur moi. »

Bedford lui fit un sourire.

« C'est vrai. Ça pourrait être le premier pas vers une réappropriation de votre vie.

– Je n'ai plus mon ordinateur portable, je l'ai abandonné chez Gabriel dans ma fuite, mais j'ai mon lecteur de musique… il contenait les fichiers que ma mère m'a envoyés, je crois, mais je ne suis pas parvenu à les décoder lorsque je les ai téléchargés une deuxième fois. Et le lecteur était dans ma poche quand j'ai sauté dans l'eau au zoo, il est foutu.

– Donnez-le-moi. On va essayer.

– J'ai un passeport que Gabriel m'a fourni. Sud-africain, précisa Evan en le tirant de sa chaussure. J'en avais d'autres, mais ils sont restés dans ma chambre de motel à La Nouvelle-Orléans. »

Il supposait que Shadey les avait emportés en s'enfuyant. Bedford examina le passeport, le lui rendit en le regardant d'un air critique.

« Nous pouvons améliorer votre couleur de cheveux. Changer celle de vos yeux. Changer la photo. Il vaut sans doute mieux que l'on vous croie toujours disparu. Vous seriez pris d'assaut par les médias si vous refaisiez surface maintenant.

– D'accord.

– Comprenez bien ceci : une erreur, et vous êtes mort. Votre père est mort. Et, pire… les Deeps s'en tirent sans dommage. »

26

LORSQUE EVAN RETOURNA DANS LA CHAMBRE DE CARRIE, elle était réveillée. Le garde referma la porte derrière lui pour les laisser tranquilles.

« Salut. Comment te sens-tu ? » demanda-t-il.

Un plateau-repas était posé devant elle : soupe au poulet, purée, milk-shake au chocolat, un verre d'eau glacée. Elle n'avait pas touché à grand-chose.

« Tu n'as pas faim ? »

Il ne savait pas trop comment entamer la conversation. Elle était restée inconsciente pendant l'essentiel du vol qui les avait amenés de La Nouvelle-Orléans, et, de toute manière, il ne pouvait pas lui parler devant les types de la CIA.

« Pas vraiment.

– Bedford dit que ta blessure n'est pas trop sérieuse. »

Ses joues reprirent un peu de couleur.

« Elle est assez superficielle. La balle a atteint le haut de l'épaule. Ça fait mal et j'ai le bras ankylosé, mais je me sens mieux. »

Il s'assit sur la chaise fixée au sol, près de son lit.

« Merci de m'avoir sauvé la vie.

– Tu m'as sauvée aussi. Merci. »

Nouveau silence gêné. Il se leva et alla s'asseoir près d'elle sur le lit.

« Je ne sais plus que croire à l'heure qu'il est. Je ne sais plus à qui faire confiance. »

Les paroles de Shadey lui résonnèrent dans la tête : *N'accorde ta confiance que si tu n'as pas le choix.* Carrie avait peut-être repéré Shadey dans la foule – elle pouvait le reconnaître à cause de *Mauvaise passe* – mais elle n'en avait toujours pas fait part à Bedford. Pour protéger l'ami d'Evan. Pour lui prouver par son silence qu'il pouvait lui faire confiance. Il n'osait pas évoquer Shadey – la pièce était probablement truffée de micros. Il espérait juste que Shadey était en sécurité et bien planqué.

« Fais-toi confiance, répondit Carrie en baissant les yeux vers les draps bouchonnés autour de sa taille.

– Pas à toi ?

– Je ne peux pas te dire ce que tu dois faire. Je n'en ai pas le droit.

– Bedford affirme que tu vas vouloir m'aider à retrouver mon père.

– C'est vrai.

– Tu cours un gros risque.

– La vie n'est rien sans risques.

– Tu n'as rien à me prouver.

– Ton père et toi êtes notre meilleur espoir de les briser. Il ne s'agit pas d'être fort, mais malin. Tout ce que je veux, c'est briser Jargo. Et que tu sois en sécurité. »

Il se pencha en avant.

« Écoute, ce n'est plus la peine de jouer un rôle. Tu n'es plus obligée de faire semblant de m'aimer. Ni même de m'apprécier. Je m'en remettrai.

– Ne te sous-estime pas, Evan. T'aimer est plus facile que tu ne le penses. »

Une bouffée de chaleur lui monta au visage.

« Pourquoi ne m'as-tu pas tout simplement dit la vérité ?

– Je ne pouvais pas te mettre en danger. Jargo t'aurait tué.

– Et tu aurais perdu toutes tes chances de le faire tomber.

– Tu es plus important pour moi que Jargo, dit-elle en fermant les yeux. Depuis la mort de mes parents, j'ai repoussé tout le monde. Tu es le premier dont je me sente proche. »

Il lui prit la main.

« Bedford m'a dit que Jargo avait tué tes parents.

– Je ne sais pas qui a appuyé sur la détente. L'un ou l'autre des Deeps, ou un tueur à gages. Jargo ne se salirait pas les mains. Il a fait en sorte que je sois avec lui et Dezz quand c'est arrivé. Il voulait être certain que je tiendrais la CIA pour responsable.

– Parle-moi de tes parents. »

Elle fixa les yeux sur lui.

« Pourquoi ?

– Parce que maintenant, toi et moi avons vraiment beaucoup de choses en commun.

– Je suis désolée, Evan, sincèrement désolée.

– Parle-moi de ta famille. »

Elle lui lâcha la main, se mit à triturer les draps.

« Ma mère n'avait rien à voir avec les Deeps. Elle était rédactrice publicitaire dans une petite société de mailing. C'était une jolie femme, gentille, drôle – vraiment une maman super. Comme j'étais fille unique, j'étais tout pour elle. Elle m'adorait. Je l'adorais. Jargo l'a tuée en même temps que mon père. C'est à peu près tout.

– Et ton père ?

– Il travaillait pour Jargo. Je croyais qu'il dirigeait une société privée de sécurité. » Elle but une gorgée d'eau. « Mais je soupçonne qu'il faisait surtout de l'espionnage industriel, qu'il trouvait des gens au sein de sociétés prêts à lui vendre des secrets, ou bien qu'il les mettait dans des situations compromettantes pour les forcer à vendre.

– Ta mère était-elle au courant ?

– Non. Sinon, elle aurait divorcé. Nous n'avions aucune idée de la vie qu'il menait.

– Ça fait combien de temps qu'ils sont morts ?

– Quatorze mois. Jargo a décidé que mon père l'avait trahi et il les a tués tous les deux. Il a fait en sorte que ça ressemble à un cambriolage. Il a volé leurs alliances, le portefeuille de mon père. » Elle ferma les yeux. « Je travaillais déjà pour Jargo à l'époque. À cause de mon père. Il m'avait recrutée.

– Bon sang. Pourquoi ton père t'a-t-il embarquée dans cette galère ? »

Elle le regarda avec des yeux hagards.

« Je ne sais pas… je suppose qu'il estimait que ça payait bien, mieux que ce que je faisais avant. J'ai un diplôme en justice criminelle de l'université de l'Illinois, j'ai travaillé dans la police… il m'a dit que je gagnerais beaucoup plus en faisant de la "sécurité pour entreprises", expliqua-t-elle en dessinant des guillemets avec ses doigts.

– Quel genre de travail faisais-tu ?

– Des trucs de bas niveau. Je servais d'intermédiaire entre Jargo et d'autres agents ou des clients. Je laissais des documents dans des endroits secrets où les clients venaient les récupérer. Je ne voyais jamais ni Jargo ni les clients. On ne me disait où déposer les documents qu'à la dernière minute, ce qui compliquait énormément la tâche de Bricklayer. Ça faisait trois mois que je n'avais plus travaillé pour Jargo quand il m'a envoyée à Houston.

– Bedford prétend que tu es allée le voir pour lutter contre Jargo.

– Je n'ai jamais gobé cette histoire de cambriolage... Mon père était entraîné pour se battre, il ne se serait pas laissé descendre si facilement. J'effectuais une mission à Mexico et je suis allée à l'ambassade. Ils m'ont mise en contact avec un représentant de la CIA, et Bedford est arrivé par le premier avion. Il m'a demandé de rester en place, de continuer de bosser pour Jargo afin de lui servir d'informatrice. Mais c'était difficile. Je voulais me tirer. Je voulais tuer Jargo. Buter Dezz. Mais Bedford m'a ordonné de ne pas le faire – nous devions faire tomber tout le réseau, et ses clients. Si je l'avais tué, un autre membre des Deeps aurait pris sa place et on se serait retrouvés à la case départ.

– Je ne pige toujours pas pourquoi ils n'arrivent pas à mettre la main sur ce type.

– Evan. Il est extraordinairement prudent, et ça fait un bout de temps qu'il exerce cette activité. Je recevais mes instructions – codées – dans des e-mails qui avaient l'air parfaitement anodins. Et puis j'allais chercher des documents à un endroit secret où la personne qui les avait volés les avait laissés, pour ensuite les abandonner à mon tour dans une deuxième planque, souvent dans une autre ville ou à l'étranger. Si la CIA arrêtait quelqu'un en possession des documents, ils ne pouvaient pas remonter plus haut. Tout ce qu'ils pouvaient faire, c'était remplacer les documents par d'autres presque identiques. Jargo n'utilise jamais deux fois la même adresse e-mail, jamais deux fois la même base opérationnelle. Tout l'argent – des espèces dans la mesure du possible – passe par des sociétés-écrans. Il est très, très dur à stopper. Il a tué quatre personnes ces derniers jours, ajouta-t-elle, au bord des larmes. Je pensais pouvoir y arriver seule, mais je me suis trompée. »

Il lui embrassa les mains et les reposa sur la couverture.

« Je vais retrouver les fichiers que ma mère a volés. Jargo détient toujours mon père, je vais le récupérer. Est-ce que tu sais où il est ?

– En Floride, je crois. Jargo a un repaire là-bas, mais je ne sais pas où.

– Bedford accepte de m'aider.

– Laisse Bedford te cacher, Evan. Si ton père peut fausser compagnie à Jargo…

– Non. Je ne peux pas attendre. Je ne peux pas l'abandonner. Bedford m'a déjà prévenu que je ne parviendrais pas à te convaincre de laisser tomber. Est-ce que tu veux m'aider ? »

Elle acquiesça, lui prit la main.

« Oui. Et…

– Quoi ?

– Je sais que c'est difficile pour toi d'accorder ta confiance à quiconque maintenant. Mais tu peux faire confiance à Bedford.

– D'accord. »

Elle posa la main sur la joue d'Evan.

« Viens t'étendre près de moi.

– Heu… je ne veux pas te faire mal à l'épaule. »

Elle esquissa un sourire.

« Tu t'étends simplement, champion. »

Elle lui fit une place et il s'allongea à ses côtés, lui prit la main. Quelques minutes plus tard, elle s'était endormie, la tête sur son épaule.

Bedford observait un écran sur lequel Carrie et Evan, étendus sur le lit d'hôpital, discutaient à voix basse. Deux jeunes gens amoureux. L'intensité du sentiment, son évidence, la certitude que l'amour suffirait à changer le monde, avaient de quoi faire frémir un homme comme lui. Il avait baissé le volume ; ce qu'ils se disaient ne le concernait pas. Il avait beau être espion, il ne voulait pas les surveiller de trop près, du moins pas pour le moment.

Carrie s'endormit et Evan se mit à regarder dans le vide.

Je me demande ce que tu sais vraiment, pensa Bedford, *ou ce que tu soupçonnes.*

« Monsieur ? »

Une voix derrière lui, l'un de ses techniciens.

« Oui ? »

L'homme secoua la tête.

« Le lecteur de musique numérique… impossible de récupérer le moindre fichier codé. Aucun fichier caché n'a été créé lors du transfert des morceaux sur le lecteur. Je suis vraiment désolé.

– Merci, répondit Bedford. »

Le technicien quitta la pièce en refermant la porte derrière lui. Au bout d'un moment, Bedford éteignit l'écran et se rendit à la cuisine de la clinique pour se faire un sandwich.

Il entendit un bruit derrière lui alors qu'il venait d'étaler de la mayonnaise sur une tranche de pain de seigle. Il se retourna et vit Evan qui souriait du coin des lèvres.

« Je sais par où nous pouvons commencer. Nous pouvons faire une chose que Jargo n'anticipera jamais. »

Galadriel consultait ses sorties papier tout en sirotant un décaféiné et en mangeant un beignet au chocolat. Elle savait qu'elle ferait mieux de s'abstenir, mais le stress lui donnait la fringale. Elle s'était infiltrée dans la base de données des Service fédéraux de l'aviation, avait recensé tous les appareils ayant décollé de Louisiane et du Mississippi depuis que Carrie et Evan avaient faussé compagnie à Jargo et Dezz à La Nouvelle-Orléans. Elle avait examiné chaque vol; aucun n'avait été dérouté vers une destination inattendue. Ce qui signifiait qu'ils ne s'étaient pas enfuis de La Nouvelle-Orléans en avion, mais en voiture. Ou alors, qu'ils s'y trouvaient toujours.

Mais elle avait déjà vérifié tous les registres d'hôpitaux sur lesquels elle avait pu furtivement mettre la main, et aucune jeune femme dont la description correspondait à Carrie n'avait été hospitalisée dans la région. Elle allait devoir élargir ses recherches au Texas et à la Floride.

Elle but une gorgée de café, mordit dans son beignet. Dommage que Carrie soit une traîtresse. Elle l'aimait bien, même si elle ne l'avait jamais rencontrée et ne lui avait parlé au téléphone qu'à quelques reprises. Mais Carrie et Evan étaient jeunes et stupides. Tôt ou tard ils se manifesteraient – en effectuant un voyage, ou en utilisant une carte de crédit – et elle les localiserait. Alors Jargo lâcherait ses chiens et mettrait un terme à tout ce bazar.

Elle devait suivre un protocole particulier, conçu par Jargo des années plus tôt au cas où le réseau se retrouverait menacé. Elle devait espionner les lignes téléphoniques utilisées par certains membres des Deeps en cas d'urgence pour s'assurer que personne ne prenait la fuite, et lancer un logiciel permettant d'alimenter en argent blanchi plusieurs comptes bancaires aux quatre coins du monde. Curieusement, il avait formulé une requête supplémentaire la nuit précédente : elle devait surveiller toutes les communications par téléphone portable dans une petite zone rurale du sud-ouest de l'Ohio, repérer le moindre appel émis ou reçu, puis lui communiquer les informations.

Elle se demandait ce que Jargo pouvait bien chercher dans l'Ohio. Quels dangers pouvait-il craindre dans ce coin paumé ?

MERCREDI
16 MARS

27

Evan et Carrie contemplaient chacun leur nouvelle tête tout en prenant leur petit déjeuner.

« On ne dirait plus toi, dit Evan.

– Bienvenue à l'institut de beauté Bricklayer », répondit-elle.

Evan arborait maintenant une brosse militaire d'un auburn profond, ses yeux noisette étaient cachés derrière des lentilles brunes. Il portait un costume sombre avec une chemise blanche, un sacré changement par rapport à ses tenues d'ordinaire colorées. Les cheveux bruns de Carrie étaient désormais blonds et courts. Elle portait des lunettes teintées qui faisaient paraître ses yeux marron au lieu de bleus.

« Appelle-moi caméléon, déclara Evan d'un ton amusé.

– J'espère pour toi que c'est ta dernière métamorphose. »

Après avoir revu leur plan avec Bedford, Evan et Carrie embarquèrent à bord du petit jet qui les avait amenés de La Nouvelle-Orléans et s'envolèrent pour l'Ohio. Ils atterrirent dans un aérodrome à l'est de Dayton.

Bedford leur avait réservé une voiture et, tandis que le pilote se dépêchait d'aller la chercher, Carrie et Evan attendirent devant l'aérodrome. Le ciel de plomb était lourd de pluie, un vent humide soufflait sans relâche. Ils se tenaient sous un parapluie qu'Evan avait récupéré dans l'avion, mais, bien qu'ils fussent seuls, il préféra ne pas lui parler pour l'instant au cas où un micro serait caché dans le manche. Il pourrait aussi y en avoir un dans la voiture. Le pilote était peut-être censé rapporter le moindre de ses mots à Bedford. Il se demanda comment ses parents avaient pu supporter le fardeau du mensonge permanent. Peut-être cela expliquait-il leurs silences, la quiétude d'un amour avare en mots.

Goinsville, la ville dont, selon Bernita Briggs, la famille Smithson – sa famille – était originaire, se trouvait à une quinzaine de kilomètres de l'oblique de l'autoroute 71. Evan s'installa sur la banquette arrière. Carrie avait le bras en écharpe, elle semblait fatiguée mais soulagée. Evan se dit qu'elle devait être contente de ne plus être clouée au lit, de reprendre son combat contre Jargo.

Ils se séparèrent du pilote de la CIA dans un petit restaurant en bordure de la ville, l'abandonnant à son deuxième petit déjeuner de la journée et à un épais magazine de mots croisés.

Evan prit le volant, ils pénétrèrent dans Goinsville et atteignirent la place principale. La ville avait fait un effort : quatre boutiques de brocante qui se disputaient les dollars des collectionneurs, un café en terrasse avec des tables cabossées et désertées sous les nuages gorgés de pluie ; une boutique d'optique ; un cabinet d'avocats ; un bureau des titres. Une ville anonyme ordinaire.

« Goinsville, pas vraiment le centre du monde », dit Evan.

Il quitta la place et se gara une rue plus loin devant un petit bâtiment de brique rénové sur lequel des lettres de métal annonçaient BIBLIOTHÈQUE PUBLIQUE DE GOINSVILLE.

Evan expliqua à la bibliothécaire de service qu'ils effectuaient des recherches généalogiques. La femme – une jolie petite brune – fronça les sourcils.

« Si vous recherchez des certificats de naissance, vous ne trouverez rien d'antérieur à 1967.

– Pourquoi ?

– Le palais de justice a brûlé. Nous sommes le chef-lieu du comté. Tous les certificats sont partis en fumée dans l'incendie. Mais on peut tout retrouver à partir de 1968.

– Et dans les archives du journal local ?

– Nos microfilms remontent aux années quarante, expliqua la bibliothécaire. Nous possédons aussi de vieux annuaires originaux, si ça peut vous aider. Quel nom de famille cherchez-vous ?

– Smithson. »

C'était la première fois qu'il pouvait s'approprier ce nom, la première fois qu'il le prononçait en public. *Arthur et Julie Smithson. Ils ont passé leur enfance ici.*

« Je ne connais aucun Smithson, déclara la bibliothécaire.

– Ils ont grandi à l'orphelinat.

– Doux Jésus. Il n'y a pas d'orphelinat ici. Le plus proche doit se trouver à Dayton. Mais cela ne fait que quatre ans que je vis ici. »

Elle leur montra les lecteurs de microfilms, leur recommanda de ne pas hésiter à l'appeler s'ils avaient besoin d'assistance, puis regagna son bureau.

« L'orphelinat a dû fermer », dit Evan. Ou alors Mme Briggs s'était trompée. Ou bien elle avait menti. « Commence par chercher des Smithson dans l'annuaire le plus récent. Je vais chercher dans le journal. Mais je dois d'abord aller aux toilettes. »

Elle acquiesça et il regagna le hall d'entrée de la bibliothèque. Près des toilettes se trouvait une cabine téléphonique. Il inséra des pièces de vingt-cinq *cents*, composa le numéro du portable de Shadey.

« Allô.

– Shadey. C'est Evan. Je n'ai que quelques secondes. Tu vas bien ?

– Ouais, mec. Tu es où ?

– Je vais bien. Je suis avec… la CIA.

– Tu déconnes.

– Non. Tu as réussi à rentrer à Houston ?

– Oui. J'ai payé mon billet d'avion avec ma Visa, mec, tu me dois du fric. » L'amertume qu'il avait témoignée lors de leur conversation à Houston avait disparu de sa voix. « Tu es sûr que ça va ?

– Oui, et je vais m'arranger pour que tu sois remboursé.

– Je… je veux pas avoir l'air radin. C'est juste que j'ai la trouille, Evan.

– Tu ferais bien de faire profil bas.

– C'est ce que je fais. Je me suis fait porter pâle au boulot, je crèche chez un pote.

– Bonne idée. Est-ce que tu as réussi à filmer Dezz et Jargo ?

– Impeccable. J'ai chopé Dezz quand il a attrapé cette petite bonne femme, et aussi quand il a essayé de descendre le gardien. Je crois qu'en Louisiane on appelle ça une tentative de meurtre.

– Il faudrait que tu mettes le film sur un serveur pour que je puisse le télécharger. Tu sais faire ça ?

– Non, mais mon pote s'y connaît en informatique. Tu veux que je le mette où ? »

Evan lui indiqua un serveur sur lequel il sauvegardait ses films au jour le jour de crainte qu'on ne lui vole son ordinateur ou que sa maison ne prenne feu. Shadey répéta les informations que lui avait communiquées Evan et ajouta :

« Je crée un compte sous le nom de mon demi-frère. Le mot de passe est *evanmedoitdufric*.

– Merci. Reste planqué, Shadey.

– Tu reviens quand ?

– Je ne sais pas. Merci pour tout. Je te virerai l'argent sur ton compte.

– Mec. T'en fais pas pour ça. Fais gaffe à toi.

– Pas de souci. Faut que je file, Shadey. Prends soin de toi. Je t'appelle dès que possible. »

Il regagna la table de lecture et Carrie lui fit un sourire comme il se rasseyait.

« Il n'y a pas grand-chose dans les annuaires des vingt dernières années, dit-elle. Aucun Smithson. J'en suis déjà aux archives du journal. Tu peux attaquer cette série. »

Evan plaça le microfilm dans le lecteur et se mit à parcourir les archives. Il sentait la proximité de Carrie, l'odeur de savon que dégageait sa peau, aurait aimé l'embrasser, comme si ce cauchemar n'était jamais arrivé. Mais il savait qu'entre eux, plus rien ne serait jamais comme avant. L'innocence avait disparu à jamais.

« Tes parents ont pu mentir à ta source, dit Carrie.

– Ça t'énerve que je ne te dise pas son nom ? » demanda-t-il.

Il n'avait communiqué le nom de Bernita Briggs à personne et n'avait pas non plus expliqué comment il avait fait le lien entre sa famille et les Smithson. Bedford n'avait pas insisté.

« Non. Tu protèges cette personne. À ta place, je ferais la même chose.

– Je veux te faire confiance. Je sais que je le peux. Mais je ne veux pas que Bedford apprenne son nom.

– Tu peux lui faire confiance à lui aussi, Evan », dit-elle, puis elle retourna à ses recherches.

Il attaqua une série de microfilms commençant en janvier 1968. Le journal était un catalogue d'événements locaux, de rapports agricoles et autres. On y vantait les mérites des élèves de l'école, et on y abordait même les nouvelles du reste du monde. Puis le quotidien était devenu bihebdomadaire. Il survola des comptes rendus d'accidents de voiture, de meurtres tout à fait occasionnels, des faire-part de naissance, des pages sportives, une parade de chefs scouts et de jeunes diplômés du lycée agricole.

Il s'arrêta au 13 février 1968, date de l'incendie du palais de justice, et lut l'article. Le feu avait totalement dévasté les archives. Au cours des jours suivants, on avait soupçonné un acte criminel, comme pour l'incendie de l'orphelinat qui s'était produit trois mois plus tôt. Les enquêteurs cherchaient à établir un lien entre les deux événements.

« Est-ce que tu es à la fin de 1967 ?

– Non. Au milieu de 63.

– Va en novembre 67. J'ai trouvé. Incendie à l'orphelinat. »

Au bout de quelques minutes, elle trouva l'article relatant l'incendie. Le Foyer de l'Espoir recueillait les enfants illégitimes et non désirés de Goinsville après la Seconde Guerre mondiale. Les rejetons abandonnés dans le sud-est de l'Ohio qui ne finissaient pas aux orphelinats religieux de Dayton ou de Cincinnati y trouvaient refuge. On y accueillait aussi bien les garçons que les filles. En novembre 1967, le feu s'était déclaré dans les locaux administratifs puis propagé en un rien de temps au reste du complexe. Quatre enfants et deux adultes avaient péri asphyxiés. Les autres enfants avaient été dispersés dans divers établissements de l'Ohio, du Kentucky et de la Virginie-Occidentale. Le Foyer de l'Espoir n'avait jamais rouvert ses portes.

Evan retourna au compte rendu de l'incendie du palais de justice. La plupart des articles sur les deux tragédies étaient signés par un certain Dealey Todd.

« Regarde s'il figure dans l'annuaire le plus récent », dit Evan.

Carrie effectua la recherche.

« Il y est, répondit-elle.

– Je vais lui passer un coup de fil pour voir s'il accepte de nous parler. » Il appela aussitôt puis, après un bref échange, raccrocha. « Sa femme dit qu'il est retraité, qu'il reste chez lui à tourner en rond. Allons-y. »

28

« Ces pauvres gamins », se désola Dealey Todd.

Il avait dans les quatre-vingts ans, mais arborait toujours un sourire de gamin insouciant. Ses cheveux avaient depuis longtemps battu en retraite, laissant place à une traînée de taches de rousseur qui lui barrait le front. Il portait un vieux pantalon en toile qui aurait eu besoin d'un bon lavage et une chemise décolorée à force d'être portée. Son salon abritait tout un tas de vieux livres de poche et trois télés ; l'une était allumée sans le son sur CNN tandis que les deux autres diffusaient une *telenovela*, également sans le son.

« J'apprends l'espagnol, expliqua-t-il.

– Tu reluques les jolies filles », corrigea sa femme.

La gorge d'Evan se serra lorsqu'il vit CNN. Même s'il ne faisait plus les gros titres, sa photo y était apparue à plusieurs reprises au cours des deux derniers jours. Mais le déguisement de Bedford semblait fonctionner ; lorsqu'il avait annoncé que Carrie et lui s'appelaient Terry et Bill Smithson, Dealey Todd ne les avait pas dévisagés avec une curiosité particulière. Le vieil homme accordait sans doute plus d'attention aux poitrines visibles dans les *telenovelas* qu'aux informations.

Mme Todd, une femme énergique, leur proposa une tasse de café et s'éclipsa prestement pour aller regarder une autre télévision dans la cuisine. Evan décida de jouer sur la corde sensible.

« Nous pensons que mes parents ont grandi au Foyer de l'Espoir, mais leurs registres ont été détruits, expliqua-t-il. Nous essayons de découvrir s'il existe une autre source d'information et aimerions aussi en savoir plus sur l'orphelinat. Ils sont morts il y a plusieurs années et nous cherchons à reconstituer le début de leur vie.

– Admirable, s'enthousiasma Dealey Todd. Ma propre fille vit à Cleveland et elle n'appelle jamais plus d'une fois par mois.

– Dealey ! lança madame Todd depuis la cuisine. Ils se fichent de tes histoires, mon lapin. »

Le lapin fit une moue désabusée.

« OK, l'orphelinat, dit-il en haussant les épaules, puis il but une gorgée de café et son sourire revint. Il a brûlé dix ans après sa construction. Vous risquez donc de mettre un sacré bout de temps avant de trouver des registres. »

Evan secoua la tête.

« Il existe forcément une autre source. Qui l'a construit ? Peut-être que l'œuvre de bienfaisance qui le finançait possède encore ce dont j'ai besoin.

– Voyons voir. » Il ferma les yeux pour réfléchir. « À l'origine, c'est une institution non religieuse de Dayton qui l'a ouvert, mais ils l'ont vendu à... voyons voir... j'ai envie de dire une société située dans le

Delaware, dit-il après s'être tapoté la lèvre inférieure. Vous pourrez probablement retrouver l'acte de vente chez le notaire du comté. Mais je me souviens que cette société a aussi fait faillite après l'incendie, et personne n'a reconstruit l'orphelinat. »

Un propriétaire en faillite. Dieu seul savait ce qui avait pu advenir des documents. Mais Evan savait grâce aux interviews qu'il avait filmées pour ses documentaires que les impasses cachaient souvent une autre voie, que l'on ne voyait pas au premier abord. Il réfléchit une seconde et demanda :

« Que pensait-on de l'orphelinat en ville ?

– Vous savez, ce n'est pas que les habitants de Goinsville n'ont pas bon cœur, loin de là, mais pas mal de gens n'étaient pas trop heureux d'avoir cet orphelinat. Ils ne voulaient pas de ça chez eux. Des bonnes femmes soi-disant croyantes qui rouspétaient à cause de…

– Dealey, mon lapin, n'exagère pas, lança madame Todd depuis la cuisine.

– Je pensais, en quittant le journal, que j'en avais fini avec la censure », maugréa Dealey.

Silence dans la cuisine.

« Je n'exagère pas, reprit-il à l'intention d'Evan et Carrie. Ce qui ne plaisait pas aux gens, c'était notamment que des jeunes filles en difficulté puissent venir déposer leur précieux paquet au Foyer. L'orphelinat attirait les pécheresses. »

Il s'interrompit et sourit avec gêne en se rappelant qu'il parlait des parents et de la grand-mère d'Evan.

« Est-ce que quelqu'un détestait assez cet endroit pour y mettre le feu ? demanda Evan.

– Tout le monde a d'abord cru à un accident causé par le circuit électrique. Mais six mois après l'incendie, un adolescent nommé Eddie Childers a abattu sa mère avant de se suicider. La police a retrouvé sous son lit des souvenirs des deux lieux qui avaient brûlé – des chaussettes de bébé, un uniforme de petite fille de l'orphelinat, des photos de famille des employés du palais de justice. Je ne l'oublierai jamais, j'étais présent quand la police a retrouvé ces objets sous le lit. Et il a laissé un mot dans lequel il s'accusait. C'était un gamin indomptable. Tout cela est tellement triste.

– Les registres de tous les enfants nés au Foyer de l'Espoir ont donc été détruits au cours des deux incendies, résuma Evan, et les propriétaires ont fait faillite.

– En gros, oui, répondit Dealey. Je me rappelle avoir écrit quelques articles après l'incendie sur la société qui possédait l'orphelinat… parce que, vous savez, une vingtaine d'emplois avaient été créés en ville. Les gens espéraient qu'ils le reconstruiraient. Vingt emplois, ce n'est pas rien.

– Bien, nous pourrons chercher ces articles à la bibliothèque », intervint Carrie.

C'est une impasse, tout cela ne mène à rien. C'est impossible, pensa Evan. Puis il se dit, *C'est justement ce qu'ils veulent, que Goinsville soit une impasse.* Quelqu'un voulait que toute recherche sur les parents d'Evan se heurte à un mur. *C'est impossible. On ne peut pas diriger une institution qui s'occupe d'enfants et faire disparaître la moindre trace de son histoire…*

« Merci pour votre temps, dit Carrie.

– Vingt emplois, reprit soudain Evan. Hé, connaissez-vous quelqu'un qui aurait travaillé au Foyer de l'Espoir et qui serait toujours en vie ? »

Dealey se mordit la lèvre tout en réfléchissant. Mme Todd fit irruption dans la pièce.

« Eh bien, la femme du cousin de Dealey était volontaire à l'orphelinat. Elle lisait des histoires aux petiots chaque mercredi, voyez-vous. Elle les intéressait à la lecture parce que, vous savez, c'est la clé de la réussite. Je m'en souviens parce que Phyllis a gagné le prix du Volontaire de l'année, et ma belle-mère m'a tannée pendant des semaines pour que je m'engage à mon tour. Elle pourrait peut-être vous aider, ou vous donner le nom des employés.

– Est-ce que par hasard elle vivrait encore dans la région ? demanda Evan. Je pourrais lui montrer des photos de mes parents et voir si elle les reconnaît.

– Bien sûr, répondit Dealey. Phyllis Garner. Elle habite à cinq rues d'ici.

– Phyllis a encore toute sa tête, continua Mme Todd. On ne peut pas en dire autant du reste de la famille, mon lapin. »

Un rapide coup de fil permit de déterminer que Mme Garner était chez elle, occupée à regarder le même feuilleton que Mme Todd. Ils parcoururent en voiture les cinq rues en compagnie de Dealey Todd et atteignirent une maison de brique immaculée à l'ombre de chênes géants. Mme Garner arborait un ensemble bleu lavande et une coiffure parfaite. Elle n'allait pas tarder à fêter son quatre-vingt-cinquième anniversaire.

Phyllis Garner leur fit signe de s'asseoir sur le canapé orné de motifs fleuris. Evan craignit de devoir endurer des commérages sur Goinsville pour le reste de la journée en enchaînant les tasses de café et de thé.

« Je sais que ça fait bien longtemps, madame, commença Evan en lui montrant une photo récente de ses parents. Ils s'appelaient Arthur et Julie Smithson. »

Phyllis Garner examina la photo.

« Smithson. Je crois me rappeler ce nom. James ! lança-t-elle à l'intention de son petit-fils qui bricolait dans le garage. Viens m'aider une minute. »

James et Phyllis disparurent à la cave, tandis que Dealey, Evan et Carrie se retrouvèrent à parler de la météo et de football, deux des principaux sujets d'intérêt de Dealey.

Phyllis réapparut quinze minutes plus tard, recouverte de poussière mais arborant un large sourire. Le petit-fils portait une boîte, qu'il posa sur la table basse avant de retourner à son bricolage. Phyllis s'assit à côté d'Evan et Carrie, ouvrit la boîte et en tira un album jauni.

« Des photos des enfants. Des souvenirs. Ils me faisaient des dessins sur lesquels ils inscrivaient *Pour Mlle Phyllis*. L'une des petites filles écrivait toujours *Pour maman*. Elle m'avait expliqué qu'elle s'entraînait sur moi pour le jour où elle se trouverait une vraie mère. Ça m'a brisé le cœur. J'ai voulu la ramener à la maison, mais mon mari n'a rien voulu entendre, et ç'a été la seule dispute que je n'ai pas gagnée. Tous ces enfants me faisaient vraiment mal au cœur. Personne ne voulait d'eux. Il n'y a rien de pire au monde que de se sentir indésirable. J'espère que vous reconnaîtrez vos parents là-dedans. »

Elle tourna les pages de l'album. Phyllis Garner, qui était alors une jeune femme rayonnante, devait être le rêve de tous les orphelins. Evan se demanda si elle se rendait compte que ces enfants démunis devaient tous attendre la même chose : qu'elle les prenne par la main en disant, *Tu viens avec moi*. Peut-être les choses auraient-elles été moins douloureuses pour eux si un tel ange avait gardé ses distances.

Elle désigna une photo représentant un groupe de six ou sept orphelins. Evan regarda d'abord les enfants, cherchant à reconnaître son père et sa mère dans chaque visage. Non. Ce n'étaient pas eux. Puis il remarqua l'homme qui se tenait derrière les enfants. Il était petit, presque chauve, portait des lunettes et une fine barbichette d'académicien. Mais la forme du visage, l'attitude pleine d'assurance, étaient les mêmes. Evan avait vu ce visage plusieurs fois dans les coupures de journaux qui lui avaient été anonymement adressées quatre mois plus tôt. L'homme souriait en pinçant les lèvres, comme pour dissimuler la personnalité éblouissante qui l'avait rendu si célèbre à Londres.

Alexander Bast.

« Cet homme. Qui est-ce ? » demanda Evan en tentant de maîtriser son émotion.

Phyllis Garner retourna la photo ; une liste de noms avait été notée d'une écriture serrée au dos du cliché.

« Edward Simms. C'était le directeur de la société qui gérait le Foyer de l'Espoir. Il n'est venu qu'une fois, si je me souviens bien. Je lui ai demandé de poser avec un groupe d'enfants. En l'honneur de sa visite. Mon Dieu, il avait beau sourire, on aurait dit que je l'avais mis au supplice. Il se comportait comme si les enfants étaient sales. Les autres femmes l'ont trouvé charmant, mais moi, on ne me la fait pas. »

Carrie serra le bras d'Evan. Fort. Elle désigna sans un mot le grand garçon maigre qui se tenait près de Bast. Son visage laissa paraître sa stupéfaction.

« Quel est le problème, ma chère ? » demanda Phyllis.

29

« Rien. J'ai cru… mais ce n'était rien, répondit Carrie après un long silence.

– Est-ce que tu vas bien ? demanda Evan.

– Ça va, répondit-elle en hochant la tête.

– Ces enfants sont les derniers arrivés avant l'incendie, je crois. » Phyllis Garner fit courir son doigt sur la page de l'album ouvert sur ses genoux. « Je me souviens qu'au début ils étaient timides. Et, bien sûr, ils étaient plus âgés que les autres, ce n'étaient pas des bébés. Le plus triste, c'est que personne ne les avait encore adoptés. Les gens voulaient adopter des bébés. »

Carrie pointa du doigt un grand gamin dégingandé.

« Il était sur la même photo que M. Simms. »

Elle continuait de serrer le bras d'Evan. Phyllis tira la photo de sa protection en plastique.

« J'ai inscrit leurs noms derrière… Richard Allan. » Elle regarda Carrie en plissant les yeux. « Ma chérie, vous allez bien ? Vous avez encore l'air bouleversée.

– Oui, ça va, merci. Vous avez raison, c'est triste, ces enfants plus âgés qui ne trouvent pas de foyer. »

Carrie avait recouvré sa voix normale.

« Quelle injustice, dit Phyllis. Tout le monde cherchait des bébés. C'était un groupe de gamins attachants. Beaux, intelligents, de toute évidence en bonne santé, bien éduqués. À l'orphelinat, on voyait des gamins qui avaient perdu tout espoir de trouver une famille, qui savaient qu'on ne leur proposerait jamais que des emplois minables. C'est tellement difficile pour les orphelins de s'en sortir. Mais ceux-ci, ils n'ont pas l'air du tout brisés. »

Evan tourna la page. Sur une photo, deux adolescentes entouraient un jeune homme qui arborait un grand sourire. Ses cheveux épais étaient vaguement bruns, des taches de rousseur constellaient ses pommettes saillantes, il avait les incisives légèrement espacées.

Jargo. Ses yeux étaient toujours les mêmes, froids et pénétrants.

« Mon Dieu ! Mon Dieu ! » dit Carrie dans un murmure proche d'un gémissement.

Evan sentit la sueur lui couler le long du dos.

« Avez-vous retrouvé votre papa ? » demanda joyeusement Phyllis.

Evan parcourut le reste de la page. Plus bas, une autre photo représentait deux adolescents : une jeune fille blonde aux yeux bleus, remarquablement jolie mais avec une expression soucieuse, et un garçon en sueur tenant un ballon, ses cheveux clairs ébouriffés, un grand sourire illuminant son visage comme s'il était prêt à conquérir le monde.

Mitchell et Donna Casher à seize ans. Figés dans le temps, comme Jargo.

« Puis-je ? demanda Evan.

– Je vous en prie », répondit Phyllis.

Il dégagea la photo de sa protection, la retourna. *Arthur Smithson et Julie Phelps*, avait noté Phyllis de son écriture soignée.

« Smithson, lut Phyllis. Oh, ça y est ! Est-ce que ce sont vos parents ?

– Oui, madame. »

Sa voix était rauque. Il se força à lui sourire.

« Mon petit, alors prenez cette photo, elle est à vous. Oh, je suis si heureuse d'avoir pu vous aider. »

Carrie serra encore plus fort le bras d'Evan.

« Phyllis, est-ce que des enfants de ce groupe ont péri dans l'incendie ?

– Non. Les victimes étaient plus jeunes. Les plus grands s'en sont tous sortis indemnes.

– Vous rappelez-vous où ces enfants sont allés après l'incendie ? Dans d'autres orphelinats ? demanda Evan.

– Non, je ne sais pas, je suis désolée. Je pense même ne l'avoir jamais su, répondit-elle en se renfonçant dans le canapé. On nous a dit qu'il était préférable pour nous de ne pas garder le contact avec les enfants.

– Est-ce que nous pourrions emprunter ces photos ? Nous pourrions faire des copies, les scanner, et vous les rendre avant de quitter la ville cet après-midi, demanda Evan. Ce serait très important pour nous.

– Je n'en ai jamais fait assez pour ces enfants, dit Phyllis. Je suis heureuse que quelqu'un s'intéresse enfin à eux. Prenez les photos, vous avez ma bénédiction. »

Après avoir dit au revoir à Phyllis et Dealey, ils reprirent la route de l'aérodrome, où un ordinateur et un scanner les attendaient à bord du jet.

« Mon père, dit Carrie d'une voix tremblante. Le garçon sur la photo, à côté d'Alexander Bast, c'est mon père, Evan, bon Dieu, c'est mon père !

– Tu es sûre ?

– Oui. Nos parents se connaissaient. Ils connaissaient Jargo. Quand ils étaient gamins, dit-elle en pointant l'une des photos du doigt. Richard Allan. Mon père s'appelait Craig Leblanc. Mais c'est lui, je sais que c'est lui. Ne va pas au jet. Arrêtons-nous une minute pour prendre un café, s'il te plaît. »

Ils s'installèrent dans un recoin d'un petit restaurant de Goinsville. Les seuls autres clients étaient un couple de personnes âgées qui échangeaient éclats de rire et regards amoureux tels de jeunes tourtereaux.

« Qu'est-ce que ça peut signifier ? demanda Carrie en observant la photo de son père comme s'il pouvait lui fournir les réponses à ses questions ; puis les larmes lui montèrent aux yeux. Evan, regarde-le. Il a l'air si jeune. Si innocent. » Elle s'essuya les yeux. « Comment est-ce possible ? »

Jargo, cet être diabolique qui avait transformé leurs vies, remontait à bien plus loin qu'Evan ne l'avait imaginé. Sa vie et celle de Carrie étaient liées avant même leur naissance. Evan était effrayé, la menace qui pesait sur eux semblait être une ombre planant à chaque instant au-dessus de leur tête. Ils s'apercevaient tous deux qu'ils avaient vécu toute leur vie dans les ténèbres. Evan inspira profondément. *Trouve de l'ordre dans ce chaos*, se dit-il.

« Reprenons depuis le début. » Il énonça les faits en les comptant sur ses doigts. « Nos parents et Jargo étaient ensemble à l'orphelinat. Le foyer est parti en fumée avec tous les registres. Les gamins ont été dispersés. Et puis, un mois plus tard, le palais de justice brûle et on accuse un incendiaire qui s'est suicidé. Alexander Bast, un agent de la CIA, dirige l'orphelinat sous un faux nom.

– Mais pourquoi ?

– La réponse est sous notre nez. Supposons que quelqu'un cherche à reconstituer le passé de ces gamins, à retrouver les registres, les actes de naissance. Rien de plus simple que de leur créer une nouvelle identité, en utilisant Goinsville et l'orphelinat comme lieu de naissance. Ils n'ont qu'à dire, oui, je suis né au Foyer de l'Espoir. Mon acte de naissance original ? Il est malheureusement parti en flammes. »

Carrie fronça les sourcils.

« Mais l'État de l'Ohio leur en aurait fourni de nouveaux, non ? Pour remplacer les anciens.

– Oui. Mais fondés sur les informations communiquées par Bast, répondit Evan. Il aurait pu falsifier les registres afin de prouver que tous les enfants vivant au Foyer de l'Espoir y étaient nés. Peut-être ces gamins avaient-ils d'autres noms avant d'arriver à l'orphelinat. Mais à leur arrivée, ils se font appeler Richard Allan, Arthur Smithson et Julie Phelps. Après l'incendie, on leur fournit de nouveaux actes de naissance sous ces noms, et on ne leur pose plus jamais de questions. Et plus tard, ils peuvent demander des actes de rechange au nom de n'importe quel autre gamin de Goinsville. »

Carrie acquiesça.

« Toute une réserve de nouvelles identités. »

Evan but une longue gorgée de café. Il ne pouvait détacher les yeux de la photo ; sa mère était si belle ; son père avait l'air si innocent.

« Remontons encore plus loin. Jusqu'à Bast, car il est au cœur de tout ça. Dis-moi pourquoi un type qui possède des boîtes de nuit à Londres et fréquente des célébrités s'intéresserait à un orphelinat américain.

– La réponse est qu'il n'est pas un simple fêtard londonien, répondit Carrie.

– Nous savons qu'il était de la CIA.

– Mais au bas de l'échelle.

– C'est du moins ce que dit Bedford.

– Bedford ne ment pas, Evan, je te le promets.

– Oublie Bedford. C'était peut-être un moyen pour la CIA de créer facilement de nouvelles identités.

– Mais ce ne sont que des gamins. Pourquoi des gamins auraient-ils besoin de nouvelles identités ?

– Parce que… parce qu'ils appartenaient à la CIA. Il y a longtemps. C'est juste une théorie. »

Carrie blêmit.

« Bedford ne serait-il pas au courant si les Deeps faisaient partie de l'histoire de la CIA ?

– Bedford ne traque Jargo que depuis environ un an. Nous ne savons pas ce qu'on lui a raconté. » Il lui saisit les mains. « Nos parents ont renoncé à leur vie. Ils ont cessé d'être Richard Allan, Julie Phelps et Arthur Smithson et ont adopté de nouvelles identités. On a peut-être dit à Bedford qu'il avait hérité d'un problème, pas d'un effroyable secret. »

Evan se pencha de nouveau sur la pile de photos. « Regarde. Jargo avec mes parents. »

Il désigna une photo représentant un grand garçon musclé passant ses bras épais autour du cou de Mitchell et Donna Casher, arborant un sourire en biais qui dénotait plus une grande confiance en soi qu'un sentiment d'amitié. Mitchell Casher était légèrement penché vers Jargo, comme s'il lui posait une question. Donna Casher semblait raide, mal à l'aise, mais elle tenait la main de Mitchell. Carrie examina le visage de Jargo, puis regarda celui de Mitchell.

« Il y a une ressemblance avec ton père.

– Je ne vois pas.

– Leur bouche, dit-elle. Ton père et Jargo ont la même bouche. Regarde leurs yeux. »

Il percevait maintenant la similitude dans la courbure du sourire.

« Ils font juste un grand sourire. »

Il ne voulait pas regarder les yeux des jeunes hommes – le plissement quasi identique. C'était impossible, pensa-t-il. Absolument impossible. Carrie inspecta le dos de la photo.

« Ça dit juste Artie, John et Julie. »

Il s'intéressa à l'autre photo de Jargo que Phyllis lui avait montrée.

« John Cobham.

– Cobham. Pas Smithson. »

Carrie serra les mains d'Evan dans les siennes.

« Les photos ont pâli, dit-il d'une voix faible. Les traits sont plus flous. Ils se ressemblent tous. »

Elle se pencha en arrière.

« Laisse tomber. Je suis désolée. Revenons-en à ce que tu disais. À savoir, Bedford est-il ou non au courant ? Je ne pense pas. Il n'aurait pas pris la peine de nous envoyer ici.

– Alors, qu'est-ce que tu vas lui dire ?

– La vérité, Evan. Pourquoi pas ?

– Peut-être parce que… parce que c'est une affaire qui embarrasse la CIA mais qu'il n'est pas au courant. Bast a amené ces gamins ici, il leur a créé de nouveaux noms, il a fait en sorte qu'il soit presque impossible de retrouver leur trace, et il travaillait pour la CIA. » Il se pencha en avant. « Peut-être que la CIA a pris ces gamins sous son aile et les a élevés pour en faire des espions et des assassins.

– Tu divagues. La CIA ne ferait jamais ça.

– Ne prends pas automatiquement la défense de l'Agence. » Evan baissa la voix comme si Bedford avait été assis dans le box d'à côté. « Je n'attaque pas Bedford. Mais ne me dis pas ce que les gens de la CIA – ou peut-être un petit groupe d'agents fourvoyés – pourraient faire ou non, et encore moins ce qu'ils ont réellement fait au cours des quarante dernières années, parce que nous n'en savons rien. Bast était de la CIA. Il a amené nos parents ici. Il devait avoir une raison. »

Carrie leva la main.

« Supposons que tu dises vrai. À un moment, les gamins de ce groupe ont changé de nom et de vie et se sont mis à travailler pour Jargo. Pourquoi ? C'est ça la question.

– Bast est mort. Jargo a pris la succession.

– Jargo a tué Bast. C'est forcé.

– Peut-être. Jargo devait avoir une emprise sur nos parents, et peut-être aussi sur les autres gamins. Une mainmise inexorable. Je veux aller à Londres.

– Pour savoir qui était vraiment Alexander Bast ?

– Oui. Et me renseigner sur Hadley Khan. Il connaissait le lien entre Bast et mes parents. Ça ne peut pas être une coïncidence.

– Le fait que ta mère ait choisi ce moment précis pour voler les fichiers et s'enfuir ne peut pas être une coïncidence non plus. Elle savait qu'on t'avait donné des renseignements sur Bast.

– Je ne le lui ai jamais dit. Jamais. Tu sais que je ne parle jamais de mes films pendant la conception. Tu es la première personne avec qui je l'ai fait.

– Evan. Elle savait. Tu as envoyé un e-mail à Hadley Khan en lui demandant pourquoi il t'avait envoyé des informations sur Bast. Elle a pu consulter ton ordinateur. Elle a pu voir le nom de Bast dans un e-mail adressé à Hadley. Ou alors, quand je l'ai rencontrée… j'ai pu lui rappeler mon père. Elle a peut-être eu peur que tu aies été recruté. Et elle vous a tout simplement cherché une porte de sortie.

– Elle m'a espionné. Ma propre mère m'a espionné. »

Il en était maintenant persuadé. Carrie passa le bras par-dessus leurs tasses de café froid et lui prit la main.

« Je suis vraiment désolée, Evan. »

Au milieu des vieilles photos de leurs parents et de Jargo éparpillées sur la table, Bast les regardait en souriant.

Ils appelèrent Bedford de l'avion et firent le point sur ce qu'ils venaient de découvrir.

« Nous voulons aller à Londres, dit Evan. C'est là que ma mère est partie en reportage pour la dernière fois. Hadley Khan est là-bas. Et Bast y est mort. Pouvez-vous obtenir du bureau de la CIA à Londres qu'ils ressortent le dossier complet sur le meurtre de Bast ?

– Il n'est jamais question de cet orphelinat dans le dossier de Bast, repartit Bedford. Êtes-vous certains qu'il s'agit bien de lui sur la photo ?

– Oui. Est-ce que quelqu'un de l'Agence aurait pu expurger son dossier pour dissimuler son implication.

– Tout est possible. »

Bedford semblait soucieux, comme si les règles de sa mission venaient d'être récrites. Evan pouvait aussi lire la tension croissante sur le visage de Carrie : *Dans quoi nous sommes-nous embarqués ?* semblait-elle se demander.

« Londres, répéta Evan. On peut y aller ?

– Oui, répondit Bedford. Si Carrie se sent la force de faire le voyage. »

Evan actionna le haut-parleur du téléphone.

« Je me sens bien, affirma Carrie. Je suis un peu fatiguée, mais je pourrai dormir pendant le vol.

– Je m'arrangerai pour que le bureau de Londres vous prenne en charge. Je vais parler au coordinateur des voyages, mais je pense qu'il vous faudra un nouveau pilote. Nous ferons le changement à Washington. Et, Carrie, je demanderai à un médecin de t'examiner avant le départ, et un autre t'attendra en Grande-Bretagne.

– Merci, Bricklayer. »

Bedford raccrocha. Carrie alla aux toilettes. Evan ferma les yeux pour réfléchir.

Il entendit Carrie regagner son siège, mais garda les yeux clos. Le jet fila au-dessus de l'Ohio, puis se dirigea vers la Virginie, laissant derrière eux la région où était né le long mensonge qui avait régi la vie de sa famille.

Il s'imagina dans son bureau à Houston, démêlant peu à peu vingt heures d'images numériques téléchargées sur son ordinateur, éliminant les déchets et les bavardages inutiles pour ne conserver que le cœur de l'histoire qu'il voulait raconter aux spectateurs assis dans le noir. Il avait lu que Michel-Ange s'était contenté de retirer les morceaux de marbre qui n'étaient pas à leur place pour libérer le David qui se cachait dans le bloc de pierre. Son David à lui serait la vérité sur ses parents, les informations qui libéreraient son père.

Où était donc la vérité, où était le chef-d'œuvre emprisonné dans la pierre ?

Il ouvrit les yeux, vit Carrie qui regardait droit devant elle, recroquevillée sur elle-même comme si elle était exposée à un vent glacial.

Soudain son cœur s'emplit de… de quoi ? Il n'en savait rien. De pitié, peut-être, de tristesse, car ni l'un ni l'autre n'avaient demandé à naître au milieu de ce désastre. Mais elle avait choisi de rester. D'abord pour ses parents, puis pour Bedford. Et maintenant pour lui. Il ressentit soudain tout le poids de sa dette envers elle, oubliant la confusion et la souffrance causées par les mensonges qu'elle avait été forcée de dire.

« À quoi penses-tu ? demanda-t-il.

– À ton père, répondit-elle. Tu lui ressembles. Tu as le même sourire innocent que lui sur ces photos. Je me demandais s'il a peur en ce moment. Pour lui, pour toi.

– Je suis certain que Jargo lui a raconté mille mensonges.

– Un seul mensonge bien trouvé peut suffire.

– Ça n'a pas suffi avec toi, répliqua Evan.

– Je me demande si nos parents craignaient que nous découvrions la vérité et que nous nous éloignions d'eux.

– Je suis sûr que oui. Même s'ils savaient que nous les aimions.

– Mais mon père m'a recrutée, il m'a entraînée dans son univers, exactement comme Jargo l'a fait avec Dezz. Je ne comprends toujours pas pourquoi. »

Elle avait l'air fatiguée, mais aucun sentiment de colère ne perçait dans sa voix.

« On ne sait pas s'il a eu le choix, Carrie. Ou peut-être espérait-il qu'en te retrouvant impliquée dans son activité, tu ne le rejetterais pas.

– Je l'aurais aimé quoi qu'il arrive. Je pensais qu'il le savait.

– Je suis sûr que oui. »

Elle secoua la tête.

« Je m'aperçois seulement maintenant qu'il y avait tout un pan de sa vie que je ne connaissais pas. Toutes ces pensées, ces inquiétudes et ces peurs qu'il devait dissimuler. C'est comme si je ne l'avais jamais connu. C'est probablement ce que tu ressens vis-à-vis de ton père. »

Il s'attendait à ce qu'elle ajoute *ou vis-à-vis de moi*, mais elle s'abstint. Il s'éclaircit la gorge.

« Je sais que j'aime le père que je connais, et je dois croire que c'est lui mon vrai père, quoi qu'il ait pu faire.

– Je comprends. Je ressens la même chose. Mon père t'aurait plu, Evan.

– Il doit te manquer.

– Mon Dieu, de voir toutes ces photos de lui, si jeune… ça me fait toujours quelque chose. »

Elle se frotta les yeux. Il vint s'asseoir à côté d'elle, passa un bras autour de ses épaules, essuya les larmes qui lui coulaient sur les joues.

« Ils ne nous faisaient pas assez confiance pour nous dire la vérité, dit-elle après un temps.

– Ils essayaient de nous protéger.

– C'est exactement ce que je voulais faire avec toi. Te protéger. Je suis désolée de t'avoir fait faux bond.

– Carrie, tu ne m'as pas fait faux bond. Jamais. Je sais que tu étais dans une situation absolument terrible. Je le sais.

– Mais tu me détestes un peu. Parce que je t'ai menti.

– Non.

– Je comprendrais si tu me détestais, ajouta-t-elle.

– Je ne te déteste pas. »

Il fut quelque peu surpris de s'apercevoir qu'il avait besoin d'elle. Cette tragédie les liait à jamais, tout comme elle avait lié les parents d'Evan et le père de Carrie. Il ne voulait pas être seul.

Il l'embrassa. Il se sentait aussi hésitant et timide que si c'était leur premier baiser. Il se pencha en arrière pour l'observer, Carrie ferma les yeux et sa bouche effleura celle d'Evan, une fois, deux fois, puis il l'embrassa avec passion. Son besoin de tendresse se mêlait au besoin qu'il avait de lui prouver qu'il l'aimait. Elle s'écarta, appuya son front contre le sien.

« Nos familles ont vécu dans le mensonge. J'ai fait pareil pendant un an, je ne veux plus jamais recommencer. Tu ne peux pas imaginer comme on se sent seul. Je ne veux pas que cela t'arrive. Nous pouvons être nous-mêmes. Je t'aime, Evan. »

Il avait envie de la croire. Il avait besoin d'aimer, de croire en ce qu'elle avait de meilleur. Il devait regagner ce qu'il avait perdu, pour autant que ce fût possible. Cette prise de conscience lui fit l'effet d'une soudaine explosion dans la tête. Il voulait être seul avec elle – loin des micros de la CIA, loin de leurs parents qui n'étaient plus que des inconnus sur de vieilles photos, loin de la mort et de l'angoisse.

« Je t'aime aussi », répondit-il doucement.

Elle se blottit entre ses bras et il l'étreignit jusqu'à ce qu'elle s'endorme.

Nous pouvons être nous-mêmes.

Oui, pensa-t-il. Quand Jargo sera mort.

Tandis que le jet fendait le ciel vers la Virginie, Evan ne se demandait pas si Carrie était toujours la femme qu'il aimait. Il se demandait s'il était toujours l'homme qu'elle avait aimé.

30

ÉTENDU, OSCILLANT ENTRE VEILLE ET SOMMEIL, Jargo attendait le coup de fil qui mettrait un terme à son cauchemar. Il était redevenu un enfant, assis dans une pièce sombre, écoutant la voix de Dieu qui résonnait dans sa tête. Dieu était mort, il le savait, mais pas l'idée de Dieu, l'idée d'un être si puissant qu'il exerçait un empire absolu sur vous, pouvait décider de votre vie ou de votre mort. Il n'avait pas dormi depuis trois jours.

« Le défi pour toi, expliqua la douce et paisible voix à l'accent britannique, est de transformer un échec en chance.

– Je ne comprends pas, répondit l'enfant. »

Jargo s'appelait alors John, son prénom préféré.

« Si tu perds le contrôle d'une situation que tu as créée, tu dois être capable de réinventer cette situation, de la tourner à ton avantage.

– Mais si je tombe d'un immeuble de dix étages... je vois mal comment faire de cette chute une victoire. »

Il avait treize ans et commençait à remettre en question le monde tel qu'il l'avait toujours connu.

« Je ne parle pas de situations désespérées, répliqua la voix sans la moindre nuance d'impatience. Tu vis et tu respires, tu peux manipuler les gens. Chaque fois que tu construis un piège, arrange-toi pour que, si une proie t'échappe, elle ne sache pas que c'est toi qui as construit le piège.

– Qu'est-ce que ça peut me faire, rétorqua Jargo, ce que peut penser une victime qui s'est échappée ?

– Espèce d'idiot, s'agaça la voix. Ne comprends-tu pas ? Pour tendre un nouveau piège, tu dois rester anonyme, personne ne doit te soupçonner. Je pense décidément que tu ne seras jamais prêt à être un meneur d'hommes. »

Le téléphone sonna.

Jargo se redressa, cligna des yeux. Le petit garçon assis dans le noir s'attarda encore un moment, puis disparut. Il saisit le combiné à l'aveuglette, décrocha.

« J'ai les relevés de téléphones mobiles pour la partie de l'Ohio qui t'intéresse.

– OK, dit-il.

– Je les ai chargés sur ton système, poursuivit Galadriel.

– Je vais te dire ce que je cherche. Des appels vers Washington.

– Sept, dit-elle après un moment.

– Donne-moi les adresses correspondant à chaque numéro appelé. »

Une pause.

« Deux habitations. Cinq administrations, essentiellement des bureaux du Congrès et des services de la Sécurité sociale.

– Aucun appel vers des adresses connues de la CIA ?

– Non, répondit-elle après un nouveau silence. Mais nous n'avons pas la liste complète des numéros de la CIA. Tu sais que c'est impossible.

– Combien d'appels émis depuis ou vers la Virginie et le Maryland ? »

Une nouvelle pause.

« Soixante-sept au cours de la journée.

– Et à destination de Houston ?

– Quinze.

– Trouve-moi les adresses correspondant à chacun de ces appels. » Son autre ligne sonna. « Attends une minute. » Il décrocha l'autre combiné. « Allô ?

– Je crois qu'ils se sont envolés pour la Grande-Bretagne », annonça la voix.

Jargo ferma les yeux. Il entendit les *vroum-vroum* étouffés de la Game Boy de Dezz et la voix calme de Mitchell à l'autre bout du couloir. La journée avait été longue et leurs tentatives d'échafauder un plan pour attirer Evan à eux n'avaient pas abouti à grand-chose. Mais tout venait de changer.

« D'où ont-ils décollé ?

– Je crois qu'ils sont partis de la clinique de North Hill, une maison de santé réservée à la CIA située dans le sud-ouest de la Virginie. Il y a une piste d'atterrissage privée à proximité et un avion a été réquisitionné pour cette piste.

– Ils s'y sont rendus en avion depuis La Nouvelle-Orléans ?

– Je ne sais pas. J'ai seulement vu qu'un avion était censé quitter l'espace aérien de Washington à destination de la Grande-Bretagne. Je ne suis même pas sûr que ce soit eux. Deux médecins ont été mobilisés : le premier doit intercepter l'avion avant le décollage, le second doit l'attendre à Londres. Si ton ancienne taupe est blessée… ça pourrait être elle.

Bien sûr, ça pourrait tout aussi bien être un vieux croulant de l'Agence qui voyagerait tout en étant malade.

– Tu as dit *intercepter* l'avion. D'où est-il parti ?

– Je ne sais pas.

– Il n'y a pas d'autre réquisition pour aujourd'hui ?

– Je l'ignore. Mais il a dû décoller sur le territoire américain. Les données sur les vols intérieurs sont gardées secrètes et je n'y ai pas accès.

– Quelle est l'opération associée au vol vers l'Angleterre ?

– Aussi confidentielle, mais elle est menée conjointement avec les services britanniques de renseignement. C'est tout ce que je sais. » La voix commençait à trahir une certaine nervosité. « Tu ferais bien de reprendre le contrôle de la situation, Jargo.

– J'ai le contrôle. Attends une seconde. » Il reprit l'autre téléphone et s'adressa à Galadriel. « Je veux savoir si des appels ont été passés depuis un jet survolant la partie de l'Ohio qui nous intéresse ou la Virginie.

– Je ne suis pas certaine de pouvoir retrouver les appels passés depuis des avions, répondit Galadriel. Je ne sais pas s'ils sont gérés différemment.

– Débrouille-toi. Vérifie aussi les communications par satellite. »

Il entendit le cliquetis des touches, attendit de longues minutes en écoutant les doigts de Galadriel qui dansaient sur le clavier tandis qu'elle s'infiltrait dans les bases de données. Tout en travaillant, elle sifflotait une mélodie qui sonnait faux.

« Oui. Juste un, si je lis les données correctement. L'appel est passé par un transmetteur près de Goinsville, dans l'Ohio. À destination d'un numéro à la clinique de North Hill, à l'est de Roanoke, à quatorze heures quarante-sept. »

Ils étaient donc allés à Goinsville.

Jargo ferma les yeux. Le nombre d'issues possibles se réduisait comme une peau de chagrin. *Chaque fois que tu construis un piège, arrange-toi pour que, si une proie t'échappe, elle ne sache pas que c'est toi qui as construit le piège.* La leçon la plus dure qu'il ait jamais eu à apprendre, mais c'était cette philosophie qui avait permis aux Deeps de rester dans l'ombre, de survivre et de faire fortune. Ça faisait vingt-quatre heures qu'il se creusait la cervelle à chercher un moyen de faire sortir Evan au grand jour, de le faire venir à eux pour le liquider plus facilement tout en faisant croire à Mitchell qu'ils essayaient de le secourir.

Mais peut-être cela n'était-il pas un désastre. Peut-être était-ce au contraire sa meilleure chance de mettre un terme à tous ces problèmes, toutes ces menaces.

Goinsville. Ils n'avaient sans doute rien trouvé. Qu'auraient-ils pu découvrir ? Rien. Sa vie là-bas appartenait à un passé dont personne ne se souvenait. Pourtant, ils avaient mis le doigt sur quelque chose. Londres était l'étape suivante. Il ne pouvait ignorer la possibilité qu'Evan en sache bien plus que ne le pensait son père.

Certains moments exigeaient une mort lente ; d'autres exigeaient un ultime coup de couteau en travers de la gorge.

L'heure était venue d'être brutal. Il reprit l'autre téléphone.

« J'ai encore besoin de ton aide.

– Qu'est-ce que tu veux ? demanda la voix.

– Vouloir ? Quelle idée ! » Jargo savait la douleur qu'il infligerait à Mitchell. Il n'était pas aveugle, mais la douleur ne comptait pas. Jargo souffrirait également des revers subis. Il n'avait tout simplement pas le choix. « Je veux une bombe. »

JEUDI
17 MARS

31

L'OFFICIER DE LA CIA BASÉ À LONDRES – un certain Pettigrew, il ne donna pas son prénom – les accueillit au bord d'une piste d'atterrissage privée dans le comté du Hampshire. Quelque chose dans son attitude dénotait une certaine impatience. Il les mena à la hâte et sans un mot à la voiture, puis prit lui-même le volant pour les conduire dans un endroit sûr situé à St. John's Wood, dans la banlieue de Londres. Il ne se pressa guère, emprunta plusieurs chemins détournés. Evan, qui connaissait juste assez Londres pour retrouver Soho et l'École de cinéma, était complètement perdu.

Pettigrew ne leur adressa pas un mot de tout le trajet.

C'était le début de l'après-midi et, à la surprise d'Evan, ils avaient laissé la pluie derrière eux, dans l'Ohio. Le ciel était dégagé, les rares nuages s'étiraient tel du coton fin. Une fois arrivés, ils franchirent une grille en fer forgé que Pettigrew referma derrière eux et gravirent une volée de marches menant à une maison.

Pettigrew les escorta jusqu'à des chambres propres et spartiates, mais équipées chacune d'une salle de bains privée. Ils prirent une douche, puis retrouvèrent un médecin qui attendait Carrie afin d'examiner sa blessure et changer son pansement. Lorsque cela fut fait, ils suivirent Pettigrew jusqu'à une petite salle à manger où une femme âgée leur prépara du thé et du café et leur proposa un repas froid. Evan accepta le café avec reconnaissance. Pettigrew s'assit et attendit que la femme retourne vaquer à ses occupations dans la cuisine.

– Tout cela est sacrément bizarre. Être obligé d'aller déterrer des fichiers de Scotland Yard recouverts de toiles d'araignée. Recevoir des ordres d'un homme avec un nom de code.

– Toutes mes excuses, dit Carrie.

– J'ai accès à toutes les informations, reprit-il avec une moue quelque peu irritée. Mais je vis pour servir. Nous n'avons pas eu beaucoup de temps, ces requêtes nous ont été adressées au milieu de la nuit. » Il parlait avec le ton amer d'un homme qui a longuement souffert. « Voici néanmoins ce que nous avons trouvé. »

Il leur tendit un premier dossier, en conserva deux autres serrés contre sa poitrine.

« Alexander Bast a été assassiné. Deux balles, l'une à la tête, l'autre à la gorge. Ce qui est intéressant, c'est que les balles ont été tirées avec deux pistolets différents.

– Pourquoi l'assassin aurait-il eu besoin de deux armes ? demanda Carrie.

– Non. Deux tueurs », corrigea Evan.

Pettigrew acquiesça.

« Une vengeance. Selon moi, ça ajoute un élément émotionnel au meurtre. Chaque tueur a voulu laisser sa marque. » Il leur glissa une photo du cadavre gisant au sol. « Il a été tué chez lui il y a vingt-quatre ans, en pleine nuit. Aucun signe de lutte. Pas une seule empreinte. » Pettigrew marqua une pause. « Ça faisait vingt-trois ans qu'il travaillait pour nous quand il est mort.

– Pourriez-vous me donner plus de détails sur ce qu'il faisait ici ? » demanda Carrie.

Evan et elle étaient convenus que ce serait Carrie qui, en tant qu'employée de la CIA, poserait les questions. Bedford avait fourni à Evan une pièce d'identité qui faisait de lui un analyste de la CIA, mais il préférait garder le silence.

« Eh bien, entre autres choses, Bast était amateur d'art, et il couchait avec les célébrités qui fréquentaient ses boîtes de nuit. Sa réputation a été ternie après la découverte de drogue dans l'une de ses boîtes, et il a claqué des milliers de livres pour essayer de maintenir ses établissements à flot. Nous l'avons surveillé de près à l'époque, nous ne voulions pas que nos agents soient impliqués dans des histoires de narcotiques, mais c'étaient simplement certains de ses clients habituels qui abusaient de son hospitalité et revendaient de la drogue chez lui. Après la fermeture des boîtes de nuit, il a consacré toute son énergie à la maison d'édition qu'il possédait depuis un bon bout de temps mais qu'il avait largement négligée. Il publiait des traductions, notamment de littérature espagnole, russe et turque. Il exportait les livres autorisés en Union soviétique, faisait traduire de la littérature russe clandestine en anglais, en allemand et en français. C'était donc un contact de valeur, car il avait des relations avec la communauté de dissidents en

Union soviétique et il pouvait s'y rendre librement. Au début, ses superviseurs le soupçonnaient d'être un agent du KGB, mais il n'avait rien à se reprocher, ce qui a été confirmé par toutes les enquêtes ultérieures. Nous l'avons gardé à l'œil à l'époque où il avait des problèmes financiers ; c'est le genre de moment où un agent peut se laisser acheter. Mais nous n'avons jamais rien trouvé contre lui. Il était apprécié de la communauté de dissidents russes de Londres.

– Et que faisait-il exactement pour la CIA ?

– Il transmettait des données recueillies auprès de ses contacts à Berlin, Moscou et Leningrad. Il était supervisé par des agents de l'ambassade américaine qui agissaient sous couvert diplomatique. Mais il était au bas de l'échelle. Il n'avait pas accès aux secrets d'État soviétiques. Et les dissidents ne nous étaient pas particulièrement utiles à l'époque – ils auraient pu nous fournir des noms de personnes pouvant accéder à des informations importantes et qui auraient accepté de servir d'espions pour nous, mais le KGB les avait à l'œil. Franchement, le KGB pouvait les infiltrer trop facilement. »

Evan examina la photo de Bast. Les yeux grands ouverts du cadavre trahissaient sa surprise et sa terreur. Cet homme avait connu les parents d'Evan. Il avait joué un rôle mystérieux dans leur vie.

« Pas de suspects ?

– Bast menait la grande vie, même après son déclin. Quelques maris en avaient après lui. Il était endetté. Il avait rompu plusieurs contrats. Un certain nombre de gens auraient sans doute été heureux de se débarrasser de lui. Bien entendu, Scotland Yard n'était pas au courant que Bast travaillait pour la CIA, et nous ne leur avons rien dit.

– C'était pourtant une information pour le moins importante, remarqua Carrie.

– Ce n'est pas moi qui ai pris cette décision. Inutile de me faire des reproches.

– Évidemment que ce n'est pas vous, répondit Carrie en riant, tentant de désamorcer la tension soudaine. Vous n'avez même pas quarante ans, n'est-ce pas ? Simplement, cela me surprend.

– La mort d'un agent, c'est une mauvaise publicité, ça ne facilite pas les recrutements », rétorqua Pettigrew d'un ton acerbe, réprobateur.

Carrie feuilleta les photos du lieu du crime.

« La CIA a dû soupçonner les Soviétiques de l'avoir démasqué et exécuté.

– Naturellement. Mais le meurtre ressemblait à un cambriolage qui aurait mal tourné, et ce n'était pas du tout le style du KGB. Rappelez-vous, Bast était au bas de l'échelle. Il n'a jamais été un informateur indispensable. Mais il ne nous a jamais communiqué non plus de fausses informations émanant du KGB. C'était juste un intermédiaire très fiable et un pourvoyeur de contacts. Vous savez, une grosse partie des archives du KGB a été déterrée depuis la chute de l'URSS. Aucun document n'indique que le KGB a commandité son exécution.

– Pourrions-nous parler à son superviseur ? demanda Carrie.

– Il est mort il y a dix ans. Cancer du pancréas.

– Qu'est-ce qui a été volé au cours du cambriolage ? L'assassin aurait-il pu découvrir quoi que ce soit reliant Bast à la CIA ? »

Pettigrew leur tendit un autre dossier.

« La CIA a envoyé un agent fouiller l'appartement de Bast après le départ de la police. Le matériel que Bast utilisait pour ses opérations avec la CIA était toujours là, bien caché. La police n'avait rien découvert, sinon elle aurait bien sûr tout confisqué.

– Et ses effets personnels ou ses finances ? demanda Evan. Rien d'anormal ? »

Pettigrew feuilleta ses papiers.

« Voyons voir… un ami, Thomas Khan, nous a fourni des informations. » Il fit courir son doigt le long d'une liste. « Bast avait deux comptes bancaires distincts et une grande partie de son argent était gelée au profit de ses activités éditoriales…

– Vous avez dit Khan ? K-H-A-N ? » demanda Evan.

Le même nom de famille qu'Hadley. La voilà la connexion qui le reliait à Bast.

« Oui. J'ai également un dossier sur Thomas Khan. » Pettigrew feuilleta ses documents, en tira une feuille de papier. « Selon M. Khan, Bast avait toujours une assez grosse somme en espèces sous la main, mais on n'a pas retrouvé d'argent chez lui. Khan faisait le commerce de livres rares, et il a affirmé que Bast payait souvent en liquide les ouvrages qu'il lui achetait. »

Carrie prit la feuille de papier et lut le rapport à voix haute au fur et mesure qu'elle le découvrait :

« Né au Pakistan, issu d'une grande famille. Éducation en Angleterre. Sa femme, une Anglaise, était stratège politique de haut niveau et académicienne, elle travaillait sur des projets liés à la défense nationale. Pas de casier judiciaire. Conservateur dans ses orientations politiques, a occupé le poste de directeur d'une fondation britannique appelant à soutenir financièrement les rebelles afghans en lutte contre l'envahisseur soviétique. A travaillé plusieurs années dans la finance internationale, mais sa véritable passion est la Librairie Khan, une boutique de livres rares située dans Kensington Church Street qu'il dirige depuis trente ans. Il a quitté le milieu de la finance il y a dix ans pour se consacrer exclusivement à sa librairie. Veuf depuis douze ans. Jamais remarié. Un fils, Hadley Mohammed Khan. »

« Je connais son fils, déclara Evan. Hadley. C'est un journaliste pigiste. »

Pettigrew haussa les épaules ; il s'en moquait. Son téléphone portable sonna dans sa poche ; il s'excusa d'un geste sec de la main, quitta la pièce et referma la porte derrière lui.

Evan parcourut rapidement les dossiers. Rien ne suggérait que Bast et M. Edward Simms étaient un seul et même homme. Bedford avait fouillé la nuit précédente dans les registres de créations de sociétés et avait découvert que le Foyer de l'Espoir à Goinsville avait été racheté par une société nommée les Bonnes Œuvres Simms. Celle-ci avait été fondée deux semaines avant le rachat du foyer, puis elle avait liquidé tous ses actifs après l'incendie. Si c'était la CIA qui avait demandé à Bast de racheter des orphelinats, il n'en restait aucune trace dans son dossier officiel.

Evan se pencha de nouveau sur le document concernant Thomas Khan.

« Des livres rares et, entre autres spécialités, des éditions russes. Bast traduisait du russe. Ils avaient donc tous les deux des contacts en Union soviétique. Et ils étaient tous les deux impliqués dans des mouvements de révolte – l'un soutenait les écrivains dissidents, l'autre les moudjahidin d'Afghanistan.

– Donc, ils détestaient tous les deux les Soviétiques. Ce qui ne prouve rien, dit Carrie.

– Non, en effet. »

Mais Evan sentait qu'il avait mis le doigt sur quelque chose ; sauf qu'il ne savait pas par quel bout le prendre. Il ouvrit le dossier sur Hadley. Ce n'était pas un dossier officiel, contrairement à celui sur Thomas Khan, qui avait été constitué par le bureau de Londres après que celui-ci eut assisté la police dans l'enquête sur le meurtre de Bast, ou à celui sur Bast lui-même. Il renfermait les quelques informations glanées par les employés de Pettigrew après la requête de dernière minute adressée par Bedford : date de naissance, études, entrées et sorties du territoire britannique, historique bancaire. Les dossiers scolaires n'avaient rien d'impressionnant ; le succès et l'éclat de ses parents faisaient de l'ombre au fils. Hadley avait passé deux mois en cure de désintoxication à Édimbourg, perdu deux bons emplois dans des magazines, et n'avait rien publié depuis six mois. Mais l'enquête avait permis d'obtenir d'autres informations : selon sa dernière petite amie, appelée le matin même par un assistant du bureau de Londres qui s'était fait passer pour un collègue d'Hadley, ce dernier s'était récemment brouillé avec son père. La petite amie n'avait pas eu de nouvelles d'Hadley depuis le jeudi précédent, mais elle ne semblait pas inquiète ; il avait toujours la bougeotte et allait souvent passer deux ou trois semaines sur le continent. Surtout après une dispute avec son cher papa.

La photo d'Hadley incluse dans le dossier était celle de son permis de conduire britannique ; Evan se souvenait du visage qu'il avait vu au cocktail de l'École de cinéma il y avait une éternité de cela : un sourire un brin forcé, des yeux qui semblaient cacher un secret.

« Donc, Hadley Khan me pousse anonymement à faire un film sur le meurtre d'Alexander Bast, un ami de son père, mais il ne répond pas à l'e-mail que je lui envoie pour lui demander pourquoi, dit Evan. Et puis il se fait la malle la veille du jour où ma mère se fait assassiner. Aucun des documents qu'il m'a fournis n'évoquait de relation entre Bast et son père.

– C'est vraiment bizarre. Ça aurait simplifié tes recherches. » Carrie tapota le dossier sur Hadley. « Nous savons qu'il existe un lien entre nos parents et Bast, et un lien entre Bast et Khan. Mais cela ne signifie pas que Thomas Khan et nos parents aient été en relation directe. »

Evan fut parcouru par un frisson.

« Le fait qu'Hadley se soit adressé à moi n'est pas une coïncidence. Il était forcément au courant du lien entre Bast et mes parents.

– Il t'a contacté, mais il ne t'a pas tout dit. Soit il s'est dégonflé, soit on l'a empêché de continuer.

– Je pense qu'il a eu la trouille. C'est pour ça qu'il ne s'est pas fait connaître. Hadley avait ses mobiles à lui. Sa petite amie affirme qu'il ne s'entend pas avec son père. Je me demande… si ce n'était pas simplement une manière de se venger de lui.

– Il faudrait que le père ait fait quelque chose de répréhensible pour qu'il ait envie de se venger, répliqua Carrie en se massant l'épaule.

– Qu'il ait quelque chose à voir avec le meurtre de Bast, par exemple ?

– Dans ce cas, les autorités britanniques pourraient être intéressées. Mais en quoi Jargo se sentirait-il concerné ? »

Ils se turent tandis que Pettigrew faisait de nouveau irruption dans la pièce. Il s'était préparé un sandwich avec de la charcuterie et du fromage. Toutes les quatre bouchées il gardait la bouche ouverte et attrapait sa tasse de thé.

« C'était mon informateur à New Scotland Yard, expliqua-t-il. La disparition d'Hadley Khan n'a pas été signalée. Rien n'indique qu'il a quitté la Grande-Bretagne, ni qu'il s'est rendu dans un pays européen au cours des deux dernières semaines. » Il mordit comme un vorace dans son sandwich. « Nous avons appelé son téléphone portable trois fois ce matin, mais il ne répond pas.

– On va aller rendre visite à son père, Thomas, dit Evan.

– C'est maintenant ou jamais », approuva Pettigrew, la bouche pleine.

« N'alertons pas Thomas Khan en déboulant en force », déclara Pettigrew tandis qu'il se garait et plaçait derrière le pare-brise une autorisation de stationnement réservée aux habitants du quartier – sans doute fournie par les services britanniques. *Échange de bons procédés*, se dit Evan.

« Je suggère qu'Evan y aille seul.

– Qu'en penses-tu ? demanda Evan en se tournant vers Carrie.

– Khan pourrait tenter de s'enfuir, répondit-elle. Je pense qu'on ferait bien de se tenir prêts à le prendre en filature. Je peux me poster là-bas, dit-elle en désignant un croisement à l'autre bout de la rue. Pettigrew, vous pourrez le suivre s'il sort de ce côté. »

Pettigrew fronça les sourcils.

« Nous aurions dû prévoir des renforts pour la surveillance. Bricklayer n'a jamais parlé d'opérer directement sur le terrain. On ne peut pas filer le train à un type sur le territoire britannique sans autorisation préalable, j'aurais dû alerter les Cousins, expliqua-t-il, utilisant le terme par lequel les services de renseignements britanniques et américains se désignaient mutuellement.

– Calmez-vous, dit Carrie. Il faut simplement être prêts à toute éventualité.

– Je ne suis pas franchement à l'aise, objecta Pettigrew.

– S'il y a un problème, Bricklayer le réglera. Vous ne risquez rien, ajouta-t-elle.

– Bon, très bien, consentit Pettigrew. Si Khan se fait la malle, vous le suivez à pied, et moi en voiture.

– Faites attention. »

Carrie descendit de voiture, chaussa ses lunettes de soleil et se dirigea vers le croisement opposé à la librairie, son téléphone portable collé à l'oreille comme si elle papotait avec une amie.

« Soyez prudent, dit Pettigrew à l'intention d'Evan.

– Ne vous en faites pas. »

Evan sortit à son tour de la voiture et descendit la rue bordée de brocantes, de restaurants dernier cri et de boutiques de mode. Une clochette tinta lorsqu'il poussa la porte de la Librairie Khan. Les seuls clients en cette fin d'après-midi étaient un couple de Français qui exploraient un rayon d'éditions originales en diverses langues de Patricia Highsmith et d'Eric Ambler. Evan repéra instinctivement les portes de sortie et les caméras fixées dans les angles des pièces.

J'ai changé. J'ai l'impression de devoir constamment être aux aguets.

Un petit homme sec aux cheveux poivre et sel et vêtu d'un élégant costume taillé sur mesure s'approcha. Ses chaussures noires cirées étincelaient ; un impeccable triangle de soie bleue dépassait d'une poche de son veston.

« Bonjour. Puis-je vous aider ? »

Sa voix était à la fois douce et puissante.

« Êtes-vous M. Thomas Khan ?

– Oui, c'est moi. »

Evan sourit. Il n'avait pas envie de tourner autour du pot.

« Je recherche des éditions originales publiées par Criterius. Je serais notamment intéressé par la traduction d'*Anna Karenine* et par toute la littérature dissidente publiée dans les années soixante-dix.

– Je serais heureux de vous montrer ce que j'ai.

– Je me suis laissé dire que le propriétaire de Criterius – Alexander Bast – était un de vos bons amis. »

Thomas Khan conserva son sourire rayonnant.

« C'était juste une connaissance.

– Je suis l'ami d'un ami de M. Bast.

– Il y a longtemps que M. Bast est mort, et je le connaissais à peine », expliqua Thomas en souriant d'un air bonhomme et confus.

Evan décida de jouer le tout pour le tout, de balancer un autre nom :

« L'ami qui m'a recommandé votre boutique s'appelle Jargo. »

Thomas Khan haussa vivement les épaules.

« On rencontre beaucoup de gens. Ce nom ne me dit rien. Un moment, s'il vous plaît, je vais aller consulter mes fiches. Je crois que j'ai plusieurs exemplaires de cette édition d'*Anna Karenine.* »

Il disparut à l'arrière de la boutique. *Si ça se trouve, cet homme cache un secret depuis des décennies ; ce n'est pas en débarquant ici et en balançant des noms au petit bonheur la chance que tu vas lui faire peur. Cela dit, si tu es le premier à mentionner Jargo devant lui depuis plusieurs années… ça risque de lui faire un choc.* Evan ne bougea pas, se contentant d'observer les deux Français qui flânaient, la femme légèrement penchée contre l'homme tandis qu'ils exploraient les étagères.

Il attendit. Il n'aimait pas le fait que Khan ne soit plus dans son champ de vision. Il était peut-être en train de filer par la porte de derrière. Le nom de Jargo avait pu lui faire l'effet d'une goutte d'acide sur la peau. Il passa derrière le comptoir et jeta un coup d'œil derrière – remarquant parmi le désordre un bureau ancien sur lequel étaient posés un ordinateur, une bonbonne d'eau fraîche et des piles de journaux – puis il se mit à la recherche de Thomas Khan.

Pettigrew regarda Carrie faire semblant de discuter au téléphone tout en observant l'entrée de la librairie. Evan entra dans la boutique. Une minute passa ; Pettigrew compta chaque seconde. Puis il attrapa un attaché-case à l'arrière, descendit de voiture et se dirigea nonchalamment vers la librairie.

Il vit Carrie qui le regardait et lui fit un signe discret, levant rapidement la main, paume tournée vers le ciel : *attendez*. Elle resta à sa place et il continua de marcher vers la librairie.

Le labyrinthe de bureaux derrière le comptoir ne menait nulle part.

« Monsieur Khan ? » appela Evan à voix basse tout en pénétrant dans l'arrière-boutique.

La pièce était vide. Thomas Khan n'employait ni assistants, ni secrétaires, ni vendeurs dans sa minuscule librairie. Evan entendit un son faible, deux *twits* brefs, peut-être une alarme signalant l'ouverture puis la fermeture d'une porte. Il trouva l'issue de derrière, sortit et se retrouva dans une allée bordée de murs de brique. Puis il aperçut Thomas Khan qui courait en direction de la rue tout en regardant par-dessus son épaule.

« Arrêtez ! » cria Evan, puis il se lança à sa poursuite.

Pettigrew travaillait mieux lorsqu'il recevait des ordres précis. Sa vie avait été ainsi, il avait toujours obéi : à ses professeurs, à sa famille, à sa femme au lit. Et c'est avec une grande assurance qu'il s'apprêtait aujourd'hui à exécuter les ordres reçus. Il pénétra dans la librairie, referma la porte derrière lui, tourna le verrou au-dessus de la serrure. Il retourna la pancarte sur laquelle on pouvait lire, écrit à la main, FERMÉ. Personne n'était entré dans la boutique après Evan. Il l'aperçut qui pénétrait dans l'arrière-boutique tout en appelant M. Khan à voix basse.

Un couple farfouillait dans des livres posés sur une table. La femme murmura quelque chose en français tout en désignant, interloquée, le prix d'un ouvrage. Pettigrew sortit son arme de service munie d'un silencieux et, d'une main à peine tremblante, leur tira à chacun une balle dans l'arrière de la tête. *Twit, twit.* Ils s'écroulèrent, une projection de sang et de cervelle éclaboussa une pyramide de livres. Dix secondes s'étaient écoulées.

Pettigrew posa son attaché-case. Jargo l'avait prévenu qu'il aurait deux minutes après avoir réglé la mise à feu. Amplement suffisant pour sortir, atteindre le coin de la rue, tirer une balle dans la tête de Carrie, puis profiter de la confusion pour s'enfuir. Il régla le dernier numéro du détonateur.

Jargo avait menti.

32

L'EXPLOSION ÉVENTRA LA FAÇADE DE LA LIBRAIRIE KHAN, qui se transforma en un enfer orangé, projetant des éclats de verre et des flammes dans Kensington Church Street. Carrie hurla tandis que le souffle chaud de la déflagration l'atteignait. Une voiture qui passait devant la librairie fit un tonneau et emboutit la vitrine d'un restaurant de l'autre côté de la rue. Les passants, pris de panique, se mirent à courir. Plusieurs personnes étaient en sang, deux corps recouverts de haillons ensanglantés étaient étendus sur le trottoir.

Les débris se mirent à pleuvoir – morceaux de briques arrachés, bouts de verre. Une fumée noire assombrit la rue. Carrie se traîna de l'autre côté du bâtiment qui faisait l'angle de la rue, se retrouva à l'abri devant une boutique de vêtements dont les mannequins étaient indistincts derrière la vitrine craquelée.

Evan.

Elle se releva péniblement, courut vers la librairie, s'arrêta au milieu de la rue. La chaleur dégagée par le brasier la frappa au visage. Des pages en feu tourbillonnaient tels des flocons de neige flamboyante. L'une d'entre elles vint se poser sur ses cheveux ; elle se tapa sur la tête pour l'éteindre, se brûla la main.

« Evan ! hurla-t-elle. Evan !

Elle ne reçut pour toute réponse qu'un effroyable rugissement tandis que des milliers de livres et la structure même du bâtiment partaient en flammes.

Mort. Il était mort. Elle entendit le hurlement croissant des sirènes de police, se mit à courir en direction de la voiture. Les portières n'étaient pas verrouillées, la clé était sur le contact. Elle plongea dans le véhicule et démarra.

Tremblante, elle roula au hasard, tournant parfois à droite parfois à gauche, tentant d'éviter les bouchons, puis elle s'arrêta à proximité de Holland Park. Elle parvint à contrôler ses tremblements et appela Bedford. Lorsqu'il répondit, elle s'identifia puis s'aperçut qu'elle était incapable de parler.

« Carrie ? dit-il.

– La librairie de Khan. Il y a eu une explosion. Oh, merde. »

Evan, mort. Non, c'était impossible.

« Calme-toi, Carrie ! ordonna-t-il d'une voix dure. Calme-toi. Raconte-moi exactement ce qui s'est passé. »

Elle détestait le ton hystérique de sa propre voix mais elle ne parvenait plus à se maîtriser. La mort de ses parents, une année passée à mentir en permanence, à craindre constamment que Jargo ne la démasque, puis la rencontre avec Evan, et maintenant… Elle se recroquevilla sur elle-même.

« Carrie ! Fais-moi ton rapport ! Maintenant !

– Evan… est entré dans la librairie de Khan. Pettigrew l'a suivi une minute après, mais il m'a fait signe que tout allait bien. Puis, environ trente secondes plus tard, une déflagration. La boutique a été pulvérisée. C'était une bombe, ajouta- t-elle d'un ton plus posé. J'ai besoin de renforts. Nous devons retrouver Evan. Il est peut-être encore à l'intérieur, blessé, mais tout flambe… »

Elle se tut. *Il est mort. Il est mort.*

« Est-ce que tu as vu Evan ou Pettigrew ressortir ?

– Non.

– Il y avait d'autres issues ?

– Je ne sais pas… pas de mon côté de la rue.

– OK, dit Bedford. Considère que tu es sous surveillance. De toute évidence, les Deeps ont pris Khan pour cible.

– Trouvez-moi des renforts. Le MI5 ou la CIA. Maintenant. J'ai besoin d'eux.

– Carrie. Je ne peux pas. Nous ne pouvons pas révéler que nous sommes dans le coup. Pas après un attentat à Londres.

– Evan…

– Je peux être à Londres dans quelques heures. Je veux que tu te fasses discrète. C'est un ordre.

– Evan est mort, Pettigrew est mort, mais ce n'est pas plus grave que ça, hein ? Vous le laissez s'impliquer, vous vouliez qu'il s'implique parce que ça vous facilitait la tâche !

– Carrie. Reprends-toi. La seule chose que je veux pour le moment, c'est que tu sois en sécurité, à l'abri. Reste à l'écart. Trouve un endroit où te cacher, une bibliothèque, un café, un hôtel. Tu n'es autorisée à parler à personne, pas même au supérieur de Pettigrew, tant que je ne t'aurai pas débriefée. C'est un ordre. Je te rappelle dès que je suis en Angleterre.

– Compris, dit-elle, mais ce mot avait le goût du sang.

– Je suis désolé. Je sais que tu étais attachée à Evan. »

Elle n'avait rien à répondre. Elle n'était pas censée perdre un nouvel être cher. Il ne pouvait être mort.

« Au revoir », dit-elle.

Elle raccrocha, contint le tremblement qui menaçait de s'emparer de nouveau de ses mains.

Elle ne se cacherait pas dans un hôtel. Pas encore.

Elle descendit de la BMW. Les rues étaient pleines de voitures et de piétons qui fuyaient la zone de l'explosion. Elle entra dans une boutique de fournitures de bureau près du Queen Elizabeth College et demanda à consulter leur annuaire. Elle trouva l'adresse de Thomas Khan.

« Où ça se trouve, s'il vous plaît ? demanda-t-elle au vendeur en désignant l'adresse.

– Shepherd's Bush. Pas loin du tout, à l'ouest de Holland Park. » Le vendeur lui jeta un regard amical et inquiet. La nouvelle de l'explosion de Kensington Church Street faisait déjà les gros titres à la télévision et à la radio. On soupçonnait une attaque terroriste, et Carrie était couverte de suie et visiblement secouée. « Avez-vous besoin d'aide, mademoiselle ?

– Non, merci. »

Elle nota l'adresse de Khan. Elle pouvait entrer chez lui par effraction et découvrir s'il avait le moindre lien avec Jargo ou la CIA. Elle avait besoin d'action. Evan était mort. Elle ne pouvait pas rester là à attendre.

« Vous êtes sûre que vous allez bien ? » insista le vendeur tandis que Carrie franchissait la porte en courant.

Non, pensa Carrie, *Je n'irai plus jamais bien.*

Mais attends. Elle s'arrêta, chancelante, sur le trottoir tandis que le bourdonnement des sirènes emplissait l'air. Dès que la police aurait identifié que le site de l'attentat était la Librairie Khan, les flics et le MI5 débouleraient chez Thomas Khan. Si le moindre indice trahissait ses liens avec la CIA – si elle était découverte là-bas puis interrogée par les autorités britanniques –, l'Agence se retrouverait confrontée à un véritable désastre médiatique. Elle ne pouvait pas aller chez Khan. Elle n'aurait pas assez de temps pour tout fouiller avant l'arrivée de la police.

Pas assez de temps. Pas sans Evan. Elle le revit ce jour où ils avaient discuté pour la première fois, où il lui avait offert un café : *Mais tu as payé ton ticket*, avait-il plaisanté. Il lui avait dit qu'il l'aimait en premier, mais elle se savait déjà amoureuse des semaines avant qu'il ne se déclare.

Carrie s'appuya contre une voiture. Un voile de fumée s'élevait du côté de Kensington Church Street. Elle n'avait nulle part où aller à Londres, personne en qui elle pouvait avoir confiance.

Evan. Elle n'aurait jamais dû le laisser seul. Elle aurait dû rester à proximité. Ses joues ruisselantes de larmes la brûlaient. *Je suis désolée, désolée d'avoir fait ça, désolée d'avoir tout perdu, Evan, qu'ai-je fait ?*

Carrie prit une décision. Décamper et se planquer. Attendre le coup de fil de Bedford. Elle effaça les empreintes digitales de la voiture de Pettigrew, par pure habitude, et s'éloigna.

Elle ne vit pas les trois hommes qui la suivaient sur le trottoir d'en face, trente mètres en retrait, mais qui se rapprochaient.

33

Evan saisit Thomas Khan par la manche à l'instant même où l'explosion pulvérisait la librairie. Un puissant souffle chaud s'engouffra dans l'étroite allée bordée de murs de brique. Poussé par la déflagration, Evan percuta Khan, puis ils furent tous deux projetés en l'air avant de s'étaler par terre de tout leur long. Une poussière brûlante obscurcit l'air.

Evan parvint à se remettre sur pied tout en attrapant Khan pour le forcer à se relever.

« Lâchez-moi ! » cria Khan en tentant de se dégager.

Evan le saisit de plus belle et le traîna jusqu'à la rue derrière la boutique. Titubants, secoués par des quintes de toux, ils se mêlèrent aux clients et aux vendeurs qui sortaient paniqués des magasins, aux touristes et aux habitants du quartier qui fuyaient en tous sens. Une colonne de fumée s'éleva derrière eux. Khan parvint à se dégager, mais Evan l'agrippa par le bras et le cou et le força à hâter le pas. Il imagina comment retrouver l'endroit où il avait laissé Pettigrew et Carrie. Tourner à la prochaine rue, puis remonter sur deux pâtés de maisons, et ils arriveraient derrière la BMW de Pettigrew.

« Par ici, ordonna Evan.

– Lâchez-moi ou j'appelle au secours, répliqua Khan.

– Allez-y. Jouez au con. Je suis avec des gens qui peuvent vous protéger.

– Vous avez fait sauter ma putain de boutique ! »

Evan fut pris de rage. Il serra Khan à la gorge.

« Vous êtes impliqué dans la mort de ma mère.

– Votre… mère ?

– Donna Casher.

– Je ne connais pas de Donna Casher.

– Vous avez un lien avec Jargo, vous êtes dans le coup.

– Je ne connais aucun Jargo.

– Faux. Vous vous êtes enfui quand vous avez entendu son nom. »

Khan chercha à se libérer.

« Soit, rentrez chez vous, monsieur Khan. » Evan lui lâcha la gorge. « Allez-y. Je suis sûr que la police aura tout un tas de questions à vous poser quant à l'explosion de votre magasin. Préparez vos réponses. Je serai heureux de leur parler moi aussi. »

Khan ne bougea pas.

« Jargo et la CIA sont à vos trousses, monsieur Khan. Mais moi, je suis là, et si vous ne m'aidez pas, je garantis que je vous tue. Par contre, si vous m'aidez, vous serez protégé contre tous ceux qui vous en veulent. Décidez.

– Très bien. » Il leva les mains en signe de reddition. « Je vais vous aider. »

Evan l'attrapa par l'épaule et le fit avancer. Ils tournèrent au coin de la rue, hâtèrent le pas en direction de Kensington Church Street où Pettigrew était garé, luttant contre la foule qui déferlait en sens inverse.

« Qui vous envoie ? demanda Khan.

– Moi », répondit Evan.

Ils atteignirent un croisement et Evan vit la BMW partir en trombe en marche arrière ; Carrie était au volant.

« Carrie ! hurla Evan. Ici ! »

Mais dans la pagaille environnante, elle ne l'entendit pas. Elle fit demi-tour et fonça, évitant tant bien que mal les piétons qui détalaient, puis disparut au bout de la rue. Evan voulut sortir son téléphone portable de sa poche. Il ne l'avait pas. Il l'avait laissé dans la voiture. Il plaqua Khan contre la façade d'un immeuble en brique.

« Jargo a tué ma mère. Votre fils voulait que je tourne un documentaire sur Alexander Bast et c'est arrivé aux oreilles de Jargo, qui s'est mis à paniquer et à zigouiller des gens. Maintenant, vous allez tout me dire sur mes parents et Jargo, sinon je vous tire par la peau du cul jusqu'à votre librairie et je vous balance dans les flammes. »

Terrifié, Khan écarquilla les yeux. *Je pourrais vraiment le tuer*, pensa Evan.

« Écoutez, dit Khan. Nous ne pouvons pas rester dans la rue. Je connais un endroit où nous pouvons nous cacher. »

Khan ferma les yeux. Evan réfléchit. Pettigrew n'était pas au volant, il ne semblait même pas être dans la voiture. Carrie avait l'air hystérique. Où était l'agent de la CIA ? Gisait-il sur le trottoir, tué par l'explosion ? Evan regarda dans la rue dévastée, mais le voile de fumée l'empêchait de distinguer quoi que ce soit.

Tout avait affreusement mal tourné. Peut-être n'était-ce pas une bonne idée de traîner Khan jusqu'au repaire de la CIA. Evan savait que la proposition de

Khan pouvait être un piège. Mais il n'avait pas d'arme. Et pas le choix. Il ne pouvait pas laisser Khan s'en aller tranquillement. Evan se tenait tout contre l'homme, lui serrant fermement le bras. Khan ne semblait plus enclin à fuir. Il avait la mine inquiète d'un homme redoutant son prochain rendez-vous.

La station de métro avait été fermée à cause de l'explosion, ils marchèrent donc vers le sud jusqu'à Kensington High Street.

« Puis-je hasarder une théorie ? demanda Khan.

– Quoi ?

– Vous êtes venu à ma librairie avec la CIA. Ou peut-être le MI5. Et, surprise, je suis censé être mort, et vous avec. »

Evan ne répondit Rien.

« Je prends votre silence pour une approbation, déclara Thomas Khan.

– Vous vous trompez. »

Impossible, pensa Evan. Carrie ne pouvait pas être dans le coup. Elle avait eu plusieurs occasions de le tuer au cours des derniers jours, mais ne l'avait pas fait. Par contre, Bedford... il ne voulait pas imaginer que le vieux lui ait tendu un guet-apens. Quant à Pettigrew, il était peut-être à la solde de Jargo. Ou alors il pouvait être un des clients de Jargo au sein de l'Agence, un type de l'ombre qui voulait protéger Jargo.

« Menez-moi jusqu'à Hadley, exigea Evan.

– Nous allons parler en privé, répondit Khan en secouant la tête. Continuez de marcher. »

Khan traversa une rue transversale avec Evan toujours agrippé à son bras. Puis il désigna un petit bistrot.

« Il nous faut un véhicule. Le propriétaire de cet établissement est un ami, il sera compréhensif. Attendez-moi ici. »

Evan augmenta la pression sur le bras de Khan.

« Pas question. Je vous accompagne.

– Non. » Khan lissa ses cheveux, ajusta la veste de son costume. « J'ai besoin de vous, vous avez besoin de moi. Nous avons un ennemi commun. Je ne vais pas m'enfuir.

– Je ne peux pas vous faire confiance.

– Vous voulez un signe de ma bonne volonté ? » Il se pencha vers Evan, sa mâchoire effleurant celle d'Evan, puis lui murmura à l'oreille : « Il est désormais clair que Jargo est après moi. Je suis de trop. Comme vous. Nos sorts sont liés. »

Il pense que la bombe a été placée par Jargo. Pas par la CIA. Ou, du moins, c'est ce qu'il cherche à me faire croire.

« Pourquoi êtes-vous si certain que c'est Jargo ?

– Je l'ai protégé assez longtemps. Mais c'est fini puisqu'il est après moi. Il veut la guerre, eh bien, il l'aura. Attendez ici. »

Il se débattit et Evan comprit que pour le retenir il allait devoir se battre, ici, en pleine rue, ce qui attirerait l'attention. Il lâcha Khan et le regarda s'éloigner à la hâte puis disparaître dans le café.

Evan attendit. Des Londoniens paniqués se bousculaient alentour, une centaine de personnes passèrent devant lui en l'espace de quelques minutes, et pourtant il ne s'était jamais senti aussi seul. Il se dit qu'il avait fait une énorme bourde en laissant partir Khan. Mais quelques instants plus tard, ce dernier apparut au volant d'une voiture.

« Grimpez ! » lança-t-il.

34

THOMAS KHAN EMPRUNTA L'A 205 en direction du sud-ouest. Evan alluma la radio. On n'y parlait que de l'explosion de Kensington Church Street. Trois décès confirmés, une douzaine de blessés, les pompiers qui s'acharnaient à contenir l'incendie.

« Où est Hadley ? demanda Evan.

– En fuite, caché, comme vous et moi.

– Pourquoi ?

– J'ai caché Hadley pour que Jargo ne le trouve pas. Je pensais que mon influence sur Jargo survivrait à… nos récents problèmes. Je me suis trompé.

– Quels problèmes ?

– Quand nous serons en sécurité. »

Khan quitta l'A 205 à Bromley, une vaste banlieue où se mêlaient maisons d'habitation et sièges d'entreprises. Il roula dans un labyrinthe de petites rues puis s'engagea dans une allée menant à une maison de bonne taille. L'allée contournait la maison, et il gara la voiture à un endroit où elle ne pouvait être vue depuis la rue.

« Je pense que nous n'avons pas beaucoup de temps, dit Khan. La maison appartient à ma belle-sœur. Elle est à l'hospice. Cancer du cerveau en phase terminale. Mais les autorités enquêteront bientôt auprès de tous les gens qui me connaissent.

– Comme votre ami propriétaire du café. Il peut leur dire que vous êtes en vie.

– Il n'en fera rien, répliqua Khan. Je les ai aidés, lui et sa famille, à quitter clandestinement l'Afghanistan durant l'occupation soviétique. Je lui ai demandé son silence, il gardera le silence. Notre seul avantage est que Jargo nous croit peut-être morts. »

Ils pénétrèrent par une porte située à l'arrière de la maison et ouvrant sur une cuisine. Une odeur de désinfectant flottait dans l'air. Dans le salon, des meubles anciens côtoyaient un assortiment coloré d'œuvres d'art abstrait. Une bibliothèque recouvrait tout un pan de mur. C'était une maison à l'air confortable, mais on y sentait déjà fortement le poids de l'abandon.

Khan se laissa tomber sur le divan. Il appuya sur la télécommande pour allumer la télé et trouva une chaîne qui diffusait en direct des images du site de l'explosion. Le présentateur indiqua que le commerce qui avait été détruit appartenait à un Anglais d'origine afghane nommé Thomas Khan. Les journalistes se perdirent en théories et spéculations quant aux mobiles de l'attentat.

« Ils se plantent. Vous venez du Pakistan », corrigea Evan.

Khan haussa les épaules.

« J'ai des soucis plus importants. »

Evan se rendit dans la cuisine. Un assortiment de couteaux effrayants était suspendu à une bande aimantée. Il s'empara du plus gros et regagna le salon. Khan leva les yeux vers lui.

« C'est pour moi ? demanda Khan, d'un ton qui ne trahissait pas la moindre frayeur.

– Seulement si je suis obligé.

– Vous n'en ferez rien. Poignarder quelqu'un demande une grande proximité, c'est un acte très intime. Dégoûtant. Salissant. Vous sentez la personne mourir. Un fils à papa de votre genre n'aura jamais le cran nécessaire.

– Je suis justement en train d'apprendre ce dont je suis capable. Vous allez m'aider à faire tomber Jargo.

– Je n'ai rien dit de tel, rétorqua Khan. J'ai dit que nous avions un ennemi mutuel. Je peux vivre caché pour le restant de mes jours. Je n'ai pas besoin de me battre contre Jargo. Il me croit mort.

– S'il est devenu votre ennemi, mieux vaut le savoir hors d'état de nuire plutôt que vivre dans la crainte qu'il vous retrouve. »

Khan haussa de nouveau les épaules.

« Les jeunes veulent la victoire. Je préfère la survie. » Il pencha la tête en direction d'Evan. « Je pensais que vous vouliez en savoir plus sur vos parents, et non fomenter une vengeance impossible contre Jargo. »

Evan fit un pas en avant, couteau en main.

« Vous savez que ma mère travaillait pour les Deeps.

– Je ne la connaissais que par son nom de code. Mais j'ai lu la presse américaine sur Internet, j'ai vu son visage sur un compte rendu après son assassinat et j'ai su qui elle était.

– Vous l'avez rencontrée quand elle était en Angleterre il y a quelques semaines.

– Oui. » Sa voix était à peine un murmure.

« Pourquoi était-elle ici ?

– J'éprouve un étrange sentiment de libération à vous dire ce que j'ai toujours gardé secret. J'ai l'impression de me débarrasser d'un vieux manteau. » Khan lui adressa un sourire aimable. « Elle a volé des données à un chercheur britannique de haut niveau qui travaillait au développement d'un nouvel avion de combat furtif. Il possédait des informations confidentielles sur son ordinateur portable, mais vous voyez le genre de bonhomme : un esprit brillant, mais réfractaire aux réglementations. Laxiste avec la sécurité. Pour se changer les esprits, il retrouve sa maîtresse dans un petit hôtel à Douvres. Votre mère prend des photos de lui et sa maîtresse… même s'il aurait sans doute refusé de coopérer, quitte à voir sa liaison dévoilée au grand jour. Mais, plus important, elle obtient des copies des données sur l'avion durant leur escapade. Là, elle le tient. Car, à moins que vous ne copuliez avec des enfants ou des animaux, la sexualité n'est plus le moyen de pression qu'il était jadis. »

Khan semblait presque déçu, nostalgique du bon vieux temps.

« Donc, elle vole les informations et elle les vend.

– Non. Je fournis la logistique pour la soutenir. Je m'arrange pour que l'argent soit viré sur son compte. Et c'est Jargo qui organise la vente. »

Logistique. Argent. Il savait donc nécessairement d'où venait l'argent. *La liste des clients*, pensa Evan. Cet homme l'avait. Evan conserva un visage impassible.

« Et à qui Jargo vend-il les informations ? »

Khan fit un geste évasif.

« Qui n'a pas besoin d'informations de ce genre par les temps qui courent ? Les Russes, qui ont toujours peur de l'OTAN. Les Chinois, qui ont peur de l'Occident. L'Inde, qui veut jouer un plus grand rôle sur la scène mondiale. L'Iran. La Corée du Nord. Mais il y a aussi de grosses sociétés, ici et aux États-Unis, qui veulent les plans. Soit pour obtenir de nouveaux contrats, soit pour déjouer les plans de la société aéronautique à l'origine du projet. » Il adressa à Evan un sourire bien rodé. « Votre mère était très forte. Vous devriez être fier. Elle m'a suivi jusqu'à l'endroit où je gardais les fichiers, s'est connectée à mon portable, a volé les données, et je n'en ai rien su jusqu'à la semaine dernière.

– Pour le moment, ses agissements ne m'inspirent aucune fierté, rétorqua Evan.

– Maintenant, si nous avions voulu liquider cet homme… eh bien, c'est votre père qui aurait été envoyé. C'est un tueur de premier ordre. » Khan examina ses ongles. « Étranglement, pistolet, couteau. Un jour, il a même tué un homme à Johannesbourg rien qu'avec ses pouces. Ou peut-être n'était-ce qu'une rumeur qu'il avait fait circuler. Tant de choses dépendent de la réputation. »

Le couteau sembla soudain plus léger à Evan. Khan émit un grognement de compassion.

« Je les connais mieux que vous et pourtant je n'ai jamais su leur vrai nom. Plutôt triste, vraiment. »

Vous essayez juste de me forcer la main. Vous cherchez à me faire faire une bêtise.

« Puisque nous nous entraidons, dites-moi ce que ma mère vous a volé. »

Khan porta la main à sa lèvre inférieure.

« Des numéros de compte dans une banque des îles Caïmans. Elle a recopié un fichier qui comportait des noms associés à des comptes. Je ne me suis pas aperçu qu'elle les avait volés avant d'effectuer un test sur mon système jeudi dernier. »

Jeudi. La veille du décès de sa mère. Le jour où elle avait peut-être décidé de prendre la fuite. Elle devait savoir que Jargo et Dezz étaient à ses trousses. Ou alors Khan mentait – c'était une autre possibilité.

« Et elle a trouvé une liste de tous les clients des Deeps. »

Khan fronça les sourcils.

« Oui. Ça aussi.

– Et vous avez averti Jargo.

– Naturellement. Il n'était pas au courant pour la liste de clients. C'était ma propre assurance au cas où les choses tourneraient au vinaigre entre lui et moi. Mais je l'ai convaincu que votre mère avait établi cette liste à partir d'autres informations que je possédais et dont Jargo était au courant. »

Les informations. Khan devait toujours les avoir – le nom de chacun des Deeps, tous les comptes bancaires qu'ils utilisaient, le moindre détail de leurs opérations. Pas étonnant que Jargo souhaite sa mort.

« Je veux une copie de chaque fichier.

– Hélas, ils ont été détruits dans l'explosion.

– Ne me racontez pas de bobards. Vous avez une copie de sauvegarde.

– Je me vois forcé de refuser. »

Evan s'avança.

« Je ne vous laisse pas le choix. »

Il approcha le couteau de la poitrine de Khan.

« Votre main tremble, dit Khan. Je ne pense pas que vous ayez vraiment les tripes pour… »

Evan fit un mouvement en avant et appliqua la pointe du couteau contre la gorge de Khan. Celui-ci écarquilla les yeux. Une goutte de sang se forma au point de contact entre la lame et la peau.

« Je suis le fils de mon père. Ma main ne tremble plus maintenant, hein ?

– Non, en effet.

– Je vous tuerai si vous ne m'aidez pas. Si vous m'aidez, il y a un homme à la CIA qui pourra vous protéger de Jargo. Il vous cachera, vous et votre fils. Vous procurera de nouvelles vies. Pigé ? »

Khan acquiesça imperceptiblement.

« Dites-moi qui est cet homme. Je n'ai aucune intention de me jeter entre les griffes d'un des clients de Jargo.

– Inutile de vous en faire pour ça. Parlez sans détour. Dites-moi où est Hadley. »

Khan ferma les yeux.

« Caché. Je ne sais pas où.

– Il se planque parce que c'est lui qui m'a branché sur ce projet de film sur Alexander Bast. C'est lui qui a déclenché tout ce bordel.

– Quelle langue de vipère. » Khan se massa les tempes du bout des doigts. « Qu'il est cruel de savoir que votre propre fils vous déteste autant. Aimiez-vous vos parents, Evan ? »

Personne ne lui avait posé cette question, jamais, pas même l'inspecteur Durless, à Austin, quelques jours plus tôt. Il y avait une éternité.

« Je les aime. Au présent, pas au passé. Beaucoup.

– Vous les aimez encore, même en sachant qui ils étaient ?

– Oui. L'amour est inconditionnel.

– Quand vous regarderez votre père, vous ne verrez donc pas un assassin. Un tueur froid et efficace. Vous ne verrez que votre père. »

Evan serra le couteau plus fermement.

« Ah, le doute est un poison, poursuivit Khan. Vous ne savez pas ce que vous verrez. Ce que vous éprouverez. J'ai fait une erreur il y a quelques mois. J'ai recruté Hadley. Je lui ai demandé de travailler pour moi, de m'assister. Je lui faisais confiance, je pensais qu'un travail sérieux suffirait à remettre de l'ordre dans sa vie, mais j'ai eu tort. Nous lui avons confié une mission toute simple et il a failli se faire attraper par les services français de renseignement. Il m'a promis de s'en tirer mieux la fois d'après, mais il a finalement préféré laisser tomber.

– Vous n'avez pas accepté sa démission.

– Il ne m'a pas dit qu'il voulait abandonner. Ce n'est pas un emploi qu'on peut quitter. En apprenant à faire ce que je faisais, il a découvert des fichiers sur les Deeps – chacun d'entre eux, et leurs enfants. Il savait que s'il s'adressait au MI5 ou à la CIA, on le mettrait sous protection, mais que tous mes capitaux seraient immédiatement gelés. Il voulait l'argent. Il voulait donc nous exposer, Jargo et moi, mais pas avant d'avoir organisé sa fuite. Afin d'avoir accès à mes comptes pour me dépouiller. »

Il semblait plus fatigué qu'en colère.

« À vous entendre, vous avez discuté avec lui.

– En effet. Hadley m'a tout confessé avant de partir. » Khan esquissa un sourire. « Je lui ai pardonné. Dans un sens, j'étais presque fier de lui. Il faisait enfin preuve d'audace et d'intelligence. Vous étiez le seul enfant d'un des Deeps à travailler dans les médias. Il pensait devenir votre ami et vous inciter en douceur à révéler l'existence du réseau. En vous appâtant avec le meurtre de Bast. Puis en vous poussant à poursuivre votre enquête. Il voulait vous faire faire le sale boulot sans se mouiller. »

Il en dit trop, pensa Evan. Comme quelqu'un d'intarissable que l'on interviewerait et qui chercherait à convaincre son interlocuteur en le noyant sous un torrent de mots, ou qui aurait besoin de s'entendre parler, autant pour se persuader lui-même que pour convaincre le public. *Dans quelle mesure est-il en train de m'embobiner ?* se demanda Evan.

« Mais il n'a pas répondu à l'e-mail que je lui ai envoyé après avoir reçu l'enveloppe sur Bast.

– Les imbéciles déclenchent de grands bouleversements, et puis ils ont la trouille. » Khan fit une moue sceptique. « Je parle désormais librement, le couteau est-il nécessaire ?

– Oui. L'orphelinat dans l'Ohio. Bast y était, Jargo y était, mes parents y étaient. Pourquoi ?

– Bast avait une âme charitable.

– Je ne pense pas qu'il s'agissait de ça. Ces gamins, du moins trois d'entre eux, sont devenus les Deeps. Bast les a-t-il recrutés pour la CIA ?

– Je suppose.

– Pourquoi des orphelins ?

– Les enfants sans famille sont beaucoup plus malléables, répondit Khan. Ils sont comme de la glaise humide ; vous pouvez les modeler à votre guise.

– Pourquoi la CIA avait-elle besoin d'eux plutôt que d'agents réguliers ?

– Je ne sais pas. » Khan esquissa un demi-sourire, puis ferma les yeux. Il lâcha un grand soupir, comme si la confession lui avait ôté un fardeau des épaules.

« Dites-moi pourquoi ils ont eu besoin d'un nouveau départ, de nouveaux noms, vingt ans plus tard. Ont-ils quitté la CIA ?

– Bast est mort. Jargo a pris la tête du réseau.

– Jargo l'a tué.

– Probablement. Je n'ai jamais demandé.

– Jargo, mes parents et tous les autres gamins de l'orphelinat fuyaient-ils la CIA ?

– C'était avant mon époque. Je ne sais pas. Quand Jargo a pris la main, il m'a donné du travail. Il m'a embauché pour m'occuper de sa logistique.

– Étiez-vous de la CIA ?

– Non. Mais j'avais contribué à soutenir des opérations britanniques en Afghanistan durant la rébellion contre les Soviétiques. Je connaissais les bases. J'avais pris ma retraite. Je comptais mener une vie paisible au milieu de mes livres. Finies les opérations sur le terrain. Mais Jargo m'a donné du travail.

– Eh bien, Jargo vient de vous foutre dehors, monsieur Khan. Maintenant vous travaillez pour moi. »

Khan secoua la tête.

« J'admire votre cran, jeune homme. Dommage qu'Hadley ne soit pas devenu votre ami. Vous auriez pu avoir une bonne influence sur lui. »

Le téléphone sonna. Les deux hommes se figèrent. Il s'arrêta après deux sonneries.

« Pas de répondeur, dit Evan.

– Ma belle-sœur les avait en horreur. »

Evan était perturbé par la sonnerie du téléphone. Peut-être un faux numéro, peut-être quelqu'un qui appelait la belle-sœur mourante, peut-être quelqu'un qui cherchait Khan ici.

« Je veux récupérer mon père. Vous voulez empêcher Jargo de vous tuer. Nos intérêts coïncident-ils ou non ?

– Le mieux serait que nous disparaissions tous les deux. »

Khan ravala sa salive. La sueur perlait le long de son visage, il fut pris d'une quinte de toux, chercha à recouvrer son souffle.

« Donnez-moi ce dont j'ai besoin. Nous pouvons nous appuyer sur ses clients pour briser Jargo. En faisant l'historique de leurs magouilles, nous pourrons remonter jusqu'à lui. Il est fini, il ne peut plus vous faire de mal, ni à Hadley.

– Trop dangereux. Mieux vaut simplement disparaître.

– Pas question.

– Je ne peux pas réfléchir avec un couteau sous la gorge. J'aimerais une cigarette. »

Evan lut de la peur et de la résignation sur le visage de Khan, il sentit l'odeur âcre de sa sueur. Il avait poussé le bouchon trop loin. Il s'écarta de Khan, éloigna le couteau de sa gorge. Khan porta la main au sang qui perlait, l'étala du bout des doigts.

« Une simple égratignure. Merci. J'apprécie votre gentillesse. Puis-je prendre mes Gitanes dans ma poche ? »

Evan lui colla de nouveau le couteau sous la gorge, ouvrit sa veste. Il tira le paquet de Gitanes, recula et le laissa tomber sur les genoux de Khan.

« Mon briquet est dans ma poche, puis-je le prendre ? »

La voix de Thomas Khan était calme.

« Oui. »

Khan exhiba un petit briquet façon Zippo, alluma une cigarette, exhala la fumée d'un air las.

« Je vous ai donné vos putains de cigarettes, dit Evan. Maintenant, je veux cette liste de clients. »

Khan exhala un nouveau panache de fumée.

« Demandez à votre mère.

– Ne jouez pas au con.

– Vous semblez être un garçon intelligent. Croyez-vous vraiment que nous avons laissé ces comptes ouverts après que votre mère a volé les fichiers permettant d'identifier nos clients ? »

Il parlait d'une voix douce, sur un ton presque désapprobateur, comme s'il réprimandait un enfant adoré mais légèrement bouché.

« Je ne tombe pas dans le panneau, répliqua Evan. Vous avez les informations sur les comptes que vos agents – comme mes parents – utilisaient. C'est tout ce dont j'ai besoin. Je peux briser Jargo. »

Khan se mit à rire.

« Vous pensez que nos agents vont continuer de travailler sous les mêmes noms avec les dangers qui nous menacent ?

– S'ils ont une famille et des enfants, comme mes parents ou comme vous, qu'ils se camouflent derrière une vie respectable, ils ne peuvent pas tout foutre en l'air.

– Bien sûr que si. Le compte de votre mère n'est pas ouvert sous le nom de Donna Casher, espèce d'idiot. » Khan secoua la tête. « Elle utilise un autre nom. Vous n'attraperez rien dans ce filet. Nous sommes bien trop prudents. Nous avons des portes de sortie prévues au cas où nos couvertures seraient mises au jour. Nous sommes tous dans le circuit depuis très longtemps, vous tétiez encore votre mère à l'époque. » Il écrasa sa cigarette. « Je vous suggère de partir maintenant. Je vais vous donner la moitié de l'argent qui se trouve sur le compte de votre mère, et je garde le reste en échange de mon silence. Ça représente deux millions de dollars, Evan. Vous pouvez vous évanouir dans la nature plutôt que creuser votre propre tombe. Vous ne parviendrez pas à récupérer votre père. Et votre mort ne ramènera pas votre mère. » Khan tira délicatement une nouvelle cigarette du paquet. « Deux millions. Ne soyez pas idiot, prenez l'argent. Créez-vous une nouvelle vie.

– Mais… »

C'est alors qu'Evan vit la faille dans la proposition de Khan, qui le regardait en souriant. Il n'y avait pas de belle-sœur mourante. Cette maison n'était pas au nom de Khan. C'était une porte de sortie.

« Espèce d'enfoiré ! » lança Evan.

Khan ouvrit de nouveau le Zippo en le tenant de travers et un jet de gaz jaillit du bas du briquet. Evan projeta son bras en travers de son visage. Le gaz lacrymogène lui brûla les yeux et la gorge. Il tomba à quatre pattes sur le tapis persan. La douleur lui transperçait les yeux, le nez.

D'un bond, Khan traversa la pièce, arracha un livre épais des étagères, plongea la main entre les volumes et tira un Beretta muni d'un silencieux avant de se retourner et de faire feu. La balle percuta la table basse près de la tête d'Evan. Il attrapa la table à l'aveuglette, la souleva comme un bouclier et chargea Khan malgré ses yeux en feu. Deux nouveaux coups de feu éclatèrent en silence et des éclats de bois s'enfoncèrent dans le ventre et le torse d'Evan, qui pesa alors de tout son poids sur la table, forçant Khan à baisser son arme, l'acculant contre les étagères de chêne.

Mû par la douleur, il appuyait de plus en plus fort, poussant sur ses jambes, ses bras, écrasant l'homme contre le mur. Il entendit les poumons de Khan se vider dans un râle douloureux ; l'homme tomba au sol, tenant toujours son pistolet.

Evan lâcha la table et saisit l'arme, mais Khan s'accrochait à son Beretta. Evan lui tomba dessus. Khan lui donna un coup de genou dans les parties, enfonça ses doigts osseux dans ses yeux fermés. Evan lâcha le pistolet et décocha un coup de poing qui vint s'écraser sur le nez de Khan. À travers ses larmes, Evan distinguait à peine le visage de son adversaire. Il saisit le Beretta à deux mains, força Khan à le braquer en direction du plafond. Khan tira violemment l'arme vers lui, la pointa vers la tête d'Evan.

Le coup partit.

35

Evan sentit la chaleur de la balle qui lui frôlait l'oreille. Pesant de tout son poids et de toute sa force, il détourna le canon de l'arme vers le sol. Khan se débattit, tentant d'arracher l'arme. Un nouveau coup de feu retentit.

Khan eut une convulsion. Puis il s'immobilisa. Evan s'empara du pistolet, chancelant, se frotta furieusement les yeux.

Il recula jusqu'à un coin de la pièce. Il voyait à peine Khan, mais gardait l'arme braquée sur lui. Aucun mouvement. Evan gémit ; ses yeux le faisaient atrocement souffrir.

Khan ne bougeait plus. Evan s'approcha du corps, lui toucha la gorge. Rien. Plus de pouls.

Evan tituba jusqu'à la cuisine, tourna le robinet, s'aspergea le visage à pleines mains. Les lentilles de contact brunes que Bedford lui avait données furent emportées par l'eau. Après s'être aspergé le visage une dizaine de fois, il sentit que la douleur s'atténuait. Pas un bruit dans la maison hormis celui de l'eau coulant dans l'évier. Tenant toujours le pistolet, il rinça ses yeux enflés jusqu'à ce que la douleur ait presque disparu. Puis il regagna le salon.

Étendu sur le sol, Khan le fixait de ses trois yeux, celui du milieu était rouge. Evan vérifia de nouveau son pouls ; au niveau du cou, du poignet, de la poitrine. Plus le moindre battement de cœur.

Je viens de tuer un homme.

La peur, l'horreur auraient dû le rendre malade. Une semaine plus tôt, il aurait été absolument pétrifié. Mais il n'éprouvait maintenant qu'un simple soulagement que ce soit Khan qui fût étendu, mort, et non lui.

Il se rendit dans la salle de bains et examina son visage dans le miroir. Ses yeux, qui avaient retrouvé leur couleur noisette, étaient si enflés qu'il pouvait à peine les ouvrir. Sa lèvre salement fendue saignait. Il ouvrit l'armoire au-dessus du lavabo et trouva une trousse de premiers secours bien fournie. Évidemment qu'il y en avait une ici ; cette maison renfermait tout ce dont Khan pouvait avoir besoin.

C'était sa porte de sortie.

Préoccupé qu'il était à mettre la main sur l'homme qui pourrait élucider le mystère de ses parents, il n'avait pas trop réfléchi après l'explosion.

Khan avait merdé aux yeux de Jargo, mais peut-être Jargo ne souhaitait-il pas sa mort. Peut-être voulait-il simplement que toute enquête sur les Deeps aboutisse à une impasse. Khan s'était enfui après qu'Evan avait prononcé le nom de Jargo. Ou peut-être avait-il reconnu le visage d'Evan. Puis Pettigrew était entré avec sa bombe, ou alors c'était Khan qui l'avait déclenchée après être sorti du bâtiment. Une fois son commerce détruit, Khan n'allait pas se réfugier dans un endroit où il ne disposerait que de quelques heures de répit. Il se rendrait directement à l'endroit où tout était prêt pour prendre le large. Si les Deeps disposaient d'identités de secours, Khan, leur financier, avait aussi préparé sa fuite. Il avait amené Evan en un lieu où il pourrait se cacher, adopter une nouvelle identité, puis se fondre de nouveau dans le monde. Mieux même, on l'aurait cru mort après l'explosion de la librairie.

Abandonner sa vie n'était pas une mince affaire. Et si cette maison était la planque de Khan, sa première étape du voyage vers une nouvelle vie clandestine, il avait dû y cacher des ressources qui lui permettraient de clôturer ses opérations en cours, de l'argent et des informations afin d'effacer ses traces et adopter une nouvelle identité. Mais si Jargo savait qu'il s'agissait du point de chute de Khan – chose tout fait envisageable –, Evan ne disposait pas de beaucoup de temps. Jargo pouvait envoyer un agent pour s'assurer que Khan avait survécu à l'explosion si celui-ci ne donnait pas signe de vie.

La sonnerie du téléphone. Ça pouvait être Jargo qui appelait Khan.

Evan n'avait peut-être que très peu de temps devant lui, mais il devait courir le risque. Les réponses qu'il cherchait pouvaient se trouver dans cette maison.

Il s'assura que chaque fenêtre, chaque porte, était bien fermée. Il baissa les stores, tira les rideaux. Deux petites chambres, un bureau et une salle de bains à l'étage, la chambre principale et une autre salle de bains au rez-de-chaussée, plus un salon, une cuisine, une salle à manger. Dans la cuisine, une porte ouvrait sur des marches qui descendaient à la cave ; Evan s'aventura dans l'escalier, alluma une lumière. Vide. Hormis un grand sac noir avec une fermeture Éclair repoussé dans un coin : une housse mortuaire.

Evan ouvrit la fermeture Éclair.

Hadley Khan. Il reconnut son visage – ou du moins, ce qu'il en restait. Il était mort depuis quelques jours. Son corps était recouvert de chaux pour masquer l'odeur croissante de décomposition. Tué d'une balle dans la tempe. Son corps nu était recroquevillé sur lui-même, d'affreuses lacérations tout en longueur le défiguraient. Ses mains manquaient. Il avait la bouche grande ouverte, mais plus de langue.

Je lui ai pardonné, avait prétendu Khan.

Evan se redressa, marcha jusqu'au côté opposé de la cave, appuya son front contre la pierre froide et, frissonnant, inspira profondément à plusieurs reprises. *Khan l'a tué ici, il a torturé et tué son propre fils sous prétexte qu'il l'avait trahi, qu'il avait trahi les affaires de la famille.*

Qu'auraient fait ses parents s'il avait découvert par hasard la vérité ou avait menacé de les exposer ? Il ne pouvait rien imaginer de tel. Non. Jamais.

La voix de Khan résonnait dans sa tête : *Je les connais mieux que vous.*

Evan referma le sac. Il remonta au salon, traîna le cadavre de Thomas Khan jusqu'à la cave, le plaça près de son fils. Il remonta de nouveau, trouva un drap plié dans l'armoire d'une des chambres et l'utilisa pour recouvrir les deux corps.

Il but quatre verres d'eau glacée, avala quatre cachets d'aspirine trouvés dans la trousse à pharmacie. Le dîner du héros. Ses yeux le faisaient encore souffrir, il avait mal au ventre.

Il retourna au bureau et tenta d'ouvrir le secrétaire ainsi qu'une desserte : verrouillés. Il redescendit à la cave et fouilla les poches de Khan ; pas de clés, mais un portefeuille et un PDA. Il l'alluma ; un écran apparut, lui demandant son empreinte digitale.

Il repêcha la main droite de Khan sous le drap, appliqua l'index du mort sur l'écran. Accès refusé. Il attrapa sa main gauche, appuya l'index sur l'écran. L'empreinte fut acceptée et un écran de démarrage ordinaire apparut. Il examina les applications et les fichiers. Le PDA ne contenait que quelques contacts et des numéros de téléphone : quelques banques zurichoises, une liste de librairies londoniennes. Il y avait une icône pour une application de cartographie. Il l'ouvrit. Les trois derniers plans consultés étaient ceux de Londres, Biloxi dans le Mississippi, et Fort Lauderdale en Floride. Une notation sur le plan de Biloxi indiquait l'emplacement d'une société d'affrètement aérien. Biloxi n'était pas si loin de La Nouvelle-Orléans. Peut-être était-ce de là que Dezz et Jargo avaient décollé après le désastre du zoo Audubon.

Hélas, rien n'annonçait : *ici se trouve l'endroit où ton père est retenu prisonnier.*

Fort Lauderdale. Un endroit précis en Floride. Gabriel avait affirmé que, selon sa mère, ils devaient tous retrouver son père en Floride. Et Carrie pensait aussi que son père s'y trouvait.

Carrie. Il pouvait essayer de l'appeler. En passant par le bureau de la CIA à Londres. Pour lui dire qu'il était en vie. Mais non. Tant que les agents de Jargo ou ses clients au sein de la CIA le croiraient mort… personne ne le traquerait. Ils savaient qu'il était venu à Londres et avaient failli le tuer. L'équipe de Bedford était désormais compromise.

Il aurait voulu être certain que Carrie s'en était tirée indemne ; il voulait lui dire qu'il était en vie. Mais pas encore, pas tant qu'il n'aurait pas récupéré son père. Il estima qu'elle ne retournerait pas à la maison où les avait emmenés Pettigrew, car si celui-ci travaillait pour Jargo, c'était trop dangereux. Elle retrouverait Bedford dans un endroit sûr.

Evan reconfigura le programme de mot de passe pour annuler l'empreinte de Khan et la remplacer par celle de son propre pouce. Ça pourrait toujours servir plus tard. Il fourra le PDA dans sa poche. Tandis qu'il se relevait, il remarqua une boîte à outils dans un coin de la pièce. Il la ramassa et la monta à l'étage.

Il enfonça prudemment un tournevis dans le verrou du bureau ; après le coup du briquet trafiqué en bombe lacrymogène, il ne pouvait plus se fier aux apparences. Mais il n'entendit que le cliquetis du métal heurtant du métal.

Il saisit un marteau et, de quatre coups violents, fractura les verrous du secrétaire de Thomas Khan. Dans l'un des tiroirs, il trouva des documents relatifs à l'achat de la maison. Elle avait été acquise un an plus tôt par la société Boroch Investments. Boroch devait être une société-écran utilisée par Khan ; si la police n'établissait aucun lien avec Khan, elle ne risquait pas de venir ici. Et Thomas Khan avait dû faire son possible pour rester le plus anonyme possible en élaborant sa fuite.

Dans un autre tiroir, il découvrit du papier et des enveloppes à en-tête de Boroch Investments, un passeport néo- zélandais et un autre du Zimbabwe, tous deux sous de fausses identités et arborant la photo de Thomas Khan. Il trouva aussi un téléphone portable qui avait besoin d'être rechargé mais était en état de marche. Il tira le chargeur du fond du tiroir, le brancha, connecta le téléphone. Il vérifia la liste des numéros appelés ; elle était vide.

Il força le verrou d'un autre tiroir. À l'intérieur, une boîte en métal pleine de liasses de livres sterling et de dollars américains. Sous les billets, il trouva un pistolet automatique et deux chargeurs. Il compta l'argent : six mille livres et dix mille dollars. Il posa l'argent sur le bureau. Les tiroirs situés sur le côté étaient vides.

Il attaqua la desserte avec un marteau, un tournevis, puis un pied-de-biche. Il fut pris d'étourdissements. Il n'avait rien avalé, était épuisé, avait reçu du gaz lacrymogène en pleine face, mais il savait qu'il touchait au but.

La porte craqua sous la pression du pied-de-biche. Vide.

Non, c'était impossible. Impossible. Khan avait besoin de ces fichiers pour accéder aux nouveaux comptes, effacer les anciens. Il devait y avoir dans cette maison un ordinateur autre que le PDA. À moins que ce salaud n'ait tout mémorisé. Auquel cas, Evan se retrouvait à la case départ.

Il fouilla la pièce. La petite armoire renfermait du matériel de bureau, de vieux costumes, un imperméable. Il passa en revue les chambres d'amis – pratiquement vides – et la chambre du rez-de-chaussée. Conscient qu'il n'était pas un pro, il procéda avec rigueur, sans rien laisser de côté. Mais il ne découvrit rien, et ses chances de serrer la gorge de Jargo entre ses mains commençaient à partir en fumée.

Dans le salon obscur, il se risqua à allumer une lampe de lecture. La bibliothèque. Khan avait caché son flingue derrière les livres.

Evan fouilla le reste des étagères. Presque chaque centimètre était recouvert de livres de qualité, des surplus de la librairie. Comment un salopard psychopathe pouvait-il avoir si bon goût question littérature ? Mais rien n'était dissimulé derrière les livres. Il jeta un coup d'œil dans les placards de la cuisine et dans le garde-manger. Il vida des boîtes de sel et de farine par terre. Rien. Un congélateur rempli de plats congelés. Il déchira les emballages et vida leur contenu dans l'évier au cas ou une disquette ou un CD auraient été cachés à l'intérieur. Il s'aperçut soudain qu'il mourait de faim et se réchauffa un plat de poulet aux nouilles au micro-ondes. L'idée de manger la nourriture du mort lui donnait la nausée, mais il décida de passer outre.

Il s'assit par terre et s'obligea à se calmer tandis qu'il mangeait. La nourriture n'avait aucun goût mais elle le rassasiait. Son estomac s'apaisa. Le décalage horaire et le contrecoup de sa poussée d'adrénaline s'abattirent sur lui et il résista à l'envie de s'étendre sur le sol, de fermer les yeux et de sombrer dans les bras de Morphée. Peut-être n'y avait-il plus rien à trouver.

La cave. La seule pièce qu'il n'avait pas fouillée. Il redescendit les marches obscures, passa devant les corps recouverts du drap. C'était une petite cave carrée comportant un lave-linge et un sèche-linge empilés d'un côté, et des étagères métalliques de l'autre. Sur les étagères se trouvait tout un tas de bric-à-brac, plus d'autres livres rangés dans des cartons. Il vérifia tout. Une télévision avec un écran fêlé. Une boîte pleine d'outils de jardinage sans la moindre tache de boue, probablement jamais utilisés. Deux cartons de soupes, légumes et viandes en conserve.

Son regard se posa de nouveau sur la télé à l'œil fêlé. Pourquoi garder une petite télé qui était foutue ? Les télés ne coûtaient pas cher de nos jours. Quitte à réparer l'écran, autant en acheter une neuve. Mais peut-être que pour Khan, il n'y avait pas de petites économies. Pourtant il était riche. Une télé cassée ne représentait rien pour lui.

Evan descendit la télé de l'étagère, puis il prit un tournevis et se mit à désassembler le capot arrière.

La télévision n'avait plus rien dans le ventre. À l'intérieur se trouvaient un petit ordinateur portable ultraléger et un chargeur. Evan alluma le portable ; une invite à saisir un mot de passe apparut.

Il tapa DEEPS.

Non. Il entra JARGO.

Non. Il essaya HADLEY. Toujours rien. La CIA pourrait briser la protection, mais pas lui. Et, même s'il devinait le mot de passe, Khan avait dû crypter et attribuer des mots de passe différents à chacun des fichiers présents sur le système. Il aurait été idiot de ne pas prendre cette précaution.

Evan regarda fixement l'écran. Peut-être qu'il ferait bien d'embarquer l'ordinateur et de l'emporter à Langley, au quartier général de la CIA. De se rendre…

... et ne pas sauver son père.

Le visage de son père flotta devant lui dans les ténèbres de la cave et il regarda les corps des Khan père et fils. À en croire ce qu'il avait entendu au cours des derniers jours, son père était un tueur professionnel qui avait massacré des gens comme on écrase des fourmis. Mais ce n'était pas le père qu'il connaissait. Ce n'était pas possible, la vérité ne pouvait être si brutale ni si simple. Il avait besoin des fichiers pour le sauver.

Ou, pensa-t-il, *il devait créer l'illusion qu'il les avait.*

L'ordinateur portable. Il n'avait pas besoin des données elles-mêmes, l'ordinateur suffirait comme monnaie d'échange contre son père car il pouvait comporter exactement les mêmes informations que celles volées par sa mère. Au moins il avait maintenant de quoi négocier : il pouvait menacer de refiler le portable à la CIA si son père n'était pas libéré. Jargo ne pourrait savoir avec certitude si les fichiers étaient ou non présents sur le système de Khan. Et même s'il ne comportait pas la liste des clients, il pouvait renfermer suffisamment d'informations – financières, logistiques, personnelles – pour détruire les Deeps.

Sa mère avait pu piquer les fichiers sur ce portable même. Il essaya de s'imaginer comment elle aurait pu faire. Elle avait pris des photos à Douvres, volé des secrets militaires, puis elle avait livré le tout à Khan. Mais probablement pas ici, pas dans son repaire. Elle le lui avait probablement donné sous forme de CD, dans un parc, un théâtre, un café. Et elle avait peut-être ensuite suivi Khan jusqu'ici. Puis… quoi ? Khan charge les données volées sur l'ordinateur pour les envoyer à Jargo. Il s'en va. Elle entre par effraction dans la maison, trouve le portable. Elle doit posséder un logiciel permettant de contourner les mots de passe – la moindre des choses si elle a l'habitude de voler des informations.

Si elle y était parvenue, lui aussi pouvait voler les fichiers.

Il essaya de nouveaux mots de passe.

BAST. Rien.

OHIO, à cause de l'orphelinat. Non.

GOINSVILLE. Refusé.

Il trouva les clés de voiture de Khan sur le comptoir de la cuisine, plaça l'ordinateur portable et l'argent dans le coffre du véhicule. Il retourna à l'intérieur et fourra le PDA, le pistolet et le téléphone de Khan dans sa poche. Il avait envie de dormir, et aurait aimé croire que la planque de Khan pouvait aussi être la sienne. Mais mieux valait ne pas traîner dans les parages.

Fort Lauderdale. Sa mère avait évoqué la Floride avec Gabriel. C'était là qu'il devait aller.

Il monta dans la Jaguar, s'aperçut qu'il n'avait jamais conduit de voiture conçue pour rouler à gauche et, pour la première fois depuis plusieurs jours, éclata franchement de rire. Ç'allait être une sacrée aventure.

À bout de nerfs, Evan conduisit dans la nuit. Une pluie froide se mit à tomber. Modifier ses réflexes de conduite exigeait toute sa concentration. Il roula lentement vers Londres, comme un type qui viendrait de passer le permis, et se dégotta un hôtel correct à Lewisham. Il s'offrit un vrai repas – steak frites – dans un petit pub, but une pinte de bière ambrée, regarda un couple et leur fils qui rigolaient tout en descendant des pintes de blonde. Puis il paya, regagna son hôtel et s'étendit sur le lit.

Il ralluma le téléphone portable de Khan et une sonnerie annonça qu'il avait reçu un message. Il ne connaissait pas le mot de passe de la messagerie de Khan, mais il trouva une liste sur laquelle figurait un appel récemment manqué.

Il ouvrit le PDA de Khan, lança l'enregistreur vocal, puis il composa le numéro.

Il ne pourrait pas négocier s'ils le croyaient tous morts.

Quelqu'un décrocha à la première sonnerie.

« Oui ? » Il connaissait cette voix, ce doux ronronnement psychotique. Dezz.

« Je souhaiterais parler à Jargo. » Evan tenait le PDA suffisamment près pour enregistrer chaque mot.

« Personne ici répondant à ce nom.

– Ferme-la, Dezz. Je veux parler à Jargo. Maintenant. »

Trois secondes de silence.

« On a recollé les morceaux, pas vrai ?

– Dis à ton père que j'ai tous les fichiers de M. Khan concernant les Deeps. Tous. J'aimerais négocier un échange contre mon père.

– Comment va Carrie ? En charpie ? Désolé de pas avoir été à Londres pour la ramasser à la petite cuiller. »

Il étouffa un ricanement.

« Tu dis encore un mot, espèce de taré, et j'envoie la liste de clients par e-mail à la CIA, au FBI, à

Scotland Yard. Ce n'est plus toi qui dictes les règles. C'est moi. »

Un long moment de silence, puis Dezz annonça avec une politesse glaciale :

« Un instant, s'il te plaît. »

Il s'imagina la tête de Dezz et Jargo. Ils étaient au courant pour l'explosion et Evan les appelait de toute évidence depuis le portable de Khan : ils devaient se demander s'il disait vrai.

« Allô ? Evan ? Tu vas bien ? demanda Jargo en prenant un air inquiet.

– Oui. J'ai une proposition à vous faire.

– Ton père se fait un sang d'encre à ton sujet. Où es-tu ?

– Au fond d'un trou à rat. Et j'ai l'ordinateur portable de Khan. Récupéré à son repaire de Bromley. Avec tous ses fichiers. »

Une longue pause.

« Félicitations. Je trouve pour ma part les bases de données informatiques mortellement rébarbatives.

– Rendez-moi mon père et je vous donne le portable, et après on part chacun de son côté.

– Mais les fichiers peuvent être dupliqués. Je ne sais pas si je peux te faire confiance.

– Vous n'êtes pas en position de mettre mon intégrité en doute, monsieur Jargo. Vraiment pas. Je suis au courant pour Goinsville, je suis au courant pour Alexander Bast, je sais que c'est lui qui a créé le réseau original des Deeps. » Que du bluff. Il ne savait pas trop comment ces éléments s'emboîtaient les uns dans les autres, mais il devait faire comme s'il savait. « J'ai le portable de Khan et je vous le donne. Je ne le donne pas à la police. Ni à la presse. Tout ce que je veux, c'est mon père. Soit vous acceptez le marché, soit vous refusez. Je peux faire couler les Deeps en cinq minutes avec ce que j'ai.

– Pourrais-je parler à M. Khan ? demanda Jargo.

– Non, vous ne pouvez pas.

– Il est en vie ?

– Non.

– Bon. Qui l'a tué, toi ou la CIA ?

– Je ne suis pas là pour répondre à vos questions. Acceptez-vous le marché ou est-ce que je vais voir la CIA ?

– Evan. Je comprends que tu sois secoué. Mais je ne souhaitais pas la mort de Khan. Ni la tienne. » Une pause. « Si tu as accès à Internet, j'aimerais te montrer une vidéo. Pour te prouver ce que je dis.

– Une vidéo ?

– Khan avait une caméra de surveillance numérique dans sa librairie qui envoyait les informations en temps réel sur un serveur. Tu comprends que nous prenons beaucoup de précautions dans notre métier. Je me suis contenté de me connecter au serveur. Je peux te prouver que c'est un agent de la CIA qui a déclenché l'explosion. Son nom était Marcus Pettigrew. Je suppose que la CIA avait trouvé un moyen de se débarrasser de toi et de Khan en même temps, vite fait bien fait. »

Evan se rappela avoir remarqué des petites caméras fixées dans les angles près du plafond de la librairie. Il donna la réponse que, selon lui, Jargo attendait :

« Et après ? Je ne peux pas faire confiance à la CIA. Mais ça ne veut pas dire que je peux vous faire confiance.

– Regarde la vidéo, reprit Jargo, avant de te faire une idée.

– Une seconde. »

Sans quitter le téléphone, Evan sortit de sa chambre et descendit l'escalier qui menait au centre d'affaires de l'hôtel. Il n'y avait personne. Il alluma un PC flambant neuf, créa une adresse e-mail sur Yahoo !

sous un nom fictif, puis la communiqua à Jargo. Une minute plus tard, l'extrait vidéo apparut en pièce jointe dans la boîte de réception. Evan cliqua sur le fichier. Il se vit entrer dans le coin supérieur gauche, puis parler à Khan. Khan et Evan quittèrent l'écran et Pettigrew apparut. Il retourna la pancarte FERMÉ. Abattit deux personnes. Se pencha sur son attaché-case. Puis plus rien.

« Je n'en suis pas à décimer mon propre réseau, dit Jargo. Mais la CIA, si.

– Vous avez pu trafiquer la vidéo.

– Evan. Je t'en prie. D'abord Gabriel, maintenant Pettigrew. C'est ton ami Bricklayer qui t'a tendu ce traquenard. Pour vous tuer toi et Khan, faire d'une pierre deux coups. Je ne suis pas ton ennemi, Evan. Loin de là. Tu as choisi le mauvais camp, pour dire les choses poliment, et j'essaie de te sortir de ce merdier. »

Bricklayer… il connaît le nom de code de Bedford. Il détestait le ton inquiet et doucereux de Jargo qui ne parvenait cependant pas à masquer son arrogance.

« Cette vidéo ne ment pas. Maintenant, qui crois-tu ? demanda Jargo.

– Je veux parler à mon père, répondit Evan en simulant un ton perplexe.

– En voilà une bonne idée, Evan. »

Silence. Puis la voix de son père :

« Evan ? »

Il avait l'air fatigué, faible. Abattu.

Vivant. Son père était bel et bien vivant.

« Papa. Oh, bon Dieu, Papa, tu vas bien ?

– Oui. Ça va. Je t'aime, Evan.

– Moi aussi, je t'aime.

– Evan… Je suis désolé. Pour ta mère. Pour toi. Je n'ai jamais eu l'intention de t'embarquer dans cette galère. Ça toujours été mon pire cauchemar. » Mitchell semblait au bord des larmes. « Tu ne comprends pas le fin mot de cette histoire. »

Il savait que Jargo écoutait. *Fais semblant de le croire. C'est ta seule chance de récupérer ton père. Mais pas trop vite, sinon Jargo ne tombera pas dans le panneau.* Il devait embobiner son propre père. Il essaya de conserver un ton ferme.

« Non, papa, il est clair que je n'y pige que dalle.

– Ce qui compte, c'est que nous puissions être ensemble. Je peux te mettre à l'abri, Evan. Tu dois faire confiance à Jargo.

– Papa, même si Jargo n'a pas tué maman, il t'a enlevé. Comment pourrais-je faire confiance à ce type ?

– Evan. Écoute-moi attentivement. Ta mère est allée voir la CIA, et la CIA l'a tuée. Je ne sais pas pourquoi Donna a fait ça, mais elle l'a fait, en pensant qu'ils la cacheraient, et toi avec. Mais ils l'ont tuée et maintenant, ils se servent de toi pour essayer de mettre la main sur moi et sur Jargo.

– Papa…

– Jargo et Dezz n'étaient pas à la maison. C'était la CIA. Tout ce qu'on a pu te dire d'autre n'est que mensonge. Crois ce que tu vois. Cet agent de la CIA de Londres a essayé de te tuer. Tu l'as vu de tes yeux. Je veux que tu fasses ce que Jargo dit. Je t'en prie.

– Je crois que je ne peux pas, papa. Il a tué maman. Tu comprends ça ? Il l'a tuée ! »

Il fit à son père un bref récit de son arrivée dans la maison.

« Mais tu n'as pas vu leur visage.

– Non… je n'ai pas vu leur visage. » Il laissa s'écouler trois secondes, pensa : *Convaincs Jargo que tu cherches à croire papa, que c'est ce que tu veux le plus au monde, pour que ce cauchemar prenne fin.* « J'ai vu maman, j'ai flippé, et ils m'ont passé un sac par-dessus la tête.

– Je peux t'assurer que ce n'était ni Dezz ni Jargo, ce n'était pas eux, dit Mitchell d'un ton patient.

– Comment peux-tu en être certain, papa ?

– Je le suis. Je suis absolument certain qu'ils n'ont pas tué ta mère. »

Joue les imbéciles.

« Alors j'ai juste entendu des voix.

– À l'instant le plus abominable de ta vie, tu as pu te tromper, Evan. Jargo peut utiliser la menace pour obtenir ta coopération, parce que c'est plus simple que tout t'expliquer. Il ne te ferait cependant jamais de mal. C'est sur Carrie qu'ils ont tiré au zoo, pas sur toi. »

Faux, mais Jargo avait raconté tout un tas de bobards à son père. Il préféra ne pas le contredire. *Maintenant, simule la confusion.*

« Mais Carrie prétend que…

– Carrie a trahi ta confiance. Elle s'est foutue de toi, fils. Je suis désolé. »

Il laissa le silence croître avant de répondre.

« Tu as raison. » *Pardonne-moi, Carrie*, pensa-t-il. « Elle n'a pas été honnête avec moi, papa. Et ce, dès le premier jour. »

Mitchell s'éclaircit la voix.

« Oublie-la. Le plus important, c'est que tu me rejoignes. Es-tu à l'abri de la CIA en ce moment ?

– Ils me croient mort.

– Alors rapporte les fichiers à Jargo. On pourra se retrouver. Jargo nous laissera parler, envisager la suite des événements.

– Garde ce que je vais te dire pour toi, ajouta Evan un ton plus bas. J'ai l'ordinateur portable, mais je n'arrive pas à franchir la barrière du mot de passe. Je n'ai jamais vu ces fichiers que Jargo veut. Je ne constitue pas une menace pour lui. »

Il savait que Jargo buvait la moindre de ses paroles.

« Tout va bien se passer dès qu'on sera ensemble.

– Papa… tout cela est-il vrai ? Ce que j'ai découvert sur toi et maman, concernant les Deeps ? Parce que je n'y comprends rien…

– Nous t'avons beaucoup protégé, Evan, et tu nous ferais beaucoup plus de mal que de bien en nous exposant. Quand nous serons ensemble, nous aurons tout le temps, et je pourrai t'expliquer.

– Pourquoi n'es-tu plus Arthur Smithson ? »

Une pause.

« Tu ne sais pas tout ce que ta mère et moi avons fait pour toi. Tu ne comprends pas les sacrifices que nous avons consentis. Tu n'as jamais été confronté à un choix difficile. Tu n'as pas la moindre idée. » Puis le débit de Mitchell s'accéléra, comme s'il était à court de temps : « Tu te souviens quand je t'ai offert tous les livres de Graham Greene, et que je t'ai dit que la phrase la plus importante qu'ils comportaient était *« quand on aime, on vit dans la peur »* ? C'est vrai, à cent pour cent. Je craignais que tu n'aies pas une vie agréable. Je voulais que tu aies la meilleure vie possible. Tu es tout pour moi. Je t'aime, Evan.

– Je m'en souviens. Papa, je t'aime aussi. »

Quoi qu'il ait fait. Evan se rappela son père lui offrant un tas de livres de Graham Greene pour Noël pendant sa dernière année de lycée, mais il ne comprenait pas la citation. Ça n'avait aucune importance. Le principal était que son père soit vivant et qu'il puisse le retrouver.

« Écoute-moi bien. » La voix de son père avait disparu, remplacée par celle de Dezz. « Maintenant, c'est moi qui m'occupe de toi. Tu es où ?

– Dis-moi juste où je dois aller pour procéder à l'échange de l'ordinateur de Khan contre mon père.

– Miami. Demain matin.

– Je ne pourrai pas y être aussi vite. Demain soir.

– On te réservera tes billets, dit Dezz. On veut pas que tu te fasses encore pincer par la CIA.

– Je m'occuperai moi-même du voyage. Je vous appellerai de Miami. C'est moi qui choisis l'heure et le lieu de l'échange.

– D'accord. » Dezz se mit à ricaner. « Te barre pas en courant en me voyant, ce coup-ci. Maintenant on fait partie de la même famille. »

Et il raccrocha. *La même famille.* Le ton railleur de Dezz irrita Evan, et il repensa aux photos pâlies représentant les deux garçons à Goinsville, revit leur sourire et leur plissement d'yeux similaires. Il voyait maintenant ce qu'il avait refusé de voir alors : son père – un homme qu'il adorait et admirait – et Jargo – un assassin brutal et cruel – pouvaient être liés par le sang.

Evan avait décidé de passer pour un imbécile, de laisser Jargo croire qu'il se précipiterait aveuglement au secours de son père, mais maintenant il avait l'impression d'être franchement bouché. Des citations de Graham Greene qui gâchaient le précieux temps de conversation avec son père. Les railleries de Dezz. Tout cela n'avait aucun sens.

Evan effaça du PC la vidéo qu'il avait téléchargée et regagna sa chambre. Il s'étendit sur son lit et regarda le portable de Khan qui continuait de dissimuler ses secrets tel un enfant obstiné.

S'il rapportait ce portable à Jargo, il récupérerait son père (du moins l'espérait-il) mais Jargo continuerait à sévir. Non. C'était inacceptable. Il devait faire les deux. Récupérer son père et faire tomber Jargo, sans laisser la moindre place à l'erreur.

Il resta là à considérer les outils à sa disposition, à envisager la façon dont les événements risquaient de se dérouler le lendemain.

Il suffirait, décida-t-il, d'être le meilleur mystificateur. Il devait vaincre un véritable roi du mensonge.

Son seul accessoire était ce portable récalcitrant. Un tour de passe-passe s'imposait.

36

Elle décrocha le téléphone à la troisième sonnerie.

« Allô ?

– Allô, Kathleen. »

Un moment de silence stupéfait.

« Evan ?

– Oui, c'est moi.

– Tu vas bien ?

– Oui. Je t'ai vue parler de moi sur CNN le week-end dernier. Ce que tu as dit m'a fait plaisir.

– Evan, où es-tu, qu'est-ce qui s'est passé ? Bon Dieu, je me suis fait un sang d'encre à ton sujet. »

Il voulait croire que c'était vrai – son ancienne petite amie flippant pour lui – et il savait que sa demande testerait sa sincérité.

« Je ne peux pas te dire ce qui s'est passé ni où je suis. J'ai besoin que tu m'aides. Je te mets peut-être en danger rien qu'en te le demandant. Si tu raccroches maintenant, je ne t'en voudrai pas. »

Silence.

« Quel genre de danger ? finit-elle par demander.

– Pas tant toi que la personne que tu trouveras pour m'aider.

– Accouche, Evan. »

Elle avait toujours été directe et brutale.

« Un groupe de gens dangereux veut ma mort. Ils ont tué ma mère, enlevé mon père, et maintenant, ils sont après moi. Je détiens l'un de leurs ordinateurs et j'ai besoin d'y accéder. Mais tout est crypté.

– C'est une plaisanterie, c'est ça ?

– Ma mère est morte, tu crois que je plaisante ? »

Nouveau silence.

« Non, je ne crois pas, répondit-elle un ton plus bas.

– Aide-moi, Kath.

– Bon Dieu, Evan, écoute, rends-toi à la police.

– Ils tueront mon père si je fais ça. Je t'en supplie, Kathleen.

– Comment pourrais-je t'aider ?

– Parce que tu as produit *Hackerama* avec Bill. »

Bill était le type pour qui elle avait quitté Evan, un réalisateur new-yorkais qu'Evan trouvait à vrai dire très chouette. Il avait damé le pion à Evan aux oscars avec son documentaire sur la culture des hackers.

« En effet, dit-elle après un instant d'hésitation.

– Il me faut un contact en Angleterre. Un type malin et discret, qui n'ira pas direct à la police, et qui est un expert en cryptage. Je peux le payer généreusement. Je peux te payer aussi.

– Evan. Je ne veux pas de ton argent et je ne peux pas t'aider à commettre un délit.

– Il s'agit de sauver mon père et moi. »

Il entendit Kathleen s'agiter.

« Si tu as regardé les infos, tu as sans doute entendu parler d'un attentat à Londres aujourd'hui. C'était ce groupe, ils essayaient de me tuer.

– Tu parles comme un cinglé en ce moment, pour être honnête.

– Ça fait des jours que je suis en cavale. Que je me cache. Ma vie est littéralement entre tes mains, Kathleen. J'ai besoin d'aide. Je ne peux pas stopper ces gens. Sans ces preuves, la police ne me croira jamais.

– Admettons que tu dises la vérité, tu me demandes d'appeler un ami et de lui faire courir un grand danger.

– Oui. C'est vrai. Tu devras le prévenir. Être honnête pour qu'il connaisse les risques. Mais je paye. Ces types ont toujours besoin de fric, pas vrai ?

– Personne ne trouvera que c'est une bonne idée, dit-elle, sauf toi. »

Cul-de-sac. Il ne pouvait pas lui en vouloir.

« Je comprends. Je ne voudrais pas non plus qu'un innocent se fasse tuer. Merci d'avoir accepté de me parler. Et merci de m'avoir défendu sur CNN. C'était très important pour moi.

– Evan. »

Il attendit.

« Je vais trouver quelqu'un qui pourra t'aider, dit-elle finalement. Comment puis-je te joindre ?

– Mieux vaut pour toi que ce soit moi qui te rappelle. Moins tu en sais, mieux c'est.

– Je suis désolée pour ta mère. C'était une femme fantastique. Et ton père…

– Merci.

– Rappelle-moi dans une heure.

– OK. »

Il raccrocha en se demandant si elle préviendrait les flics sur-le-champ. Il la rappela exactement une heure plus tard, depuis le téléphone de l'hôtel. Le portable de Khan était strictement réservé aux communications avec Jargo.

« Evan. Un hacker m'a donné le nom d'un de ses amis à Londres. J'ai appelé le type. Son pseudonyme est Razur. Il ne veut pas que tu saches son vrai nom. Il a dit qu'il te rencontrerait ce soir dans un café. Tu as un stylo ? »

Elle lui donna une adresse à Soho.

« Merci, Kathleen. Dieu te bénisse.

– Evan, je t'en supplie. Laisse la police s'occuper de ça.

– Si je pouvais, je le ferais. C'est compliqué.

– Evan. Tu me rappelleras ? Pour me dire si tout va bien ?

– Dès que je peux. Porte-toi bien, Kathleen. Merci. »

Il raccrocha, descendit dans le hall de l'hôtel et demanda au réceptionniste comment se rendre au café qu'avait suggéré Razur. Il retourna à la voiture de Khan, se concentra pour conduire du *mauvais* côté de la route, puis s'engagea sous la pluie glaciale.

37

« TU AS ÉTÉ TRÈS CONVAINCANT, MITCHELL, déclara Jargo. Je suis fier de toi. C'était une conversation difficile.

– Je ne veux pas que toi et Dezz lui fassiez du mal ».

Mitchell Casher ferma les yeux.

« Personne ne veut lui faire de mal. »

Jargo posa une tasse de café devant Mitchell.

« Désolé de te critiquer, mais ça fait longtemps que tu aurais dû lui parler de nous. »

Mitchell secoua la tête.

« Non.

– J'en ai parlé à Dezz dès qu'il a été en âge de comprendre. Maintenant on travaille ensemble. C'est très agréable de travailler avec son fils.

– Je voulais une vie différente pour Evan. Tout comme tu voulais une vie différente pour nous tous.

– J'apprécie le sentiment, mais il est déplacé. Tu ne lui faisais pas confiance, alors tu nous as mis sérieusement en péril, tu as augmenté le risque qu'il soit utilisé par nos ennemis. » Jargo remua son café. « Tu as eu l'air de regagner sa confiance, du moins dans une certaine mesure.

– Je l'ai regagnée, répliqua Mitchell d'une voix dure. Tu n'as pas à douter de lui. Ta vidéo l'a convaincu. Il a une fausse pièce d'identité, il a de l'argent, il peut venir ici tout seul.

– Ça m'ennuie qu'il ne nous ait pas laissés aller le chercher. Ça m'ennuie beaucoup. Ça pourrait être un piège de la CIA.

– Tes contacts t'informeraient s'il avait été retrouvé.

– J'espère. » Jargo but une gorgée de café, regarda Mitchell. « Il a semblé s'adoucir à ton égard, mais je suis sceptique.

– Je peux persuader mon fils que nos intérêts sont aussi les siens. Tu me fais confiance, non ?

– Bien entendu. »

Et tout en affichant une mine soucieuse, Jargo esquissa un sourire plein de regrets. Sur quelle phrase s'ouvrait *Anna Karenine* ? Bast lui en avait offert un exemplaire une semaine avant que Jargo ne le tue. La phrase était un ramassis de foutaises, comme quoi chaque famille malheureuse avait son malheur propre. Au moins, estimait-il, les Jargo et les Casher étaient réellement uniques dans leur malheur.

Il laissa Mitchell seul dans sa chambre et retourna à la cuisine du rez-de-chaussée. Il voulait réfléchir au calme.

Le jeune homme pouvait mentir quand il affirmait posséder l'ordinateur portable de Khan, mais Jargo jugea qu'il disait vrai. Récupérer son père lui tenait trop à cœur. Il se demanda si Dezz se battrait avec autant d'ardeur pour lui. Il se dit que non. Ce qui était une bonne chose, car il était stupide de mener un combat qui ne pouvait être gagné.

Et il exécrait la stupidité. Il avait soulagé le monde du fardeau de deux idiots aujourd'hui même. Khan était devenu trop fainéant, trop suffisant, trop égocentrique. Sa perte et celle de Pettigrew en tant que client étaient des revers, mais rien qui ne puisse être surmonté. Il pouvait confier à Galadriel les tâches de Khan ; sa loyauté était incontestable, elle n'avait pas de progéniture amère à mater et ne s'était pas développé un ego démesuré dans des conseils d'administration. Pettigrew avait mis longtemps à payer pour une exécution à Moscou, celle d'un important agent de la CIA qu'il n'aimait pas personnellement et dont il convoitait le poste. Par la grâce de Dieu, Khan n'avait rien à voir avec les propriétés de Jargo aux États-Unis ; sinon il aurait été trop risqué de rester là, dans cette maison, sous le ciel noir et vide.

Jargo se reversa du café, observa la vapeur qui s'échappait de la tasse. Evan n'arrivait pas à accéder au portable ; au moins, Khan avait fait une chose de bien. Et Mitchell avait, à en croire ce qu'il avait entendu, attiré son propre fils dans un piège mortel.

Il demanderait à un agent des Deeps d'exécuter Evan après la livraison de la liste des clients et du portable de Khan. Sans tuer Mitchell, bien entendu : une exécution à distance, avec un fusil longue portée pour tireur d'élite. Il soupçonnait que Mitchell voudrait parler à Evan en tête à tête. Le mieux serait de mettre en scène une attaque contre le père et le fils, décida-t-il ; le pauvre Evan ferait un pas du mauvais côté et sa cervelle se retrouverait pile sur la trajectoire d'une balle. Il aimait cette approche car elle entretiendrait la rage de Mitchell, elle le rendrait plus facile à manipuler. Evan mort, Donna morte, son chagrin pourrait rendre Mitchell encore plus productif dans les années à venir.

Mais il devait se préparer à toute éventualité, faire comme si la rencontre avec Evan était un piège organisé par la CIA, et bloquer toutes les sorties. Il saisit un téléphone portable, passa un coup de fil.

Puis Jargo broya un sédatif dans un verre de jus d'orange pour que Mitchell reste tranquille et monta la boisson droguée à l'étage. La nuit promettait d'être longue.

38

RAZUR ÉTAIT UN TYPE MAIGRE À LA SILHOUETTE aussi effilée que son surnom. Il arborait un bouc teint en blond platine, des lunettes noires et un tatouage en forme de croix celtique sur la nuque.

« Evan ?

– Oui. Razur ? »

Razur lui serra la main et s'assit à la table d'Evan dans le coin le plus isolé du café. Il pencha la tête vers lui.

« Tu as les yeux de quelqu'un qui vient de fumer un gros bédo.

– Un bédo ?

– Un joint bien costaud, mon pote.

– Oh. » Evan secoua la tête. « Non. Tu veux un café ?

– Ouaip, noir. Le plus grand qu'ils aient. »

C'était un bar crasseux à la décoration insolite, mais pas trop bondé, avec une rangée d'ordinateurs alignés contre un pan du mur métallique et des jeunes qui surfaient sur Internet en sifflant du jus d'orange, du thé ou du café. Evan se leva et alla commander. Il sentit que Razur ne le quittait pas du regard, le considérant comme une série de problèmes qu'il allait devoir réduire à leurs parties constituantes avant de les résoudre. Ou peut-être était-il revenu à sa théorie sur la marijuana, estimant que la requête d'Evan était le résultat d'une folie causée par un excès de joints. Evan regagna la table et posa une tasse fumante devant Razur. Le hacker but une gorgée prudente.

« Paraît que des sales types te causent des emmerdes.

– Moins tu en sauras, mieux tu te porteras. »

Evan ne voulait pas entrer dans les détails sur les Deeps et leurs liens complexes avec la CIA. Razur esquissa un léger sourire.

« Mais tu as mis la main sur leurs sales secrets.

– Oui. Sur un ordinateur portable. Mais je n'ai pas le mot de passe.

– Moi non plus, répondit Razur. Pas sans le fric. »

Evan lui tendit un sac à linge de l'hôtel. Razur jeta un coup d'œil à l'argent qui se trouvait dedans.

« Compte si tu veux. »

Razur compta rapidement, sous la table, là où les liasses de billets n'attiraient pas l'attention.

« Merci. Désolé, j'suis pas le genre à faire confiance. Tu as la bécane ?

– Oui. »

Evan tira le portable d'un sac en plastique qu'il avait trouvé à l'arrière de la Jaguar.

« C'est pas réellement mon truc de faire des choses illégales. Ce que j'aime, c'est les défis techniques, histoire d'emmerder ces cons qui se croient si malins mais qui le sont pas. Pigé ?

– Pigé. »

Razur ouvrit son propre ordinateur portable tout fin, l'alluma, le brancha au portail Ethernet de la machine de Khan.

« Je vais exécuter un programme. Si le mot de passe figure dans un dictionnaire, c'est plié. »

Il pianota quelques touches. Evan regardait les mots qui défilaient à toute vitesse sur l'écran, trop vite pour qu'il pût les lire, avant d'aller s'écraser contre les barrières de la forteresse de Khan. Après un moment, Razur déclara :

« Pas de pot. On va essayer avec des alphanumériques balancés au hasard plus des variantes de fautes d'orthographe. »

Razur aspira bruyamment une gorgée de café, regarda la longue et solennelle progression de la barre d'état tandis que des millions de nouvelles combinaisons tentaient de découvrir le sésame du portable de Khan.

« Hé, tu t'y connais en ordinateurs de poche ? demanda Evan.

– Pas ma spécialité. Ces machins n'ont rien dans le bide. »

Evan tira de sa poche le PDA de Khan, l'alluma et appliqua l'empreinte de son pouce.

« Sécurité biométrique, dit Razur. Qu'est-ce que tu comptes faire, piquer une arme nucléaire ? »

Il s'esclaffa.

« Pas aujourd'hui. À quoi servent ces programmes. Je ne les reconnais pas. »

Razur étudia le petit écran.

« Hé ben. J'aimerais bien faire joujou avec. Celui-ci, c'est un programme qui crée des interférences – il émet un signal qui peut détraquer tous les portables dans cette pièce. Tu veux qu'on essaie ? »

Il fit un grand sourire malicieux tout en regardant les clients qui discutaient au téléphone. Il pianota sur l'écran sans attendre la réponse d'Evan.

Dix secondes plus tard, tout le monde regardait son téléphone d'un œil perplexe.

« Ah, je crois que je viens de faire quelque chose d'illégal. »

Razur pianota de nouveau et le service téléphonique sembla revenir à la normale tandis que les clients recomposaient les numéros pour reprendre leur conversation.

« Et celui-là… (Razur lança le programme et l'étudia en fronçant les sourcils)… c'est la même chose que ce que j'utilise sur ton portable. Mais spécialisé. Pour les systèmes d'alarme à clavier numérique. La plupart ont un mot de passe à quatre chiffres. Tu le branches sur le système, il déchiffre le code et l'active.

– Tu veux dire qu'il pourrait m'afficher à l'écran le code d'un système d'alarme ?

– Je crois qu'il est conçu pour ça. Celui-ci copie une carte de sauvegarde ou un disque dur. Il compresse les données pour qu'elles puissent être sauvegardées sur ce PDA.

– Mais tu ne peux pas copier tout un disque dur avec ça, si ?

– Non. Pas avec ça. Trop petit. Mais un autre PDA ou une série de fichiers, pas de problème. »

Peut-être que ma mère a utilisé un système de ce genre pour voler les fichiers de Khan, pensa Evan.

« Ça irait vite ?

– Bien sûr. Si tu t'en sers pour copier d'autres fichiers, pas de problème. Pour ce qui est de tout un dossier, ça irait plus vite que d'aller chercher dans le dossier pour trouver le bon fichier. Et si tu peux tout compresser, c'est encore mieux. » Il lui rendit le PDA et le regarda d'un air incrédule. « T'as piqué ça aux taupes ?

– Aux taupes ?

– Aux espions.

– Tu ne veux pas savoir.

– En effet », consentit Razur.

Evan regardait la barre d'état qui progressait lentement. *S'il te plaît,* pensa-t-il, *trouve le mot de passe. Donne-moi les fichiers*. Mais ce n'étaient pas juste des fichiers : c'étaient les secrets de toute une vie, les preuves de terribles escroqueries, la mémoire de vies supprimées au profit d'argent sale. Il n'avait qu'un atout à jouer contre Jargo, et il était dans ces fichiers.

Razur alluma une cigarette.

« Je pourrais hacker un site porno en attendant. Recouvrir les nichons de photos d'éminents politiciens. Je suis très anti-porno ces temps-ci. J'ai viré complètement victorien. »

Evan secoua la tête.

« Je veux ton opinion sur une idée que j'ai eue. Si on trouve le mot de passe mais que les fichiers sur le portable sont cryptés, est-ce que ça t'empêcherait de les copier sur un autre ordinateur ?

– Possible. Ça dépend du cryptage. Ou s'ils sont protégés contre la copie.

– Le programme pour décrypter les fichiers est forcément sur ce portable, non ? Vu que pour modifier les fichiers, il faut d'abord les décrypter, effectuer les changements, puis appliquer de nouveau la protection.

– Oui. Si le programme qui supprime la protection n'est pas sur le portable, il doit se trouver quelque part où il est facilement téléchargeable. Sinon, c'est comme avoir un coffre sans la clé, ça sert à rien. Si ton méchant a planqué un programme fait sur mesure sur un serveur, je fouillerai dans sa mémoire cache, si elle a pas été effacée, pour le trouver, ou alors, je serai obligé de hacker son fournisseur d'accès Internet, expliqua-t-il avec un large sourire. Je sens que tu as une vilaine idée derrière la tête.

– On pourrait donc décoder les fichiers, dit Evan en faisant courir un doigt le long du bord lisse du portable, et cacher une copie. Sur un serveur où je pourrai la télécharger. Puis on crypte de nouveau l'ordinateur en utilisant le même logiciel de protection et le mot de passe original. Je rends leur portable crypté aux méchants, qui croiront peut-être que je n'ai jamais vu les fichiers de ma vie. C'est comme si je leur rendais un coffre dont je n'ai pas la clé. Comme ça, ils pensent que je ne constitue plus une vraie menace pour eux. »

Razur acquiesça.

« Ou même s'ils me tuaient, les fichiers pourraient toujours être utilisés pour couper les couilles desdits méchants. Ce serait mon carré d'as une fois dans le trou.

– Rien ne garantit, tempéra Razur, que je puisse même pénétrer ce système.

– Alors, je pense qu'il me faut un plan B. » Evan contempla ses possibilités, puis il sourit à Razur. « Je vais avoir besoin d'un peu plus d'aide de ta part. Bien sûr, je paye en conséquence.

– OK.

– Dis-moi, est-ce que tu joues au poker ? »

VENDREDI 18 MARS

39

Les hommes mirent la main sur Evan à l'aéroport d'Heathrow vendredi en début d'après-midi.

Il avait fait son possible pour ressembler à n'importe quel jeune touriste. Il portait un pantalon de coton fraîchement repassé et un pull noir neuf, des baskets et une paire de lunettes de soleil qu'il avait achetée à Razur. Il arborait toujours sa coupe en brosse façon CIA, mais ses cheveux étaient maintenant blancs platine grâce à l'intervention de la petite amie couverte de tatouages de Razur. Les hommes le laissèrent approcher du comptoir de British Airways, acheter un billet aller-retour pour Miami, payer en espèces, ils le laissèrent même franchir les contrôles de sécurité. Il utilisa le passeport sud-africain volé à Gabriel dans ce qui semblait une autre vie. Il avait presque atteint la porte d'embarquement lorsque des agents s'approchèrent par la gauche et la droite et prononcèrent, « Par ici, monsieur Casher, s'il vous plaît, ne faites pas de scandale », avec une politesse froide, et il obéit. Soudain, il se retrouva coincé entre six agents britanniques du MI5 qui lui montrèrent gracieusement le chemin.

Personne autour d'Evan ne s'aperçut qu'on l'arrêtait.

Les agents l'escortèrent jusqu'à une petite pièce sans fenêtre dans laquelle flottait une odeur de café. Bedford était assis à l'extrémité d'une table de conférence. Evan vit alors Carrie de l'autre côté de la pièce. Elle se précipita vers lui, l'étreignit, répétant sans cesse : « Dieu merci ! Dieu merci ! »

Elle le serra ainsi pendant une longue minute, puis il s'abandonna à son étreinte, prenant soin de ne pas toucher son épaule blessée.

« Je te croyais mort, prononça-t-elle tout contre son cou.

– Je suis désolé. J'ai essayé d'arrêter la voiture mais tu ne m'as pas vu. J'étais trop loin. Mais je savais que tu étais en vie. Tu vas bien ?

– Oui. Nous étions suivis par une équipe des renseignements britanniques. Ils m'ont retrouvée après l'explosion et m'ont emmenée dans un endroit sûr pour m'interroger. »

Elle s'écarta de lui, l'embrassa rapidement, plaça une main sur sa joue. Elle était si soulagée que la tête lui tournait.

« C'est quoi ce look à la Sting ? »

Il haussa les épaules. Bedford approcha, posa une main sur son épaule.

« Evan. Nous sommes tous extrêmement heureux de vous voir en vie et en bonne santé. »

Un autre homme se tenait près de Bedford : cheveux coupés court, costume de qualité, visage totalement insignifiant.

« Monsieur Casher. Bonjour. Je suis Palmer, MI5.

– Mon homologue, en quelque sorte, précisa Bedford. Vous comprendrez que ce n'est pas son vrai nom.

– Bonjour », répondit Evan.

Il ignora la main tendue de Palmer, roula l'épaule pour se dégager de la poigne de Bedford.

« Evan ? demanda Carrie en l'attirant vers la chaise près de la sienne. Quel est le problème ?

– Mon problème, c'est vous, dit Evan à l'intention de Bedford. Vous nous avez confiés aux mains d'un meurtrier. »

Bedford blêmit.

« Je suis désolé. Nous enquêtons sur chaque minute que Pettigrew a passée à l'Agence au cours des quinze dernières années et n'avons toujours pas trouvé la connexion avec Jargo.

– Je sais où vous pouvez trouver les preuves qui établissent le lien entre Pettigrew et Jargo. Et peut-être, je dis bien peut-être, que je vous dirai où. Mais vous et moi devons conclure un marché.

– Un marché ?

– Je ne pense pas que vous puissiez me garder en vie, monsieur Bedford. Vous avez tellement peur de vous montrer que vous ne savez pas à qui faire confiance. Je ne vais pas attendre de me faire descendre par un deuxième Pettigrew.

– Pourrais-je parler à Evan seule à seul ? » demanda Carrie à Bedford.

Bedford jaugea l'ambiance glaciale dans la pièce et acquiesça d'un rapide geste de la tête.

« Oui. Palmer, allons parler dehors, s'il vous plaît. »

Ils fermèrent la porte derrière eux. Carrie saisit la main d'Evan.

« Comment as-tu pu me laisser croire que tu étais mort ? J'ai passé les vingt-quatre dernières heures à pleurer.

– Je suis sincèrement désolé. Mais je ne savais pas à qui faire confiance hormis toi et Bedford. De toute évidence, Bedford n'en sait rien non plus. Je n'allais pas appeler et me jeter dans les bras d'un autre Pettigrew.

– Comment as-tu obtenu les informations reliant Pettigrew à Jargo ? demanda-t-elle.

– Je me suis débrouillé.

– Est-ce que tu vas me les donner ?

– Non. Si je les donne, mon père est mort. J'ai besoin de ton aide. Je dois me tirer d'ici. » Il se mit à chuchoter le plus bas possible. « Si Jargo entend dire que la CIA m'a cueilli, il va laisser tomber l'échange des fichiers contre mon père.

– Tu as vraiment les fichiers, dit-elle, visiblement abasourdie.

– Oui.

– Je ne peux pas aller à l'encontre de Bedford. Tu divagues.

– Je suis tellement au fond du trou maintenant… Je ne peux plus faire confiance à personne. Je ne peux pas croire Jargo quand il me dit qu'il ne me tuera pas, ni Bedford quand il dit qu'il me protégera. Ni toi quand tu prétends m'aimer.

– Mais je t'aime. »

Il eut soudain peur que le masque impassible qu'il avait arboré toute la journée ne se fissure. Il saisit Carrie entre ses mains.

« Je veux tout oublier. Je veux que nous ayons une vie normale. Mais ça ne sera pas possible tant que nous serons au fond de ce trou. Je dois affronter Jargo, et j'ai un moyen de le stopper net, mais j'ai besoin de ton aide. Je dois aller en Floride. Et j'ai besoin que tu restes ici, hors de danger.

– Evan… »

Bedford ouvrit la porte et pénétra sans s'assurer que leur conversation était terminée, suivi de Palmer et d'un des agents du MI5 qui portait le sac de voyage d'Evan. Il le posa et ressortit, fermant la porte derrière lui.

Il ne te laissera pas partir, fit Carrie en remuant les lèvres silencieusement.

« Evan, dit Bedford. Que dois-je faire pour regagner votre confiance ?

– Elle est envolée. Il y a des fuites dans votre groupe, et à cause d'elles, mon père, Carrie et moi, nous finirons assassinés. Maintenant, soit on conclut un marché, soit vous me laissez partir.

– Vous n'allez nulle part, monsieur Casher, intervint Palmer. Pourriez-vous ouvrir votre sac, s'il vous plaît ? »

Evan obtempéra, décidant de leur faire croire une minute de plus qu'ils étaient encore maîtres de la situation. Il s'aperçut que le sac avait déjà été fouillé. Il ne renfermait que quelques vêtements qu'il venait d'acheter et quelques milliers de dollars américains en liquide. Il avait laissé le flingue de Khan chez Razur.

« Votre bagage à main, s'il vous plaît », demanda Palmer.

Evan ouvrit une petite sacoche. Palmer glissa la main à l'intérieur et en tira un ordinateur portable.

« Qu'est-ce que c'est ? demanda Bedford en levant l'ordinateur.

– Un ordinateur portable. »

Bedford l'alluma.

« Il y a un mot de passe.

– Oui.

– Entrez le mot de passe, s'il vous plaît, Evan.

– Je ne le connais pas.

– Vous ne connaissez pas votre propre mot de passe.

– Ceci est l'ordinateur de Thomas Khan.

– Comment l'avez-vous obtenu ?

– Aucune importance, répondit Evan. J'ai tenu promesse, à savoir, j'ai récupéré les fichiers volés par ma mère. Khan est le financier de Jargo. Ou plutôt était. Il est mort. » Evan leva les mains, faisant semblant de se rendre à Palmer. « Légitime défense. Au cas où vous engageriez des poursuites. »

Palmer secoua la tête. Evan se tourna vers Bedford.

« Voici le marché. Laissez-moi récupérer mon père. Je garantis que je vous donnerai ce dont vous avez besoin pour faire tomber Jargo, mais mon père et moi, et Carrie si elle le souhaite, disparaissons dans la nature à nos conditions. »

Il se tourna vers elle et elle acquiesça. Bedford s'enfonça dans sa chaise.

« Evan. Vous savez que je ne peux accepter votre requête.

– Alors je me trouve un avocat et je lui déballe tout ce que je sais sur les agents de la CIA qui placent des bombes dans les librairies de Kensington. À vous de choisir.

– Ne me menacez pas, fiston, dit Bedford.

– J'ai une suggestion alternative, déclara Carrie. Peut-être qu'elle vous satisfera tous les deux. »

Les deux hommes attendirent.

« Si Evan échange son père contre ce portable, un rendez-vous doit être organisé. Jargo sortira donc au grand jour. Je le connais – il s'en chargera lui-même.

– Où a lieu l'échange, Evan ? demanda Bedford.

– Miami. Lisez mon billet, Bricklayer.

– Je ne suis pas votre ennemi. Je ne l'ai jamais été, répliqua Bedford.

– C'est moi qui choisis le lieu de rendez-vous, dit Evan à Carrie. Une fois que je serai à Miami. »

Carrie se tourna vers son chef.

« Ce rendez-vous fera sortir Jargo de sa tanière. C'est notre meilleure chance de l'arrêter.

– Et il ne sera pas très protégé. Peut-être juste Dezz. Il ne dira pas un mot de cette histoire à ses agents s'il peut l'éviter,

ajouta calmement Evan. Il ne peut pas laisser son réseau apprendre qu'il est sur le point d'être découvert. Il se retrouverait confronté à de nombreuses défections, et cela lui serait fatal.

– Vous croyez vraiment que c'est vous qui dictez les règles du jeu maintenant, dit Bedford.

– C'est le cas. Et je ne veux pas que mon père soit mis en danger, dit Evan. S'il lui arrive quoi que ce soit, vous n'aurez rien.

– J'envie votre loyauté à l'égard de votre père, dit Bedford. Mais il est déjà en danger, car je suis tout à fait certain que Jargo n'a aucune intention de vous laisser quitter ce rendez-vous vivants.

– J'ai envisagé cette possibilité. J'ai un plan de secours. On fait ça à ma façon. »

Bedford posa les mains à plat sur la table.

« Je dois parler à Evan, est-ce que vous nous excuserez un instant ? »

Les autres se levèrent et sortirent. Carrie secoua la tête puis, après que Palmer eut franchi la porte, elle déclara à l'intention d'Evan qui lui tournait le dos :

« Si tu m'aimes, fais-moi confiance. Ce n'est pas une équation compliquée. Ne lutte pas contre nous. Laisse-nous t'aider. »

Il ne se retourna pas vers elle. Elle sortit et ferma la porte.

« Il n'y a pas de micros dans cette pièce, dit Bedford. Et elle est insonorisée.

– Palmer n'enregistre pas ?

– Non. » Bedford but une gorgée d'eau. « Si vous avez organisé un échange des fichiers présents contre votre père, je suppose que vous lui avez parlé. »

Evan acquiesça.

« Répétez-moi ce qu'il vous a dit. Mot pour mot.

– Pourquoi ?

– Parce que j'ai un contact avec un agent des Deeps depuis un an, Evan. Personne d'autre à la CIA n'est au courant, pas même Carrie. Je ne connais pas son vrai nom. Ça pourrait être votre père, et il a pu m'envoyer un message par votre intermédiaire. Il savait que nous vous chercherions tant que nous n'aurions pas de preuve formelle de votre mort. »

Evan écouta le silence de la pièce : les battements de son cœur, le souffle du chauffage repoussant le froid humide à l'extérieur.

« Vous mentez. Vous voulez simplement que je vous aide.

– Souvenez-vous que je vous ai demandé ce que votre père avait dit sur cette bande qu'on vous a passée au zoo. Je n'étais pas tellement intéressé par le baratin que Jargo avait fait gober à votre père ; je cherchais des mots codés. Juste au cas où votre père aurait été mon homme.

– Non, objecta Evan en levant la voix. Si mon père avait été votre contact, vous auriez été au courant pour Goinsville. Pour les autres Deeps. Vous auriez su comment retrouver Jargo et Khan. »

Bedford secoua la tête.

« C'est lui qui m'a contacté. Je ne l'ai jamais rencontré. Nous nous sommes parlé au téléphone ; il m'a envoyé des téléphones portables, à utiliser une fois, puis à détruire. Il était extraordinairement prudent. Je ne sais même pas comment il a fait pour me trouver, comment il a su que j'étais chargé de traquer les Deeps. Mais il l'a fait. Il a accepté de collaborer avec moi en imposant de nombreuses restrictions. J'ai voulu lui forcer la main, pour savoir qui il était, en apprendre plus sur les Deeps, mais il a refusé. Je ne savais même pas où il habitait. Dieu sait que j'ai essayé de le localiser ; il dissimulait toujours ses traces. Il m'a donné quelques pépites pour prouver ses bonnes intentions : un avertissement concernant une cellule terroriste albanaise qui préparait un attentat à Paris ; l'endroit où se trouvait un expert en nucléaire pakistanais qui voulait vendre des secrets à l'Iran ; la planque d'une organisation criminelle péruvienne. Chaque indice qu'il m'a fourni était exact. Nous n'avons jamais eu de contact face à face. Nous ne l'avons jamais payé pour ses services.

– Pourquoi vous aiderait-il ?

– Mon contact a affirmé être en désaccord avec certaines missions que lui confiait Jargo. Il estimait qu'elles nuisaient aux intérêts américains. Il semblait avoir une relation compliquée avec Jargo ; il voulait faire capoter les opérations, mais ne voulait pas donner Jargo. Il m'a donc contacté. Je lui ai fourni de fausses informations pour qu'il les transmette à son tour aux clients de Jargo. Il ne sait pas où se trouvent les autres Deeps. Le réseau demeure extrêmement compartimenté. Mais il nous a donné des informations valables sur les activités de Jargo, sur les filières et les fluctuations du commerce des secrets d'État et industriels. » Bedford remplit deux verres d'eau, en poussa un vers Evan. « Nous étions convenus que, lorsque le moment serait venu pour lui de s'enfuir, il s'identifierait auprès de moi et que je l'aiderais, ainsi que sa famille, à partir. Loin de Jargo. Vers la sécurité. C'est ce que votre mère voulait pour vous. Je ne peux plus rien pour votre mère, mais je peux vous aider, vous.

– Vous auriez pu m'en parler plus tôt.

– Je ne sais pas si votre père est mon contact, Evan. Et je ne comptais laisser personne savoir que j'avais un contact dans l'entourage de Jargo, sauf nécessité absolue. Nous avons atteint ce point. Dites-moi tout ce que vous a dit votre père. Mot pour mot, si vous le pouvez. »

Evan tira le PDA de sa poche, le déverrouilla en appliquant son pouce, lança l'enregistreur vocal. La conversation avec Dezz, puis Jargo, puis son père, jaillit du PDA, faible mais distincte. Les deux hommes se regardèrent tandis que la voix de Mitchell Casher emplissait la pièce. Lorsque l'enregistrement fut fini, Bedford ferma les yeux.

« Regardez-moi, dit Evan. Est-ce que c'est votre contact ? Est-ce que c'est lui ?

– Oui. »

Evan sentit sa poitrine se comprimer.

« Si ma mère et mon père s'étaient fait mutuellement confiance… »

Il n'acheva pas sa phrase. Sa mère aurait su que son père aidait la CIA. Son père aurait su que sa mère avait volé la liste de clients de Jargo pour protéger leur fils. Ils auraient pu stopper Jargo sans qu'un seul coup de feu soit tiré, et sa mère serait encore en vie.

« Les mensonges faisaient partie intégrante de leur vie, dit Bedford. Je suis désolé, Evan. »

Un silence s'installa, puis Evan le brisa.

« OK. Donc c'est votre contact. Il a des problèmes. Vous faites quoi, pour l'aider ?

– Est-ce qu'il vous a réellement offert ces romans de Graham Greene ?

– Quoi ? » Il ne s'attendait pas à cette question. « Oui. Avant que je ne commence mes études à Rice. Il a dit que je ferais bien de lire de bons livres avant de me farcir les conneries qu'on lit à la fac.

– A-t-il déjà mentionné la phrase *« quand on aime, on vit dans la peur »* ? demanda Bedford en se penchant en avant.

– Je ne me souviens pas. Mais comme Greene est son auteur préféré, il me parlait tout le temps de ses livres. La phrase me semble vaguement familière.

– La citation est tirée du *Ministère de la peur*. C'est malheureusement vrai. On prend toujours un risque en aimant. Mais c'est aussi un code que j'ai établi avec votre père. »

Bedford replia ses doigts devant ses lèvres.

« Dites-moi ce qu'il signifie.

– Il signifie : *Oubliez-moi. Vous ne pouvez pas me sauver.* »

Evan sentit son masque impassible se fissurer.

« Non. Non. Votre code ne compte plus. Vous devez l'aider. »

Bedford reprit contenance avec une confiance tranquille qui suggérait que la bataille entre eux était finie.

« Evan. Dans ce métier on perd des gens. C'est la guerre. C'est triste. J'aurais bien aimé rencontrer votre père, faire sa connaissance. Je crois que j'aurais même pu l'apprécier. Mais il me demande de me tenir à l'écart. Je ne sais pas s'il croit Jargo, s'il pense que c'est la CIA qui a tué votre mère. Et peut-être que ce qu'il pense n'a aucune importance. Il s'attendait à ce qu'on vous rattrape et savait que je vous demanderais de me répéter les choses un peu bizarres qu'il aurait pu vous dire.

Je ne sais pas ce que Jargo prépare pour ce rendez-vous, mais c'est un piège. Je ne peux pas prendre le risque. Mon équipe est trop petite. Nous devrons attendre une nouvelle occasion.

– Vous ne pouvez pas l'abandonner.

– Je ne peux pas risquer mes ressources pour sauver un homme mort. C'est lui qui me recommande de ne pas m'en mêler. Pour vous empêcher d'approcher Jargo, j'en suis sûr. » Bedford se leva. « Je suis désolé. Nous allons à Washington et non à Miami. Nous organiserons votre protection. Le gouvernement est extraordinairement reconnaissant pour ce que vous avez fait. »

Evan resta assis sur sa chaise.

« Je sais que c'est dur à entendre pour vous. Vous avez perdu votre mère. Mais, vous avez Carrie.

– Je sais. »

Evan laissa son regard s'attarder sur les tons chauds de la table en acajou.

« Je vous promets que nous pouvons vous cacher efficacement. Réfléchissez à l'endroit où vous aimeriez vivre. L'Irlande, L'Australie, ou… »

Evan leva les yeux vers Bedford.

« Non. On va à Miami.

– Non Evan ! Désolé. Par respect pour votre père…

– Le portable. Grâce à mes connaissances dans le milieu du cinéma, j'ai dégoté un excellent hacker. Nous avons déjà récupéré et planqué les fichiers. Vous ne les trouverez jamais. Si vous essayez d'accéder au portable sans le bon mot de passe, il se reformate. Je suis le seul à savoir où se trouve la liste de clients de Jargo. Et je ne vous dirai rien si vous ne récupérez pas mon père.

– Evan, écoutez-moi.

– La discussion est terminée. » Evan se leva. « Est-ce qu'on va à Miami, oui ou non ? »

40

« Vous essayez de m'embobiner, Evan », murmura Bedford afin de ne pas être entendu par les autres personnes présentes dans le jet de la CIA. Ils survolaient l'Atlantique à plusieurs kilomètres d'altitude et fonçaient vers le sud en direction de la Floride. Evan était assis à l'arrière de l'appareil, à côté de Bedford. Carrie se trouvait vers l'avant, près d'un hublot. Un quatrième passager, un type plus vieux, au cou de taureau, dont Evan présumait que c'était un agent de la CIA jouissant de la confiance de Bedford, discutait avec elle. Il s'était présenté sous le nom de Frame, sans mentionner de prénom, et Evan se demandait si c'était un nom de code comme Bricklayer ou son vrai nom. Il parlait des Washington Redskins, visiblement son sujet préféré. Carrie souriait et opinait du chef tout en jetant constamment des coups d'œil en direction d'Evan. « Je sais quand on essaie de m'embobiner.

– Excusez-moi ?

– Je ne crois pas que vous possédiez réellement les fichiers, du moins, pas tous. Vous êtes un type plutôt responsable. Si vous pouviez faire tomber Jargo d'un coup, vous le feriez. Donc vous ne me dites pas tout ce que vous savez sur ces fichiers »

Evan garda le silence. Bedford sourit du coin des lèvres.

« Vous êtes un sacré phénomène, jeune homme. Faire chanter la CIA.

– Pas la CIA. Juste vous, Bricklayer.

– Un sacré phénomène, répéta Bedford. Quelqu'un comme vous pourrait m'être utile, Evan.

– Non, merci. » Il savait que Bedford l'entendait comme un compliment, mais il ne voulait plus avoir à faire à ce milieu. « Je ne pense pas vous blouser plus que vous ne me blousez. »

Bedford eut l'air blessé.

« J'ai été totalement honnête avec vous concernant notre plan d'attaque. » Bedford avait conçu un plan simple : mener Evan à un repaire depuis lequel il pourrait appeler Jargo et arranger le rendez-vous. Il emporterait un ordinateur portable parfaitement identique à celui de Khan ; Bedford l'avait assuré que Jargo ne le regarderait pas d'assez près pour remarquer la moindre différence ou vérifier le numéro de série. Evan suggérerait un rendez-vous immédiat dans un endroit isolé où Bedford et son équipe pourraient se cacher sans laisser le temps aux Deeps de mettre au point leur contre-offensive. Jargo et Dezz seraient pris vivants si possible, morts si nécessaire.

« Oui, et votre plan a l'air fiable, dit Evan. Tout comme Pettigrew avait l'air fiable. »

Bedford se pencha en arrière.

« Nous avons effectué une enquête approfondie sur chaque membre de l'équipe. Ils sont réglos.

Pettigrew n'appartenait pas à l'équipe, c'était un agent de terrain couvert de décorations qui ne posait pas trop de questions.

– Jargo craint que ses contacts à la CIA ne soient exposés. Il en a éliminé un en se débarrassant de Pettigrew.

– Je soupçonne que c'était un client, pas un espion. C'était l'un des agents les plus haut gradés d'Europe, dit Bedford. Vous voyez le défi qui m'est posé. Vous voyez jusqu'où s'étend l'influence de Jargo. Mais je vous promets, Evan, que j'honorerai notre marché. Je ramènerai votre père à la maison. C'est la meilleure chance que nous ayons jamais eue d'attraper Jargo. Nous aurons du renfort en Floride. On m'accorde enfin toutes les ressources dont j'ai besoin. »

Evan jeta un coup d'œil en direction de l'avant de l'avion. Carrie le regardait. Frame lui lisait les titres du *Guardian* en se lamentant sur l'état du monde.

Evan n'aurait peut-être plus d'autre occasion. Il se pencha vers Bedford, suffisamment près pour sentir l'odeur mentholée de son haleine.

« La raison pour laquelle Jargo a réussi à vous infiltrer est qu'il vous connaît par cœur. Les Deeps sont un problème interne à la CIA, n'est-ce pas ? »

Bedford fronça les sourcils.

« Écoutez-moi une minute. Les réseaux d'espions ne naissent pas par miracle dans les orphelinats. Ils doivent être cultivés. C'est l'Agence qui les a créés. Alexander Bast a conçu les Deeps au profit de la CIA. Pour avoir des agents sur le sol américain que vous n'étiez pas forcés de reconnaître. Un groupe d'espions tout prêts que vous pouviez utiliser pour toutes sortes de missions clandestines sans avoir à fournir d'explications au Congrès ni à personne. Aucune trace écrite de leurs liens avec la CIA. Personne ne portait le chapeau si quelque chose tournait mal.

– Je pense que c'est une hypothèse erronée, objecta Bedford.

– Alors qui a monté ce réseau ?

– Alexander Bast, pour des motifs personnels. Je suppose qu'il voulait gagner de l'argent. M. Bast était en avance sur son temps en créant le concept d'espion indépendant. »

Bedford regarda droit devant lui.

« Vous n'admettrez jamais que c'était la CIA, pas vrai ? Je me fatigue pour rien à discuter avec vous. »

Bedford sourit.

« Vous tuerez Jargo, même si ce n'est pas nécessaire pour sauver mon père. Vous ne voulez pas qu'il déballe tout sur les marchés que vous avez passés avec lui, sur le fait que c'est lui qui faisait le sale boulot que les services de renseignements américains ne voulaient pas faire. Et vous pourrez prendre le contrôle du réseau. Infiltrer chaque service de renseignements et chaque société qui utilise les Deeps.

– Quand vous et votre père serez en sécurité, les Deeps ne vous poseront plus de problème.

– Ils ont des familles comme la mienne. Et comme celle de Carrie. Des gamins et des conjoints qui n'ont pas la moindre idée de ce qu'ils font. Vous allez les traquer, pas vrai ? Ou bien les utiliser à votre profit.

– Evan. Je vous en prie. Cela ne vous regarde pas. Votre seul souci est de récupérer votre père. Dès que nous l'avons, on vous met dans l'avion, direction un paradis lointain et ensoleillé avec de nouveaux noms et de l'argent, on vous offre un nouveau départ.

– Et Carrie ?

– Elle aussi, si elle veut partir avec vous. »

Evan ferma les yeux mais ne s'endormit pas. Il entendit Bedford se lever de son fauteuil, tousser, se verser un verre d'eau, aller parler au téléphone de l'avion, sans doute pour vérifier que tout était prêt à

Miami. Puis il entendit Carrie se glisser dans le fauteuil en cuir près du sien.

« Alors, tu as obtenu tout ce que tu veux ?

– Pas encore complètement, répondit-il en gardant les yeux clos.

– Cette dernière journée a été un enfer pour moi. Je te croyais mort. Je pensais avoir fait une erreur, ne pas avoir su te protéger. »

Evan rouvrit les yeux, inclina la tête vers celle de Carrie.

« Je ne t'en veux pas. J'ai confiance en toi, murmura-t-il tout bas, ses lèvres frôlant celles de Carrie. Il faut donc que tu saches que je n'ai pas encore les fichiers. »

Elle écarquilla les yeux.

« Mais tu as dit à Bedford…

– J'ai dit à Bedford que j'avais le portable et que les fichiers étaient dessus. Mon hacker a bien trouvé le mot de passe de l'ordinateur. Mais tous les fichiers sont cryptés. Le type n'a pas encore réussi à les décoder. J'ignore s'il y arrivera. C'est peut-être une impasse.

– Alors, le portable que nous avons…

– N'est pas celui de Khan. C'est juste un neuf, le même modèle, acheté ce matin à Londres. C'est mon leurre, le subterfuge qui me permettra de m'en sortir. On a installé un logiciel dessus qui paraîtra reformater le disque dur si quiconque essaie de percer le mot de passe. Le portable de Khan est toujours chez mon hacker, à Londres, et il fait son possible pour débloquer les fichiers. Mais il n'y est pas encore parvenu. Alors je te fais confiance. Si tu dis tout à Bedford, il risque de ne pas tenir parole, de ne pas nous mettre à l'abri, mon père et moi. Je ne lui donnerai le vrai portable qu'une fois que mon père et moi serons loin et en sécurité. Et nous partirons à nos conditions. C'est nous qui choisirons nos identités. Et une fois partis, je ne veux pas que Bedford ou l'Agence nous retrouve. Jamais. L'implication de ma famille s'arrête maintenant et pour toujours. Tu dois donc choisir, Carrie. Si tu veux venir avec mon père et moi, tu peux. J'aimerais vivre avec toi. Si tu ne veux pas, si tu veux rester avec l'Agence, libre à toi. Mais je te fais confiance pour garder le secret.

– Et si nous n'arrivons pas à récupérer ton père ou si Jargo l'a déjà tué ?

– Je pense que Jargo a un point faible… mon père. Je ne suis sûr de rien, mais… » Evan marqua une pause, se rappela les paroles cryptiques prononcées par Jargo lors de leur première conversation téléphonique : *Toi et moi sommes de la même famille, en un sens* ; puis les sarcasmes de Dezz : *Maintenant on fait partie de la même famille.* Puis il revit les deux garçons aux traits similaires sur la photo ternie. « Je ne pense pas que Jargo le tuera.

– Il a tué ta mère.

– Mais il aurait pu le descendre après avoir découvert que ma mère avait volé les fichiers, et il ne l'a pas fait. Il l'a gardé en vie, lui a débité tout un baratin comme quoi c'était la CIA qui avait tué ma mère.

– Est-ce que tu donneras le portable de Khan à la CIA si ton hacker n'arrive pas à le décrypter ?

– Oui. Je disparaîtrai, à mes conditions, puis je m'arrangerai pour que Bedford obtienne le vrai portable. Peut-être que la CIA arrivera à déchiffrer le cryptage si nous n'y arrivons pas. Je ne veux pas que Jargo s'en tire libre. Je veux, tout autant que toi, qu'on le fasse tomber. Si je meurs aujourd'hui, le hacker refile le portable au MI5 à Londres, accompagné d'une lettre expliquant ce qui se cache à l'intérieur. »

Elle le regarda, puis se tourna vers Bedford.

« J'aurais tellement aimé qu'on se rencontre réellement dans ce café, comme des gens normaux, murmura doucement Evan. Qu'on apprenne à se connaître petit à petit, sans que tu saches déjà tout de moi. Qu'on apprenne à se faire confiance comme tout le monde. Maintenant j'ai confiance en toi. Mais c'est à toi de me faire confiance.

– Je te fais confiance », dit-elle sans la moindre hésitation.

Il passa un bras autour d'elle. Elle ferma les yeux, enfouit sa tête contre son épaule. Il ferma les yeux à son tour et, cette fois, dormit à poings fermés. Lorsqu'il se réveilla, elle était endormie, blottie contre son épaule. L'espace d'un instant, sa proximité l'émut profondément. Puis l'avion entama sa descente vers la Floride, vers Fort Lauderdale.

J'arrive, papa, et ils ne vont pas comprendre ce qui leur tombe dessus.

SAMEDI
19 MARS

41

La Floride à minuit. L'air était lourd d'humidité, les nuages voilaient les étoiles. Le jet de la CIA roula jusqu'à un hangar situé à l'écart de l'aéroport Fort Lauderdale/Hollywood où deux voitures – une Lincoln Navigator noire et une Lincoln Town Car – attendaient les passagers. Une femme et un homme vêtus de costumes noirs se tenaient près des voitures. Lorsque les passagers descendirent de l'avion, la femme vint à leur rencontre.

« Je suis McNee, du bureau de Mexico, et voici Pierce, du QG. » Elle tendit leur accréditation à Frame. « Qui est Bricklayer ?

– Moi, répondit Bedford sans prendre la peine de présenter les autres.

– Monsieur, vous avez plusieurs personnes à rappeler… concernant l'attentat d'hier à Londres. Si vous prenez la Navigator, vous pourrez parler en privé, précisa-t-elle, mettant l'accent de manière presque imperceptible sur le mot *privé*.

– Ils peuvent prendre la Town Car avec McNee et Pierce, ajouta Frame en désignant Carrie et Evan d'un geste de tête, après quoi il rendit à Carrie le Glock qu'il lui avait pris avant de monter à bord.

– Vous avez une arme pour Evan ? demanda Bedford. Je veux qu'il en ait une sur lui tant que notre cible ne sera pas à la morgue, dit-il comme s'il ne voulait pas prononcer le nom *Jargo* à voix haute en public.

– Vous savez vous en servir ? » demanda Frame.

Evan fit signe que oui. Frame marcha jusqu'à la Navigator, rapporta un Beretta 92FS, montra à Evan comment vérifier, charger, décharger, mettre la sécurité. Evan plaça le pistolet dans le sac qui contenait le portable dont il ne comptait pas se séparer.

« J'aimerais garder le matériel avec moi, si ça ne vous dérange pas, dit-il.

– Soit, répondit Bedford.

– On va où ? demanda Evan.

– Une planque, à Miami Springs. Près de l'aéroport. Gracieusement prêtée par le FBI. Nous leur avons dit que nous devions accueillir un transfuge des services de renseignements cubains, expliqua McNee.

– Ensuite vous passerez votre coup de fil », dit Bedford.

McNee adressa à Evan un sourire aimable.

« Je vous promets que dès que nous aurons atteint la maison, vous aurez un bon repas. J'aime bien cuisiner. »

Elle ouvrit le coffre et Carrie et Evan y placèrent leurs bagages. Evan garda le portable serré contre sa poitrine, comme si c'était l'objet auquel il tenait le plus au monde, et McNee leur tint la portière ouverte pendant que Pierce, l'autre agent de la CIA, prenait place à l'avant. Ils se glissèrent sur le cuir frais de la banquette arrière. McNee referma la portière, s'installa au volant et démarra.

« Pas d'oreilles indiscrètes », lança-t-elle avant de relever la vitre de séparation entre l'avant et l'arrière pour qu'Evan et Carrie puissent parler en privé.

Evan jeta un coup d'œil derrière eux ; Bedford était assis à l'avant de la Navigator qui les suivait, déjà pendu au téléphone. Il plongea son regard dans la nuit. L'air était doux comme un baiser. Des affiches, des palmiers et des véhicules roulant à vive allure fulguraient dans la nuit. Les deux voitures empruntèrent une longue série de virages et de détours dans les environs de l'aéroport, s'arrêtant pour vérifier que personne ne les suivait, puis McNee s'engagea sur la I-95 en direction du sud. Même à minuit passé, l'autoroute était très fréquentée.

Ils roulèrent quelques minutes en silence.

« Tu ne devrais pas aller au rendez-vous, dit Carrie.

– Je suis l'appât.

– Non. L'appât, c'est ton coup de fil. Je ne veux pas que tu approches de Jargo. Tu ne peux pas imaginer… ce qu'il te ferait s'il t'attrapait.

– Ou ce qu'il te ferait à toi.

– Il me donnerait à Dezz, dit Carrie. Plutôt mourir.

– J'y vais. Point final. »

Evan lut les panneaux. I-195W vers l'aéroport de Miami. McNee se rabattit progressivement vers la voie de droite. Puis elle donna un violent coup de volant, prit la sortie 195 Est en direction de Miami Beach.

Il regarda par la lunette arrière ; la Navigator de Bedford fit une embardée pour ne pas les perdre, contournant deux voitures dans un concert de klaxons et évitant de peu une camionnette.

« Qu'est-ce qui se passe ? » demanda Evan.

McNee jeta un rapide coup d'œil dans le rétroviseur, haussa les épaules. Elle désigna son oreillette comme pour indiquer qu'elle avait reçu de nouvelles instructions.

Pierce – le type de la CIA assis à l'avant – ôta son oreillette, s'agita en fronçant les sourcils. Puis il percuta violemment la portière et s'effondra. McNee dépassa en trombe un camion, mettant de la distance entre leur véhicule et la Navigator.

Pierce ne respirait plus. Une balle lui avait transpercé la gorge. McNee enfonça son pistolet dans le porte-gobelet.

Evan cogna du pied contre la vitre de séparation renforcée tandis que McNee se déportait et traversait à nouveau les voies. La vitre ne bougea pas.

« On est en train de se faire kidnapper », dit-il à Carrie.

Evan regarda par la lunette arrière. La Navigator vint se placer à leur hauteur tandis qu'une Mercedes noire les poursuivait à toute allure. Des balles percutèrent le côté conducteur de la Town Car et McNee s'écarta de la Navigator. Bedford tirait sur McNee. Des lueurs jaillirent dans la nuit, des coups de feu tirés depuis la Mercedes en direction de Bedford. Puis, derrière la Mercedes, Evan repéra une autre voiture, une BMW qui vint se placer à hauteur de la Navigator.

McNee accéléra jusqu'à 140 à l'heure et fonça en direction de Miami Beach. Les tours du centre-ville étincelaient sous les nuages.

« Arrêtez ou je tire ! » ordonna Carrie.

McNee lui fit un doigt d'honneur. Carrie fit feu, visant un point entre l'homme mort et la tête de McNee : la balle alla s'aplatir contre la vitre de séparation blindée légèrement verdâtre.

Evan essaya de déverrouiller les portières. Les commandes avaient été trafiquées, rien ne fonctionnait.

Il donna des coups de pied dans la vitre de sa portière. Elle était renforcée.

La Navigator accéléra et Bedford se rapprocha tel un lion pourchassant une gazelle, prêt à lui sauter à la gorge pour mettre fin au combat. La Mercedes arriva en trombe de l'autre côté de la Navigator. Des balles tirées depuis la Mercedes criblèrent les vitres de la Navigator dont le verre se fendilla en cercles concentriques mais tint bon.

Evan rabattit la protection du toit ouvrant, aperçut la lueur de la lune qui se glissait entre deux nuages. Il appuya sur le bouton. Le toit ouvrant resta en place. Il tira le Beretta de son sac et tira. La détonation retentit de façon assourdissante dans l'espace confiné mais la vitre résista.

« Il faut qu'on sorte de là », dit Carrie.

La Mercedes accrocha la Navigator, des étincelles jaillirent entre les deux véhicules tel un feu d'artifice. Des coups de feu éclatèrent depuis la Mercedes et les vitres de la Navigator volèrent en éclats.

Evan vit Bedford répliquer aux coups de feu, mais une rafale retentit et il s'écroula, son corps pendant à demi hors de la vitre de la Navigator dont le pare-brise et la portière se tachèrent de sang.

Bedford. Mort.

La voix de McNee grésilla dans l'interphone : « Arrêtez de tirer et on ne vous fera pas de mal. »

Il doit y avoir un moyen de sortir. Pas par les vitres, ni par le toit. Les sièges. Evan se rappela un reportage qu'il avait vu aux informations sur les modèles de voiture récents ; apparemment les banquettes arrière étaient de plus en plus faciles à enlever pour satisfaire le besoin des Américains d'avoir un coffre toujours plus grand. *Bon Dieu, pourvu que la CIA n'ait pas tout modifié sur ce véhicule, sinon on est faits comme des rats.* Il enfonça les doigts dans le siège et tira. La banquette bougea d'un centimètre. Il tira plus fort.

Il regarda par-dessus son épaule dans le rétroviseur le visage de McNee, déformé par les impacts dans la séparation blindée. Il tira de nouveau sur le siège et vit la Navigator à l'aile complètement froissée se placer derrière eux. Le corps inerte de Bedford pendouillait par-dessus la portière, sa tête avait été pulvérisée par la balle qui l'avait tué. La Mercedes s'approchait pour attaquer maintenant côté conducteur.

Frame ne se rendait pas. Il ne les abandonnait pas.

Autour d'eux, dans la nuit de Miami Beach, les voitures s'écartaient à toute allure sur leur passage, des véhicules se déportaient sur le bas-côté, les conducteurs affolés réagissant comme ils pouvaient au milieu de ce champ de bataille. L'autoroute était bordée de chaque côté par des bandes d'arrêt d'urgence et la prochaine sortie, Alton Road, menait aux quartiers résidentiels en lisière de South Beach.

Elle va devoir ralentir pour quitter l'autoroute. Notre chance de sortir. Evan arracha la banquette, exposant l'obscurité du coffre.

« Vas-y ! » hurla Carrie.

Evan plongea dans le noir en se tortillant, son bras balayant l'espace devant lui à la recherche du mince fil de fer et de la poignée qui ouvrirait le coffre depuis l'intérieur. En admettant qu'il y ait toujours une poignée. La CIA ou McNee pouvaient l'avoir enlevée.

Le bruit métallique des balles qui percutaient le haut du coffre retentissait au-dessus de sa tête.

La Town Car se dérouta vers la droite, puis vers la gauche. Coincé dans l'étroite ouverture, Evan fut ballotté d'avant en arrière. Il pivota sur lui-même et s'enfonça plus avant dans l'espace confiné. Carrie lui poussa les pieds et il franchit le canal de cuir pour se retrouver dans l'obscurité totale du coffre.

Elle glissa derrière lui le sac qui contenait le portable.

Evan parvint à débloquer le système d'ouverture, le coffre s'ouvrit en grand et le souffle assourdissant de la vitesse lui tonna dans les oreilles. Le ciel était sans étoiles, des nuages bas et lourds surplombaient la ville comme un linceul et la Navigator les talonnait, à trois mètres à peine, le visage de Frame réduit à une tache blanche derrière le reflet éblouissant des lumières.

McNee poussa encore plus le moteur, s'engouffra dans la sortie d'Alton Road à plus de 160 kilomètres à l'heure, franchit à fond de train un feu vert, klaxonnant à tout rompre au milieu des crissements de pneus des autres véhicules qui cherchaient à éviter une collision.

La Mercedes revint à la charge et un homme se pencha par la vitre côté passager, braquant son arme en direction d'Evan. Dezz. Il arborait un grand sourire, ses cheveux voletaient autour de son visage. Il lui fit signe de retourner dans le coffre.

Evan se recroquevilla sur lui-même. Retourna vers la banquette arrière, chercha à l'aveuglette la main de Carrie. Rien.

« Viens ! » hurla-t-il.

La Mercedes percuta de nouveau la Navigator et une deuxième rafale retentit. La Navigator s'engouffra sur le terre-plein central entre deux palmiers et effectua un tonneau. Le corps de Bedford fut éjecté de la carcasse et roula sur l'asphalte. Puis le véhicule se renversa sur le côté, provoquant une éruption d'étincelles, avant d'emboutir la vitrine d'une boutique non éclairée dans une projection d'éclats de verre et de fragments de métal.

La Mercedes s'écarta sur la droite, puis accéléra pour se rapprocher de la Lincoln. Penché par la vitre du passager, Dezz tira sur le hayon. La balle ricocha au-dessus de la tête d'Evan avant de se perdre dans la nuit. Un avertissement. Evan savait que Dezz était capable de lui coller une balle en travers de la gorge.

Evan tint fermement son arme et fit feu.

Loupé. Il n'était pas un pro. Il tira une nouvelle fois et sa balle s'encastra dans le capot de la Mercedes, qui ralentit pour laisser se creuser la distance entre les deux véhicules. Il ne connaissait pas la portée de son pistolet, mais il n'allait pas gâcher une autre balle. Et puis il y avait trop de gens dans les parages ; il pouvait rater son coup et tuer un innocent.

McNee n'arrêtait pas de klaxonner, conduisant comme une possédée, fonçant sur Alton Road au milieu des gens élégants dans leurs voitures élégantes. Elle allait tuer des gens, il ne pouvait pas l'arrêter.

Mais il pouvait viser les pneus.

Il envisagea cette idée avec un calme presque surnaturel. Avant qu'elle tue des innocents, avant qu'elle retourne sur l'autoroute. C'était son seul moyen de prendre le contrôle de la situation.

Evan se pencha de nouveau à l'extérieur, pointa son arme vers le pneu en dessous de lui. Il se demanda si l'explosion du pneu le tuerait, si la voiture ferait un tonneau dans la nuit avant de revenir embrasser l'asphalte impitoyable. À l'intérieur, Carrie pourrait survivre. Lui n'en sortirait pas vivant.

Il tint fermement le pistolet. C'est alors que la Lincoln ralentit.

Ils me voient et ils ont prévenu McNee par radio. C'est comme si je lui collais mon flingue sur la tempe.

Il appuya sur la détente.

Le pneu explosa, la voiture fit une embardée et il fut projeté à l'intérieur du coffre. La Town Car s'engouffra sur la voie opposée et il vit passer au-dessus de sa tête un panneau indiquant Lincoln Road. Puis la voiture s'arrêta dans un crissement de pneus.

La vitre côté passager vola en éclats après que Carrie eut vidé tout son chargeur sur le même point d'impact. Elle sortit, les pieds en avant, heurtant le bitume dans un roulé-boulé. La Mercedes des poursuivants effectua un dérapage et s'arrêta à dix mètres d'elle en emboutissant une Lexus.

Elle tenait le faux portable dans sa main libre, le leva comme un trophée. Puis elle partit en courant en se mêlant à la circulation.

Dezz et Jargo sortirent de la Mercedes et tirèrent dans sa direction. Evan visa mais deux personnes descendirent de la Lexus et s'intercalèrent entre lui et Dezz. Par peur de les blesser, il ne tira pas.

Dezz fit feu sur Evan, sa balle vint percuter le capot et Evan s'aplatit contre le plancher du coffre. Les promeneurs et les clients des cafés fuyaient en criant. Il se risqua à regarder de nouveau.

Dezz et Jargo ne faisaient plus attention à lui ; ils avaient vu que Carrie avait le portable. Elle courait à toute allure vers l'extrémité est de la rue, s'engouffrant parmi la foule, parmi les voitures. Les deux hommes la prirent en chasse.

Ils disparurent au coin d'une rue.

Evan entendit une sirène de police, vit les lueurs bleues et rouges approcher à toute allure sur la route ravagée qu'ils venaient d'emprunter. Il attrapa son sac et d'un bond sortit du coffre. La portière de McNee était ouverte, elle courait dans la direction opposée, braquant son arme sur quiconque essayait de l'intercepter.

La BMW qui avait talonné la Mercedes sur l'autoroute fonça droit sur lui. Elle s'arrêta. La vitre descendit.

« Evan ! »

Son père était au volant. Il portait un manteau noir, avait un pansement sur le visage.

« Papa !

– Monte ! Tout de suite !

– Carrie. Je ne peux pas abandonner Carrie.

– Evan ! Monte ! »

Evan grimpa dans la voiture en serrant son sac contre lui. Il ne s'attendait pas à ça. Il pensait que Jargo gardait son père dans une pièce fermée à double tour, ligoté à une chaise. Mitchell Casher s'éloigna de la Mercedes, roula sur le trottoir à vive allure puis quitta le chaos d'Alton Road en s'engageant dans une rue perpendiculaire avant de tourner dans une autre petite rue.

« Papa… Oh, bon Dieu ! Papa. »

Il saisit le bras de son père.

« Tu es blessé ?

– Non. Je vais bien. Carrie…

– Ce qui peut arriver à Carrie ne te concerne plus.

– Papa, Jargo va la tuer s'il l'attrape. »

Evan regarda fixement son père, cet inconnu.

Mitchell regagna Alton par une autre rue, à deux pâtés de maisons de l'accident et de la confusion, puis il s'engagea sur la route 41 et traversa la baie en flirtant avec les limitations de vitesse. Sur la gauche, les lumières des gigantesques paquebots scintillaient. Sur la droite, de vastes demeures s'entassaient sur un petit bout de terre, des yachts ancrés flottaient sur l'eau.

« Carrie. Papa, on doit faire demi-tour.

– Non. Ce n'est plus tes affaires. Elle est de la CIA.

– Papa. Jargo et Dezz ont tué maman. Ce sont eux qui l'ont tuée.

– Non. Ce sont les hommes de Bedford, et nous nous sommes occupés d'eux. Maintenant je peux m'occuper de toi. Tu es en sécurité. »

Impossible. Son père croyait Jargo.

« Et Jargo t'a laissé partir comme ça.

– Il s'est assuré que je n'étais pas au courant que ta mère allait voler les fichiers et fuir avec Gabriel.

– Toi aussi, tu étais du côté de la CIA. Bedford me l'a dit. *« Quand on aime, on vit dans la peur.* » Je connais le code. »

Mitchell garda les yeux rivés sur la route.

« La CIA a tué ta mère et je ne voulais pas que Bedford me règle mon compte à mon tour. Tout ce qui compte maintenant, c'est que tu es en vie et que nous sommes ensemble.

– Non. Nous devons être certains que Carrie va s'en tirer. Papa, je t'en prie.

– La seule personne pour qui je travaille dorénavant, Evan, c'est moi. Ma seule mission est de te mettre à l'abri, dans un endroit où aucune de ces personnes ne nous retrouvera jamais. À partir de maintenant, tu dois faire exactement ce que je te dis, Evan. Nous quittons le pays.

– Pas sans Carrie.

– Ta mère et moi avons fait des sacrifices énormes pour toi. À ton tour d'en faire un. Nous ne pouvons plus revenir en arrière.

– Je ne suis pas prêt à sacrifier Carrie, papa. Appelle Jargo. Vois s'ils l'ont attrapée. »

Ils croisèrent les ambulances qui filaient vers Miami Beach, s'engagèrent sur la I-95, en direction du nord cette fois.

« Où allons-nous, papa ? »

Evan avait toujours le Beretta entre les mains, et il imagina l'inimaginable : le braquer sur son père.

« Plus un mot, Evan, ne dis rien. » Son père pianota sur son téléphone. « Steve ? Tu peux parler ? » Mitchell écouta. « Evan est parti en courant dans la foule. Je continue de le chercher. Je te rappelle dans vingt minutes. » Il ne regarda pas Evan. « Ils tiennent Carrie. Dezz l'a blessée à la jambe. Ils ont pris les passagers d'une voiture en otage et ont déguerpi de South Beach. Mais il a le portable de Khan.

– Le portable qu'elle a est un leurre, dit Evan. Rappelle-le et dis-lui que j'échange les fichiers contre Carrie.

– Non. C'est fini. On décampe. J'ai fait ce que tu m'as demandé.

– Papa, arrête-toi et rappelle-les.

– Non, Evan. On va avoir une discussion, juste toi et moi. Tout de suite. »

42

Son père conduisit jusqu'à Hollywood. Les maisons du coin étaient petites, dotées d'auvents en métal peints aux couleurs du ciel : rose de l'aube, bleu sans nuage, jaune pâle de la pleine lune. La Floride des années cinquante. Des palmiers nains trapus bordaient la route. Un quartier de retraités où les gens allaient et venaient sans qu'on les remarque. Evan frissonna en se rappelant avoir lu que les terroristes du 11-Septembre avaient vécu et pris des cours de pilotage ici, justement parce qu'on y passait inaperçu.

Mitchell Casher s'engagea dans une allée et éteignit les phares.

« Je n'abandonnerai pas Carrie.

– Elle s'est enfuie. C'est elle qui t'a abandonné.

– Non. Elle les a attirés pour me sauver. Elle savait qu'il n'y avait rien sur le portable, elle savait qu'ils la suivraient. Parce que je peux toujours faire tomber Jargo.

– Tu fais trop confiance à une fille qui t'a menti.

– Et toi, tu n'as pas fait confiance à maman, répliqua Evan. Elle ne t'aurait pas abandonné. Elle ne se serait pas enfuie sans toi. Elle venait en Floride pour te chercher, pour que nous puissions être ensemble. »

Mitchell sembla sur le point de répondre, mais se contenta de dire : « Allons à l'intérieur. »

Dès qu'Evan eut franchi la porte, Mitchell le serra dans ses bras. Evan l'étreignit à son tour et Mitchell l'embrassa sur les cheveux.

Evan craqua.

« J'ai… J'ai vu maman… Je l'ai vue morte…

– Je sais, je sais. Je suis vraiment désolé.

– Comment as-tu pu faire ça… comment ? demanda Evan, sans toutefois rompre l'étreinte avec son père.

– Tu dois avoir faim. Je vais nous préparer des omelettes. Ou des pancakes. »

Son père avait toujours été le cuisinier du weekend. En ce temps-là, Evan s'asseyait au comptoir pendant que son père préparait de petits plats. Le petit déjeuner du samedi était leur confessionnal. Donna traînait au lit à boire du café, laissant la cuisine aux deux hommes pour qu'ils puissent causer sans être entendus.

Il repensa à cette cuisine, au visage de sa mère étranglée, il se revit pendu au bout d'une corde, à l'agonie, tendant les pieds vers le comptoir avant qu'une rafale de balles ne vienne le délivrer.

« Je ne peux rien avaler. » Il s'écarta de son père. « Tu n'es pas vraiment prisonnier, n'est-ce pas ?

– Tu devrais être heureux que je sois libre.

– Je le suis. Mais on s'est foutu de moi. J'ai risqué ma vie… tellement de fois depuis une semaine, juste pour te sauver…

– Jargo a seulement été d'accord pour que je te parle comme ça aujourd'hui. Seulement aujourd'hui.

– Il laissait toujours entendre qu'il allait te tuer.

– Il ne l'aurait pas fait. C'est mon frère. »

L'estomac d'Evan se noua. Ce qu'il craignait depuis qu'il avait vu les photos de Goinsville était donc vrai. Cela expliquait la crédulité de son père, sa fidélité malgré ses ressentiments. Il observa le visage adoré de son père, y chercha des traces de l'air mauvais de Jargo, de son regard froid.

« Je ne sais pas comment tu peux l'appeler ton frère. C'est un assassin sanguinaire. Il a essayé de me tuer, papa. Plus d'une fois. Chez nous, chez Gabriel, à La Nouvelle-Orléans, à Londres. Et juste à l'instant. »

Son père leur remplit deux verres d'eau glacée.

« Laisse-moi te poser quelques questions », dit Mitchell.

C'était pire qu'être interrogé avec un flingue sur la tempe. La réalité virait au cauchemar. Son père agissait normalement, parlait normalement, alors que rien n'était normal.

« Est-ce que tu sais où se trouvent les fichiers volés par ta mère ?

– Non. Dezz et Jargo les ont effacés. Alors je suis remonté à la source.

– Khan. Qu'est-ce que tu lui as pris exactement ?

– Plein de choses.

– Ce n'est pas une réponse. »

Evan envoya promener le verre d'eau que tenait son père, qui alla se fracasser par terre, répandant son contenu sur la moquette.

« Je ne te connais même pas. Papa, je suis venu te secourir ici, et tu veux me faire subir un interrogatoire à la con. On doit y retourner, prendre la bagnole et récupérer Carrie. Après on s'enfuira. Pour toujours. C'est Jargo qui a tué maman. Elle voulait me protéger de cette vie, et tu le sais.

– Dis-moi exactement quelle preuve tu as contre mon frère. »

Une pensée horrible lui vint à l'esprit.

« Tu as dit à Bricklayer de ne pas venir. Tu ne voulais pas être secouru. Si tu ne pouvais pas me récupérer… tu préférais rester avec ces gens. Tu crois vraiment Jargo. Pas moi.

– Evan. » Mitchell regarda son fils comme s'il venait de lui déchirer le cœur. « Ça n'a plus d'importance car nous sommes ensemble. Nous pouvons partir tous les deux. Nous cacher. Je sais comment. Nous n'aurons plus jamais à nous en faire.

– Réponds-moi, papa. Tu t'appelais Arthur Smithson. Maman s'appelait Julie Phelps. Pourquoi avez-vous dû disparaître ?

– Rien de tout ça n'a plus d'importance. Ça ne changera rien. »

Evan saisit son père par le bras.

« Tu ne peux plus me cacher tes secrets.

– Tu ne comprendrais pas. »

Mitchell se recourba comme s'il souffrait dans sa chair.

« Je t'aime. Tu sais que c'est vrai. Rien de ce que tu pourras dire ne m'en empêchera. » Evan passa un bras autour de son père. « Nous ne pouvons pas fuir. Nous ne pouvons pas laisser Jargo gagner. Il a tué maman, il va tuer Carrie. Ça ne compte pas ? » Evan éleva la voix. « On ne dirait même pas que maman te manque.

– Mon cœur est brisé, Evan. Ta mère était tout pour moi. Et si je te perdais aussi… »

Le téléphone dans la poche d'Evan se mit à vibrer. Il le déplia.

« Allô ? »

Son père le regardait fixement, comme s'il voulait s'emparer du téléphone. Mais il n'en fit rien.

C'était Razur qui avait fourni ce téléphone à Evan, et il était le seul à en avoir le numéro.

« On devrait vraiment donner mon nom à un ordinateur, dit Razur. Ou alors à un langage de programmation.

– Tu as réussi !

– J'ai décodé les fichiers. Un boulot d'enfer. Les fichiers comportaient encore des mots de passe une fois décodés. L'un d'entre eux avait une triple protection, alors ça doit être le gros lot. C'est juste une liste de noms avec des photos. Il s'appelle BERCEAU. »

Probablement un nom de code pour la liste de clients, le fichier qui serait à coup sûr le mieux protégé.

« Comment tu peux me le faire parvenir ?

– Je charge les copies sur le serveur où tu as un compte. Tu pourras télécharger les fichiers et le logiciel de décryptage en même temps. Est-ce que je peux effacer les originaux ou balancer le portable ?

– Non. Je risque d'en avoir besoin. Mais je te suggère de le planquer dans un endroit très sûr.

– Et dire que j'étais tenté de l'accrocher à mon mur. Comme un trophée de chasse. »

Razur était heureux de son triomphe.

« Merci, dit Evan. Profite de l'argent.

– T'en fais pas.

– Tu viens de sauver des vies.

– Alors, c'est encore mieux, dit Razur.

– Ne te montre pas pendant quelque temps.

– Je pars en vacances. Mais tu sais comment me contacter. »

Razur raccrocha et Evan effaça le numéro de la liste d'appels. Il replia son téléphone. Le moment était venu de décider s'il pouvait faire confiance à son père.

« Est-ce qu'il y a un ordinateur et un accès Internet dans cette maison ?

– Qui était-ce ?

– Laisse tomber. Réponds-moi. »

Mitchell se passa la langue sur les lèvres.

« Oui. Dans la chambre du fond. »

Evan se rendit dans la chambre, trouva un PC doté d'une connexion haut débit. Il alluma l'ordinateur, accéda au compte que Shadey lui avait créé sur un serveur lorsqu'il l'avait appelé de Goinsville.

« Où Jargo va-t-il emmener Carrie ?

– Dans un endroit sûr. Pour l'interroger.

– Appelle-les. Dis-leur de la relâcher. Ou la liste des clients de Jargo se retrouve à la une du *New York Times* demain matin.

– Si tu lui fais ça, il retournera à la clandestinité et il nous traquera.

– Est-ce que c'est parce que tu as peur de lui ou parce que c'est ton frère ?

– Les deux, répondit Mitchell. Mais écoute-moi. Si tu publies cette liste, tu n'auras pas que les Deeps après toi. Les services de renseignements, les réseaux criminels partout à travers le monde mettront nos têtes à prix.

– Ne cherche pas à me culpabiliser. Tu nous as embarqués là-dedans, je vais nous en sortir. »

Evan pianota sur le clavier, téléchargea les dossiers de Razur. Il y en avait plusieurs. Il ouvrit un premier fichier. Des numéros de compte, au moins trois douzaines, dans diverses banques de Suisse et des îles Caïmans. Il ouvrit un autre dossier nommé *Logistique*. À l'intérieur, l'un des nombreux fichiers comportait les détails de la dernière mission de sa mère en Grande-Bretagne. Un troisième dossier concernait les dispositions prises afin de remettre au Mossad israélien un comptable du Hamas qui avait manqué à sa promesse de fournir des informations à Jargo. Des photos du meurtre d'Hadley, sa lente torture, prises par Thomas Khan pour prouver sa fidélité et montrer que sa loyauté envers Jargo était plus forte que la famille. Et ainsi de suite. Chaque document était une page du journal d'un monde secret.

La liste des clients. Le fichier qui avait fait trembler tant de gens, avait causé tant de morts, n'était en fait qu'un simple tableau. Quelques noms à la CIA – parmi lesquels figurait celui de Pettigrew – au FBI, au Mossad, au MI6 et au MI5 en Angleterre, au SVR russe, au Guoanbu chinois, dans les services de renseignements allemands, français, sud-africains. Au Japon. Dans les deux Corée. Dans les sociétés du *Fortune 500*. Des officiers supérieurs. Des hauts fonctionnaires.

« Mon Dieu », prononça son père derrière son dos.

Evan cliqua de nouveau sur le dossier concernant la logistique. Il ouvrit un sous-dossier nommé *Voyages*. Un frisson lui courut sur la peau.

« Papa. Comment Jargo a-t-il su où t'intercepter quand tu es rentré aux États-Unis ?

– J'ai atterri à Miami mercredi soir, il m'avait rappelé de ma mission plus tôt. Il affirmait qu'il y avait un problème, qu'il devait me cacher. Ils m'ont emmené dans leur planque et m'ont enfermé.

– Mercredi. Et après ?

– Il est allé avec Dezz à Washington pour chercher à identifier le contact de Donna à la CIA.

– Faux. Ils sont allés à Austin. » Il pointa le doigt vers un listing. « Khan leur a affrété un vol de Miami à Austin jeudi. Ils sont allés voir maman. Ou plutôt, ils ont dû l'espionner. Elle a pu repérer Dezz et Jargo, s'apercevoir qu'elle était suivie. C'est ça qui a déclenché sa fuite vendredi matin. »

Son père fixa l'écran des yeux. Evan cliqua sur un autre tableau. Opérations au Royaume-Uni. De l'argent transféré sur un compte en Suisse, puis sur un autre.

« Papa. Ce transfert. Qui est Dundee ? »

Son père avait recouvré sa voix.

« Le nom de code d'un agent.

– Payé le jour de mon arrivée à Londres, le jour où Jargo a essayé de me faire sauter. Dundee est probablement celui qui a fabriqué la bombe. »

Mitchell s'assit par terre, sans quitter l'écran des yeux.

Le dernier document – nommé BERCEAU – était isolé au bas de l'écran. Son père attrapa la main d'Evan à l'instant où il cliquait dessus.

« Non, fiston, je t'en prie, ne fais pas ça. »

43

Trop Tard. Evan ouvrit le fichier BERCEAU. Il contenait des photos – des photos d'enfants. Seize en tout. L'un d'entre eux était son père, il arborait un large sourire. Sa mère était une petite fille menue aux pommettes saillantes dont les cheveux entrelacés formaient une grosse natte enfantine. À sept ans, Jargo avait déjà un regard froid et impassible. Une petite fille au visage doux ressemblait à une version miniature de McNee. Evan regarda ses parents, Jargo, le père de Carrie.

Arthur Smithson. Julie Phelps. John Cobham. Richard Allan.

« Ce sont vos vrais noms ? demanda Evan. Qu'est-ce qui est arrivé à vos parents.

– Ils sont tous morts. Nous ne les avons jamais connus.

– Où es-tu né ? »

Son père ne répondit pas. Il se contenta de demander :

« Est-ce que tu as téléchargé le logiciel de cryptage ?

– Oui. »

Son père se pencha et cliqua sur quelques boutons. Puis il rouvrit le document.

Il n'était plus question de CIA, ni d'une organisation créée par Alexander Bast sur laquelle Jargo avait fait main basse. De nouveaux noms figuraient sous la photo de chaque écolier.

Sa mère. Julija Ivanovna Kuzkhina.

Son père. Piotr Borisovich Matarov.

Jargo. Nikolai Borisovich Matarov.

« Non, murmura Evan.

– Nous étions un secret très, très bien gardé, dit son père derrière lui, en larmes. Les jeunes pousses de la future génération d'espions soviétiques. Les goulags étaient pleins de femmes, de dissidents qui n'étaient pas autorisés à garder leurs enfants. Nos pères étaient soit des dissidents, soit des gardiens de prison qui avaient mis des prisonnières enceintes. Nos mères étaient autorisées à nous voir – une fois par mois, pendant une heure – jusqu'à l'âge de deux ans, puis nous disparaissions de leur vie. La plupart des enfants finissaient en camp de travail ou dans des camps de rééducation. Alexander Bast a parcouru les camps. Il a repéré les prisonnières aux QI les plus élevés – en leur faisant passer des tests réglementaires, car les Soviétiques prétendaient que les dissidents étaient mentalement dégénérés et avaient des QI bas – puis il a fait passer des tests aux enfants de deux ans et a emmené certains d'entre nous.

– Bast était de la CIA.

– Et du KGB. C'était un agent double à la botte du KGB. Sa loyauté allait à l'URSS. Il s'est bien foutu de la CIA. »

Evan toucha l'écran, la photo de sa mère.

« Il a fait de vous des petits Américains.

– En Ukraine, les Soviétiques ont bâti une réplique de ville américaine. Elle s'appelait Clifton. Bast possédait une institution non loin de là. Nous avions les meilleurs professeurs d'anglais et de français, nous parlions comme des autochtones. On nous apprenait même à imiter l'accent du Sud, de la Nouvelle-Angleterre, du New Jersey. » Mitchell s'éclaircit la gorge. « Nous étudiions à partir de manuels américains, même si nos instructeurs ne manquaient pas de mettre l'accent sur les mensonges racontés par les Occidentaux et de nous inculquer la propagande soviétique. Et on nous apprenait le métier dès un très jeune âge. Comment se battre quand c'était nécessaire. Comment tuer. Comment mentir. Comment espionner. Comment mener une double vie. Nous avons suivi un entraînement permanent durant toute notre jeunesse, nous avons été programmés pour réussir, pour ne jamais avoir peur, pour être les meilleurs. »

Evan passa le bras autour de son père.

« À l'époque, les services de renseignements soviétiques étaient en plein marasme, poursuivit Mitchell. Le FBI et la CIA n'arrêtaient pas de faire capoter des opérations et de mettre la main sur des agents car la plupart de nos espions nés américains étaient déjà liés au Parti communiste avant la Seconde Guerre mondiale. Quant aux diplomates soviétiques, le FBI et la CIA savaient qu'ils avaient toutes les chances d'être du KGB – nos agents avaient donc constamment les mains liées. Les illégaux – ceux qui avaient une couverture parfaite – fournissaient de meilleurs résultats. C'est du moins ce dont Bast a réussi à convaincre les hauts responsables du KGB. Le programme était extrêmement confidentiel. Il figurait sous le nom de BERCEAU dans les documents budgétaires et les rapports et était censé être un programme de formation. Personne ne devait être au courant pour ne pas mettre en péril les énormes investissements consentis – qui étaient bien plus élevés que pour former des agents adultes.

– Alors Bast vous a amenés à l'orphelinat de l'Ohio.

– Il l'a acheté. Il nous a fourni nos nouvelles identités...

– Et puis il s'est dépêché de détruire l'orphelinat et le palais de justice. Il assurait ainsi votre sécurité au cas où on viendrait à faire des recherches sur vos papiers. De la même manière, il vous procurait une source de nouvelles identités en cas de besoin. » Mitchell acquiesça. « Pour faire de vous des espions. »

Evan s'imagina l'enfance de ses parents, conditionnés, entraînés, préparés à vivre dans le mensonge et le soupçon. Sur la photo, ils avaient juste l'air de vouloir aller jouer dehors.

« Pour faire de nous des agents dormants. Mais nous devions aller à l'université – nos bourses étaient payées par un fonds pour orphelins financé par une société qui servait de couverture à Bast – et ensuite, comme il travaillait depuis longtemps pour la CIA et avait toute leur confiance, il facilitait notre recrutement.

– À la CIA.

– Oui. Ou alors il nous trouvait des emplois dans les secteurs de la défense, l'énergie, l'aviation... partout où nous pouvions être utiles. Nous devions être flexibles, nous concentrer sur les opérations, attendre le bon moment, obéir aux ordres.

– Et à l'époque où vous vous appeliez Smithson, tu t'es trouvé un emploi de traducteur pour les renseignements militaires pendant que maman travaillait pour la Marine. Vous aviez des postes parfaits. Pourquoi es-tu devenu Mitchell Casher ?

– Pour toi. »

Ces confidences semblaient redonner un peu de force à son père. Il se tenait face à Evan, les mains jointes devant sa taille tel un pénitent, les yeux humides, la voix puissante. Il ne tremblait plus.

« Je ne comprends pas, papa.

– Nous avons vu ce qu'était l'Amérique. La liberté. L'honnêteté. Les perspectives qu'elle offrait. Malgré tous ses défauts, tous ses problèmes, l'Amérique était un paradis. Nous voulions élever nos enfants ici, Evan, loin de la peur. Sans craindre de se faire arrêter ou tuer ni d'être rappelé en Russie, là où nos parents avaient été emprisonnés et où on ne nous avait jamais laissé le moindre choix. Sais-tu qu'à Clifton, ils devaient nous apprendre à faire des choix, à nous accoutumer à la véritable indépendance ? » Mitchell secoua la tête. « Nous avions la liberté, un emploi intéressant, nous mangions à notre faim et n'avions pas à faire la queue dans les magasins. Nous savions qu'on nous avait menti. Sur toute la ligne. La seule chose qui nous protégeait du KGB était Bast. Il était notre seul superviseur, notre seul contact. Nous ne figurions pas sur les registres officiels du KGB. Nous n'étions pas reconnus. On ne nous attribuait même pas le mérite des opérations que nous menions avec succès. Si je volais des secrets relatifs à la technologie des réseaux informatiques, Bast attribuait l'opération à un traître fictif ou à un agent spécialement inventé pour la circonstance. Les responsables du KGB n'ont jamais su que j'existais. Sinon, ces idiots du KGB – plutôt un trou noir qu'une administration – en auraient voulu toujours plus ; ils nous auraient demandé la lune et nous auraient détruits en nous confiant des missions impossibles. Les Soviétiques venaient d'envahir l'Afghanistan ; Bast a informé Jargo qu'on risquait de lui demander de superviser les réseaux mis en place par les Soviétiques à Kaboul. Si on lui avait changé son affectation, nous nous serions tous retrouvés exposés à la cupidité et à l'incompétence qui caractérisaient les opérations du KGB aux États-Unis.

– Vous auriez été forcés d'obéir aux règles du KGB, pas à celles de Bast.

– Bizarrement, nous étions comme ses enfants. » Mitchell ferma les yeux. « Ta mère était enceinte de toi, quelques autres membres des Deeps s'étaient mariés, ils commençaient à avoir des enfants, à se construire de vraies vies. » Il ravala sa salive. « Nous n'étions pas censés être en contact les uns avec les autres, mais nous l'étions. Mon frère a vu une opportunité. Nous allions enfin devenir de vrais Américains. Nous allions gérer notre activité en capitalistes.

– Alors les Deeps ont éliminé Bast. Deux coups de feu tirés avec deux pistolets différents. Jargo et un autre Deep.

– Moi, confessa Mitchell à voix basse. Jargo, ta mère et moi sommes allés à Londres. Nous l'avons abattu. Jargo en premier, moi ensuite. C'était comme tuer notre propre père. Mais j'ai fait ce que j'avais à faire. Pour toi. Pour te donner une chance. Nous l'avons tué de même que les quelques personnes qui étaient au courant du dossier BERCEAU en Russie. Ils étaient moins de dix à cette époque. Ce fichier avec des photos de nous enfants, on dirait la copie d'un document que j'ai vu autrefois, en Russie. Il appartenait à Bast.

– Et Khan l'a gardé. Pour se protéger, au cas où vous le trahiriez comme Jargo avait trahi Bast, dit Evan.

– Je pense que tu as raison. Nous avons créé des preuves de toutes pièces pour faire croire aux supérieurs de Bast au KGB qu'il avait été assassiné par la

CIA et que ses agents fictifs avaient également été éliminés. Ensuite, nous avons disparu dans la nature, et puis nous avons changé de vie. Tu n'avais alors que quelques mois.

– Mais après la chute de l'Union soviétique... tu aurais pu tout dévoiler.

– Ça faisait plusieurs années que nous étions espions à l'époque, Evan. Pour la CIA. Contre la CIA. Nous étions indépendants et nous étions très bons. Nous ne pouvions pas vraiment débarquer en disant : « Hé, nous avons créé un réseau très efficace d'anciens agents du KGB, on fait les sales boulots que vous ne pouvez pas faire passer sur vos budgets, ceux qui ne seraient pas tolérés par vos concitoyens. » Nous serions passés pour de véritables francs-tireurs, nous aurions eu tous les services de renseignements à nos basques. Certains de nos clients utilisent nos services depuis vingt-cinq ans. Nous ne pouvions pas tout dévoiler. Nous nous étions construit... des vies magnifiques.

– Alors vous travailliez pour absolument n'importe qui.

– Nous étions les putains du renseignement. Nous volions en Israël au profit des Syriens. Nous kidnappions de vieux Allemands en Argentine pour les Israéliens. Ou bien des scientifiques allemands que nous revendions au KGB, qui ignorait que nous en avions fait partie autrefois. L'espionnage industriel était ce qu'il y avait de plus rapide et de plus lucratif. » Mitchell se passa la main sur le visage. « L'espionnage est illégal dans tous les pays. Il n'y a aucune clémence. Même les anciens du KGB devenus consultants aux États-Unis n'ont pas fait ce que nous avons fait. Ils n'ont pas assassiné. Ils n'ont pas vécu sous de fausses identités. Ils n'ont pas vendu leurs services au plus offrant.

– Et tout ce travail noble a été fait en mon nom.

– Pour toi. Pour Carrie. Pour nous et nos enfants. Nous ne voulions pas que tu perdes la possibilité de faire des choix. Nous ne voulions pas te retirer tout ce que tu avais connu. Nous… » La voix de Mitchell se brisa, comme celle d'un enfant qu'on arracherait aux bras de sa mère. « Nous ne voulions pas qu'on nous retire notre fils. Nous voulions vivre libres. »

Evan était tellement abasourdi qu'il avait l'impression que son squelette se liquéfiait.

« Ce n'est pas ça, la liberté, papa. Tu n'as jamais pu faire ce que tu voulais. Être qui tu voulais. Tu as juste échangé une cage contre une autre.

– Ne me juge pas. »

Evan se leva.

« Je refuse de rester prisonnier de la cage que tu t'es construite. »

Mitchell attrapa Evan par les épaules et le secoua.

« Ce n'était pas une cage. Ta mère a réussi à devenir photographe. J'ai réussi à travailler dans l'informatique. C'étaient nos choix. Et tu as pu grandir libre, sans avoir peur, sans voir tes parents pourrir dans une prison comme nos mères. »

Mitchell avait la bouche déformée par la colère et le chagrin ; ses yeux lançaient des éclairs.

« Papa…

– Tu ne sais pas à quoi tu as échappé, Evan. Il ne s'agit pas de meurtre, mais d'une oppression effroyable, de l'anéantissement de l'âme, de la peur permanente.

– Je sais que tu penses avoir fait le bon choix pour moi.

– C'est un fait. Ta mère et moi avons fait le bon choix !

– Oui. » Evan étreignit longuement son père, et Mitchell Casher frissonna. « Tout va bien, papa. Je t'aimerai toujours. »

Son père le serra de toutes ses forces en retour.

« Tu as fait ce qu'il fallait à l'époque, dit Evan. Mais cette vie a tué maman, et elle a failli nous tuer tous les deux. Je t'en prie. Nous avons une chance d'y mettre un terme. Nous pouvons aller n'importe où. Je creuserai des fossés, j'apprendrai une nouvelle langue. Je veux juste que ce qu'il reste de ma famille demeure uni. »

Mitchell s'affaissa dans le fauteuil face à l'ordinateur et prit son visage entre ses mains. Puis il se redressa vivement, comme si sa posture n'avait pas été naturelle.

Il doit être constamment sur le qui-vive. Dès qu'il ouvre les yeux. Puis Evan s'aperçut que lui aussi en était arrivé là, au bout d'une semaine à peine. Il se pencha de nouveau sur l'ordinateur, étudia le visage des enfants disparus. Il tira le PDA de Khan de sa poche, téléchargea tous les noms des clients et des agents dessus.

– Qu'est-ce que tu fais ? demanda Mitchell.

– Mesure de sécurité. »

Evan supprima les fichiers du PC, effaça l'historique du navigateur pour que personne ne puisse remonter jusqu'au serveur. Il éteignit le PDA et referma le boîtier. Il pourrait toujours télécharger de nouveau les fichiers depuis Internet. S'il s'en tirait vivant.

« Ces fichiers sont notre arrêt de mort. Tu devrais les détruire », dit son père.

Evan se demanda quel Mitchell il avait maintenant face à lui : le père protecteur, l'espion effrayé, l'assassin résolu ? Cette question lui donna la chair de poule.

« Tu me fais peur », dit Evan.

Piotr Matarov-Arthur Smithson-Mitchell Casher leva les yeux vers lui et Evan quitta la chambre. L'imperméable de son père était posé sur un dossier de chaise dans le petit coin cuisine. Evan fouilla les poches, en tira un téléphone satellite. Il l'alluma, consulta les quelques numéros présents sur l'appareil. L'un des numéros était enregistré au nom de « J ». Il porta le téléphone à son père.

« Tu as fait ce que tu as fait pour mener ta propre vie. Je dois stopper Jargo pour mener la mienne. Je ne peux pas le laisser tuer Carrie, et je veux qu'il paye pour l'assassinat de maman. Il faut l'empêcher de continuer. Maintenant. Alors, soit tu m'aides, soit tu ne m'aides pas. Mais avant que tu partes, j'ai besoin que tu passes ce coup de fil. » Il posa la main sur le bras de son père. « Appelle. Vois si Carrie va bien. Tu ne m'as pas vu. J'ai réussi à m'enfuir. »

Mitchell appuya sur un bouton et attendit.

« Allô, Steve. » Une pause. « Oui. » Une nouvelle pause. « Non. Non, il m'a échappé. Il a un ou deux amis à Miami. Je vais essayer chez eux. » Une pause. « Ne la tue pas. Elle sait peut-être où Evan est allé. Ou alors, si je le trouve, elle pourrait nous aider à le convaincre de venir. Et puis nous ne savons toujours pas la taille du groupe de Bricklayer. » Mitchell parlait sur un ton martial. Il soupesait ses options, proposait des alternatives, avait l'air d'un homme à son aise dans l'ombre. « Très bien. » Il raccrocha. « Ils sont dans leur planque. C'était notre dernière étape avant de fuir. Carrie est toujours en vie. Il... l'interroge. Il veut le mot de passe de l'ordinateur portable. »

Qu'avait-elle dit dans la voiture ? *Il me donnerait à Dezz. Plutôt mourir.*

« Elle ne le connaît pas. Et, de toute manière, il n'y a rien sur l'ordinateur. *Sauf mon dernier recours, mon coup de bluff, si jamais il parvient à y accéder.*

« J'ai fait gagner du temps à Carrie, déclara Mitchell. Mais elle va passer un sale quart d'heure.

– Où est-elle ? »

Mitchell secoua la tête.

« Tu ne peux pas la sauver.

– Si. Mais tu dois m'aider. Dis-moi où Jargo la retient.

– Non. On décampe. Rien que toi et moi. Oublie Carrie. »

Evan tira le Beretta de la poche de son blouson, sans le lever.

« Je suis désolé.

– Evan, nom de Dieu, range ça.

– Tu as fait des choix difficiles pour moi, papa. Parce que tu m'aimais. Mais je ne vais pas abandonner Carrie. Dis-moi où elle est. Si tu ne veux pas m'accompagner, libre à toi. »

Son père secoua la tête.

« Tu ne sais pas ce que tu fais.

– Si, je le sais parfaitement. À toi de choisir. »

Mitchell ferma les yeux.

44

Tout va finir ce soir, pensa Evan. *D'une façon ou d'une autre, ce sera la fin de toutes ces années de mensonge. Soit pour moi, soit pour Jargo.*

Mitchell roula vers le nord en direction de la 75 Ouest – surnommée l'Allée des Alligators. Puis, lorsqu'il bifurqua vers l'ouest, le ciel se dégagea et Evan sentit une décharge d'adrénaline monter dans sa chair et dans ses os. Ils écoutèrent une station d'informations de Miami. McNee était morte, abattue par un agent de police tandis qu'elle tentait de fuir la fusillade à Miami Beach.

« Jargo ne tuera pas Carrie tout de suite. Ils voudront savoir tout ce que sait la CIA – ils prendront leur temps. Jargo ne peut pas se permettre de laisser une autre taupe infiltrer son réseau.

– Est-ce qu'il va la torturer ? »

Torturer. Pas le genre de chose qu'on souhaitait voir arriver à la femme qu'on aimait.

« Oui. » La réponse tomba sans appel dans l'obscurité de la voiture. « Tu dois oublier Carrie, Evan. Si tu continues de penser à elle… ou à ta mère, tu mourras. Tu dois te concentrer sur l'avenir immédiat. Rien d'autre.

– Il nous faut un plan.

– Les opérations de secours ne sont pas mon fort, Evan. Nous ne sommes pas un groupe d'intervention.

– Tu es tueur à gages, non ? Considère ça comme un contrat. Tu dois nous débarrasser de Dezz et Jargo.

– Mais d'habitude, je ne suis pas obligé de protéger une personne non entraînée.

– C'est mon combat autant que le tien. »

Mitchell se racla la gorge.

« J'y vais seul. Tu restes caché dehors. Ils s'attendront à ce que je revienne si je ne te trouve pas. Je dirai que tu n'as toujours pas refait surface, que rien n'indique que la police t'ait mis la main dessus. J'expliquerai que la mort de McNee a été annoncée à la radio, mais que j'ai entendu sur la fréquence de la police qu'elle avait en fait été capturée vivante. Comme Jargo a volé une voiture civile, il n'aura pas pu écouter les rapports de police.

– Espérons.

– Espérons. Ils savent que si McNee est prise vivante, le FBI et la CIA vont la harceler de questions. Nous devons faire vite. » Mitchell jeta un coup d'œil en direction de son fils. « Ces événements les placent dans une situation de faiblesse. Ils vont vouloir faire disparaître toutes les traces au repaire avant de mettre les bouts.

– Le faux portable. Ils vont l'emporter ?

– Oui, à moins qu'ils n'aient déjà décrypté le mot de passe grâce un programme.

– Impossible, dit Evan.

– Qu'est-ce que tu as mis sur le portable ?

– Disons que les champions de poker que j'ai interviewés en tournant *Bluff* m'ont appris quelques trucs. L'importance de la guerre psychologique.

– Quand ils sortiront de la maison, Jargo marchera seul, Dezz mènera probablement Carrie menottée. Ils seront tous les deux armés et aux aguets. Je me tiendrai en retrait pour les avoir tous deux dans ma ligne de tir. J'abattrai Dezz en premier car il aura son arme pointée sur Carrie. Et puis Steve, acheva-t-il d'une voix tremblante.

– N'hésite pas, papa. Il a tué maman. Je te jure que c'est vrai.

– Oui. Je sais, je sais. Est-ce que tu crois que ça rend les choses plus faciles ? C'est toujours mon frère. »

Un long silence plana avant qu'Evan reprenne la parole.

« Et s'ils veulent tuer Carrie avant de partir ? Dans les Everglades... rien de plus simple que de faire disparaître un corps.

– Alors, répondit Mitchell, je mentirai et leur dirai que je veux la tuer moi-même. Lentement. Pour lui faire payer de t'avoir monté contre moi. »

Le ton calculateur de son père donna le frisson à Evan.

« Je ne pense pas que ce soit une bonne idée que tu y ailles seul. Rien ne t'oblige à mener mon combat.

– Nous ne réussirons que s'ils pensent que nous ne sommes pas ensemble et que nous ne nous sommes pas vus.

– Soit, papa. Est-ce que je peux te poser une question ?

– Oui.

– Est-ce que tu aimais maman ?

– Evan. Bon sang. Oui, de tout cœur.

– Parce que tu n'as pas vraiment l'air bouleversé. Je me disais que votre mariage avait peut-être été arrangé, pour vous servir de couverture.

– Non, non, mon fils. J'étais fou d'elle. Mon frère aussi. C'est la seule fois que je l'ai battu à quoi que ce soit. Quand Donna m'a choisi. »

La nuit était noire et vaste. Evan n'avait jamais vu les Everglades ; l'endroit semblait désert – le seul signe de présence humaine était l'autoroute – mais la plaine boueuse, l'eau et l'herbe semblaient grouiller de vie. Mitchell emprunta l'autoroute 29 vers le sud, à la lisière du parc national des Grands-Cyprès. Pas la moindre lumière signalant une habitation ou un commerce, juste la courbe de la route s'enfonçant dans les ténèbres. Son père arrêta la voiture sur le bas-côté.

« Cache-toi dans le coffre. Casse la veilleuse pour qu'elle ne s'allume pas. »

Evan sentit la panique monter en lui. Leur plan laissait franchement à désirer. Il restait tant de choses à mettre au point, mais ils n'avaient pas le temps.

« L'allée mène à l'arrière de la maison, là où se trouve un grand perron. Je vais me garer face à la maison. Le coffre sera tourné face à un mur de brique gris à l'arrière de la propriété. C'est le garage qui abrite le générateur. Cours t'y cacher aussi vite que possible. Reste derrière jusqu'à ce que je vienne te chercher. Si je manque l'une des cibles en sortant, tu auras Dezz et Jargo dans ta ligne de mire.

– Papa. Je t'aime. »

Evan saisit la main de son père dans l'obscurité.

« Je sais. Moi aussi. Grimpe dans le coffre. »

45

À L'INTÉRIEUR DU COFFRE POUR LA DEUXIÈME FOIS de la soirée et, espérait-il, la dernière de sa vie, Evan sentit que la BMW s'arrêtait. Il entendit son père descendre de voiture. Aucune voix ne brisa le silence pour l'accueillir, son père gravit les marches menant au perron et une porte s'ouvrit. Puis il perçut des murmures prudents, la voix de son père simulant à la perfection la méfiance et la peur, et la porte se referma.

Il ouvrit doucement le coffre, se laissa rouler à l'extérieur. L'air de la nuit était frais et humide, il avait les mains moites. Il serrait le Beretta que Frame lui avait donné quelques heures plus tôt. Aucune lueur ne lui indiquait le chemin. Il resta un temps à plat ventre sur le béton, attendant qu'une porte s'ouvre, que des coups de feu éclatent. Rien.

Il se mit à courir, interposant les voitures entre la maison et lui.

L'obscurité était totale. Il n'avait pas de lampe torche ; son père avait préféré ne pas prendre un tel risque. Il courut en espérant qu'il ne glisserait pas sur une flaque de boue, qu'il ne tomberait pas dans un trou ou ne trébucherait pas sur un tas de canettes en faisant un raffut du tonnerre. D'un pas hésitant, il atteignit le mur, le contourna à tâtons. Puis il resta immobile. Chaque bruissement lui faisait penser à un serpent ou à un alligator qui s'approchait, et il n'avait pas la moindre envie de se retrouver nez à nez avec un alligator.

Il crut entendre un déclic ; probablement un système d'alarme qu'on réactivait après que son père fut entré. Il resta aussi immobile qu'une pierre. La sueur ruisselait le long de son torse, et il lui semblait que son souffle faisait un vacarme d'enfer dans le silence. Il était armé. Il avait le PDA de Khan avec son désactivateur d'alarmes ultramoderne qu'il ne savait pas utiliser. Maintenant, il devait être patient.

Cinq minutes. Dix minutes. Pas d'explosion ni de coups de feu. Pas un seul bruit de pas sur le perron. Il jeta un coup d'œil derrière le mur, derrière la voiture de son père, en direction de la maison. De l'océan de vie qui l'entourait, seul montait le bruit de sa respiration.

Puis il entendit le craquement infime d'un talon dans de hautes herbes. À cinq mètres de lui. Il se figea.

« Je... te... vois », lança une voix chantante. Dezz. « Bien immobile... »

Une balle percuta le mur de brique à trois mètres sur sa droite. Une autre s'écrasa contre le coin du mur, bien au-dessus de sa tête. Des fragments de brique lui tombèrent sur le visage.

Evan pointa son arme en direction des coups de feu. Il avait aperçu une brève lueur, mais il était désorienté, il hésitait.

« Je te vois assis sur ton cul, en train de braquer ton flingue. Tu n'y es pas du tout, dit Dezz. Pose ton arme. Viens dans la maison. Ou je retourne à l'intérieur et je brise la colonne vertébrale à ton père. Il ne mourra pas tout de suite, ce sera pire ; en partant, on le balancera paralysé dans les marécages. À toi de voir. C'est fini, Evan. À toi de décider à quel point ton père et la pute vont en baver. »

Evan lâcha son arme. Les nuages s'écartèrent un instant et, à la faible lueur de la lune, il aperçut Dezz qui se précipitait vers lui en braquant son arme. Puis un violent coup de pied le projeta contre le mur, les briques lui entaillant l'arrière de la tête. Dezz enfonça le talon de sa botte dans la joue d'Evan.

« Tu m'as interrompu alors que je m'amusais avec Carrie, dit Dezz en se penchant vers le sol pour ramasser l'arme d'Evan. Et je commençais tout juste à être chaud. »

46

« J'ENTENDS UN IDIOT QUI PISSE DANS SON FROC. »

Dezz fit gravir les marches du perron à Evan en lui flanquant son arme contre l'arrière du crâne, peut-être la même arme que celle qu'il avait utilisée dans la cuisine de sa mère une semaine plus tôt.

Evan avançait mains en l'air. Les tempes lui battaient, son visage le faisait souffrir.

Dezz le saisit par le bras et le poussa à l'intérieur. Evan essaya de s'arrêter, mais s'étala de tout son long sur le carrelage.

Dezz alluma une lumière. Il pointa son pistolet sur Evan – le même que celui avec lequel il l'avait frappé au visage. Dezz ôta les lunettes qu'il portait et les jeta sur une table.

« Vision nocturne, grâce à un illuminateur à infrarouges, dit-il. Tu ne peux m'échapper nulle part. Mais ça n'a plus la moindre importance. Tu parles d'un mercenaire intrépide. On dirait plutôt une caricature des forces spéciales. Allez, entre. »

Dezz alluma une nouvelle lumière et Evan aperçut une version compacte, tordue, de lui-même : les mêmes cheveux blonds sales, la même silhouette fine. Mais le visage maigre de Dezz avait quelque chose de dur, comme si Dieu avait été radin sur la chair. Un bouton poussait au coin de son grand sourire.

Dezz tira Evan vers lui et lui colla son arme contre la tête.

« Cours, s'il te plaît. Pleure. S'il te plaît, donne-moi une bonne raison de te descendre. »

Evan cligna des yeux pour s'habituer à l'éclairage. Ils se trouvaient dans un grand vestibule. Des lumières faibles luisaient, mais les planches qui masquaient les fenêtres ne laissaient pas filtrer la moindre lueur à l'extérieur. La pièce avait été vidée de son mobilier à l'exception d'une roue de wagon transformée en chandelier suspendue au plafond. La maison avait l'air d'une bâtisse onéreuse à laquelle on aurait voulu donner une apparence rustique pour plaire aux écotouristes ou aux chasseurs.

« Je suis surpris que tu sois venu me chercher, dit Evan, vu que tu as une telle trouille des alligators. »

Dezz lui asséna un violent coup de poing à l'estomac qui le propulsa contre le mur. Il s'écroula, lutta pour rester conscient. Dezz attrapa Evan à la gorge, le força à se relever.

« T'es… (il cogna la tête d'Evan contre le mur)… t'es… (il le cogna de nouveau)… que dalle, acheva Dezz en lui cognant la tête une dernière fois. Un réalisateur célèbre. Ça compte pour de la merde dans la vraie vie. Tu te croyais plus malin que moi mais tu es un incroyable crétin. »

Dezz déballa un caramel, enfonça l'emballage dans la bouche d'Evan. Evan recracha le bout de papier. Du sang lui coulait le long de la nuque.

« Je veux parler à Jargo. Pas à toi. »

Un cri d'effroi et de douleur retentit à l'étage. Evan se figea ; Dezz éclata de rire. Il poussa Evan de son arme vers le majestueux escalier en courbe.

« Bouge ton cul, monte. L'éclaireuse est une gueularde. Je parie que tu es au courant. Et je parie que tu vas gueuler aussi. Mais tu vas chialer d'abord, puis te pisser dessus, et après tu gueuleras à t'arracher la gorge. Quand j'en aurai fini avec toi, faudra que je prenne des notes pour pas oublier. »

L'escalier menait à un large couloir avec quatre portes, dont une ouverte. Des planches recouvraient la fenêtre au bout du couloir. Dezz poussa Evan dans une pièce qui avait jadis fait office de salle de réunion, un endroit où des gens assis face à des classeurs ouverts assistaient en bâillant à des présentations interminables de projections de vente ou de bénéfices en se disant probablement qu'ils seraient mieux à pêcher ou chasser dans les Everglades au lieu de déchiffrer des graphiques en buvant du café ou des boissons fraîches et en avalant des muffins.

La table et les boissons avaient disparu et Jargo se tenait debout, un couteau taché de rouge dans une main, une paire de tenailles dans l'autre. Il lança à Evan un regard froid et plein de haine, puis s'écarta pour que ce dernier puisse voir.

Carrie. Elle était étendue par terre. Ses épaules étaient dénudées et son pansement avait été arraché. Elle saignait à l'épaule et à la jambe. La douleur troublait son regard. Son bras gauche, rejeté par-dessus sa tête, était menotté à un anneau d'acier rivé au sol à un endroit où la moquette avait été retirée. Tous les ongles de sa main menottée avaient été arrachés.

Puis Evan vit son père. Mitchell gisait au sol. Son visage contusionné saignait, les doigts cassés de sa main droite étaient tout tordus, il était menotté à une barre de métal qui courrait sur toute la longueur de la pièce.

Mitchell fit la grimace en voyant son fils. Jargo se précipita alors sur Evan et lui décocha un coup de poing en pleine face.

« Espèce de connard ! » hurla-t-il.

Evan tomba au sol. Il entendit Dezz ricaner, puis s'écarter pour laisser la place à son père. Jargo lui donna un violent coup de pied dans le dos.

« Un jour, j'ai tué un homme à coups de pompe », dit-il. Il lui donna un coup de pied dans la nuque. « J'ai tellement cogné sur Gabriel qu'il était en bouillie.

– Le frappe pas au visage, intervint Dezz. Je veux qu'il me voie baiser Carrie. Surtout quand je vais la lui rentrer dedans et qu'elle aimera tellement ça qu'elle se mettra à hurler. Ça va être cool.

– Je suis venu ici pour vous proposer un marché », parvint à prononcer Evan malgré sa bouche pleine de sang et la douleur effroyable dans sa nuque.

Jargo lui donna un nouveau coup de pied, dans le ventre.

« Un marché. J'en ai rien à foutre de tes marchés. Donne-moi les fichiers, Evan. Tout de suite.

– OK, gémit Evan. S'il vous plaît, arrêtez de me frapper pour que je puisse… vous expliquer.

– Aide-le à se relever », ordonna Jargo en rangeant son couteau dans sa poche. Dezz souleva Evan et le remit sur pied.

« Steve, arrête, c'est mon fils, putain, arrête, dit Mitchell. Je ferai tout ce que tu veux, mais laisse-le partir, je t'en prie. »

Jargo fusilla son frère du regard.

« Sale traître. Espèce de merde. Ne viens pas m'implorer.

– Ce que je propose, commença Evan avec un calme et une assurance qui l'étonnèrent, c'est un marché qui vous permettra de vous en sortir vivants. »

Il regarda derrière Jargo, vit Carrie ouvrir les yeux.

« Ah, j'ai hâte d'entendre ça, répliqua Jargo avec une pointe de moquerie dans la voix.

– Nous aurions pu rappliquer avec la police. Nous ne l'avons pas fait, reprit Evan. Nous voulons régler cette histoire. Juste entre nous quatre.

– Donne-moi les fichiers. Tout de suite. » Jargo leva son arme. « Ou je t'emmène dehors et je te tire une balle dans les genoux avant de te réduire en bouillie à coups de pompe.

– Vous ne voulez même pas entendre mon offre ? demanda Evan. Je pense que si. »

47

L'ESPACE D'UN INSTANT, LE VISAGE DE JARGO trahit une hésitation.

« Parce que si vous me tuez, il n'y aura plus de marché. Plus de fichiers pour vous, dit Evan. Plus de Deeps. Je ne suis pas venu pour vous tuer. Simplement pour conclure un marché.

– Alors, pourquoi ton père est-il entré seul ?

– Son idée. Pas la mienne. Il tient trop à me protéger. Je suis certain que vous en faites autant avec Dezz, oncle Steve. »

Jargo sourit.

« Ou devrais-je juste vous appeler oncle Nikolai ? »

Le sourire s'effaça.

« Vous n'avez plus beaucoup de temps, poursuivit Evan. Vous voulez les fichiers présents sur le portable de Khan, je peux vous les donner. » Evan avança, contourna l'arme que Jargo braquait sur lui et s'agenouilla près de son père. « Je t'avais dit que ça ne marcherait pas, papa. On va faire ça à ma façon. »

Mitchell acquiesça, abasourdi.

« Vous lui avez cassé les doigts, dit Evan à Jargo.

– C'est Dezz qui l'a fait. Il se laisse emporter. Mais il ne nous a pas dit que tu étais dehors, si c'est ce qui te tracasse.

– Ça ne me tracasse pas, répliqua Evan. Je suis certain de pouvoir lui faire totalement confiance, de la même manière que vous pouvez faire confiance à Dezz.

– Qu'est-ce que ça veut dire, ces conneries ? » s'énerva Dezz.

Evan tourna le dos à Jargo, son regard croisa celui de Carrie et il prononça sans émettre un son, de sorte qu'elle puisse lire sur ses lèvres : *Tout va bien*.

Elle ferma les yeux.

« Je peux vous donner les fichiers maintenant », annonça Evan.

Jargo lui colla de nouveau le canon de son arme contre la tête.

Evan se pencha vers le portable. Il était allumé et n'attendait plus que le mot de passe.

Evan entra le mot de passe, puis recula.

« Et voilà », dit Evan.

Le portable digéra le mot de passe, l'invite disparut et une application vidéo se lança automatiquement.

« Qu'est-ce que c'est que ce bordel ? demanda Jargo.

– Regardez », répondit Evan.

Le film s'ouvrit sur une scène tournée au zoo Audubon le lundi précédent sous un ciel gris annonciateur de pluie. La caméra zooma sur le visage d'Evan, puis sur celui de Jargo, qui parlait de profil et semblait perdre son calme. Puis la voix préenregistrée d'Evan se superposa aux images.

« Cet homme en colère que vous voyez à l'écran est Steven Jargo. Cela fait longtemps que vous travaillez avec lui. Vous avez fait appel à lui pour éliminer des gens, voler des secrets qui ne vous appartenaient pas, mener des opérations que votre gouvernement ou vos supérieurs n'approuvaient pas. Peut-être n'avez-vous jamais vu son visage – il se cache derrière d'autres personnes – mais le voici. Regardez-le bien. »

À l'écran, Jargo se tourna vers la caméra que Shadey maniait dans l'ombre. Furieux, presque effrayé. Vulnérable.

« Les opérations de M. Jargo ont été compromises. Il a égaré une liste comportant le nom de chaque client de son réseau d'espions. Des agents des principales agences de renseignements. Des ministres de divers gouvernements. Des cadres supérieurs. Si vous recevez cet e-mail, votre nom est sur cette liste. »

Jargo émit un son guttural.

Puis la scène montra la fusillade, puis Evan donnant un coup de poing à Jargo avant de s'enfuir avec Carrie dans les profondeurs du zoo tandis que Jargo se relevait et les prenait en chasse avec Dezz.

« Pourquoi est-ce que je vous parle de ce problème ? reprit la voix d'Evan. Parce que nous attachons une grande valeur à vos affaires. À votre loyauté envers le réseau de M. Jargo. Mais chaque organisation doit grandir et affronter de nouveaux défis. L'heure du changement est venue. Je comprends que vous hésitiez à poursuivre vos activités avec nous.

– Espèce d'enculé ! lança Dezz.

– Mais ne craignez rien, poursuivit la voix d'Evan. Inutile de demander à vos services de renseignements d'éliminer M. Jargo. Nous sommes ses associés, nous avons pris le commandement du réseau et la situation est désormais sous contrôle. Vous serez prochainement contactés par un nouveau représentant de notre organisation pour discuter des affaires que vous ferez bientôt avec nous. Merci de votre attention. »

Le film se termina par un fondu sur la foule du zoo qui continuait de fuir devant l'objectif de Shadey. Puis il recommença depuis le début. Evan laissa la vidéo se dérouler, histoire de bien enfoncer le clou.

Jargo était figé, tel un homme dont le monde viendrait de s'écrouler. Dezz saisit Evan à la gorge.

« Recule, dit Evan. Je n'ai pas terminé.

– Lâche-le. Laisse-le parler, ordonna Jargo d'une voix brisée.

– Vos clients, expliqua Evan d'une voix neutre, sont des gens puissants qui ne veulent pas voir leur linge sale lavé en public. Peut-être qu'ils accepteront de travailler avec mon père et moi, peut-être pas. Ils ont des raisons de ne pas laisser tomber les Deeps. Nous pouvons leur faire mal, ils peuvent nous faire mal, mais si on ne met pas trop le nez dans la merde, ils auront ce qu'ils veulent et nous nous ferons un beau paquet de fric.

– *Nous* ? répéta Jargo.

– Oui, dit Evan. Mon père et moi prenons la tête des Deeps. »

48

Le seul son dans la pièce était celui de la vidéo qui tournait en boucle et le murmure de la voix enregistrée d'Evan. Mitchell et Carrie avaient les yeux fixés sur Evan, Dezz paraissait avoir des envies de meurtre et Jargo semblait essayer en vain de dire quelque chose.

« C'est OK pour toi, papa ? demanda Evan. Tu veux que Jargo en soit ou non ? »

Mitchell recouvra sa voix.

« Je ne veux pas que mon frère meure. Mais, non, il ne peut plus diriger le réseau. »

Il jouait le jeu d'Evan, entrait dans son manège.

« OK, papa. » Evan sourit à Jargo ; la chose la plus difficile qu'il eût jamais faite. « Je ne vous fous pas à la porte de notre petite affaire de famille. Mais bon, si vous voulez vous retirer, libre à vous. » Il tira le PDA de Khan de sa poche de blouson. « J'ai volé ceci à Thomas Khan. Une copie de ce film que nous apprécions tous se trouve sur un autre ordinateur, programmée pour être envoyée par e-mail dans moins de dix minutes. À chaque client. Et à chaque membre des Deeps. Ces gamins avec qui vous avez grandi, avec qui vous avez subi un enfer. Je sais que vous en avez tué au moins deux. Ils ne sont donc plus que douze à ne pas savoir quelle merde vous êtes. Ils s'en rendront compte dans dix minutes.

– Vous croyez que je vais vous laisser prendre le contrôle comme ça ? » dit Jargo.

Dezz trépignait.

« Oui. Ça vous rappelle quelque chose ? Vous avez joué un tour similaire à Alexander Bast il y a une vingtaine d'années. Mais moi, je ne vous tue pas. » Pas encore, pensa-t-il. Il serra le PDA, chercha à contenir son tremblement. « Je peux bloquer cet e-mail, éviter que les membres du réseau et vos clients aient la trouille de leur vie. Je suis le seul à avoir la clé. Si vous me tuez, si vous touchez à mon père ou à Carrie, les fichiers partent, et vous êtes fini. Les Deeps vous traqueront. Les clients vous traqueront. Et quand ils vous auront trouvé, c'est vous qu'ils massacreront à coups de pompe.

– Papa, dit Dezz d'une voix forcée. Tout ça, c'est des conneries.

– J'ai demandé à un hacker de me décoder tous les fichiers de Khan, reprit Evan. Je connais votre nom, oncle Nikolai, je sais qui vous êtes et qui vous paye. Vous êtes fini. Pour toujours.

– Il ment ! hurla Dezz.

– Ah oui ? J'ai le portable de Khan. J'ai ses fichiers, son PDA et cette vidéo. » Evan plissa les yeux. « Vous n'auriez pas dû m'emmerder.

– C'est du bluff », dit Dezz, le visage rouge de colère, sa grimace laissant paraître ses petites dents blanches.

Sans lâcher Jargo du regard, Evan déverrouilla le PDA en appliquant l'empreinte de son pouce. Il ouvrit un fichier, montra l'écran à Jargo pour qu'il puisse lire. Une longue liste de noms. Les clients. Les Deeps.

« Est-ce que j'ai l'air de bluffer ? » demanda Evan.

La lueur du PDA dessina des ombres sur le visage de Jargo. Il lut les noms, ferma les yeux.

« Qu'est-ce… qu'est-ce que je dois faire pour que tu n'envoies pas cet e-mail ?

– Posez vos armes par terre. Détachez mon père et Carrie. Partez. Immédiatement. Partez.

– Non ! cria Dezz en levant son arme.

– Tuez-moi et le message part, dit Evan. Décidez.

– Tu pourrais toujours envoyer l'e-mail, remarqua Jargo.

– Vous devrez me faire confiance, répondit Evan. Mon père veut continuer de diriger les Deeps, je ne vais pas ruiner son activité. » Tous ces mensonges lui procuraient une sensation agréable. Il tendit la main. « Votre arme.

– Mitchell, dit Jargo. Bon Dieu… tu sais que je ne t'aurais jamais fait de mal. Je t'ai offert la vie que tu voulais. La vie dont nous rêvions. Je n'arrive pas à croire que tu puisses t'en prendre à moi.

– Vous venez de lui casser les doigts, objecta Evan.

– Pas moi. C'est Dezz… Dezz qui lui a cassé les doigts. » Jargo fit un pas hésitant. « Tu fais ça parce que tu crois que j'ai tué ta mère. Mais je ne l'ai pas fait. Je ne l'ai pas fait, répéta-t-il en mettant l'accent sur le *je*. « Je voulais juste découvrir ce qu'elle avait volé, pourquoi elle l'avait volé. Je… »

Il frissonna, déconcerté par sa soudaine faiblesse.

« Taisez-vous et donnez-moi votre arme. Huit minutes. »

Jargo lui tendit son pistolet.

« Détachez Carrie. Détachez mon père.

– Fais-le, ordonna Jargo à Dezz.

– Pas question, pas question, pas question ! cria Dezz d'une voix de plus en plus stridente. C'est du pipeau, il se fout de nous, voilà ce qu'il fait ! »

Evan pointa son arme vers lui.

« Sept minutes. Je suppose qu'il est temps de vous mettre en route. » Il aurait aimé buter Dezz, lui tirer une balle entre les yeux, mais il voulait juste qu'ils s'en aillent, que son père et Carrie soient en sécurité. Que ces deux salauds retournent vers Miami ou qu'ils prennent la direction de Tampa vers le nord-ouest, la police les pincerait sur l'Allée des Alligators.

Jargo attrapa les clés et s'agenouilla près de Mitchell. Mitchell s'écarta du mur, le visage tordu par la douleur. Dezz referma le portable, interrompant la vidéo, et braqua son arme sur Evan.

« Papa, c'est une mauvaise idée. Il bluffe. Y a pas de réseau auquel se connecter dans les parages, il peut pas bloquer l'e-mail.

– Je peux aussi le faire avec un téléphone portable, corrigea Evan. Vous n'avez plus beaucoup de temps.

– Dezz. Écrase. » Jargo détacha les menottes au niveau de la barre métallique, puis il jeta un regard furieux à son fils. « Si tu avais su te contrôler... »

Mitchell se releva, les menottes pendouillant à son poignet gauche. Il regarda son frère. Colère. Haine. Chagrin. Toute la palette d'émotions accumulées au fil des années de mensonges défila sur son visage.

Evan s'en aperçut et pensa, tout en maintenant son arme braquée sur Dezz, *Papa, laisse-les partir, c'est nous qui avons la main, laisse tomber, ils vont s'en aller et tout ira bien...*

« Tu as tué Donna », prononça Mitchell. On aurait dit qu'il parlait avec des graviers dans la bouche. « Tu as pris l'avion pour Austin et tu l'as tuée. »

Il projeta les lourdes menottes en un arc de cercle. L'anneau ouvert frappa Jargo en plein visage, tailladant la chair, accrochant profondément la joue. Jargo poussa un cri. Mitchell tira brutalement sur les menottes et déchira le visage de son frère.

Dezz braqua son arme dans leur direction, mais Mitchell pivota et lui envoya un coup de pied dans le bras. La balle alla s'enfoncer dans le plancher de cyprès.

Evan recula vivement pour s'intercaler entre eux et Carrie qui était toujours attachée au sol.

Dezz battit en retraite vers la porte et tira. Deux coups de feu. La première balle atteignit Jargo à l'arrière de la tête tandis qu'il chancelait, son visage enchaîné au poignet de son frère. La seconde s'enfonça dans de la chair avec un bruit humide et les deux frères s'écroulèrent comme un seul homme.

Evan fit feu. Dezz tomba en arrière par l'entrebâillement de la porte. Puis Evan l'entendit pousser un hurlement de douleur avant de prendre la fuite. Malgré son inquiétude pour son père, il maintint son arme braquée en direction de la porte. Il finit par s'agenouiller près des corps enchevêtrés. Jargo gisait au-dessus de son père, il l'écarta. Jargo était mort, l'arrière de sa tête était en bouillie. Ses yeux aveugles saillaient de leurs orbites, incrédules.

Mitchell regarda son fils. Il gémit et ferma les yeux. La balle avait percé un trou rouge au milieu de sa chemise.

« Evan ! »

La voix de Carrie le fit revenir à la réalité. Elle tirait de toutes ses forces sur les menottes qui la maintenaient attachée au sol.

« Mon père est touché… » commença-t-il.

Puis ses idées s'éclaircirent. La libérer. Elle pouvait aider son père pendant qu'il achèverait Dezz. Si jamais celui-ci revenait, il ne pouvait pas la laisser entravée comme ça.

« C'est Jargo qui a la clé », dit-elle.

Il trouva la clé sous le bras du cadavre de Jargo. Il se précipita sur elle, tout en gardant son arme braquée en direction de la porte. Il enfonça la clé dans un des verrous. Le premier anneau s'ouvrit.

« Continue de viser, dit-elle. Je vais ouvrir l'autre anneau.

– Chérie, il a touché mon père. »

Il n'y avait plus la moindre trace de fanfaronnade ou de confiance dans la voix d'Evan.

« On va… aller chercher de l'aide maintenant. » Elle se redressa, tremblante. « Je suis blessée, Evan, il m'a tiré dans la jambe.

– Je vais le buter », lança Evan.

Elle lui plaqua une main sur la bouche. Silence.

« Je pense qu'il va s'enfuir, chuchota-t-elle.

– Je vais aller chercher de l'aide. Puis je descendrai Dezz », dit Evan d'une voix dure qu'il ne se connaissait pas.

Carrie toucha la gorge de Mitchell.

« Evan… »

Toutes les lumières s'éteignirent.

49

DANS L'OBSCURITÉ, EVAN saisit la main de Carrie.

Nouveau silence. Puis le gémissement des marches en bois de l'escalier.

« Il revient, murmura Carrie.

– Est-ce qu'il y a une autre arme ici ? chuchota Evan.

– Je ne sais pas… ils ont pris celle de ton père quand ils l'ont amené. »

Nouveau craquement des marches.

Dezz. Il avait coupé le courant. Le PDA abandonné par terre diffusait une lueur infime. Evan chercha à l'aveuglette le visage de son père. Un souffle faible lui chatouilla le bout des doigts. Il était vivant.

Un nouveau bruit de pas plus bas. Dezz arrivait.

« Est-ce que tu peux marcher ? demanda Evan.

– Pas loin. Pas vite. »

Il fouilla les poches de Jargo et trouva son couteau. Il le glissa dans la poche revolver de son pantalon, tira son T-shirt par-dessus sa taille. Au cas où il perdrait le pistolet de Jargo. Il lui tendit son téléphone portable.

« Vois si tu peux capter un signal ici. Appelle.

– Je ne sais pas où nous sommes.

– À environ un kilomètre et demi de l'Allée des Alligators, l'autoroute 29 Sud. Maison abandonnée sur le côté droit de la route. »

Le bruit des pas sur le plancher de cyprès s'arrêta. Dezz avançait lentement sur la moquette. Ou peut-être attendait-il tout simplement qu'ils s'enfuient dans le couloir.

« Il arrive », dit Carrie.

Evan entendit la panique monter dans sa voix. Une lueur faible apparut lorsqu'elle alluma le téléphone.

La balle pénétra avec un bruit sec dans la main droite d'Evan, celle qui tenait le pistolet, il hurla et tomba en arrière. Pendant les premiers instants de stupéfaction, il ne ressentit rien, puis la douleur remonta brutalement le long de son bras jusqu'à son cerveau. Il lâcha le pistolet de Jargo tandis que le sang jaillissait de sa paume.

« Lâche ce téléphone, ordonna Dezz, ou il meurt. » Carrie obéit. « Je… te… vois… lança-t-il. Encore. »

Non. C'était impossible. Puis il se souvint des lunettes. Dezz les portait dehors, il les avait balancées sur une table. Il avait simplement battu en retraite pour couper le courant et les récupérer. Dans le noir, lui seul y verrait. Et il était remonté pour les tuer.

Le bluff – la seule chance qu'avait Evan de les battre – avait échoué. Fini. Tout était fini.

Sa main n'était plus qu'une douleur lancinante. Il avait lâché le pistolet. Il passa sa main gauche sur ses doigts. Ils étaient tous là, mais sa main perforée était en charpie.

« Tu… tu as tué mon père, prononça Dezz d'une voix qui, dans le noir, semblait désincarnée.

– C'est toi qui lui as tiré dessus », parvint à répliquer Evan.

Le couteau. Il avait le couteau de Jargo dans la poche revolver de son pantalon. Il passa la main derrière lui, puis se figea. Dezz le voyait. *Fais le venir plus près. Suffisamment près pour pouvoir le poignarder.*

« Dezz. Écoute. On peut parler, hein ? » dit Evan.

Fais-lui croire que tu as atteint le bout du rouleau. Laisse-le penser que tu es redevenu le garçon timoré qu'il a failli tuer à Austin. Il repoussa Carrie. Elle tenta de se rapprocher de lui, mais il la poussa plus fort.

« C'est entre moi et Dezz.

– Pas la peine de t'en faire pour Carrie, dit Dezz, sa voix flottant dans le noir. Je vais pas tuer l'éclaireuse. Pas encore. On va passer plein de bon temps rien que nous deux. »

Evan essaya un nouveau coup de bluff.

« Tu ferais mieux de nous laisser partir, ou ces fichiers brisent définitivement les Deeps.

– Je vais repartir de zéro. S'occuper d'un réseau, c'est une galère. Je m'en sortirai très bien tout seul. »

Evan se releva en s'appuyant contre un angle de la pièce, tendant sa main ensanglantée devant lui comme s'il implorait Dezz de l'épargner. *Approche, espèce d'enfoiré, approche.*

« Un type comme moi, ça trouve toujours du boulot », continua Dezz.

Evan entendit le froissement d'un emballage de caramel. Il resserra sa main valide autour du couteau.

« Alors qu'un type comme toi… »

Une lueur aveugla soudain Evan. La balle frappa le mur au-dessus de sa tête. Un éclat de rire. Dezz s'amusait avec lui comme il l'avait fait dehors. Tendant sa main estropiée devant lui, Evan chercha le mur à tâtons. Une nouvelle balle siffla au-dessus de sa tête. Il se tapit au sol, poussa des cris paniqués, le supplia de ne pas le tuer. *Il veut jouer. Mon Dieu, faites qu'il passe devant Carrie sans s'arrêter et qu'il vienne jusqu'ici.*

De nouveaux coups de feu retentirent. Une série de lueurs vives pointant vers le bas. Le bruit des balles s'enfonçant dans la chair et le parquet. Carrie hurla.

« Bye, bye, Mitchell », s'amusa Dezz.

Les lueurs s'estompèrent, laissant planer dans la pièce l'écho de la mort. Mais Evan avait vu d'où elles provenaient, à trois mètres de lui, leur constellation s'était imprimée sur sa rétine. Il se précipita en avant, serrant le couteau dans sa main valide, tendant l'oreille au moindre souffle. Sur sa gauche. Il se rua de toutes ses forces sur Dezz, pointant le couteau droit devant lui.

Dezz hurla. Evan se jeta de nouveau sur lui, ils tombèrent à terre. Evan frappa, sentit la lame transpercer du tissu et de la peau. Dezz hurla de plus belle.

De sa main estropiée, Evan localisa les lunettes et se mit à frapper en dessous. Une fois. Deux fois. Un poing lui percuta la mâchoire, une main se resserra autour de sa main en charpie.

Il ressentit une douleur atroce, inconcevable, puis il perçut une odeur de caramel, sentit un souffle chaud près de son visage. Il leva le couteau et l'abattit.

Dezz se raidit, haleta, puis laissa échapper son dernier souffle.

Evan appela Carrie. Il ôta les lunettes du visage de Dezz et les plaça sur ses yeux.

Vert sinistre. Dezz sous lui. Il leva la tête. Carrie était recroquevillée dans le coin opposé, près de son père. Elle avait les yeux fermés, puis soudain elle les rouvrit en grand dans le noir. Mitchell n'avait plus de visage. Evan le regarda dans la lueur verdâtre et surnaturelle.

« Carrie, c'est fini... »

Les jambes flageolantes, il avança vers elle et s'agenouilla à ses côtés. Il plaça les lunettes sur son visage pour qu'elle puisse le voir. Elle lui toucha la main et fondit en larmes.

Evan se retourna, posa sa main valide sur le torse de son père. Il sentit le silence sous sa paume et ferma les yeux. Carrie, dont les larmes ruisselaient sur la chemise d'Evan, s'appuya contre son dos.

Il finit par se redresser et aida Carrie à se relever en faisant attention à sa jambe blessée. Elle serra la main estropiée d'Evan contre sa poitrine.

Puis ils descendirent l'escalier et plongèrent dans l'obscurité.

VINGT JOURS PLUS TARD

50

« VOUS DEVEZ PRENDRE UNE DÉCISION », déclara l'homme.

Evan se tenait sur le sable humide, regardant les vaguelettes danser autour de ses pieds. Carrie les observait bras croisés depuis la terrasse de la maison de location.

« Je voulais vous parler seul à seul, Evan. »

L'homme était le nouveau Bricklayer, le remplaçant de Bedford.

« Ma proposition est simple. Le film que vous avez tourné pour bluffer Jargo repose sur une idée merveilleuse. Prendre le contrôle des Deeps. C'est d'une simplicité lumineuse.

– J'ai juste fait cette vidéo pour foutre la trouille à Jargo au cas où il m'attraperait.

– Vous pourriez prendre le contrôle des Deeps, reprit Bricklayer. Aucun membre de l'équipe de Jargo ne pourrait s'opposer à vous. » Evan leva les yeux vers Bricklayer, qui lui souriait sans la moindre expression. « Le reste du réseau ne mettrait pas en doute votre légitimité d'héritier si vous leur disiez que vos parents et Jargo vous ont préparé à tenir ce rôle s'ils venaient à mourir. Votre connaissance du réseau et de ses finances les convaincrait. Et nous pourrions communiquer à leurs clients – du moins à ceux qui nous seraient hostiles – les informations qui nous plairaient.

– Ou leur faire du chantage pour qu'ils vous obéissent, dit Evan. Je ne suis pas le type qu'il vous faut.

– Mais si. » Le nouveau Bricklayer n'avait pas le charme de Bedford ; il parlait avec une arrogance tranquille. « Evan. Vous représentez un investissement considérable pour nous. » En bon bureaucrate, il se mit à énoncer les faveurs que l'Agence avait consenties : « Nous vous avons installé ici à Fidji, nous vous avons fourni une nouvelle identité. Nous avons organisé les funérailles de votre mère et de votre père. Nous avons versé un montant conséquent à votre ami Shadey qui vous a aidé à faire tomber Jargo. Nous vous avons rendu votre vie. »

À vrai dire, il avait dû abandonner son ancienne vie.

« J'apprécie tout ce que vous avez fait », se contenta-t-il de répondre.

Il n'avait plus envie de parler à ce Bricklayer, qui n'était qu'une pâle imitation de l'homme décent qu'avait été Bedford. Il était cependant curieux.

« Les autres Deeps. Vous les avez tous localisés ?

– Ils sont sous surveillance. »

Sous surveillance. Pas arrêtés. Car ils pouvaient toujours s'avérer utiles si Evan acceptait la proposition de Bricklayer. Bricklayer lui adressa un sourire indolent.

« Leurs prochains ordres pourraient venir de vous. »

Evan traça une ligne dans le sable du bout de l'orteil.

« Ils ont des vies similaires à celle que menaient mes parents ? Des enfants ?

– Oui. Beaucoup d'enfants. Et si nous laissons ce réseau en place… eh bien, aucun des enfants n'aura à souffrir. »

Bien qu'il essayât de culpabiliser Evan, Bricklayer continuait de sourire, l'air de rien. Evan fixa l'océan des yeux. Il compta jusqu'à dix.

« Laissez-moi y réfléchir. Laissez-moi en parler à Carrie.

– À vrai dire, il n'y a qu'une seule réponse, Evan », déclara Bricklayer avant de s'éclaircir la gorge.

Evan lui tourna le dos et regagna la terrasse.

Debout sur la plage, Bricklayer contemplait l'écume blanche des vagues, se retournant de temps à autre vers eux dans l'attente d'une réponse.

« Qu'est-ce qu'il veut ? » demanda Carrie dans un murmure.

Il le lui expliqua et le visage de Carrie se décomposa. Elle se couvrit les yeux de la main.

« Mais je ne vais pas faire le même choix que ma mère quand elle a volé les fichiers, dit Evan. Elle s'en est servie pour se protéger. Je vais les utiliser pour tout foutre en l'air.

– Comment ? Ils ne nous laisseront jamais en paix. Ils nous forceront à les aider.

– Tout s'achève aujourd'hui. » Il marqua une pause. « J'ai toujours une copie de cette liste que Razur a cachée pour moi. »

Elle ôta sa main de son visage. Evan était appuyé à la barrière de la terrasse, il tournait le dos à Bricklayer.

« Nous allons envoyer les fichiers à tous les principaux médias du pays. » C'était ce que sa mère, ce que Gabriel, ce que la CIA auraient dû faire. « Fuir n'a pas réussi à mes parents. Nous allons vivre la vie qu'ils souhaitaient pour nous. Nous ne serons plus constamment sur le qui-vive. Tu fais partie du voyage ? » Il essaya de sourire. « Tu veux payer ton billet ? »

Evan vit sur le visage de Carrie toute la douleur, tous les chagrins qu'elle avait endurés.

« Nous prenons un risque, Evan.

– Non. Nous faisons un choix. » Il la prit dans ses bras et elle l'étreignit de toutes ses forces. « Et c'est toi que je choisis.»

Imprimé en Italie par Puntoweb srl
Dépôt légal : mai 2010